本书得到中国人民大学“双一流出版经费”的资助

文学与思想丛书

Bianyuan De Piping

边缘的批评

左翼文化与大众文学论稿

陈奇佳／著

人民出版社

责任编辑：李之美

图书在版编目（CIP）数据

边缘的批评：左翼文化与大众文学论稿/陈奇佳 著. —北京：人民出版社，2017.11

（文学与思想丛书）

ISBN 978-7-01-018479-1

Ⅰ.①边… Ⅱ.①陈… Ⅲ.①中国文学-现代文学-文学研究 ②中国文学-当代文学-文学研究 Ⅳ.①I206.6

中国版本图书馆 CIP 数据核字（2017）第 263204 号

边缘的批评

BIANYUAN DE PIPING

——左翼文化与大众文学论稿

陈奇佳 著

人民出版社 出版发行

（100706 北京市东城区隆福寺街 99 号）

北京市文林印务有限公司印刷 新华书店经销

2017 年 11 月第 1 版 2017 年 11 月北京第 1 次印刷

开本：710 毫米×1000 毫米 1/16 印张：20.75

字数：300 千字

ISBN 978-7-01-018479-1 定价：56.00 元

邮购地址 100706 北京市东城区隆福寺街 99 号

人民东方图书销售中心 电话 （010）65250042 65289539

序

陈　坚

时下的学术评价体系中，论文集不及专著受人待见，这是常见的事情。专著者，常是人们就某一专业课题，推源辨流，论时察变。论者或洞幽烛微，或高瞻远瞩，雄辩滔滔，论意纵横，那是何等的胸臆开阔！而论文集，在很多人眼里，不过是学者们的自炒冷饭，雪泥鸿爪，没有逻辑，没有体系可言。虽说行家自然知道一部扎实的论文集所包含的苦涩与艰辛，但在很多所谓学术评价体制里面，论文集竟然算不得学问，也算不得是正规的研究成果。

我晓得，出版这本论文集，奇佳是不以学术或非学术为然的。不是说他不热爱学术，恰恰相反，他是我见过的为数不多对学术无比投入，且执念甚深之人。——甚至可以说，他是把学术和生命糅合在一起的人，以学术致生命之广大，以生命致学术之圆融浑通。他的不以学术、非学术为然，执意从过去的文章里选取部分出来编纂成集，是因为他看淡了俗世的学术评判。奇佳心气颇高，那种被抽干了生气的按部就班、如机器般生产出来的刻板“学术”，又岂能入他的法眼？所以说，他将过去的文章编集出版，我以为常人心态中的敝帚自珍可能只是一个方面，更重要的，是他对个人学术发展道路的回望与整理，是他自由心态的一种释放。况且，自选文集，选者的趣味、格调、问题意识等，前后的自我观照与应答，是多么有意思的事情啊。这次文集收入的论文，最早的要上推到 1991 年，那时的他还是在校的大学生，文章难免生涩。以现在的沉淀和积累，怎么会把初窥门径时候的学术作品拿出来编纂成集？可见他是个念旧的人。所以在他写信给我，要我为他的《边缘的批评》写序的时候，我没有丝毫的推脱，欣然接受。

念旧之人必重情义，奇佳就是如此。与我相交多年，我们的情分早已经超越一般的导师和学生的关系。1993年他本科毕业后分到杭州某高校做教务工作，不能专心于学术研究，他是很沮丧的。经过他的勤奋努力，1995年，他考入当时的杭州大学随我读硕士。研究生毕业后，为了拓宽自己的学术空间，他又去中国人民大学读博士；博士毕业后，就留在了北京，在中国人民大学任教。二十多年里，我们合作研究夏衍，写《夏衍传》。他每年都会找各种借口来杭州，每次来杭州，都不忘来我家里坐坐，与我聊天、谈学问，师生之间切磋琢磨，一如当初。这种重情重义，在他的论文集中亦可看出。早年随我研究夏衍，后来读博士阶段转向了文艺学专业，毕业后又从事文艺学的教学与研究工作，但夏衍研究却是他念念不忘的。这个念念不忘，于研究对象——夏公而言，是情；于我而言，亦是情。情义难却，倒让奇佳成为国内研究夏衍的行家，写过夏衍传记和论文，考证过夏衍的很多珍贵史料。

奇佳才华出众，为人又很热心仗义。在当时的杭州大学，他就是许多同侪们的偶像，被称为“大师兄”，每遇到学业中疑难，都喜欢找他，他也不吝时间，与他们交流和解惑，为他们的论文写作、学术研究出谋划策。奇佳涉略甚广，读书甚多，学术兴趣广泛而多元。这次文集中所收的文章，虽分“夏衍研究”“大众文化研究”“文艺评论”“书评”四辑，但所涉略的领域，有当代文学研究、网络文学研究、大众文化文学研究、民间文艺研究、历史小说研究、历史研究、哲学研究等等；所涉略的作家，有尼采、夏衍、金庸、黄易、高阳、叶文玲等，跨度何其大也！

当然，治学者，由兴趣引领而出入于百家，涉足多个领域，这是“才学”的事情；要想成为卓越的学者，尚须“才识”相匹配，因为，学术研究凭借的不是知识域的宽广与否，而是思想识见，是对问题是否有敏锐之捕捉，识见是否犀利。奇佳读研究生时，我就知道他的口才与辩才俱佳，即便有人不同意他的观点，以他的口才和辩才，也能轻松应对种种质疑和辩难。

口才和辩才，源乎人的敏感心机和思想热量，化而为文字，则为笔下滔滔思辨之力。《边缘的批评》中收录的文章，很多都可见到作者独到的思考与领悟。如《论中国的大众文学观念》，作者提出中国大众文学发展过程中，政治、启蒙、商业三种支配性的观念力量塑造着中国的大众文学。不同的历史发展阶段，三种观念系统所发挥的影响作用不同，大众文学的表现形态也各有不同。作者认为，直到今天，中国大众文学仍然在按照政治、启蒙、商业的价值逻辑演绎各种具有中国特色的“大众文学”亚类型。这种对中国大众文学的把握，全面、深刻且富有历史感，视野宏阔，不乏深刻的洞见。

有才华的人，有时候难免会因才气纵横而走极端。奇佳有才却并不纵才使气，不剑走偏锋，不以才气伤人，这是我对他的评价。这点，我们不妨看他的夏衍研究，走的一直就是方正的学术路子，取的是严谨踏实的科学态度。或许在早些年，他的夏衍研究还谋求立论的新奇，但近些年，他越来越往扎实的史料的路子上发展。如《〈夏衍全集〉编辑体例商兑》，从史料的角度，对《夏衍全集》编纂存在的问题，像文体划分、文章归类、重复收录和漏收、版本问题、作品年代缺乏考证、编辑校对舛误等或一一勘误，或详加分析，都可见作者坚实的史料功夫。

总的来说，《边缘的批评》一书的出版，是可喜可贺的事情。奇佳久居京都，身处中国的学术中心和前沿，浸润西学多年，且不为西学、时潮所左右，整本集子，几乎没有时髦的理论和方法，没有什么跟风的话题，有的只是自己独立的判断和思考。在当下这样一个学风浮泛的时代，像奇佳这样，能够有自己的学术关怀、问题意识，有自己的思考焦点和学术发展的方向，并且能始终沉得下去的年轻学者，的确为数不多。学问者，乃于人生和学术问题百思不得其解，然后出入百家，求得一个解决而已。既如此，“边缘的批评”于这个学术世界言之，或为“边缘”，而于“有问”者言之，又何来“边缘”一说？

是为序。

2017 年春于杭州

目　录

一、夏衍研究

二、大众文学研究

三、文艺评论

四、书 评

一、夏衍研究

高擎救亡的火炬[①]

——论夏衍抗战时期的时评与杂文

夏衍在抗战时期写作了大量的通讯、时评、杂文，在抗战那特定历史形势下，不但“通讯、速写、海报、演说……，作为最流行的文学模式，几乎取代了篇幅较长的各种虚构的作品”[②]，成为夏衍革命文艺创作的“最大部分”[③]；而且更重要的是，这些文章虽大多属倚马之作，但从内容、质量、影响上看，在当时堪称是“培养和激发革命青年抗日救亡热情的一个火把”[④]，直至今日，仍对我们有着不可估量的思想启迪意义。在这些文章里，夏衍不但着重讨论了抗战时期人们最为关心的现实问题，同时还就一些民族和人类所普遍关心的命题提出了他超前的深睿识见。此种思想层次的卓然不凡，是夏衍永远站在时代前列，与时代同步的巨人品格真髓所在，也是作为革命文艺家的夏衍走向全面成熟的重要标志。

---

① 本文与陈坚先生合作完成，曾发表在《浙江学刊》1999 年第 5 期，原题为《论夏衍抗战时期的时评与杂文》，此处保留原题作为副题，发表时署名陈坚、陈抗。

② 《剑桥中华民国史》（下），中国社会科学出版社 1993 年版，第 536 页。

③ 夏衍：《〈夏衍杂文随笔集〉后记》，《夏衍全集》第 9 卷《文学》（下），浙江文艺出版社 2005 年版，第 487 页。以下如引用《夏衍全集》，只标注卷数名称，不再标注其他出版信息。所引夏衍各文，标注的均为文章发表时所用笔名。《夏衍全集》各卷详细情况可参见本专题附录“夏衍研究常引书对照表”。

④ 胡绩伟：《诚挚的推荐》，《时评与通讯》，人民日报出版社 1988 年版，“前言”第 1 页。

一、唤醒民众的自觉力量

有论者指出，伟大的抗日战争“将所有作家的注意力集中到国家的危亡上”，整个抗战时期文学可以称为是“爱国铁血”[①]文学。夏衍这时期的文艺创作亦当归入此类。他的时评、通讯、杂文，笔触所及，基本上都与抗日救亡内容有关，不过，与一般热情激昂却在思想上多少显得有些贫弱的热血作家不同，夏衍从抗战一开始，就在思考这场战争所以必须进行和中国方面如何才能获得最终胜利的问题，而中国的人民大众——这场战争最大的受害者和战争行为的主要承担者，在战争中又将起到怎样的作用呢？这自然成为夏衍抗战时期所关注的中心问题之一。由于抗战形势的变化和个人认识水平的不断提高，夏衍对抗日救亡与民众关系的阐说，有一个逐步发展深入的过程。大致说来，在1937年到1940年间，他在《救亡日报》上撰写的大量文章，较为集中地体现了他第一个阶段对问题的关心所在；而1941年到1945年前后，他在《大众生活》《新华日报》上撰写的文章，则主要体现了他第二个阶段对于问题的看法。

在第一个阶段里，基于一种强烈的救亡意识，夏衍主要关注的是对于民众可能蕴蓄的力量和培育民众力量问题的讨论。《明定国策与组织群众》谈论的是抗战初不断地发现“汉奸”这一令人“感到难言危惧和伤心”的现象，作者认为使有一类人去当汉奸的原因除了生活穷困之外，“最重要的还是民众没有自己的组织”。北伐时代，农民有自己的农民协会，乡间不容许有一个违反大众利益的歹人，而现在的民众“完全处在无组织和怕组织状态之下”，因此要肃清这类汉奸，“最根本的办法应该立刻把民众组织、教育和武装起来！”[②]该文针对“汉奸”这一特殊现象提出了将民众组织起来的必要

① 《剑桥中华民国史》(下)，中国社会科学出版社1993年版，第536页。

② 夏衍：《明定国策与组织群众》，《夏衍全集》第10卷，第35页。

性和急迫性，对于救亡力量的发动和政府当局政策的转换是切合实际的提醒。《问题要分清楚》讲的是与前一种相反的现象：重庆市民出于爱国的狂热和反汉奸的愤怒，将在沦陷区得到日伪批准放映的影片《木兰从军》当众烧毁。文章在为同胞的爱国热忱感到“欣幸”的同时，指出对问题要作冷静分析，不能因此将自己同胞武断地定为“汉奸”。既不应“苛责于一个从事从来就被人看作并不怎样高贵的经营‘娱乐事业’的商人”，也要看到“在淤泥之中，也可以长出莲花”，“这中间不乏爱国志士，在艰苦中走着极困难的道路”[①]，这些话，就今天来看，也是十分公允的，而在当时，对于一些抱有狭隘爱国意识的人，可谓一盆冷水，使他们更能从抗战大局考虑问题。此文较早地提出了怎样运用、规范民众抗日力量的问题，这是很有眼光的。这时期还有一类通讯、特写，塑绘那些可以成为民族脊梁的人物形象，对于民众中潜藏的力量，对于其意义的认肯，寓于情绪激荡的形象譬喻之中，在当时具有一种特别的穿透力。像在《勇敢的广东兵》《上海还在斗争》《使人哭泣》《血在灌溉》等文中，就从多方面揭示了中国人民不畏强暴、不甘于屈服，勇于战斗、坚韧不拔的民族精魂。正如《使人哭泣》中写到的：“兵士搭的都是没有顶的货车，毒日头不容情地罩在他们顶上，铁皮车已经晒的火烫了。车上人多，兵士们挤得不能转动，武器、弹药、背囊，堆在车上，半裸体的人们只能像吸住岩石上的贝类一样粘在灼热的车皮上了”。“等待着他们的，是要死力捍卫的国土，是猛烈的战斗，是不可避免的牺牲！而他们，却不夸示，不兴奋，不抱怨地去了，这平凡而伟大的精神使我哭泣，避着人将大粒的眼泪咽进了胸膛”。[②]确实，这场面不仅使人感到了慷慨赴死的激情，也让人感到了埋藏在民众之中那忍辱负重却又坚定不移的无私伟力。有这样的兵士，有贡献这等优秀兵士的优秀民众，中国当然不会亡，抗战必定胜利！这“平凡而伟大的精神”在当年使夏衍“不禁哭泣”，在今天，同样令人振奋不已。

---

① 夏衍：《问题要分清楚》，《夏衍全集》第 6 卷，第 182—183 页。

② 夏衍：《使人哭泣》，《夏衍全集》第 10 卷，第 68—69 页。

战争毁灭人，也唤醒人，锤炼人。《血在灌溉》一文为纪念“九一八”七周年而写，文章以东北同胞在经受了七年“魔鬼的强压下面”的磨炼之后逐渐觉醒，雄辩地证实被奴役者的屈辱、苦难和鲜血必然化成肥料，灌溉出反抗种子的真理。

从1941年5月《大众生活》在香港复刊，夏衍担任该刊“周末笔谈”、散文、随笔的编委之后，由于整个国际形势、国内抗战局势发生了很大变化：此时在抗战相持阶段中，中国各战区局势有所好转，亡国亡种的威胁至少已经解消；整个国际局势风云跌宕，苏德开战，日美交恶，中国抗战已经成为世界反法西斯斗争的一个部分，夏衍对有关问题思考的重心也发生了一个较大的位移。就民众与救亡的关系来说，夏衍不再如抗战初期那样，虽然热情澎湃却多少是泛理想化地讴歌民众的力量，而是从更高、更抽象、更凝练的思想认识层次看到，民众是整个社会无可争议的原动力、最终决定力量，但这股力量处于“自在”状态的时候，却不足以抵抗邪恶，而必须要使得民众认识到自我的意义、自我的价值和自我的生存地位。只有“自觉”的民众的力量，才能真正抵抗法西斯独裁统治对人类幸福的破坏。

夏衍这一思想，在他到重庆参加《新华日报》的领导、编辑工作之后，由于经常受到周恩来的指拨，在表述上就更明晰、更深刻，同时也更富有策略性了。当时盘踞在大后方的蒋介石统治集团本身也是一个极权政体，被迫抗战之后，极怕民众觉醒而影响自己的既得利益，在大后方大力推行“愚民”政策，说什么抗战是政府的事，民众无须多问之类的话。针对这种谬论，夏衍写下了《战争与民主》《新约与新人》《人民战争颂》《祝福！人类抬头的日子》《奇迹的形成》等一系列文章。他不但精辟地指出，“世界上不可克服不可战胜的不是暴君的武力，不是大炮飞机，不是希特勒德国的装甲师团，而是人民全心全力所倾注的一个意念！人民的心，这才是创造奇迹的真正的元素”①，更指出，这种“奇迹”，只可能建立在全体人民

① 余伯约：《奇迹的形成》，《夏衍全集》第10卷，第372页。

完全理解了战争的性质而衷心地拥护着战争的“科学的社会主义的国家基础之上”①。在这些文章里，夏衍引用了中国战时盟友苏联、美国的情况，对比中国的现实，找到了一个在根本上改变中国百年来受人欺凌面貌，在战时与战后建设都起着决定性作用的力量：民众的自觉力量，以及这力量可能发挥作用的前提条件：一个建立在真正为民众的基础上的国家机器、社会制度。国民党政府中那些“不信任人民之徒”对此虽然很恼火，但夏衍以外喻中，说理透彻而又平和，即使当局欲辩驳也难启口，又使民众受到教育。

二、对战争与民主的清醒思考

伟大的抗日战争是一场全民族空前团结的反法西斯战争，其伟大、深刻、猛烈的程度，自不待言。然而，就这样一场全民族的抗战，其作战情况却总不能如人意。原因何在呢？除去落后、国家底子薄等一些客观积弊之外，执政的蒋介石集团在大后方推行极权政治、秘密警察治国，不能不说是扼杀了许多有利于抗战的因素的。基于此，在中国共产党的领导下，大后方的不少政治团体和知识界人士展开了积极地谋求民主政治的运动。人们越来越认识到，对抗日本这样高度发达的法西斯军国主义国家机器，中国如不建立一个在国家制度的运行功能上足以与之对抗的民主国家政治，要取得抗战彻底胜利是很困难的。正如毛泽东所指出的那样：“只有民主，抗战才有力量，中国内部关系与对外关系，才能走上轨道，才能取得抗战的胜利，才能建设一个好的国家”②，在这场争民主的运动中，夏衍发表大量文章，有理有据地说明了反法西斯战争与中国内部民主建设之间的紧密联系，并就中国民

① 夏衍：《人民战争颂》，《夏衍全集》第9卷，第197页。

② 毛泽东：《会见中外记者西北参观团的讲话（一九四四年六月十二日）》，《毛泽东文集》第三卷，人民出版社1996年版，第168页。

主建设与中国战后根绝一切内外法西斯因素的侵蚀之间的关系，表述了清醒的真知灼见。

抗战时期，首要的问题是战争问题，夏衍解释反法西斯战争与民主的关系，也是从民主制度对于这场战争的决定性直接影响说起的，因为这样，才能说服最大多数的人。夏衍在《我用感谢代替欢呼》《战争与民主》《人民战争颂》《乌拉！不可击败的红军》等一系列文章中，以苏联红军的英勇与显赫战功，说明在社会主义民主制度下，人民战胜了“由于千百年来的压迫苦难而失去了自觉”，“惯于低头生活的盘踞在人民灵魂深底的习性”[①]，从而焕发出不可思议的力量，以此对比中国的现实，中国政府既然做不到在“一个彻底民主的组织下”，使“部下懂得为什么而战，以及为什么要战斗”，那当然就不必“希望把个人的积极性和责任心，发展到最高限度”[②]了。因而，中国战区的一败再败的惨状，从某种意义上说，首先便得归罪于当时的中国政府。诚然，从今天来看，夏衍把当时的苏联看成是世界民主的故乡，又将苏联的胜利完全归于苏联政治制度的优越性，可能是将问题看得稍许简单了些；不过，闻弦歌而知雅意，夏衍这些文章立意所在，是针对当时大后方毫无民主可言的现实，从发挥国家制度功能性作用的政治社会学角度出发，有力地驳斥了国民党政府宣传的“一个领袖、一个政党”——妄图以个人崇拜代替科学的、现代的国家制度的臆说。

夏衍在民主问题认识上的深刻与超越时代，不仅在于他就战时国家机器的运转问题有着非常到位的理解，更在于，他就战后中国的未来，民主建设与根除法西斯的问题，中国怎样建立一个民主政体以使在战后有效地抵抗法西斯势力的卷土重来和在国家内部防止自身法西斯因素的孳衍，提出了非凡的构想。1942 年 7 月，夏衍开始创作他抗战时期话剧的代表作《法西斯细菌》。在此剧中，夏衍艺术地诠释了实行民主制度的重要人文前提——科学与反法西斯之间的关系。“野蛮和愚蠢”的法西斯主义所带来的“贫穷、

---

① 姜添：《我用感谢代替欢呼》，《夏衍全集》第 10 卷，第 375 页。

② 余伯约：《战争与民主》，《夏衍全集》第 9 卷，第 181 页。

牢狱和战争”[①]，仅靠善良的人们用“科学的手段”，是不足以解决的。科学的真正作用，只能建立在一个“科学目的”的民主制度之上。这对于当时一些抱有“科学救国”志愿的知识分子来说，是一帖很好的清醒剂。然而，这还是问题的一个方面。夏衍同时期在《从杜鹃想起隋那》《科学与民主不可分》等一系列文章中指出了科学意识的必要性。因为民主制度不是空中楼阁，它必须而且只能建立在尊重科学、执着求是的人文精神基础上。从这一面说，科学意识的提倡，又是建立民主制度的必要前提。“科学和民主不可分。没有坚实的科学基础，我们灵魂深底的专制武断褊狭机械论等等非民主思想永远不会根除，没有坚实的科学基础，一切进步的名称唯物辩证法、现实主义等等都是书本上的教条”[②]。可悲的是，夏衍当年的这些担心到后来竟都不幸而言中。在很长一段时间里，我们对我国民主制度形式的功能性作用太过自信，未能使“科学是社会发展的推动力这种思想”在“中国人民的心中扎根”[③]，以致“封建宗法思想”悄悄地潜入共和国的肌体，直至20世纪六七十年代在中国爆发了一场空前动乱和浩劫。重温以上这段论断，我们不能不为夏衍在40年代大后方倡言“科学与民主”的远见卓识由衷钦佩！

抗战期间，在中国民主建设问题上，夏衍还提出了改造“国民性”的问题。夏衍认识到，制度的建设与人的建设是不可分开的，而中国人的“人”的素质，在当时，却离一个现代化型国家民众所应具有的意识水平相去太远。这情况的形成，当然是有深刻历史背景的。“几千年的封建重压，一百年的条约锁铐，不仅在政治、军事、经济，更重要的是在文化上也造成了一种几乎可以使全民族失去活力的‘因袭的重担’。宗法社会的旧道德，腐烂发臭的古文化，和欧化绅士、洋场市侩的‘西崽文明’结合起来，形成了一种支配国民性的‘一方面欧化一方面守旧’的既僵尸而又戏子的怪物！”此种“怪物”的“卑怯、自私、贪狠、残忍、迷信、主观”，就是造成“民

① 夏衍：《懒寻旧梦录》，《夏衍全集》第15卷，第256页。

② 夏衍：《科学与民主不可分》，《夏衍全集》第10卷，第294页。

③ 夏衍：《懒寻旧梦录》，《夏衍全集》第15卷，第339页。

族失去了创造力和斗争心”的最大因素。夏衍痛切地说：“要改造国民性和打倒这些无形的吸血僵尸，却是一桩比打退一个外敌和废除一张不平等条约更艰巨的事业”，“而假如不改革这些，一切的形式上的改革将等于沙上建塔，劳而无成”。① 在这里，夏衍异乎寻常的深刻在于，他不仅继承了鲁迅为首的五四作家们的传统，切实地将改造国民性当做是建设现代型国家的中国所不可躲避的“基础工程”，在《残忍的根源》《治病不是可耻的事情》《从“游走”到“大嚼”》一系列文章中对中国传统的劣根性作了无情的分析与批判；更为重要的是，夏衍还丰富发展了鲁迅等人对于“国民劣根性”构成机制的批判思维。鲁迅等对于“国民劣根性”的批判分析，多从对我国传统文化陈腐的运转方式的揭露入手，对于西方文化的侵略，鲁迅虽最早提出了“西崽华人”这个概念，但未来得及将之纳入“国民性”的问题中加以通盘考察。而夏衍在此时，却剀切地指出，这一百多年来，外国经济文化的入侵，在与中国传统文化相碰撞的时候，是会产生一种融两家“恶”之消极方面大成的“西崽文明”的。此种“文明”得兼中西之特点，侵蚀人心却不为人知，不自觉间亦成为“国民劣根性”之构成部分，成为中国人民主建设道路上一个重大的精神包袱。当然，“西崽文明”具体的外表形式是多种多样的，夏衍在当时对它们中的一些特别卑鄙者已经作出了奋勇的批判。他就中国民主化过程中，国民性改造不但包括传统文化改造，亦应包括这中西文明畸形儿改造之呼吁，在今天听来，仍有振聋发聩的意义。

三、向着人类的共同未来

抗战中后期，苏德战争爆发后，夏衍有大量的文章是介绍苏联的建设成就和战争功勋的。从 1941 年 7 月的《六万万五千万人》到 1945 年 7 月 4 日的《新邻人与旧恶汉》，他这类歌颂苏联、强调苏联的命运与全世界人民、

① 姜添：《尊重这第一章第一页》，《夏衍全集》第 10 卷，第 317—318 页。

中国人民的呼吸息息相关的文章，几乎占了他此时期时评总数的三分之一。夏衍这样地关心苏联，实在是一个很可重视的现象。究其原因，当然与这一辈人对于“社会主义故乡”的热爱是有关系的，但这在实际上并不是根本性的原因。我们在上文已强调指出，夏衍经常引用苏联那不容辩驳的成就，是用来讽刺、抨击当时统治着中国的蒋介石政权所以颓败无能的实质所在的。有识于此，我们联系大后方各种政治力量折冲平衡的风云激荡的社会现实，联系夏衍这一辈人习惯于将苏联当做是人类制度发展到当时最为完美几乎无瑕的社会制度的典范——“苏联的今天，就是我们的明天”这一思维定式，那我们就可以发现，夏衍这些文章其实是围绕着一个中心问题来展开的，那就是，他试图以苏联的现实作为有力的证据，来说明中国反击法西斯侵略的同时究竟要把自己建设成什么样的国家，也就是一个中国怎样跟上人类历史发展的大趋势的问题。

夏衍的文章不是无的而发，而是当时大后方“两个中国之命运”问题大讨论的一个有机构成部分。我们知道，当时的蒋介石政权从实质来说，是带有颇为浓重的法西斯主义色彩的。蒋介石 20 世纪 30 年代便有“法西斯的政治理论‘操之者都系进化阶段中统治最有效能者’”之类的谬论，到 1943 年 3 月他更在《中国之命运》一书中，全面系统地攻击共产党、共产主义而竭力宣扬买办的封建的法西斯主义了。世界反法西斯重要战场的领袖人物，本身就在鼓吹法西斯主义的东西，是多么可笑而可悲的一个历史幽默。驳斥这些思潮、论调的荒谬并不难，但如若要找到一个能为大多数人所信赖，能带领人民彻底消灭日本侵略者并建立独立、自由、民主、统一、富强的新中国，昭示着中国一条必然经历的人类发展之路的社会普遍真理，则就只有中国共产党、中国共产党所领导的新民主主义革命、社会主义革命才能承担起这个历史使命了，夏衍的那些讴歌社会主义苏联的文章，正是从这一个角度，较为深刻而生动地宣传了中国共产党的新民主主义革命思想。他的文章，多根据苏联所取得的伟大成就再加上他对于社会主义制度应有光明灿烂的合理推断，对苏联对人类美好制度的种种景象作了诗意描绘：

> 光从北方来，它象太阳一样的临下土，丽中天，冲破了一切阻碍，一切防御，它直接地射进了世界每一个角落的受难者的胸奥，暖物物，烛生生，使一切死者复活，疲者复兴。世界已经黎明，人类历史开了一个新页，它宣告：光从北方来，一切受难的人有福了。①

不消说，这现实，这理想，在当时是唤起了多少热血志士对于人类共同未来的向往，对于人类美好制度的憧憬的。

当然，时隔五十多年，尤其在苏联解体、国际共产主义运动遭到空前挫折的时候，回过来再读夏衍这些文章，我们一方面佩服他和他所代表的这辈人对信仰的坚贞与激情，另一方面也可以感受到在当时的历史条件下，他们或许将问题考虑得太简单、太理想化了，将进步事业中的曲折想得太少了。这些都是可以讨论的问题。然而，就本质来说，像他们这批优秀知识分子所探索而求得的中国人民的发展方向，却是经受了历史风雨的考验而显得真确不容置疑的。

"历史的伟大论著现在对我们说来是编年纪录，许多文献目前是默默无声，但是等到时来运转，生命的新的闪光又会从他们的身上掠过，它们又会重新侃侃而言"。② 夏衍这些在反法西斯斗争中凝成的文字，曾经如同暗夜中的火把一样，照亮了大后方同胞的心眼，唤醒他们、激励他们、鼓舞他们奋起斗争。我们相信，在振兴中华的现代化事业中，它们仍将在提高分辨世局的思维能力、锤铸民族自信心和历史使命感诸方面，焕发出不可磨灭的思想光华。

---

① 余伯约：《光从北方来》，《夏衍全集》第 9 卷，第 175 页。

② ［意］本纳德多 · 克罗奇：《历史的编年史》，《现代西方史学流派文选》，上海人民出版社 1982 年版。

《夏衍全集》编辑体例商兑[①]

2005年《夏衍全集》的出版是夏衍研究领域的一件大事。这套由浙江文艺出版社牵头、编辑出版发行的大书基本解决了以往夏衍研究中异常困难的资料收集问题。它收集的许多资料，如夏衍解放前的译文、与人合写的剧本、新中国成立后的各种讲话以及书信和日记，在过去有不少是仅闻其名而难觅其踪影的。就更不用说《夏衍全集》的编辑者们精选夏衍文章的版本，加以比勘校订，使夏衍创作文本得以最善的版本形式出现。这些工作为研究者、爱好者全面信实地进入夏衍的精神世界提供了一个基础平台。

在相当程度上，《夏衍全集》已可视作当前夏衍研究的标准版本。

不过，既然以"标准版本"来作要求，这《夏衍全集》的整个编辑校订工作似乎还存在着一些可以商榷的细节问题。尽管这些局部的问题并不足以动摇全集整体的编辑质量，不过，如能有所改正，自然更有助于夏衍精神思想的传播。作为夏衍研究的业余爱好者，笔者不揣学识谫陋，现将阅读《夏衍全集》时所得一些粗略的感想陈述于下，以就教于各方家。

---

① 本文曾发表在《现代中文学刊》2015年第5期。

一

首先是编辑体例的问题。

《夏衍全集》共分16卷，第1卷为"《戏剧剧本》(上)"，第2卷为"《戏剧剧本》(下)"，第3卷为"《戏剧评论》"，第4卷为"《电影剧本》(上)"，第5卷为"《电影剧本》(下)"，第6卷为"《电影评论》(上)"，第7卷为"《电影评论》(下)"，第8卷为"《文学》(上)"，第9卷为"《文学》(下)"，第10卷为"《新闻时评》(上)"，第11卷为"《新闻时评》(下)"，第12卷为"《译著》(上)"，第13卷为"《译著》(中)"，第14卷"《译著》(下)"，第15卷为夏衍自传《懒寻旧梦录》，第16卷为书信、日记、年表。

这其中，戏剧剧本、电影剧本、译著、自传以及书信、日记的编辑体例不会有大的争议，关键在戏剧评论、电影评论、新闻时评与文学这七卷的文体分类问题。我们都知道，在学术研究中，文体分类从来都是一个极其复杂的问题，这是因为平常所讨论的文类体裁，它的划分标准在学术逻辑上从来没有一个统一的标准。所谓文体，有时是根据其形式特征而言（如诗歌、小说等的分类），有时是根据某些约定俗成的称谓而来（许多地方曲艺与传统文类的称谓即由此而来，如越剧的原初形态"的笃腔"即来自惯例的称谓），有时是根据其具体使用过程中的功能作用而言（如记叙文、说明文等的分类），有时是根据它和人类不同精神活动的关系方式而来（如文学创作、科研论文等的分类），有时它有时代属性（如"文化大革命"时期的大批判、揭发材料等，似也可单独当作一种文体，而这种文体离开当时的特殊语境即自行消亡了），有时还和创作者个人风格、趣味及其他一些元素有关（大作家往往能够带动某一种特殊文体的形成、发展，如拉伯雷、陀思妥耶夫斯基之于"狂欢体"，鲁迅之于杂文等都是有名的案例），如此等等，不一而足。当然，不少文体还体现历史发展的变迁过程。简言之，在批评实践的过程中，大多数情况下，文体的辨析虽然都是常规性的，就是说人们根据某一种特定的逻辑不难对文本的文体性质作出区分，但在相当多的情况下，不少文本也有多种文体属性。这时研究者就只能根据自己的研究立场或需要对文本进行分类。

夏衍的写作就经常存在多种文体特征复杂交织的情况。这和他一生行迹的复杂性有密切关系。他交游广阔，涉猎方面极多，在戏剧、电影、文学、新闻、翻译、统战、外交、出版、收藏乃至隐蔽战线等领域都有很大成就。因此，他的许多文章就同时兼有横跨多门类的特点。这里可以很随意地抽取一篇《庄严的使命》为例来略作分析。这篇文章是他 1985 年 2 月在日本九州工业大学创立 75 周年庆祝会上的讲话。这篇文章首先是一篇忆旧性散文，它既是庆祝会上的讲话，当然就有一般意义上同类公文的功能作用。但由于夏衍特殊的身份（中国的文化名人、九州工大的毕业生）和中日特殊的关系（日本侵略中国的历史背景，20 世纪 80 年代中日两国间较为友好的关系），因此这份讲话同时自然也包含着强烈的外交和统战上的作用。按照不同的文体分类标准，该文的归属门类是不同的。夏衍的许多创作，如报告、讲话、书信等，都有这个特点。夏衍自己早就说过，他的不少作品是多文体“之间的文章”，编起文集来，“很难排在适当的地位”。① 如果做个案研究，这不是一个问题，但在全集的编纂中，这却将成为一个大问题。

《夏衍全集》试图将夏衍剧作、自传、译著、书信、日记之外的写作的文体分类明确化、单一化，以戏剧评论、电影评论、新闻时评与文学四大板块来统约这些文本。但由于我们前述的文体分类本体论意义上不可避免的含混特性，因此也就难免在全集的编纂实践中形成了一些疏失。这些疏失主要表现在以下几个方面。

其一，全集的文体划分不够统一。

我们可以举几个实例为证。

《夏衍全集》第 9 卷在编辑体例中说，“50 年代后，尤其是十年动乱后，夏衍写了许多怀念故人往事、文情并茂的散文，一并收入此卷。”② 但事实却

① 夏衍：《〈夏衍杂文随笔集〉代序》，《夏衍全集》第 9 卷，第 488 页。

② 《夏衍全集》第 9 卷之《本卷说明》。

未必完全如此。严格地说，本卷收入的忆旧类散文只是较少包含戏剧、电影界的忆旧作品而已。虽然这一卷也包含了《悼金山同志》《忆孟超》《不能忘却的纪念》等纪念电影、戏剧界人士的文章，但这类文章的主体，则在《夏衍全集》第3卷和《夏衍全集》第7卷中。对瞿白音、应云卫、宋之的、欧阳予倩、于伶、李健吾、万氏兄弟、郑君里、蔡楚生等人的怀念（或思念）均在这两卷中。

又比如按照《夏衍全集》第8卷的编辑体例（“收入本卷的文学评论，一部分是在文学艺术团体代表大会或专业性会议上的讲话”），夏衍1986年在杭州大学作的题为《适应时代面向未来》的讲话理应收入本卷，却实则收入了《夏衍全集》第9卷中。而编入《夏衍全集》第9卷的《移山与取经的精神——〈仙宫宝石〉给我们的启示》《给〈新观察〉的信》[①]《〈憩园〉后记》等却更宜编在《夏衍全集》第7卷中，因为这正是他对电影的评点。[②] 又比如，同为谈论体育问题的文章，《给郎平的一封信》收在《夏衍全集》第9卷中，《从世界杯谈到中国足球》却收在《夏衍全集》第11卷中，此种差异不知根据何在。

再比如，被当作散文而收入《夏衍全集》第9卷的《祝福！人类抬头的日子》《光从北方来》等，是否就一定不能被看作新闻时评，似乎也难以有定论。——此类情况甚夥，在此不一一枚举。

其二，《夏衍全集》个别文章的分类，可能与学界通行的标准差距过大。《夏衍全集》第8卷中“报告文学与小说”板块的编辑可能是较有代表性的一个案例。

该板块共计收录了《泰兴染坊的调查》《劳勃生路——日商内外棉纱厂“壁报第十号”号外》《包身工（另有三篇附录）》《泡》《黑夜行尸》《长途》《上海谈奇录》《上海见闻别记》《春寒》《关于〈春寒〉答读者五问》《香港沦陷

① 《给〈新观察〉的信》一文从题目看不易辨别，但其内容完全在谈纪录片与名人传记片拍摄的事情。与此恰成对照的是，《美国影片与可口可乐》（《夏衍全集》第6卷，第218页）题目中虽有“影片”两字，其实是一篇时评，与电影的关系不大。

② 参见《夏衍全集》第7卷之《本卷说明》。

前后》《走险记》等十几篇文章。这其中，《包身工》（另有三篇附录）和小说《泡》《黑夜行尸》《春寒》都没有问题。但为什么把《泰兴染坊的调查》收入其中呢？学术界从来没有把调查报告当作报告文学的文体分类说法，并且夏衍此篇调查的确和文学性描写毫无干系。

当然，人们或许可以解释说：根据夏衍生前自己编订的《夏衍选集》（四川文艺出版社 1988 年版）第 3 卷的编辑体例，《泰兴染坊的调查》一文就收在“报告文学”这个板块中。但夏衍自己的编辑方式是否就无可争议实在还是一个可争议的问题。此外，如果编辑者如此尊重夏衍的意见，那么他们就应该把同在《夏衍选集》第 3 卷中的《广州在轰炸中》《广州最后之日》《粤北的春天》《广州湾通讯》几篇文章收入“报告文学与小说”板块中，但事实是这几篇却收在了《夏衍全集》第 6 卷——也就是他“1919 年至 1947 年的政论、时评、新闻通讯、时事杂感”的集子中。

还需要指出，按照夏衍自己的编辑体例，他显然是用一个较为泛义上的“报告文学”概念，也就是把通讯、速写、特写之类都当作“报告文学”。[①] 按照这种逻辑，两卷“新闻时评”中的大量文字都应归入到这个板块中，但《夏衍全集》却又没这么做。如果是担心将这部分文字编入其中导致“报告文学与小说”板块过于胀大，编辑者当另加说明。

这个板块还有一个明显的小错误是《关于〈春寒〉答读者五问》一文。它显然既非小说也非报告文学，应按照《包身工》的编辑体例，将它当作《春寒》的附录收入。顺便说一句，夏衍写于 1948 年的《写“方生”重于写“未死”——答石牌 H.F. 先生》一文，也是关于《春寒》的回应文章，现收在《夏衍全集》第 8 卷的“文艺评论、文艺杂谈”板块，似亦当按照《包身工》的编辑体例收入“报告文学与小说”板块。

其三，全集中不少文章的重复收录与漏收可能都是由于文体分类的含

---

① 《现代汉语大词典》（阮智富、郭忠新主编，上海辞书出版社 2009 年版）、《辞海》（辞海编辑委员会主编，上海辞书出版社 2010 年版）、《现代汉语词典》（中国社会科学院语言研究所词典编辑室主编，商务印书馆 2005 年版）等对“报告文学”的文体释义基本都是相同的。而各种应用文写作的教材对“调查报告”的释义也基本相同，若有出入，与“报告文学”均无关涉。

混所造成的。

夏衍有些很有名的文章，如时评《从原子弹想起的》《悼念田汉》《广州最后之日》《悲剧中的悲剧》等，《夏衍全集》却漏收了。像《从原子弹想起的》一文，夏衍多次在回忆文章中提及，并在自传中作了浓彩重墨的征引与评价，说该文“至少在重庆是惟一的一篇从全人类立场发表的文章”①（确实世界范围内也很罕见），编辑者不可能不知道这篇文章。所以漏收，很可能就是该文比较重要，在多个板块均可收入，协调工作不够细密，反而遗漏了。

而重复收录的问题，如《庄严的历史使命》（见《夏衍全集》第8卷、《夏衍全集》第9卷），《在剧本创作座谈会上的讲话》（见《夏衍全集》第7卷、《夏衍全集》第3卷）②，《〈义勇军进行曲〉的来历》（见《夏衍全集》第7卷、《夏衍全集》第9卷）③等文的重复，大概是因为文章重要而各板块协调不善所引起的。

在各种名人全集的编纂过程中，上述的编辑体例的疏失其实都是在所难免的。也没有哪一种编辑方式可称为“最善”，使所有读者都满意。不过，按照当前国际上的名人全集编纂观念，编辑者在编辑过程中尽量保持客观、保持文献的原有样态，尽量不加入自己的主观判断是一种通行的做法。因此，在全集编纂中，以时序、年代作为名人杂类文章的结集判断根据是较为流行的做法。这种做法，较能避免文体分类上的争议，不会重复收录，也较能避免因主观判断而引起的漏收的情况。此外，根据这种方法，读者对阅读对象思想的变化发展会有一个比较直观的印象。当然，对于初学者来说，这种方式可能过于学术化，过于烦琐，但鱼与熊掌兼得有时确实是困难的事情。

至少，就夏衍来说，他的作品的年代绝大部分均可考信，因此以时序、

---

① 《夏衍全集》第15卷，第277页。

② 该文谈论的是电影剧本的问题，当收入《夏衍全集》第7卷，但《夏衍全集》第3卷所做题注有参考价值。

③ 《夏衍全集》第7卷收录时作《关于〈义勇军进行曲〉的来历——致〈北京晚报〉编辑部》，《夏衍全集》第9卷收录时作《〈义勇军进行曲〉的来历》，内容完全一样。

年代来编排其剧作、自传、书信、日记之外的文章，是完全可能的。在此基础上，或可以在每个考信的年份中将发表在同一专栏（或其他明显可以并作一类）的文章进行归类处理。——当然，需要指出，《夏衍全集》的编辑并非不强调时序的重要性，在全集的出版说明中便有这样的说法："文章以发表时间为序排列，个别卷目亦有先分类后时间的排列。"① 只可惜它是按"戏剧评论""电影评论""新闻时评"与"文学"几个板块分类后再按照时序排列，不免事倍功半。

二

既然是"夏衍全集"，我们就不能不对其收集夏衍作品是否"完全"做一番评论。其中的一些意见难免是求全责备的，不过，这也是一切被称为"全集"的文献编纂难以逃避的宿命。

《夏衍全集》的"出版说明"有这样的说法："《夏衍全集》在编辑中，既考虑主要创作门类力争收全，也注意尊重著者意愿，不主张有文必录；不回避特定的历史时期的一些错误的表态性文章，实事求是地表现思想的过程、历史的曲折……"②

一般地说来，笔者也同意全集的编纂不是有文必录，一些过于琐细的、重复性的或过于敏感的、隐私性的文字，经版权所有人的同意，编辑者可以作适当的删减。但笔者同样认为，既然是全集，对这些被删除的信息就应当有必要的说明：或存目，或在被删除的文字的位置上出现提示信息等。不有文必录不应该给人造成一种印象：全集未收之文字即是不存在的。从这个角度说，笔者对出版说明中"尊重著者意愿"而不收录某些文字的说法持有很大的保留意见。因为如果按照夏衍的个人意愿，《夏衍全集》中的日记还有

① 《〈夏衍全集〉出版说明》，《夏衍全集》第1卷，第2页。

② 《〈夏衍全集〉出版说明》，《夏衍全集》第1卷，第1页。

相当部分的书信、解放前后的批判性的文章，恐怕都未必主张收录的。如果“不回避特定的历史时期的一些错误的表态性文章”以让读者实事求是地看到夏衍思想的发展“过程、历史的曲折”，那么，哪些“错误的表态性文章”是全集编辑委员会认为应当收录而哪些则要“尊重著者意愿”不予收录，应予必要的说明。

这其中最有代表性的一个例子就是夏衍1957年8月14日在中国作家协会党组扩大会议上的发言要不要收的问题。这个被称为“爆炸性发言”的讲话，按照全集的编辑体例没有不收的道理。时间已将近过去50年，考虑这个发言的某些内容可能还有些过于敏感，笔者认为用加“编者按”的形式、或加说明作一些技术上删节，都是可行的。至少应该存目。但现在的全集却于此只字不提。事实上，中国作协1957年9月的打印稿《对丁、陈反党集团的批判——中国作家协会党组扩大会议上的发言》流传甚广，《夏衍全集》的编委会（或其“出版工作指导委员会”）对之不应刻意回避。

夏衍生前还接受了许多报纸、期刊、个人的采访。这些访谈是否应当收入全集呢？

《夏衍全集》的“出版说明”这样说道：“未经作者确认的讲话、访谈，暂不入集。”① 《夏衍全集》第11卷的编辑说明也有这样的说法：“本卷最后有几篇晚年应报刊的邀约而作的访谈录，体现他晚年的思维和心境，可以帮助读者和后人从侧面了解这位世纪老人的心声。类似的访谈录还有一些，但未经夏衍本人过目同意，故未收。”② 《夏衍全集》第11卷根据这个标准，收录了《天南海北谈——答〈瞭望〉记者问》《当前中国文艺界的“热点”》《续〈天南海北谈〉——答〈瞭望〉记者问》《纵谈全民文化素质》《上海解放前夕的一些回忆——答〈上海滩〉记者问》《一个过来人的回忆与反思——五四运动七十周年答〈求是〉记者问》共六篇访谈。

按照这种编辑说明，似乎除了已零散编入电影评论与文学各卷的访谈，

---

① 《〈夏衍全集〉出版说明》，《夏衍全集》第1卷，第2页。

② 《夏衍全集》第11卷之《本卷说明》。

夏衍其他的访谈均已收入该卷的“访谈”板块，除此之外，除个别因信息渠道不畅而漏收的，各种坊间流传的夏衍访谈录都属于“未经夏衍本人过目同意”而不录的了。

但这种说法是否是客观的呢？

这中间恐怕有不小的商榷余地。举一个例子就可以说明问题。程季华主编的《夏衍电影文集》（中国电影出版社 2000 年版）第 4 卷中收录的访谈录 22 篇就基本不见于《夏衍全集》各卷。如果说这些访谈全是未经夏衍过目或夏衍生前不能表示同意的，恐怕难以令人置信。这些访谈有发表于 1979 年《南方日报》的，有发表于 1981 年《电影通讯》的，有发表于 1982 年《戏剧电影报》的，还有发表于 1994 年《文汇电影时报》的，等等，如果说夏衍在这么一个漫长的时间段对打着自己名义的访谈录都是充耳不闻的，未免于理不合。特别是 1993 年李文斌还将其与夏衍的访谈录结集成书，题为《夏衍访谈录》（中国电影出版社 1993 年版）公开出版，如此事果然违背夏衍的意愿，他事先不知道、事后不追究似乎是不可能的。

《夏衍全集》未能收录这些访谈是否可能是因为版权问题？即因版权问题，《夏衍全集》未能收录著作者不是夏衍的访谈录？但即便是这样，事情仍有值得商榷之处。第一，对于这种情况，全集应予必要的说明。第二，这些访谈最好有一个存目表。第三，《我们万众一心，前进！——夏衍谈〈义勇军进行曲〉》（原载《文汇报》1982 年 12 月 5 日）只是一篇报道，夏衍明显不是著作权人，却也收入了《夏衍全集》第 7 卷。而署名夏衍的访谈《续天南海北谈》① 却也未见收录。故而未选《夏衍电影文集》第 4 卷中的各种访谈录也不一定是因为版权的关系。笔者于此就很难想象其具体的理由了。

《夏衍全集》第 11 卷的“出版说明”说得好，各种访谈录体现了夏衍“晚年的思维和心境，可以帮助读者和后人从侧面了解这位世纪老人的心声”。因此，未经严谨而有说服力的说明（而不是笼统的说明）即拒收大量

① 与前一篇《续〈天南海北谈〉——答〈瞭望〉记者问》不同。前篇发表在 1987 年第 52 期，本篇发表在 1992 年第 35 期，且无副标题。

访谈录，是不够妥当的（至少应有相关信息提示）。以上较多地列举了电影方面的访谈，其实夏衍还有很多时事、文学史方面的访谈《夏衍全集》也未收。笔者不大能理解为什么《夏衍全集》未收周健强的《夏衍谈“左联”后期》（《新文学史料》1991 年第 4 期）。这篇文章虽然有个别知识性的错误，但能够反映夏衍对冯雪峰问题的晚年定论，他算是自己给著名的“冯夏之争”做了一个结论（尽管这个结论可能让很多人不快）。这是真正意义上夏衍“晚年的思维和心境”的一个充分表现，但不知道《夏衍全集》出于何种理由未收此文。

另外，全集在修葺过程中，是否能够尽可能地收集一些非常规的文献？这些文献也许可能在更深层次上反映了时代与个人的精神面相。有论者指出，为促进拨乱反正、平反冤案以及落实政策，夏衍在 20 世纪 80 年代初期写过的各种旁证材料总在 200—300 份以上，按每份 300 字、共 200 份记，此类材料的字数也不会下于 6 万字。编辑《夏衍全集》应当注意这类材料的搜集，“这恐怕是当代史家以及文体家所感兴趣的事”。① 这是一个很有创意的见解。

再有，夏衍在“文化大革命”期间曾根据专案组的要求写过各种材料（包括自己的以及所谓“外调材料”）。根据邵燕祥、黄宗英等的回忆，“文化大革命”时期个人的交代材料有关部分似也发还给了本人。至少部分人士如此。夏衍在“文化大革命”时写的各种交代材料不知下落如何。如有可能，这些材料是否能够做部分的选录？比如他写的关于潘汉年的材料具体内容怎样？潘汉年被加上“内奸”“反革命”罪名后，尹骐指出：“按照统一部署，在党内外发动了一个揭发批判的热潮。上海更是重点，在潘被捕后的几个月内，各种所谓检举、揭发和交代的材料数以百计地转到了专案机构。但这里面竟没有见到过去和潘汉年的关系最久最深的夏衍所写的揭发和交代文字。”在潘汉年被捕后的二十多年中，夏衍保持了一种有尊严的缄默的态度。而这

① 高汾：《有关夏公“写作”的几件事》，载《忆夏公》编辑委员会：《忆夏公》，文化艺术出版社 1996 年版，第 505 页。

位据说看过潘汉年入狱后全部档案文字的研究者还指出，“文化大革命”中因为潘汉年特殊的地位，找他的专案组特别多：

> 其中，夏衍专案组的人员当然更清楚潘汉年和夏衍之间的长期交往，过从甚密的历史。他们几次以中央专案办的名义提审潘汉年，要潘交代和揭发夏衍的“罪行”。潘汉年不得不一次又一次地回忆他和夏衍的交往经过以及他所知道夏衍的全部情况。为应付专案人员的外调与追通。潘汉年用了一整段时间写了一份长达数万字的关于夏衍情况的材料。由于这份材料的重要，有关部门还特地打印出来归档长期保存。20年之后，笔者读到这份材料时，深感这份材料是能够经得起历史检验的。除了在当时的政治背景下不可能没有的一些空词的政治帽子和流行的行文习惯用语外，就事实本身而言，可以说是没有任何虚构杜撰以及捕风捉影、蓄意夸大成分的。这既反映了潘汉年的政治品质，又反映了他对老战友夏衍的一片真诚负责态度。①

从现已公开的材料来看，夏衍对老战友潘汉年同样保持了“一片真诚负责态度”，但很可惜缺乏必要的细节。在全集中，夏衍类此的“交代”材料如能有所体现，当是人性在最残酷条件中仍能焕发温情真心的珍稀史料了。

三

如果以夏衍作品的标准版来作要求，《夏衍全集》的编辑还有一些细节问题值得注意。

第一，关于夏衍作品版本的核校，《夏衍全集》还有改进余地。

---

① 尹骐：《夏衍与潘汉年的挚友情》，《炎黄春秋》1995年第6期。

全集出版说明有这样的说法："入选文章以第一次发表为首选，著作以作者认定的最后版本为准。"对这个原则，笔者基本表示同意，但校读《夏衍全集》之后，认为还有两个小问题值得注意。

其一，编者应当确保入选文章是第一次发表的版本。比如收在《夏衍全集》第11卷中的《续〈天南海北谈〉——答〈瞭望〉周刊记者问》一文，几乎将原文中的"赵紫阳"名字全部删掉。这种差异核对一下发表在《瞭望》1987年第52期的原文一望即知。但事实上《夏衍全集》并不十分回避赵紫阳的名字，《夏衍全集》第11卷中紧接着此文排印的《纵谈全民文化素质》一文，却又直接出现"赵紫阳总理"①的说法。笔者怀疑，《续〈天南海北谈〉——答〈瞭望〉周刊记者问》选入《夏衍全集》时，编者采用的是《天南海北谈》(花城出版社1992年版）中的版本。同样的情况也出现在《忆江南》一文中。该文有言道："我也居然常常以草泽英雄作为我故乡的夸耀了。"②而在《夏衍选集》第4卷中，该句作："我也居然常常以王八妹之类的草泽英雄作为我故乡的夸耀了。"③《夏衍选集》所用才是原作的版本。因为王八妹后来成为敌人，跑去了台湾，新中国成立后，夏衍的一些选集中删掉了原作"王八妹"的字样。《夏衍全集》此处估计采用的是某一文集的版本。

笔者还怀疑如《童心颂赞》(见《夏衍全集》第9卷）等的文本也未必根据初版。由于核对新中国成立前文献工作量太大，现仅献疑于此。

其二，"入选文章以第一次发表为首选"作为一个原则大体是正确的，不过某些重要的异文是否尽可能出注，也有讨论的必要。比如夏衍在《纪念潘汉年同志》一文中提到了他做杨度单线联络人的时间。《人民日报》的原文是这样的："1931年党的六届四中全会之后不久，他在当时'文总'的机关……向'文委'所属各联的党员作了全会决议的传达报告。这之后……我

---

① 《夏衍全集》第11卷，第555页。

② 夏衍：《忆江南》，《夏衍全集》第1卷，第546页。

③ 夏衍：《忆江南》，《夏衍选集》第4卷，四川文艺出版社1988年版，第507页。夏衍在致友人信件中，明确不赞成删去"王八妹"："原文还是照旧为好，必要时可以加个注释。"(陈坚：《时捧尺牍寄长怀——怀夏公（上)》，《大公报》2015年2月1日)

有半年多没有和他见面。大约在这一年深秋的一个晚上，他通过良友图书公司找我，见面之后，他就要了一辆出租汽车，开到法租界的薛华立路的一家小洋房里，把我介绍给一位五十岁出头一点的绅士。”① 而在《夏衍选集》中，相关的表述有一个重要不同：“我有半年多没有和他见面。在前一年的九月，他通过良友图书公司找我……”② 根据这种说法，他见杨度的时间几乎提前了一年。这后一种说法才是较合乎情理的。因为杨度逝世的时间是在1931年9月。

又比如夏衍曾致信陈白尘，谈论电影《鲁迅传》编剧、摄制问题。信中写道：

> 白尘同志：
>
> 手书敬悉，所述那个差使，当然还是抓住为好，特别有些人跃跃欲试，企图篡改历史的时候。关于我和翰老赴苏州之事，因翰老近来身体不好，连中岛健藏的夫人来访，他也把宴请的任务推给了我，所以我看他四月间是不可能成行的，我对此事也想谈谈我的看法，但独木不成林，是否能把时间推迟一点，等翰老身体健复后再谈呢？乞便告。
>
> 问尊夫人好。
>
> 夏衍
>
> （一九八四）三·二七③

《夏衍全集》第16卷第80页收录了这封通信，却无“所述那个差使，当然还是抓住为好，特别有些人跃跃欲试，企图篡改历史的时候”一句，以至于“我对此事也想谈谈我的看法，但独木不成林”变成像是为“中岛健藏

① 夏衍：《纪念潘汉年同志》，《夏衍全集》第9卷，第527页。

② 夏衍：《纪念潘汉年同志》，《夏衍选集》第4卷，四川文艺出版社1988年版，第431页。

③ 转引自许建辉：《与夏衍修改〈鲁迅传〉事有关的一封信》，《文艺报》2012年10月17日。

的夫人来访，他也把宴请的任务推给了我”而发了。这样夏衍这封信所谈问题就完全变了。

像这类情况，《夏衍全集》在做修订时都应对异文情况予以说明。

第二，《夏衍全集》对夏衍作品的搜集当更为齐备。

我们前文已经指出了在某些情况中《夏衍全集》存在着漏收夏衍作品的现象。这里我们还可以列举一些《夏衍全集》漏收作品名录。

夏衍 1958 年 11 月 1 日的《在讨论艺术片放卫星座谈会上报告》漏收。该文在吴迪主编的《中国电影研究资料 1949—1979（中卷）》（文化艺术出版社 2006 年版）中可见。从该文中我们可较清晰地看到夏衍后来自评的“有时清醒，有时糊涂”交织的特殊精神状态，① 因而该文还是具有较高史料价值的。

夏衍还有一些重要的书序可能漏收。他的《〈陶晶孙选集〉序言》（丁景唐：《陶晶孙选集》，人民文学出版社 1995 年版）较详细地谈到了陶晶孙与潘汉年在隐蔽战线上的工作联系，非常珍贵。在该文中，他可能是以唯一残存的历史见证者的身份来洗刷长期以来加诸在陶晶孙身上的不实之词了。②他为杨云慧《从保皇派到秘密党员——回忆我的父亲杨度》（上海文化出版社 1987 年版）所写的序言也有收录的价值。该文虽然大体来自《纪念潘汉年同志》《回忆杨度同志二三事》两文，但该文提到“我和杨度同志单线联系的时间不长”一言甚为重要。据此，我们基本可以判定他首次见杨度的时间当在 1930 年 9 月前后。

还有某些重要信件可以根据其他人物的书信集去寻找下落；此外，还有某些重要的来信，尽管夏衍不一定有回信也当收录。

如胡乔木与夏衍之间的一封通信就是如此。此事首先涉及夏衍主编《救亡日报》时期的一件公案。

---

① 参见夏衍：《实事求是地编好电影党史》，《夏衍全集》第 7 卷，第 342 页。

② 该文据说是丁景唐代为执笔的，但其中主要的内容恐怕还是来自于夏衍，因为其中披露的不少信息除了夏衍、陶晶孙这样的当事人外，是再没有第三者知晓的了。

1938年3月26日，《救亡日报》发表该报记者“洛基”的采访录《张闻天论当前抗战诸问题》，其中提到张闻天的职务为“总书记”。但这是一个明显的不恰当的说法。为了纠正这个明显错误，4月9日张闻天致电汉口的王明、周恩来、博古、凯丰，要求针对《救亡日报》发表的这个采访录刊登一个声明：“中共中央有几个书记，向无所谓总书记。”应张闻天的要求，4月12日武汉《新华日报》刊登了《张闻天（洛甫）启示》，其中提到：“中共中央设有由数位同志组织之书记处，但并无所谓总书记。”①

夏衍在1980年10月四千人讨论《关于建国以来若干历史问题的决议(讨论稿)》时，曾在小组会上对这个问题提出疑议：张在什么时候、在哪一次会议上、经过什么程序，被撤销了“总书记”职务？会后他致信邓颖超询问该事。受邓颖超的委托，胡乔木回信称：“‘一九三七年一十一月，王明从莫斯科回到延安，带回了共产国际的意见，中央书记处于十二月进行了改组，中央不再设总书记，而由数同志组织之书记处领导全党工作，张闻天同志仍然是书记处书记，毛泽东同志在党内的职务也是书记处书记。’这与闻天同志声明内容相同。”“我问了陈云同志，他也说这一段时间没有明确的总书记职务和名义。一九四一年对张批评后，张不再召集会议，而不是到那时才不任总书记，特告。”②

根据这封通信，中国共产党自遵义会议至20世纪40年代初领导层架构的基本情况、张闻天在党内的地位等党史重要问题都在一定程度上得到了说明。其重要程度是可以想见的，《夏衍全集》有必要找到夏衍致邓颖超的这封信。

另外，陈云为潘汉年平反事曾于1982年11月9日“致信夏衍，请他写一篇纪念潘汉年的文章”③。这封信是重要的，既是夏衍《纪念潘汉年同志》

---

① 李方祥：《遵义会议确立毛泽东领导地位的历史真相不容动摇》，李慎明、李捷：《还历史的本原》，中国社会科学出版社2014年版，第73—74页。

② 胡乔木：1981年1月5日致夏衍，胡乔木：《胡乔木书信集》，人民出版社2002年版，第311—312页。

③ 中共中央文献研究室：《陈云年谱》（下），中央文献出版社2000年版，第310页。

这篇名作的缘起，也可能涉及潘案平反的某些关节，《夏衍全集》亦当收入。如编入《夏衍全集》第 16 卷体例不合，是否作为《纪念潘汉年同志》的附录编入《夏衍全集》第 9 卷？

第三，夏衍部分书信和少数文章写作年代不明（或含混），经较为细密的考证，有些能够有更好的结论。

《我观中国的“根”》（见《夏衍全集》第 9 卷）一文写作时间不明。《夏衍全集》断其写作时间为 20 世纪 90 年代初，不知何据。该文提到了“不久前”的费景汉的《企业与社会发展》。① 文中还提到“最近一位青年作家为了反传统、反封建而竟发展出‘人种’问题，认为中国的人种也不如别人”等。文中“青年作家”似指刘晓波，所谈论的事情则似乎是指刘晓波 1988 年接受香港《解放月报》提出“人种”说一事（刘在这个采访中说“中国的所有悲剧”都“可能与人种有关”；他还说中国如要实现一个真正的历史变革，需要做“三百年殖民地”云云）。这篇报道发表在《解放月报》1988 年 12 月号上。如这个推测成立，该文写作时间当在 1989 年初。

《夏衍全集》第 15 卷中收有两篇附录《新的跋涉》与《〈武训传〉事件始末》。《〈武训传〉事件始末》文后附有写作时间“1991 年秋”,《新的跋涉》未注写作时间。该文当与《〈武训传〉事件始末》写在同时。夏衍 1991 年 12 月 25 日在致李子云信中说：“回忆录刚写了一万多字，又搁下了，这些回忆都是现在不能发表的，既骂人也骂自己，但能写还是写下来好，留个证据。”② 据此而推论，《新的跋涉》《〈武训传〉事件始末》两节可能是连续写成的。

---

① 但遍查台湾《天下》期刊 1987 年至 1992 年诸卷，并无费景汉《企业与社会发展》一文。《天下》似亦发表过与此同名的文章。另搜索台湾“国家图书馆”期刊文献资讯网，费景汉并无与此同名的文章，唯其与余英时合作的一篇文章内容近似［费景汉、余英时：“Economic Development and Traditional Chinese Cultural Values”, *Sino-American Relations*，第 12 卷第 4 期（1986 年冬）]。笔者推测可能他人在文中提及该文内容，夏衍转引之而已。《我观中国的“根”》本为夏衍未完成之作，全集编者收录本文时未作核校，致有此失误。

② 《夏衍全集》第 16 卷，第 65 页。

夏衍与潘汉年的通信现存6通。这其中有3封信与夏衍访问印度的事情相关，因此，这几封信的写作时间与他访问印度的时间可以得到一种互证。夏衍此次访印的时间有多种说法。沈芸《夏衍年表》判断夏衍赴印度的时间是1954年1月[①]，林缦判断的时间是1954年4月[②]等，恐均不确。夏衍在一封写给潘汉年的信中提到了他近日就将出国的事情，该信日期标为“11月24日”。在1949年至1955年之前，夏衍这一时间段出访的年份只能是1953年（1955年4月潘汉年被捕后，两人间自然就没有通信的事情了）。这一判定和他在《赞颂我的“老大姐”》[③]一文的说法也是吻合的。因此，夏衍访印的时间可推定为1953年12月初至1954年2月初。[④]据此，夏衍与潘汉年另一封谈到出国事情的信件（该信日期标为“11月26日”）也是写于1953年的。《夏衍全集》编者断这封信的写作时间是“1954年”不妥当。顺便指出，《夏衍全集》第16卷断夏衍一封标为“6月19日”写给潘汉年的信写作年份为“1951年”也不妥当。因为这封信谈到了“昨天”欢送宋平的事情，而1951年6月19日夏衍正在东德访问。这封信的写作日期可能是1954年（因为它提到了姚溱负责夏衍“走后”工作的事情）[⑤]。

夏衍不少信件未标明年（或月）份。《夏衍全集》第16卷的编者已作出大量辛勤、有成效的劳动。但根据书信内容来作考订，个别工作还是能够做得更精确一些。除了上述致潘汉年的几封信，这里可以再举一例。他一封致友人李灏的信只标注了写作的日期“23日”。[⑥]不过联系该信谈到的体育馆七千人批乔冠华大会，判断该信写作的年、月份还是有明确线索

---

① 参见《夏衍全集》第16卷，第441页。

② 参见《当代中国文化名人传记画册·夏衍大事年表》，浙江摄影出版社1993年版，第189页。

③ 该文提到：“记得1953年我和她一起……访问印度。”（《夏衍全集》第9卷，第510页）

④ 他回国的时间可在他致潘汉年的另一封信中可以判定，参见《夏衍全集》第16卷，第188页。

⑤ 参见《夏衍全集》第16卷，第189页。

⑥ 参见《夏衍全集》第16卷，第18—19页。

的。当然，需要承认，这份工作需要查索大量的当时的报刊，事情烦琐而收获不大。

第四，夏衍原作个别的疏失应当尽量出注。

夏衍原作个别的疏失之处，《夏衍全集》的编辑者已做了很好的校订，《夏衍全集》第15卷的编辑者对夏衍自传中个别误记的校订即是很好的例证，不过也还略有改进的余地。

夏衍在自传中说，德清“最后一个状元是俞樾（曲园）——就是俞平伯先生的曾祖父”。① 此当为夏衍的误记。俞樾在道光三十年（1850）庚戌科，中进士第十九名。在朝考中（清代跟进士考试有关的，有会试、复试、殿试、朝考四种，殿试一等前三名即所谓的状元、榜眼、探花直接入翰林院为官，不参加朝考），以一句“花落春仍在，天时尚艳阳”破题，得主考官之一、礼部侍郎曾国藩激赏，授朝考一等第一名，非殿试第一名“状元”。②

再如，何其芳曾就夏衍的剧作《芳草天涯》发表过评论，夏衍在回忆录中将其写作的日期误作“1959年”，全集的编辑者指出该文实发表于“1945年”，③ 这无疑是正确的。不过，按照全集的编辑体例，如果能指出何其芳的这篇《评〈芳草天涯〉》首次发表在重庆《联合特刊》1945年11月第1期上，则就更加妥帖了。

夏衍的原作偶然还有一些其他的疏失。如奥凯西的名作 *Juno And The Paychock*，夏衍将之译为“《六月与孔雀》”。《夏衍全集》第3卷编者指出该剧名“也有译为《朱诺与孔雀》”④ 的。这种说法似乎过于委婉了。因为剧中女主角即名Juno Boyle。剧名中的“Juno”即指她的名字，又喻指她性格的坚强和掌控家庭全面事务的能力，如神后朱诺。“Paychock”即喻指她的丈夫“船长”Boyle，浮华花俏、夸夸其谈，却没有实际的用处和能力。因此该剧名就当译作“《朱诺与孔雀》”。

---

① 《夏衍全集》第15卷，第11页。

② 参见商衍鎏：《清代科举考试述录》，三联书店1958年版。

③ 《夏衍全集》第15卷，第279页。

④ 《夏衍全集》第3卷，第11页。

夏衍在《勇敢的战术》① 和《中国人的办法》② 中，两次将庄子的名言“为之斗斛以量之，则并与斗斛而窃之”误作老子的话，应当说明。——《夏衍全集》第3卷的《勇敢的战术》一文还将“窃”误作“窍”。

又如，夏衍在《实事求是地编好电影党史》一文中曾说“我看到朱可夫回忆录，当时他是驻重庆大使馆的武官”③ 云云。此处“朱可夫”当为“崔可夫”。

第五，夏衍个别文章有重复发表，编辑全集时自当只选其一，但在题注中应当尽量说明，或在正文中存目处理。

《夏衍全集》第3卷的编辑说明中提到：“也有部分文章标题不同，但经核校，发现其内容基本相同，因而仅选其一，在注解中加以说明”。④ 这是一种非常好的做法。不过略有点可惜的是在编辑过程中《夏衍全集》第2卷未彻底地执行这一个合理的做法。如《〈夏衍剧作选〉代序》（《夏衍全集》第2卷）的题注已说明它和《〈夏衍选集〉代序》内容基本一样，则《夏衍全集》第9卷就无须重复收入《〈夏衍选集〉代序》（并且从内容上，这一篇也当归入《夏衍全集》第3卷）。又，《夏衍全集》第11卷说《当前文艺界的“热点”》“原载《电影通讯》1986年第12期”。这个说法本来不错，却没有说明该文曾以《夏衍谈当前中国文艺界的几个热点》之名在《瞭望》1986年第41期上发表过。类似的情况还有一些。

第六，因粗心而造成的编辑错误应当尽量避免。

《夏衍全集》中还有些纯属粗心而造成的编辑错误，寄期望于在修订版中能有所改正。

按照全集的编辑体例，除了内部报告、讲话，夏衍的文章一般都注明第一次发表时所用的笔名，如果发表时即未署名，也予以相应说明。但事实上，全集中有不少文章却未遵循这一编辑体例，如《劳勃生路——日商内

---

① 《夏衍全集》第3卷，第153页。

② 《夏衍全集》第10卷，第165页。

③ 《夏衍全集》第7卷，第339页。

④ 《夏衍全集》第3卷，第2页。

外棉纱厂“壁报第十号”号外》（见《夏衍全集》第8卷）、《上海谈奇录》（见《夏衍全集》第8卷）、《哭杨潮》（见《夏衍全集》第9卷）、《归来琐记》（见《夏衍全集》第9卷）、《送绥靖公之辞》（见《夏衍全集》第10卷）等既无首发时的笔名，也无情况说明。此种情形在全集中不在少数，不再一一枚举。

全集的题注也有一些问题。

《夏衍全集》第9卷在题注说《纪念潘汉年同志》“原载《浙江日报》1982年11月23日”①。经核查，该文原载《人民日报》1982年11月23日，《浙江日报》当日并无登载此文。

《夏衍全集》的题注类此的疏忽并不少。如《续〈天南海北谈〉——答〈瞭望〉记者问》的题注说该文“原载《瞭望》海外版”②云云，但《瞭望》海外版面向海外发行，而该文实则刊载在国内发行的《瞭望》1987年第52期上。《纵谈全民文化素质》题注说该文“原载《瞭望》半月刊”③，但《瞭望》实是周刊。

又，《吴作人画册序》一文的题注仅有序号而无内容，④《在全国话剧文学学术讨论会闭幕式上的讲话》说“1936年瞿秋白领导左联时”⑤定有排版时的误植，此类错误，都应在修订时尽量剔除。

最后还必须说明的一点是，《夏衍全集》编纂筚路蓝缕，在各方面已经作出了重大的贡献。在此基础上，本文才可能做一些求全责备的挑剔批评。本文的各种意见，与其说是批评，不如说是对未来的期望。笔者期望自己这份较为业余的工作能对未来《夏衍全集》的修订略有助益，也希望它能成为纪念夏衍逝世20周年一份微薄的祭奠。

---

① 《夏衍全集》第9卷，第525页。

② 《夏衍全集》第11卷，第546页。

③ 《夏衍全集》第11卷，第553页。

④ 参见《夏衍全集》第8卷，第598页。

⑤ 《夏衍全集》第3卷，第439页。

左翼精神的张力：夏衍早期电影实践再研究[①]

——兼及20世纪30年代的“软硬之争”问题

一

作为一代左翼文化重镇，夏衍尤其对中国现代话剧及电影这两个行业产生了深刻的结构性的影响，其工作为后来者的思想探索提供了不竭的精神滋养。本文将集中讨论他在早期电影实践（1930—1937）[②] 历程中所表现出来的那种富有张力的左翼文化精神。

像夏衍这样受过良好教育、才能出众的知识分子，在那样一个时代，冒着生命危险投入到左翼文化活动中，无疑是抱有坚定的政治信仰的。坚定地站在广大底层人民一边，为劳苦大众的不公平处境摇旗呐喊，甚至为这种事业抛头颅洒热血而在所不辞，是他，也是他们这一代左翼电影人们（如田汉、蔡楚生、司徒慧敏、袁牧之、钱杏邨、阳翰笙、沈西苓等）共有的理想

---

① 本文与章凡合作完成，曾部分发表在《戏剧》2015年第6期，发表时署名陈奇佳、章凡。

② 1937年7月全面抗战爆发后，历史进入了一个新的阶段，左翼电影作为一种具有全国影响的电影美学思潮已告终结，夏衍个人的活动中心和思想观念也有了较大转向。

信念。他们的此种热血精神，前人研究已多，本文不拟多作展开。我们所要追问的倒是：他们如何在坚持价值信仰的前提下，以一种左翼的文化姿态尽可能地包容现实生活与实际精神运动的无限广阔性？

我们知道，在当时的历史条件下，左翼文化完全是一种新生事物（革命导师既没有对这些问题作出过权威论述，"拉普""纳普"等无产阶级先锋艺术团体也未对之作出过"决议"之类）。而在中国，"左翼"更等同于"赤化"，等于有性命之忧，这和后来中国社会的标榜"左"即等同于标榜"唯我独革""唯我正确"，就能获得现实体制给予的好处是根本不同的两码事。因此，夏衍等一代左翼文化人注定需要背负沉重的"轭"，他们需要一种更广阔、更强健的心灵去理解、包容、驾驭丰富多样的现实人生。他们对左翼文化精神的解释与运用必须要和实际问题密切结合起来（可以想见，单单靠摆一种"左"的姿态肯定是于事无补的①），他们的精神实践因此必然充满着内在张力：类似服从特定价值追求的使命意识和表现这种价值追求的艺术手段的不完备性间的矛盾、电影技术开发所需要的先锋视觉实验和电影艺术大众化要求的矛盾、电影艺术大众化的要求和纯粹市场导向之间的矛盾等等问题时常困扰他们。这些问题通常并无固定的答案，需要实践者根据现实情况在矛盾的两极作动态的平衡。

夏衍早期的电影实践是体现20世纪30年代左翼文化人精神张力一个很好的个案。在其电影实践中，其激进革命政治立场的坚定性是毋庸置疑的，不过，如对其具体左翼视像话语模式做进一步的分析，却不难发现，根据现实情况来看他的某些具体观点左右摆动的幅度有时是很大的，甚至和"软性电影"论也不无近似之处。——田汉、蔡楚生等中国左翼电影缔造者们的话

---

① 有些学者认为当时电影界左右翼力量的论战是由于左翼力量过于强势而引发的："左翼影评一味强化'意识'的评价体系十分强势地造成了电影评价过于单一的标准，而左翼电影报刊一味为属于其阵营的创作者的影片做正面宣传，打击其他一切创作力量，这也势必会引发起被打压者的'应战'，'软性电影论'终于在这样的情势下登场了。"（秦翼：《对电影"软硬之争"的再认识》，《南京艺术学院学报》（音乐与表演版）2013年第3期）这种说法未免以新中国成立后情况度量1930年的状况，可能弄错因果关系了。

语方式也存在着类似情况。谛视夏衍电影实践这种张力平衡的矛盾关系将是富有价值意义的，我们能够据以深思左翼精神活动的自由边界。

作为一个必要的参考坐标，我们在文中也将粗略涉及一点当年的“软硬之争”问题。我们认为：

一、对穆时英、刘呐鸥等人所倡导的“软性电影”进行再解读自有其当代意义。无论如何，传统关于“软性”论者“像是几只鼓破肚皮拦路噪嚷的青蛙，一点也没有能障碍左翼电影运动飞速前进的车轮与步伐”①的说法，既不符合历史实际，也不够严肃。

二、正视“软性电影”的历史贡献与正视左翼电影的历史贡献并不必然是矛盾冲突的。

按照当前某些研究者的说法，“软性电影”论强调的是电影艺术的“本体”，那么，反过来，当年与他们激烈论战的左翼电影人就是反“电影艺术本体”的，或者进而言之，左翼电影人推行的从来就是一条简单地以政治宣传代替电影艺术本身的道路。②这种非左即右的思维方式是过于简单化了。

某些研究者还有些唯“软性电影”论是从的意味。他们强调《化身姑娘》作为1935年度票房冠军的历史意义，以为以此即可判定左翼电影已被市场抛弃，但他们有意无意地忽略了这样一个事实：由于外部政治压力，1935年是左翼力量在电影界总退却的一年，“软性电影”在这一年的电影市场上是缺乏竞争对手的，未免胜之不武。并且他们还忽略了这样一个事实：票房仅是判断电影作品影响力的标志之一，左翼电影的实际社会影响力即使在1935年恐怕也是不会输给“软性电影”的。③

---

① 程季华：《中国电影发展史》（第一卷），中国电影出版社1963年版，第396页。

② 参见薛峰：《“视觉审美批评”与现代中国电影艺术批评之建立》，《当代电影》2011年第6期；孟军：《话语权·电影本体：关于批评的批评——“硬性电影”与“软性电影”论争的启示》，《当代电影》2005年第2期；欧孟宏：《再论1930年代“软性电影”与“硬性电影”之争》，《重庆师范大学学报》（哲学社会科学版）2011年第6期；等等。

③ 这里我们只要举出《风云儿女》主题曲《义勇军进行曲》的传唱就有足够的说服力了。夏衍晚年有这样的回忆：“到一九三五年二月，上海党的地下组织遭到大破坏，田汉、阳翰笙、杜国庠等被捕后，经周扬同志和我商定，音乐组暂时由我联系，据聂耳赴日本前向我汇

三、不可完全忽略“软硬之争”包含的政治属性。

一个不可回避的历史事实是：左翼电影很可能就是由国民党文化官员为查禁他们在政治口味上所厌恶的作品而“发明”的一个概念。① 因此，虽不能说“软性电影”论者都是接受当局的豢养、单纯从政治意识形态的角度来反对左翼电影的，不过，当某些“软性电影”论者兴高采烈地指责对手为“左派”的“硬性电影”时，也未必没有通过这种论调来博得官方青睐以加官晋爵的目的。“软性电影”论的代表人物黄嘉谟在《电影的色素与毒素》中就这样说：“在近今，中国的导演先生抱着过分的‘虚怀若谷’的态度，上了庸医的大当，给他们注入了一种红色素”，他批评影片中的各种“主义”“往往包含着毒素的物料，其贻害观众者至大，可惜公安局都不曾注意到”。② 穆时英则在 1934 年 8 月 24 日的《檄》中说：“起来！黄帝的子孙，肃清那些不要祖国、出卖民族的‘文化红军’！匍匐于第三国际之下，奴隶样的‘文化红军’！”并自作注称：“甲种罗宋老三在四川（当指工农红军——引者注），乙种是左翼的干部人物，至于摇旗呐喊的左翼小喽啰自然

报，音乐组成员已有二十余人，包括刘良模、孙慎、吕骥、周钢鸣等等……音乐组人数不多，但在一二·九运动前后，这个组所起的作用却很大，联系的群众很多，而且‘救亡歌曲’运动风起云涌，遍及全国（著名的有《义勇军进行曲》《毕业歌》《新女性》《渔光曲》《铁蹄下的歌女》等——引者注），记得一九三六年上海纱厂大罢工时，由刘良模指挥的一次群众大合唱，参加者有四五千人之多。”（夏衍：《1987 年 3 月 6 日致周巍峙信》，《夏衍全集》第 16 卷，第 138 页）

① 国民党 1932 年制定的《电影审查法》中对“左翼电影”下了定义，认为它是“提倡鼓吹阶级斗争”的电影，但未见其实际中的指控。1933 年 4 月 3 日，国民党浙江省政府主席鲁涤平向行政院提交“关于挽救电影艺术为中共宣传呈”，并附其撰写的《电影艺术与共产党》一文和证据“剪报一束”。鲁涤平指认《天明》（1933，孙瑜编导）等七部电影为“左倾的片子 / 左翼电影 / 赤化电影 / 左倾电影”。事可参见松丹铃《从左翼影评发现左翼电影：1930 年代“浙省密报事件”研究》（《福建论坛》（人文社会科学版）2014 年第 7 期）。而在当时左翼电影人以此自命的反而少见，他们或使用“电影文化运动”（如钱杏邨），或称之为“新兴电影运动”（如王尘无），或命名为“革命的民族电影运动”（如田汉）等等，1949 年之后“左翼电影”作为一个专有名词就被频繁使用了。

② 转引自秦翼：《对电影“软硬之争”的再认识》，《南京艺术学院学报》（音乐与表演版）2013 年第 3 期。

算是丙种”，且明确点名：“唐纳为丙种第一号，尘无为第二号，鲁思为第三号。”这无异于向当局告发唐纳、鲁思等人的政治身份，[①] 其论调早已脱出了一般意见之争的范畴。在当年，这种指控足以断送一个人的生命！

因此，我们在今天固然可以看淡“软硬之争”中的政治因素，从电影艺术、思想文化史的角度重新阐释“软性电影”论，但我们也应当对一个时期内左翼电影人对“软性电影”论者的敌视情绪予以历史的同情理解——这恐怕不是无端的政治迫害，而是其来有自。

夏衍始终厌恶“软性电影”。在晚年，他一谈到“软性电影”，还是斥之为“反动派提出”[②] 的、“国民党御用文人”“鼓吹……的反动文章”[③] 等。不过，正因为如此，我们如能发现他的具体观点不时与“软性电影”论不谋而合（至少没有表面看来那么水火不容），这其中包含的内容就是更为有趣的了。

二

对左翼电影的商业元素与商业运作的强调，是夏衍早期电影评论的主题内容之一，是他的左翼电影观念富有张力性内涵的一个突出表现方面。

在“软硬之争”的过程中，“软性电影”论者对左翼电影主要的指责之一即左翼电影不顾市场规律，他们说左翼电影反映底层人民生活内容是“伪装”成的“爱护中国电影的忠臣义士的口吻”，认为少拍摄“惨苦生活的影片”可以使国片多得利润。但“软性电影”论的这些判断不能说是有严格根据的。1933 年《上海二十四小时》《女性的呐喊》《铁板红泪录》等电影的上映，直接引起了当权者的注意。这一方面表现出当权者的政治敏感度较

① 转引自吴海勇：《“电影小组”与左翼电影运动》，上海人民出版社 2014 年版，第 318 页。有关“软性电影论”者非常“硬”的政治立场的介绍，可参见该书第 317—321 页。

② 夏衍：《懒寻旧梦录》，《夏衍全集》第 15 卷，第 37 页。

③ 夏衍：《从事左翼电影工作的一些回忆》，《夏衍全集》第 7 卷，第 273 页。

高，同时也从侧面反映出观众对于这些带有左翼色彩的电影是积极接受的。夏衍指出：1933—1934年以来“最‘多得利润’的影片是下列的几部：《姊妹花》《都会的早晨》《三个摩登女性》《狂流》《母性之光》《小玩意》等，这些片子的内容，在软性论者是一个重大的不幸，都是‘暴露了贫民的惨苦生活’的作品”。[①] 按照这种市场逻辑，1935年如果不是因为国民党政府的粗暴干涉，很难说受众对左翼电影作品的需求一定就会输给所谓的“软性电影”。

但需要指出的是，主张电影“暴露了贫民的惨苦生活”并不是要让电影产品成为政治的单纯传声筒，更不是主张在电影中摒弃一切让人欢悦、兴奋的元素。我们过去在宣传上过分强调左翼电影的政治属性，仿佛左翼电影一旦“暴露了贫民的惨苦生活”就全面压倒了“天一”这些走纯娱乐路线电影公司的作品，这其实是一种误解。夏衍等人对电影生产所必须包含的商业属性的认识是非常清楚的，为扩大其作品影响面所调动的手段有时是非常大胆的。根据现有资料，这其中至少有两方面问题值得一谈。

其一是对好莱坞明星模式的借鉴与“性”元素的含混运用。

就夏衍个人的趣味来看，他所喜好的电影作品实际上是非常大众化的。在1933年12月发表于《晨报》“每日电影”的专栏文章《每日座谈》中，夏衍列举了1933年他认为品质较好的五部国片和十部外国片。就十部外国电影而言，1932年的《大饭店》和1933年的《歌舞升平》（亦作《1933年的淘金女郎》）是非常标准的“全明星电影”，这些美国米高梅公司出品的影片虽然是不折不扣的娱乐电影，但同时通过来往者的故事展现了美国20世纪30年代的众生相。《歌舞升平》灰姑娘式的剧情现在看来虽然浮于流俗，但是在美国30年代经济大萧条的背景下，却可以激励成千上万失业者抱有生活下去的决心。除去德国电影《女性》和俄国电影《生路》（亦作《通往生活的旅行证》）是以批判社会现实为核心剧情，法国电影《巴黎屋檐下》也是法国当年最受欢迎的电影之一，这部电影因其文艺气息较浓的镜头而带

① 罗浮：《白障了的“生意眼”——谁戕害了中国的新生电影》，《夏衍全集》第6卷，第30页。

有一些小资产阶级的趣味。这十部电影中几乎没有严肃刻板地宣传意识形态的作品（《生路》有关小偷、黑社会的内容在当时很有感官刺激性），令人惊异的倒是，有较多大尺度镜头的《罗宫春色》也能名列十大佳作之中。

夏衍等一代电影人所受好莱坞电影文化之影响由此可见一斑。他们既然熟悉好莱坞式的电影生产到产出的运营机制，为了迎合市场和观众的需求，其作品中也就不时出现顺应市民欲望需求的视觉营销技巧。这其中最为明显的就是对于女性角色的塑造上，如《母性之光》里的南洋艳舞，《小玩意》中叶大嫂的女儿裸露大腿教体操的镜头等。① 《春蚕》中艾霞扮演的荷花也有类似的功能。② 以今天的眼光看，这类镜头是属于单纯迎合小市民趣味的"噱头"还是带有一定女性身体解放的意识，尚有进一步讨论之必要，不过不管怎么说，这其中带有相当商业元素的考量恐怕是不能否认的。这从侧面反映出即便是在以社会批判为己任的"硬性电影"里，革命意识与商业电影元素是混合在一起的，二者共同影响着左翼电影的叙事模式。

其二是对电影运营的商业机制有较深入的洞察。

夏衍曾讽刺"软性电影"论者酷爱谈论"生意"而对"生意"问题实不甚了了。他说道："所谓'生意眼'的问题，是并不和片子的内容对立的，一切还得看导演的能力而定。"③ 他和左翼同道早就认识到，电影质量的提高需要借助文艺界人士的共同努力：不仅是故事内容上，也在电影产业整体社会声望的提高上。他们为之作出了巨大努力。数十年后，人们开始承认这种业界互动的巨大意义。有研究者指出：像田汉、鲁迅和茅盾这样的文艺界中心人物走进了电影界后，是给中国电影"打了一下吗啡针"："我敢武断地说一句，联华出品的成功，并不是导演卜万苍、孙瑜、蔡楚生和摄影演员等的成功，却是文艺界跑进电影界贡献的成功。他们（指卜、孙、蔡等人——译

① 参见吴海勇：《"电影小组"与左翼电影运动》，上海人民出版社 2014 年版，第 309—310 页。

② 《春蚕》中常有此类场景："多多头抓住荷花的胸脯，推着她的身体问"、"荷花说着，上前一步，一只手捏在多多头抓住她胸脯的手上"等等。（蔡淑声：《春蚕》，《夏衍全集》第 4 卷，第 36 页）

③ 夏衍：《在〈十字街头〉座谈会上的发言》，《夏衍全集》第 6 卷，第 155 页。

者按）不过在电影专门学识上帮一些忙罢了。”① 还有一篇文章赞扬了明星公司明智的市场举措：等到“天凉”时候，才在中央戏院上映《香草美人》和《春蚕》（根据茅盾同名小说改编），因为“他们晓得有钱的朋友，在很热的暑天，不肯跑进没有冷气设备的中央戏院”。②

夏衍等人还意识到电影批评对于业界的重大影响作用。他们有意识地借助新闻媒介推动左翼电影力量的扩张。一般地说来，他们并不会将意识形态观点强加给导演，而是以一种坦率、公允的态度引导有合作意向的业界人士首先在艺术趣味上接近、认同左翼电影。司徒慧敏曾评价过这一点：“我们左翼电影运动，除了靠我们自己的虚心、诚恳、仔细、认真地学习之外，还要靠我们尽可能地在电影界中争取更多的朋友，尽量扩大我们的团结范围。评论电影正是我们打开电影大门的一个重要的途径。在评论中国电影的时候，有时也会引起我们有经验的导演或者编剧朋友的争议，观点的不一致当然难免。……引起一些争论，经过商讨研究，往往我们相互之间的认识会推进一步，争论的过程也常常使我们和电影界的朋友之间加深了了解，使我们的友谊更加真诚和密切。”③

——所谓的“软硬之争”也正是由不同立场的电影评论的争执而引发的。左翼电影力量的这种高度扩张的态势早在 1933 年已激起了当局的关注，对它的打压因此是必然会来到的，没有“软硬之争”可能也会有“红白之争”“东西之争”“土洋之争”或干脆就是“左右之争”之类。不过，这已是另一个话题。

---

① 《新上海》1933 年第 1 卷第 1 期，第 67 页。转引自李欧梵：《上海摩登——一种新都市文化在中国》，毛尖译，北京大学出版社 2001 年版，第 116 页。

② 《新上海》1933 年第 1 卷第 1 期，第 67 页。转引自李欧梵：《上海摩登——一种新都市文化在中国》，毛尖译，北京大学出版社 2001 年版，第 67—73 页。

③ 司徒慧敏：《往事不已后有来者——散记“左联“的旗帜下进步电影的飞跃》，载中国电影资料馆等：《百年司徒慧敏》，中国电影出版社 2010 年版，第 259 页。

三

不少“软性电影”论者都对电影的视觉特性以及机械技术在其中起到的决定作用有较为深入的认识。① 这确是他们值得自傲的一点。不过他们据以贬低左翼电影漠视电影技术重要性等等的一些说法，大多就充满着党同伐异的宗派之见。

左翼电影人对电影的视觉特性以及机械技术功能作用早就开始了自觉的探索。以夏衍为代表的左翼文化人在接触电影艺术的一开始，就对技术的重要性有着充分认识。早在论战之前，他在《一个电影学徒的手记》中写道：“电影艺术的基础既然是视觉的形象的言语，那么，电影艺术家当然应该用绘画的表象的方法，来表现和传达一切的感情和思想。”② 夏衍曾对自己刻苦学习电影技术的历程有过平实的介绍：

---

① 早在“软硬之争”爆发以前，刘呐鸥便以“葛莫美”和“梦舟”为笔名发表了一系列关于电影的见解。他将电影与演剧、音乐、绘画区别开来，强调电影与生俱来的“机械要素”在艺术史上的革命性。他的第一篇影评《影戏·艺术》写道：“表现绘画艺术，人们只用了几种颜色，几根画笔，而表现影戏艺术，人们却用了许多机械器具和化学的精制品是事实。这是说影戏里多了些机械的要素。然而正为了这机械的要素的关系，影戏才做了艺术界的革命儿。”（葛莫美：《影戏·艺术》，《无轨列车》1928 年第 4 期）他不仅觉察到电影“机械的要素”的革命性，还乐意去发现电影“视觉的诗性”。在《电影和诗》一文中，他由衷地赞美电影独特的审美空间。在他看来，文字的能力是有限的，“但是影戏是有文学所不到的天地的”，电影是“建在光学和几何学上的视觉的诗”。（葛莫美：《电影和诗》，《无轨列车》1928 年第 4 期）他强调这些建基于电影“机械的要素”之上的视角与方法，所带出的是一个与以往的戏剧、文学、绘画都不同的电影审美空间。刘呐鸥还把电影定义为一种“运动的艺术”，说电影融合了“艺术的感觉和科学的理智”，“就像建筑最纯粹地体现着机械文明底合理主义一般底，最能够性格地描写着机械文明底社会的环境的，就是电影。”他还说，这种新文明的基本源泉就在于“动”，“在于速度、方向和能量的变化，从而创造节奏。”（刘呐鸥：《刘呐鸥全集·电影集》，台南文化局出版社 2001 年版，第 283 页）

② 蔡叔声：《一个电影学徒的手记》，《夏衍全集》第 6 卷，第 8 页。

> 为了站住脚，我们还必须得掌握业务技巧，这就有一个学习问题。我们经常是通过看电影来学习电影表现手法。坐在电影院里，拿着小本、秒表、手电筒。先看一个镜头是远景、近景还是特写，然后分析这个镜头为什么这样用，为什么能感人。一个镜头或一段戏完后，用秒表算算几秒钟或几分钟，然后算算一共多少呎长，这样一个镜头接着一个镜头地加以研究，逐渐掌握了电影编剧技巧。为了进一步钻研，我还学过剪接，后来应云卫拍《桃李劫》时，我就帮他搞过剪接。我还跟过程步高的两部片子。他拍摄时，我每天去看，看我所写的分镜头剧本他是怎么拍的，一点点记下来。①

另外还需要指出的是，他在早期电影活动中所写的影评，涉及电影名著或流行电影如《爵士歌王》《哥萨克》《循环》《裘莲夫人》《生路》《重逢》《铁骑红泪》《静静的顿河》《大饭店》《制服的处女》《伏虎美人》《乱世春秋》《吉诃德先生》《凌霄壮志》《医国之圣》《自由万岁》《亡命者》《浮生若梦》等百余部，著名电影人如萨冈、嘉宝、刘别谦、茂瑙、朗、帕勃斯德数十位。这其中除了介绍世界影坛的最新动态外，大量笔触就是评点苏联、好莱坞、欧美电影人著名作品技术上之优劣短长的。

总的说来，夏衍晚年的一个自评（也是对一代左翼电影人在中国电影技术方面贡献的整体评价）还是比较公允的：

> 但我们党从来没有参与过电影，在完全没有走过的一条路上打开了一个缺口，你把这些都说成一无是处，那就过头了。譬如那时候拍电影是没有电影剧本的，只有一个故事梗概，每一场戏就是两个字，什么“偶遇”、“重逢”、“离别”……就可以拍戏了。我们几个打入明星公司后，才开始有电影剧本，有摄影台本。又如第一个把外国电影剧本翻译过来的是我，美国的，日本的，这我过去没有讲过。再如一

① 夏衍：《从事左翼电影工作的一些回忆》，《夏衍全集》第7卷，第268页。

> 些电影术语，把“close up”翻译成为特写，还有淡出淡入，溶出溶入，都是外国电影上用的名词，我把它们翻译了过来。这些在人家那里已经是旧的，对我们却是新的，因为中国本来是没有这些名词的。以上都是过去的事情了，不想讲了，但因为有人说当时一点没有创新，我就得讲一讲，这就是创新。①

“软性电影”论者指责左翼电影（或者说“硬性电影”）不重视现代视像技术，如果特指部分书斋型的左翼评论家，有时还有一点道理，而如果以此加之于夏衍、田汉、蔡楚生这些左翼电影真正的代表人物，就没有什么道理了。②

虽然在全面性与系统性上，左翼电影人有关电影技术本质的理论论述略逊“软性电影”论者一筹，但他们艺术创造的实绩与影响力则远超其对手，无论在电影技术观念的开发上还是具有中国风格的镜头语言的创造上，

---

① 夏衍：《实事求是地编好电影党史》，《夏衍全集》第7卷，第340—341页。

② 左派电影人不但在理论上重视电影技术，他们甚至深入第一线研究、掌握具体的电影技术。司徒慧敏回忆说：“我参加电影工作是1932年初。除了白天担任影片的布置设计工作之外，晚上有时参加左翼‘剧联’的舞台装置活动，我另外以更多的时间进行电影录音技术的学习和研究工作。我向一些无线电和机械专家学习，并且和他们合作，在自己家里把录音技术研究室装设起来。在左翼文化运动中，我们‘左联’和党的电影小组对于科学技术工作，特别是对于电影技术工作十分重视。电影录音在20年代中期才在西欧和美国开始，七八年以后，至1932年、1933年垄断我国电影的录音技术工作的还是美国人。有声电影输入我国以后不到七年，我们研制自己的录音系统就开始了，党的电影小组的成立和我们‘左联’党组织支持了我。1933年的秋天，我所试验制作的电影录音系统还没有完成，仅在试录的阶段，田汉、夏衍、于伶就曾多次组织任光、安娥、聂耳、袁牧之、李丽莲等人到我们录音试验室来试录。……我们三年上下的时间内就完成了我们自己的录音系统，并且发展到了实用阶段。1933年田汉还陪同参加反帝国主义战争运动的英国进步人士马莱爵士到我们的试验室来参观。马莱看到我在自己家里进行科学研究工作，他高兴地称赞说：你们不但注意到进步的文艺、进步的电影，你们还注意掌握进步文艺的科学技术的武器，这是我到中国之前所没有想到的。”（司徒慧敏：《往事不已后有来者——散记“左联”的旗帜下进步电影的飞跃》，中国电影资料馆等：《百年司徒慧敏》，中国电影出版社2010年版，第258页）“软性电影”论者尽管酷爱谈论机械、技术问题，但类似身体力行的技术学习却是少见的。

其成就都恐怕是“软性电影”论者无法比拟的。这其中，左翼电影人对中国风格镜头语言的创造至少有两个方面的成就特别值得提到：一是对中国式都市经验的构造；二是对中国传统戏剧语言的继承与转化。

学界早已认识到，以《春蚕》《上海二十四小时》《渔光曲》《马路天使》《十字街头》等一代左翼电影为代表的现代视觉文化产品，构造了一种独特的中国人的都市经验。

西方学者皮克威兹认为左翼电影是“经典通俗剧和初级马克思主义的联姻”①，所谓初级马克思主义指的是劳动大众和同情劳动大众的新主题。最复杂、最有力的流行形式总包含传统伦理体系和新国族意识形态之间的相互妥协，这种形式能整合这两者之间情感冲突的范围和力量。而通俗剧作为“描述社会悲剧的戏，其中个人品德会受到挑战，或藏匿不显，不被注意，或是受到损害；这种戏的形式一般在于旧社会的狭隘但常具反抗性的参数中变动，并以此重建……伦理关系，且将这种伦理放置在中心位置上”。② 左翼电影就以清晰逼真的视像语言将对上海等大都市的现代化景观表现为城市中下层民众（他们一般是作为移民或难民流入大都市）的生活状况和悲惨命运的交织。它们无一不在有限的城市空间中再现了市民生活，还让不同社会阶层或阶级的人物在诸如道路车船等流动空间，以及刑场、舞厅和戏院等都市空间中相遇，其中对于社会等级的折射、对于城市和乡村之善恶观念的隐喻都十分明显。不同于软性电影论者所欣赏的注重形式的“现代电影”，同样是作为城市意象的上海在左翼电影人的镜头下，其实是居于作为“他者”的乡村视角之中的。换言之，电影开始借乡村小人物之口讲述他们在城市生活的经历以及与城市这个庞然空间的摩擦。因此，左翼电影绝非僵硬地在电影中灌输意识形态内容，它们事实上是通过改变电影叙事模式的方法来重塑了观众的都市体验。从今天的眼光来看，左翼电影人对都市生活的认识和理

---

① 文章收录于 Peter Brook，*The Melodramatic Imagination*：*Balzac*，*Henry James*，*Melodrama*，*and the Mode of Excess*，New Haven and London：Yale University Press，1976，p.324。

② Nick Browne (eds.)，*New Chinese Cinemas*：*Forms*，*Identities*，*Politics*，New York：Cambridge University Press，1994，p.40.

解其实不无偏颇之处，但他们的视像语言的技术感觉却是无可挑剔的，他们“向难缠的问题提供了清晰的答案，对于趣味不高非知识分子的城市流行文化消费者来说特别有吸引力”。①

左翼电影人对中国传统戏剧语言继承与转化的努力在后来也产生了巨大影响。与“软性电影”论者单纯迷恋机械技术的威力不同，左翼电影人较早意识到，机械技术所构成的视听语言也大有接纳传统艺术感觉的余地。夏衍等人在剧本创作上保留中国戏曲的叙事方式就是一个有自觉意识的努力。单线发展、平行叙事等符合中国观众胃口的叙述方法在《春蚕》中表现得十分明显。他们还在镜头语言上力图对传统文化的空间感觉有所吸纳：“长镜深焦”即是一个典型个案。左翼导演运用这类镜头营造出了类似传统绘画的观感，即摆脱好莱坞风格下将观影者置于最佳视角上而隐藏摄影机机位的做法，观众在这种镜头中自行其是并且与屏幕画面维持着距离。②

事实上，具体落实到电影的形式批评上，刘呐鸥等人的水平也明显不如夏衍等。以对费穆处女作《城市之夜》的批评为例，夏衍从电影艺术的各个形式构造方面高度评价这部强烈暴露都市黑暗面的影片。他说：“电影虽然和戏剧史是最接近的亲属，但是电影有它的艺术上的特质，决不是戏剧的改装，也不是戏剧的延长。”他说，许多电影艺术家拘于戏剧的叙述模式而无法抓住电影特质的问题，而这本质的一点在该电影中得到了突破。夏衍强调《城市之夜》的编剧在中国的电影史上是值得注意的：在故事情节上没有了传统戏剧追求的拍案惊奇式的设置，而是将人生的片段用对比的方式展现在荧幕上。而在镜头语言上，夏衍举例道：“小车碾破石块的一个特写，导演明明是在用象征手法，而看上去并不觉得故意”。在剪辑上，他认

---

① Peter Brook，*The Melodramatic Imagination*：*Balzac*，*Henry James*，*Melodrama*，*and the Mode of Excess*，New Haven and London：Yale University Press，1976，pp.301-303.

② 参见黄爱玲：《试论三十年代中国电影单镜头的性质》，《中国电影研究》第 1 期。转引自李欧梵：《上海摩登——一种新都市文化在中国》，毛尖译，北京大学出版社 2001 年版，第 121 页。

为全片的一些骤雨场面穿插得体，自然适当，并不显得做作。[①] 而刘呐鸥对《城市之夜》的形式分析却只有“费先生对于那团生活的巧妙的 Maquillage（装饰——引者注）实迫近了《鹤立鸡群》的作者金维多的手腕”[②] 等寥寥数语。尽管刘文重点不在评论《城市之夜》上，但如此轻浅的分析仍难免隔靴搔痒之讥。——刘氏尽管十分强调镜头技术的重要性，但看起来都集中在理论层面，纸上谈兵的意味相当重，类如夏衍《〈城市之夜〉评》《〈吉地〉的技巧及其他》《〈权力与荣誉〉的叙述法及其他》紧扣文本、切中肯綮、一语破的的技术批评非常罕见。有意思的是，刘呐鸥对《城市之夜》的评论相当多地倒集中在了影片的人物形象塑造上。夏衍从故事情节出发指出人物态度的转变太过突兀，刘呐鸥则认为片中的平民与资本家与现实之间有差距，还不够把人物典型化。人们颇可惊愕地发现：“软硬”论战的主将的艺术感觉是竟然如此相似。事实上，对比这一时期软硬电影论者的影评，人们并不难发现，除去双方在政治立场以及由此引发出关于形式与内容之争问题上的对峙，双方在具体到电影作品的优劣评价时却多有重合，甚至分析角度也有相似之处。我们后人于此不免感叹：或许当年的“软硬”双方都过于强调双方在电影艺术探求上差异性的一面了。

四

夏衍在其早期电影实践中所葆有的精神张力，当然并不仅表现在“软硬之争”上。它对专制主义的积极批判与对无产阶级文化权威的服膺；[③] 对

① 参见夏衍：《〈城市之夜〉评》，《夏衍全集》第 7 卷，第 59—62 页。

② 刘呐鸥：《中国电影描写的深度问题》，刘呐鸥：《刘呐鸥全集 · 电影集》，台南文化局出版社 2001 年版，第 291 页。

③ 在希特勒刚上台的时候，夏衍在影评中就指出纳粹政权的残暴、反艺术、反人类共同价值的本质（参见黄子布：《〈伏虎美人〉及其他》，《夏衍全集》第 6 卷，第 73 页）。而到了与“软性电影”论战的时候，他更指出娱乐有可能被极权政府利用的可能性：“在希特勒的德

文艺大众化的鼓吹和先锋艺术的实验意识；① 对阶级斗争理论的信仰和人道主义温情感觉的自发流露；对喜剧文类的偏好和表现阶级压迫下“惨苦生活”的使命意识等等，常常都构成其左翼艺术实践的张力内涵。

这其中值得略加申说的是夏衍对喜剧文类的偏爱问题。在 20 世纪 30 年代以前的文艺活动中，人们似乎不容易看到夏衍对喜剧文类有何偏好，但到了 30 年代中后期，他对于喜剧文类似乎有了特殊的兴趣。这种兴趣明显地体现在他的艺术创作中：他的相当一部分电影作品有了轻喜剧或风俗喜剧的特点，如《压岁钱》《女大当嫁》《风雨江南》等等；而他个人创作的戏剧则无一例外地都具有些喜剧元素。这种偏好的形成，极可能与他在早期电影活动中大量接触了欧美喜剧片与各种类型片有关。夏衍曾直言不讳地承认过这一点：“有个外国戏，名字叫《巴黎屋檐下》，是出喜剧。我对喜剧有兴趣（《都会的一角》就是写的喜剧），《上海屋檐下》最初也想写成喜剧，后来却写成悲喜剧了。”②

但这种偏好在他的不少同志们看来，可能会是游离于左翼精神正统之

国，在深刻的恐慌里面，为着要使广泛的观众消散对于现实生活的苦痛，于是国社党的电影国策将电影的课题规定作‘鼓吹乐天主义，使劳苦的大众得到暂时的安慰’，于是在胡根堡支配下的德国电影企业就很快地产生了一连梦幻一般的使观众忘掉一切的所谓‘军队喜剧’（Military Schwank）和歌舞影片……”（韦彧：《美国电影艺术的新动向》，《夏衍全集》第 6 卷，第 128 页）。

和当时的左翼文化人一样，他也较多赞美苏联电影的成就，某些观点现在看起来不无溢美之嫌疑，但对苏联电影中艺术成就确实比较差的那些作品，他会直言不讳地指出其问题所在。他在评论苏联根据古典戏剧题材改编的电影《循环》时，曾这样说道：“我们只能赞赏导演的这种处理古典题材的制作的态度，而不能说这是一部艺术上达成了的作品。作品残余着多量的舞台剧的成分，这妨害了电影特有的速度，破坏了统一的印象，失掉了苏联电影特有的那种紧张而锋锐的情调。”（韦彧：《〈循环〉及其他》，《夏衍全集》第 6 卷，第 106 页）在那个时代，大部分革命者是很难摆脱盲目崇拜苏联的思维定式的（不然，牺牲中国的国家利益去“武装保卫苏联”就不会成为革命者一时的心声了），夏衍说出这些直接的批评言辞，需要一定勇气。

① 《上海二十四小时》几乎充满了蒙太奇的思维。夏衍早期参与创制的一些左翼电影在形式上还是具有相当的实验性质的，很难说这种艺术实验是为劳苦大众们所喜闻乐见的。

② 夏衍：《谈〈上海屋檐下〉的创作》，《夏衍全集》第 1 卷，第 229 页。

外的。中国现代文艺在开始接触西方文化时，对喜剧文体就表现出了蔑视与否定的态度。1904年蒋观云在《中国之演剧界》中这样说："且夫我国之剧界中，其最大之缺憾，诚如訾者所谓无悲剧。……要之，剧界佳作皆为悲剧，无喜剧者。夫剧界多悲剧，故能为社会造福，社会所以有庆剧也；剧界多喜剧，故能为社会种孽，社会所以有惨剧也。其效之殊如是也。"①经过五四时期胡适、傅斯年等人的努力，扬悲剧而贬喜剧几乎成了"新青年"们不言自明的定论（在今人看来，他们所理解的"悲剧"是否是西方经典意义所谓的"悲剧"还是属于情节剧中的"惨剧"，实有疑问）。20世纪30年代的中国左翼文化人尽管在政治上已与胡适等人决裂，但对于五四新文化精神的捍卫，则与他们并无二致。大部分左翼文化人对喜剧也抱有鄙夷的态度。这其中，王尘无对于卓别林早期喜剧作品的批评是较有代表性的。他认为："他是一个资产阶级的出身者，同时对于资本主义又有一种轻微的憎恶，这憎恶倒不如说担心对些。因为他清醒地眼睁睁地看着他自己的阶级一步步走向没落的途径。而渺小的自己，又没有能力挽救这一个命运，于是他悲哀了起来。于是他就对资本主义的社会制度投以幽默的讽刺。但是这讽刺的不含敌意，正和一个仆役眼看主人挥霍，而使家庭一天天的衰败时，而投以讽刺的不含敌意一样。"②王尘无是把卓别林放在了小资产阶级代言人的位置上，指责卓氏的喜剧讽刺有着两面性，不仅有批评资本主义的一面，也有维护资本主义制度的一面——而唯其还表现出讽刺的一面，其对资本主义制度的维护就更加隐秘入微、更深入人心，其危害性可能就更大。

---

① 蒋观云：《中国之演剧界》，阿英：《晚清文学丛钞·小说戏曲研究卷》，中华书局1960年版，第51页。稍有戏剧史常识的人都知道，蒋观云的议论简直是信口开河。按照他的说法，阿里斯托芬、莫里哀、维加、哥尔多尼包括莎士比亚在内，都是在"为社会种孽"了。但令人惊异的是，蒋观云的说法博得的是一片喝彩，直到今天。

② 尘无：《卓别林的悲哀》，原载《时报·电影时报》1932年6月22日，见《王尘无电影评论选集》，第230页。（《王尘无电影评论选集》没有找到纸质版，该资料转引自胡克：《卓别林喜剧电影对中国早期电影观念的影响》，《当代电影》2006年第5期）

原则上，夏衍当然并不反对透过艺术作品暴露阶级压迫下劳苦人民的“惨苦生活”（他的《狂流》《春蚕》《上海二十四小时》等都是表现这一主题的），但他内心中大概从来没有真正形成过什么“恰当的文体（或题材）+正确政治立场＝好的作品”一类的清规戒律（不可否认，这类极“左”话语模式在左翼文化人中曾经流行一时，并产生了深远的历史影响，不然就很难理解“创造社”“太阳社”与鲁迅论战的逻辑依据）。因此，他几乎是毫无心理障碍地、几乎完全是出于个人自由艺术趣味地展开了对喜剧艺术的多种尝试。事实上，他很早就为这种个人艺术趣味付出了沉重代价：人们可以设想，《赛金花》如果是一出悲剧，全剧充满了愁云惨雾的气息，剧中人纷纷为自我人生选择付出了沉重代价，它应当不至于遭到来自左翼文化界如此之大的非议。

身为左翼文化重镇，夏衍对自我趣味的坚持不会是有意为之。在这个时代，他还不会自觉地独立于所谓“主流”的左翼意识形态之外（在其晚年情况发生了重大变化）。我们在文中提到的他所秉持的种种左翼精神的内在张力，也许都是个性使然，即其“颂张”① 作风无意识的流露。如果我们这份猜测略还有一些道理，我们甚至不难推测：何以在新中国成立后历经“《武训传》批判”“思想改造”“潘扬案件”等政治风波，新中国电影界的主管领导夏衍仍然不时在某些原则问题上发表一些与时代氛围扞格不入的论调了。比如在1956—1957年间，他大大同意钟惦棐等人的票房价值优先论：“在‘为什么好的国产片这样少’的讨论中，没有一篇文章批评解放后国产影片的‘思想’不好，火力是集中在题材单调、公式概念上——换言之，就是不合口味。在这里值得我们警觉和应该引以为训的是，七年以来，我们对电影事业的领导只从维他命、‘卡路里’出发，太少考虑到观众的口味，也

① 夏衍说过：“在日本多年，学到了些什么？……学的电机专业，都还给老师们了，我从日本人那里学到了两个字，就是‘颂张’。‘颂张’这个日本特有的词很难译，Ganbaru是坚持、不松劲的意思，在体育竞赛的紧急关头，拉拉队喊‘颂张、颂张’，那就成了‘加油’、‘不要泄气’的意思了。”（夏衍：《懒寻旧梦录》，《夏衍全集》第15卷，第37页）

应该说，还没有很好地掌握领导电影业务的特有的规律。”①

他还不时情不自禁地强调技术对于电影艺术的决定性作用：“对于错误应当重视，我们经常讲成绩与缺点是九个指头与一个指头的问题，讲得太多了，现在可以不讲，只着重讲讲这一个指头，应该设法克服这一个指头的缺点。……廖承志同志很同意我们派导演出国去学习，或派留学生去学习。我向他说我有个怪主意，我们除去向苏联学习外，是否可请些资本主义国家的专家来我国，特别是在导演、摄影、洗印等方面，编剧就不必了。”②

在这些相当“悖时”的言论中，人们分明可以嗅到他对自己20世纪30年代电影观念的坚持。这是夏衍对自我左翼电影观念“顽张”地坚持。

而尽管表现的方式有不同，思索的角度有差异，坚持的烈度有高低，但夏衍及其同时代的左翼电影人们（另如田汉、蔡楚生、司徒慧敏、阳翰笙等）大抵都有些此种“顽张”的精神，无论外界风吹雨打，他们总会坚持自己心底的左翼之道，并同时按照自己的方式来实践这种左翼之道。这可能正是后来“四人帮”如此厌恶“三十年代文艺黑线”的根本原因之一。或许这也是我们尚需不时返还到夏衍这一代人精神世界的根本原因：在这种张力平衡中，我们不但见到坚持左翼之道所必需的坚定与赤诚，也见到坚持这种精神之道所需要自由、包容与务实。

---

① 夏衍：《几个比喻与联想》，《夏衍全集》第7卷，第281页。在该文中他还把不问电影规律而瞎指挥的领导们比作《祝福》中的鲁四老爷，更激怒了一些对号入座的权力人士。

② 夏衍：《在1959年故事片厂厂长会议上的讲话》，《夏衍全集》第7卷，第329—330页。

附录：夏衍研究常引书对照表

为节约篇幅，本书所引的《夏衍全集》不再注明书的作者（编者）、出版社及出版年份等信息。现将该全集相关信息说明如下：

《夏衍全集》编辑委员会：《夏衍全集》，浙江文艺出版社 2005 年版。本书所引夏衍著作版本悉从该书，如该书漏收，则从原文。

1.《夏衍全集》第一卷，《戏剧剧本》（上），编者：刘厚生、陈坚

2.《夏衍全集》第二卷，《戏剧剧本》（下），编者：刘厚生、陈坚

3.《夏衍全集》第三卷，《戏剧评论》，编者：陈坚、刘厚生

4.《夏衍全集》第四卷，《电影剧本》（上），编者：程季华、朱天纬、张建勇

5.《夏衍全集》第五卷，《电影剧本》（下），编者：程季华、朱天纬、张建勇

6.《夏衍全集》第六卷，《电影评论》（上），编者：程季华、朱天纬、张建勇

7.《夏衍全集》第七卷，《电影评论》（下），编者：程季华、朱天纬、张建勇

8.《夏衍全集》第八卷，《文学》（上），编者：袁鹰、姜德明

9.《夏衍全集》第九卷，《文学》（下），编者：袁鹰、姜德明

10.《夏衍全集》第十卷，《新闻时评》（上），编者：姜德明、袁鹰

11.《夏衍全集》第十一卷，《新闻时评》（下），编者：姜德明、袁鹰

12.《夏衍全集》第十二卷，《译著》（上），编者：陈坚、吴笛

13.《夏衍全集》第十三卷，《译著》（中），编者：陈坚、吴笛

14.《夏衍全集》第十四卷，《译著》（下），编者：陈坚、吴笛

15.《夏衍全集》第十五卷，《懒寻旧梦录》，著者：夏衍

16.《夏衍全集》第十六卷，《书信日记》，编者：沈宁、沈旦华、沈芸

另：

1. 夏衍一生所用笔名甚多。本书中凡引自《夏衍全集》而署名非“夏衍”的文章，均为夏衍发表该文时所用笔名。此类情况本书不另作说明。

2. 如《夏衍全集》漏收而有必要征引的夏衍作品，则根据第一次发表或权威版本的文本。出版信息届时另加说明。

| 二、大众文学研究 |

金庸：对武侠本体的追求与构建①

一

“武林至尊，宝刀屠龙。号令武林，莫敢不从”，这是金庸小说《倚天屠龙记》中的一段歌偈。现实武林中，大约从来没有过真正的这么一把宝刀。然而，金氏的十五部武侠小说，却堪称是武侠小说的经典之作，其确立的创作规范，至今无人能超越。从这个意义来讲，金庸和他的创作确实可称是武侠小说林中的至尊“屠龙宝刀”了。

在华语世界，金庸拥有太多的不同层次、不同年龄和不同性别的读者，究竟有多少人读过他的小说，实在难以估数。只从研究来看，倪匡、三毛、罗龙治这些著名评论家、作家都欣欣然接受了台湾远景图书公司“金学研究丛书”的约稿，并且，这套图书出版至二十多种依然欲罢不能，大陆的“金学”研究也正在兴起……仅据此而论，在当代整个作家群中，金庸也是少有颉颃者了。

作为最通俗的武侠小说作家，金庸受到如此盛誉，仔细分析起来，自

① 本文与吴秀明先生合作完成，曾发表在《当代作家评论》1992 年第 2 期，署名吴秀明、陈择纲。

当和中华民族的文化心理和文化传统的衍变等诸多原因有关。本文就从金庸对武侠本体的追求与构建出发，对其小说的艺术价值所在，试作探讨。

严格的现代意义上的武侠小说，当以平江不肖生的《江湖奇侠传》为发轫之作。之后不长的一段时间内，便涌现了王度庐、还珠楼主及郑证因等堪称一代武侠小说巨擘的创作者，至今还有不可低估的影响。但这一时期的武侠小说，从本质上看，只是清季公案小说的简单承续，不过将主人公的身份略作了一些改变：包管天下的清官变成了包打天下的侠客。公案小说中清官老爷察天地断阴阳的功夫却为侠客们全盘继承，《七侠五义》中包公的通彻天机与《蜀山剑侠传》的大侠们驭云驾电哪有什么不同！很长一段时间，这类多少有些“封神”气的小说成为武侠的主流。另外极端写法，或者就把武侠小说写成了一招一式的武术教科书。对后来真正产生较大影响的，是王度庐、朱贞木等人的创作。他们的小说写得较有人情味，书卷气也浓。但正因如此，他们的小说多半顾自娓娓而谈，却少了还珠楼主小说那种动人心魄的激荡力量。现代武侠小说曾在20世纪二三十年代风靡一时，之后，在大陆便销声匿迹。

在海外，武侠小说的发展全然是别样气象，自梁羽生1952年发表了《龙虎斗京华》，武侠小说便成为台港澳以及其他地区华语世界不可或缺的通俗文学样式。从梁羽生开始，武侠小说作家完成了方向转换，作家站在新的角度，用新的思想来反映其胸臆中积蓄已久的经验材料。侠士们不再超越一切，而是于活生生的生活矛盾中，表现出个性和人物价值来。这样，作者笔下的世界就不再是对梦幻世界可有可无的憧憬，而是直接来自人们心灵对理想生活的追求。但是，平心而论，梁羽生也有矫枉过正的地方。他对历史掌故、事件的详悉反而使他不知道如何来借助历史自如地传达自己的思想感情；而另一方面他继承的王度庐式人性风情画的展现方式，确实也已跟不上香港高度商业化社会下读者要求强烈感官刺激的心理，因此他的小说不免拘谨而让人失去了阅读武侠应有的轻松。从这个意义上，直到金庸在1955年发表了《书剑恩仇录》，才意味着作家已经真正从创作主体上，把握了武侠小说本体特有的艺术内涵。

显然，武侠小说与历史小说有着质的区别，尽管两者都借助于一定的历史环境或历史氛围来表达作家的思想感情，但历史小说是在再现历史的过程中形成某种价值判断，完成审美价值，与特定的历史时代和历史人事有着异质同构的关系。而武侠小说首先强调的是某种感觉（寄托），以这种感觉也就是以作家呈现的感情为契点，最后完成价值体验。就具体地处理历史事件而言，武侠小说不能违抗的是结果，过程则可以随心所欲地阐释；而历史小说家们心血所倾，恰是要给过程加上不可改变的色彩。因为从接受生活主体的心理预结构来看，武侠小说作为现时代商业文化的产儿，它的存在常常和报刊杂志招徕顾客的目的不能分离，这类小说，“只能让艺术印象自然地流过他们（指读者——引者注）的头脑。”① 所以，武侠小说不得不迎合观众的欣赏惰性，无须大脑的紧张劳动即自然达到某种愉悦，或形成印象。这种愉悦或印象的造成似得力于此：社会生活中，常常使人感到不安全的处境，令人失望的正不胜邪，使读者、作者都感到被保护的必要，于是小说就把现实中的种种不可能在虚构的情境中变成可能，以达到某种寄托，让读者幻想到自己的强有力或感到自己在强有力的庇护之下。《书剑恩仇录》劈头就是“清乾隆十八年六月，陕西扶风延绥镇总兵衙门内院，一个十四岁的小姑娘跳跳蹦蹦地走向教书先生书房”。故事发生的时间、地点和历史背景皆交代得确确凿凿，然而，“十四岁的女孩儿”“教书先生书房”云云，人与事明显却是作者的随手捏造，这以实衬虚的手法，刹那间便让读者进入了梦幻现实的梦游状态中。

正如某些研究者所指出的，中国现代武侠小说的产生，与当时中国日渐沦为半封建半殖民地的社会现状有很深的历史渊源②，人民渴望的，不再尽是斯文礼教，同时也包含了对充满阳刚之气的孔武有力的追求。金庸以他武侠小说本体的主体把握，认肯了人们这一复杂的历史心态。同时，又在王度庐、还珠楼主、梁羽生等人的基础上，发展了武侠文艺的特性，使它从较

① ［匈］阿诺德·豪泽尔：《艺术社会学》，居延安译编，学林出版社 1987 年版。

② 参见吴桦：《中国的武侠小说》，《文史知识》1991 年第 1 期。

原始的类评话小说，步入了有一定鉴赏价值的文学殿堂。金庸以及其影响下的武侠创作，正因为一方面牢牢把握住了接受主体情感投入的基础，一方面又通过主体的能动创造在读者心中构建了如此纷繁灿烂的武侠世界，才使得武侠小说最终成为了人们所喜闻乐见的一种文艺形式。这也就是“新派武侠小说”所以称之为“新”的关键所在。所以，我们不能同意现今多数评论者所认为的那样，以为以金庸为代表的武侠创作对前辈的超越，仅仅是因为时代的不同而导致了题材选择的不同：古典武侠小说，其主要矛盾背景写社会背景的阶级矛盾……这种戏剧矛盾，最终则消解在“清官（皇帝）——武侠—— 恶霸”的三元结构当中。在新武侠作品中，……是侠与侠之间的矛盾。① 当然，这种超越的意义就更不仅仅是西方小说技巧的借鉴和引进而已。②

我们认为，金庸小说的意义，就是在继承武侠小说前辈经验的基础上，成功把握住了武侠小说本体的独特艺术个性，张扬了武侠小说的独特艺术魅力，使得武侠小说在通俗文坛上放射出与其他文学样式不同的光彩来。

二

金庸，本名查良镛，浙江海宁人。1955 年始以“金庸”为笔名在《大公报》上连载武侠小说，至 1972 年封笔。他的“武侠生涯”历时 18 年，共创作了 6 部长篇、6 部中篇和 3 部短篇共计 15 部作品，代表作有《射雕英雄传》《天龙八部》《笑傲江湖》《鹿鼎记》等。

金庸的小说创作，大致可以分为三个时期。从《书剑恩仇录》到《飞狐外传》，即 1955 年至 1960 年前后，这是前期，基调多为书生儒士式的感

---

① 参见何新：《侠与武侠文学源流研究（上篇）》，《文艺争鸣》1988 年第 1 期。文中所引未能在该文中找到，应为当年书写或编辑时出现了讹误。在此存疑。——编者注

② 参见金庸：《射雕英雄传·前言》，福建文艺出版社 1984 年版。

伤。从《神雕侠侣》到《天龙八部》为中期，这时期金庸小说最大特点是对人世生活积极健朗的向上精神。1966 年前后到 1972 年，这是金庸创作的晚期。无论从艺术还是思想来看，金庸此时都达到了其小说创作的巅峰，但小说的风格基调却与前两个时期迥异。如果说他前两个时期的笔触多似风光明媚、情调旖旎的江南山水画，那么他晚期着力刻画的便是变幻莫测、前途险谲的北国冰寒图了。当然，他在 1963 年所作的《连城诀》，已经着力描绘人性为贪欲所控制时的极端无耻，我们未必不能说这是他看待人生角度转换的前兆。尽管金庸的创作经历了上述三个不同时期的发展，而且要给他各部小说找一条放之于全体而皆准的规律很不容易，但如果从金庸对武侠小说的本体的把握与构建角度来考察，那么，我们仍可发现，他的小说创作自有其贯穿始终、互为交织、互为补充的三个基本点，即乱套结构艺术、文化真实观与悲剧意味。

1. 乱套结构艺术

要探讨金庸武侠小说（事实也是一切武侠小说）最原始也是最基本的魅力，首先应该归因于离奇曲折、诡谲动人的情节结构。武侠小说是商业气息极浓的文艺作品，其存在的前提，便是为了满足读者娱乐消遣的期待心理。这样的特点，久而久之，自然会使创作与接受之间催生一种负值的心理怪圈：接受者为作家笔下叙说的离奇故事深深吸引，形成定式化了的欣赏心理套式，明知千篇一律，仍乐此不疲；而信息的反馈又迫使作家不得不为离奇的故事，着意进行程式化的营造，这样，作家便无意成了规定产品的生产机器。

面对情节套板对作家主体创造力的束缚，人们不是没有领悟到超越的意义。古龙在这方面可谓是主观上用力最勤，也应当说是有所收获的一位作家。但归根到底，他也没有跳出情节套板的规约：其情节或流于荒诞，为读者所不能接受，或者其曲折迷离设置的本身就成为一种新的情节套板；即使偶尔有反情节套板，往往也只有哗众取宠之效。在迄今为止的新派武侠小说作家群中，我们认为，只有金庸较好地实践了这一点。他以套式反应为出发点却又不为情节套式所囿的艺术处理，即我们所说的“乱套结构”，使他的武侠小说不仅赢得了广大读者的普遍认可，而且在艺术上也取得了为同类作品所鲜有的新意和魅力。

“乱套结构”的第一步也是至关重要的一步，就是作家在满足读者心理平衡需要的前提下，必须有效地把握住他们内在的心理气质倾向。读者的欣赏口味尽管各有不同，但从精神文化角度考察，他们之所以乐意选择武侠小说而不是其他小说作为消费方式，还是有共同的“先验选择倾向”的，潜在地受到中国传统文化心理的制约和影响。从一定意义上说，读者对武侠小说的欣赏，就是国人对自我民族心理气质的一种认同。至于故事情节方面，倒还是较其次的东西。因为正如我们在上文所指出的，武侠小说的产生发展，实际上是中国传统文化心理在现实社会条件下扭曲变革的曲折反映。立足于这样的角度来看金庸的作品，我们便感到他的乱套结构艺术确有其高人一筹的独到之处。我们不妨以他的《天龙八部》中的乔峰[①]为例，稍作分析。乔峰是《天龙八部》中一位气吞山河的英雄。与一般的大侠一样，金庸自然在小说中浓墨重彩地描绘了乔峰“十步杀一人，千里不留行”“教单于折箭，六军辟易”的英雄气概，以及猖獗如星宿老怪丁春秋都为之惊颤的神奇武功。这些，当然是相当吸引人的。但这仅仅是一个方面，而且是比较外在的方面。更为重要的，是作者不为英雄而英雄、为情节而情节，而是从其人其事的背后开掘出符合中国读者文化心理的欣赏内涵。他笔下塑造的乔峰，固然威武雄壮，奔放不羁，却有中华民族所特有的丰富细腻的情感世界和忍辱负重的精神境界。他决不恃力伤人，大凡出手杀敌，不是对方欺人太甚，“罪不容诛”，便是为形势所迫；他虽然明白自己父亲是为中原武林同道所戕害，杀父之仇不共戴天，但他却仍能审时度势地原谅中原群豪的苦衷。乔峰的所作所为，与中国人心目中的积极奋进而又中规中矩，左右逢源而又舒展

① 《天龙八部》的男主角，生于辽国，长于大宋，当其在汉人阵营时称之为乔峰，在辽人阵营时则称之为萧峰。因为本文集所收论文写作时间不一致，故对其称谓不同，此次编辑未做统一修订。——编者注

大方，不该冒大不韪而又可作惊人之举的英雄何其相似。所以，他为那么多的读者所热烈认肯，奉为完美的英雄人物。可见，乔峰的成功和为人所崇，主要并不在于他有多少英雄壮举（情节），而在于其气质内蕴与读者的心理气质相同的缘故。正是这种心理气质的同位，它才使读者自然地不拘泥于一枝一节的个人喜好，而从整体上来要求这一形象作出怎样的选择。当我们在后来看到做了契丹国手执重兵的南院大王的乔峰，居然得到了中原武林同道的原谅，迎接他重返中原武林时，是多么期待他重新被奉为丐帮帮主，与他的异姓手足段誉、虚竹共执天下武林大势。以读者个人的喜好，我们诚然倾向于如此。可是，面对接踵而来的追兵，契丹国的皇帝耶律洪基，乔峰能毅然决然地回归中土吗？很显然，由于作家已经客观地为我们提供了一个自我价值的评判机会，这就使我们对小说的体会不再是从客观欣赏单纯的角度出发，而是代之以一种主体的介入了。传统的中国道德要求我们，也要求乔峰，国家与民族，这是死都不能背叛的。乔峰虽然是契丹人，可从小就在中原长大。在他的精气血脉中，占绝对地位的，是汉族气质。他在碰上完颜阿骨打的时候，第一个反应就是感到北人与女真族将可能成为大宋最凶恶的敌人。此时，假如乔峰转而攻宋，不但与小说情节、性格发展不符，而且也有悖于读者的接受心理。面对如此强烈对立的二难选择，满腔热血、义薄云天的乔峰除了以自身的毁灭来达到对生命意志与生命价值的最后肯定，还能再做什么呢？因此，读到这里，我们虽为乔峰折箭自尽感到惋惜，但在心理深处却如释重负，不复产生悲意的情感便很自然了。因为在此处，读者的心理平衡满足恰恰与他们的期待心理相反。也就是说，读者根据生活经验与个人的好恶形成的对情节的期待心理被作者巧妙地用一种更高层次、更为强烈的心理气质的认同情绪给打乱了。心理平衡的满足与期待心理可能的异向，使情节套式的存在实际变得毫无必要。情节便不再是约束作家创作才能的套板，而成为作者征服读者的工具了。

2. 文化真实观

武侠小说叙述的，大多是属于过去时代的幻想故事，在科学昌明的今天，它们所以仍能得到我们许多人自然的认肯，根本原因在于武侠小说多从当代的文化消费、思想道德与读者的思想情感出发，直接反映国人心底深处的传统文化心理积淀的真实。作者笔下所描绘的，虽然距我们已有数百年甚至数千年之遥，但他们的一举一动、一颦一笑，就像发生在我们心理感觉的周围，或者说，他们已经存在于我们的主观构想之中了，仿佛与我们进行一种超时空的对话。武侠小说的文化真实，即谓此。

当然，同样是具有武侠小说的文化真实品性，这里也有层次之差。大多的作家往往只注重外化的、具体的事件的表现，如大团圆结局、因果报应等。而金庸则偏爱从文化的情怀上着眼，这使金氏小说带有举重若轻、化实为虚之妙。具体的形象含义不尽单一，而是内蕴着具有某种意味的象征与概括意义。《白马啸西风》当是金庸这方面的代表作。李眉秀，自幼父母双亡，流落到回疆，从小便饱受了伶仃之苦、歧视之痛。可是，尽管她处境如此孤独，内心如此痛苦，我们却看不到她心中有多少怨天尤人、愤世嫉俗的念头。直到李眉秀已经是一位武艺高强、娇美无比的少女的时候，她要报复，要夺回少年时代的情人，不过是举手之劳；可她却又自然地选择了放弃，宁愿孑然一身，牵着相依为命的大白马，向梦中的江南走去。李眉秀这么做，并非是她爱得不够深，也不是她的孤独意识太过强烈，而是她自觉地认识到了她的不幸只是个人不幸而已，已然是事实了，无须钻牛角尖去伤害别人。“把爱给别人，把痛苦留给自己”，李眉秀近似之。这份情怀，正是儒家教人论世的那份无以言说的宽爱。金庸虽未泛写李是如何地富有爱心，只十分自然地表现了她对人世的态度与自身的克忍，但读者便可如此强烈地感受到了笼罩全书的那份温爱之情，面对李眉秀的行为在心理上产生充分契合的感觉。

如果说文化情怀的表现还不过是金庸深厚文化修养不自觉的厚积薄发，那么，他小说展示的对文化的思辨，则可看出金庸已明确有意识地把文化当作了武侠的专利，站在回顾与反思角度上来构建其文化真实。也唯有理解到这一层，金氏某些小说的蕴意才可豁然而得。表面上看，《侠客行》只是一部传奇性的武侠小说，但意蕴深处，这小说浸润了金庸对传统人生观相当深刻的思考。西方人讲究忏悔，讲究“我思故我在”，咱们中国人却不在乎这些。小说中的石破天，尽管武功绝世，威震天下的侠客岛的二岛主联手亦非其敌，但他却始终没有搞清楚自己到底是不是“石破天”；大侠闵柔、石清夫妇原可以认石破天为子了，却只因少了一两分永远也不可能有的把握，终致遗憾终身。庄子的“人生如梦”与佛家的寂灭情绪，这儿便成了金庸对石破天的身世与人生观禅意化的诠释。还要看到，石破天虽然始终都在问：“我是谁?”却并未因此背上心理包袱。尽管从他出江湖之日起就有人不断算计他，他却从未感到气馁，只是一往无前地战斗而已。儒家这种极端功利现实的人世态度与禅文化的人生无牵无挂、来去自如，便成了极端缺乏自我意识的石破天的精神支柱。我们也不妨把它看作是中国人坚忍不拔意志精神力量的来源。如此虎虎有气的石破天，从西方式的人生态度来看也许是不可思议的，但金庸是在认肯石破天在尔虞我诈的社会中生存的精神气质，读者们也能够从中领悟到与西方不同的人生态度。在现代激烈的社会斗争中，我们东方文化的人生观自有其生存余地。

需要指出，金庸对传统文化既有颂扬也是有所贬否的。他具有一定的文化超越意识，这使得其对文化真实的揭示，能摒去其中一部分属于过时了的内容，而与我们现实的文化意蕴息息相通。虽然，他的每一步超越是那么艰难。《鹿鼎记》中，韦小宝的师父学识武功都超过韦小宝千倍，只因有了太多的条条框框，不但壮志难酬，还死在了他忠心辅佐的主子的剑下。相形之下，韦小宝不学无术，却能仗着机智善变无所不利，即使在危急关头也总能死里逃生，其间的答案是耐人寻味的。如果再联系到金庸同时期小说《笑傲江湖》对“随机应变，见招变招”的“独孤九剑”的热情讴歌，就可以看出是他对中国传统文化所缺少的大胆创新的精神，也就是生命的自由意志发自肺腑的呼喊，和对传统文化中窒扼人们精神意志的因袭思想的无情揶揄。当然，金庸所理解的超越，是认为在现代条件下应当超越传统文化一成不变的僵化保守，而不是超越或者说贬抹传统文化本身。韦小宝对清廷的破坏能力，一旦失去陈近南的指导，便消失了；独孤九剑尽管来去无痕，剑手还是要掌握“破刀式”“破剑式”等基本口诀……从中可以看出，金庸似乎以为文化的超越其实就是对完善文化本体的建设。这也揭示了当前这样的一种文化真实：许多人站在现代立场上认识到了对文化超越的必要，同时对文化传统又有无穷的依恋之情。

3. 悲剧意味

多数读者把武侠境界当成了桃花源，借此逃避现实。金庸通过其小说委婉表达的悲剧意味，相当程度地扭转了人们的这种看法。

从金庸创作第一部武侠小说《书剑恩仇录》，我们便可感觉到他极其强烈的悲剧气氛。悲剧主人公陈家洛，由于大男子主义的褊狭心理，无法容忍性情活泼、敢作敢为的霍青桐；又因他是以纵横天下自命的豪杰，便舍小取大牺牲了他与香香公主的终生幸福。可是说到底，他不过是一介书生，并无那睥睨天下、目无余子的气概。他和两个女孩的情感终于只能是“剪不断，理还乱”。最终事业失败，陈家洛不得已带领众豪退入回疆，成为武侠小说形象中著名的“忧郁王子”。金庸早期的小说，多呈这一类积极浪漫气息的感伤情调。虽然是显示生活道路的风风雨雨，主题却在于揭示：人生的道路，少年的情怀，连伤心都是美丽的，它所激起的，是少年对未来大胆的憧憬，成年对于过去那份心痛美丽的回忆，热爱生命是共同的心声。

以《天龙八部》的创作为下限年代，考察金庸这时期悲剧意义的表现，主要体现在人生哲理思考的层面。那是一种“念天地之悠悠，独怆然而涕下”的崇高情绪，让人们从亢奋中冷静下来，仔细思忖长而多艰的人生前途。因此，我们说金庸这时悲剧的色调是明朗的。陈家洛反清复明的斗争是失败了，同时还毁灭了他与香香公主真挚的爱情。但作家并非是借此否定对事业与爱情的追求，相反，反清大业正因其艰辛才能有必要让数代人前仆后继地战斗，爱情正因其甜蜜才有必要好好把握。美在毁灭中肯定了自己。人生的悲剧意义，便是要“知其不可而为之”。这一份悲剧意味的人生哲理，事实让阅读者的我们对人生把握由感伤而至那古往今来、无可阻违的历史情怀。

金庸小说的悲剧意味，愈到后来愈偏重于人性的剖析。于是相应地，作品的思想深度也随之而得到加强。《笑傲江湖》中，“江南四友”初出场时，黄钟公何等仙风道骨，黑白子何等道貌岸然，秃笔翁何等洒脱不羁，丹青生又何等飘逸放达。曾几何时，一旦面临生死考验，非但他们的人格可以践之于地，四友的手足之情，似也在这富有意味的瞬间冰释了。纵有黄钟公不辞一死，实难洗刷前羞。金庸就是基于这样的思想来揭示人性被扭曲的程度，而伦理道德同时又显得如此脆弱无力。他不屑概括地笼统地着墨于金钱、地位的纷争，而是根据具体人物所拥有的性格与地位，将其人性被扭曲的方式与程度颇细腻真实地剖露出来。不过，金庸“可怕的冷静”还不止于此，他的生活辩证法，似已习惯以世故老人的目光来揭示生活中的冠冕堂皇。任何漂亮的事情，金庸也必从反面出发，根据冷酷的物物交换的原则，对其内在实质进行毫无遮掩的透视。《笑傲江湖》的少林方丈方证与武当掌教冲虚，原先，他们对令狐冲的循循善诱，多么让人感动。可是，谜底捅穿之后，我们才知道他们的真正目的所在，原来既不愿野心勃勃的左冷禅坐大，更不想让阴险毒辣的岳不群当权，所以需要在五岳剑派联盟中制造一个既有实力、又无野心的第三力量来牵制左岳，而又不致影响他们两派的既得利益，于是就选中了令狐冲这个当然的最佳人选。在金庸的笔下，所谓的善恶之分在物质功利面前是如此的无足轻重。这就把抽象存在的正义公理逼到了无处藏身之处，终于毁灭。这暗示了在社会中，物质利益的获得才是人们奉为圭臬的最高与最终尺度。如此低调的毁灭情绪，金庸对人性实在到了近乎绝望的地步，这也可以说是金庸对香港商品竞争下的社会现实在小说中的曲折反应。

最后应当解释的是金庸小说的悲剧形式。武侠小说所反映的悲剧意味，读者大多是从感觉上于潜移默化中得到的。它不像纯文学作品那样突出强调读者的主体感觉。歌德曾指出：“大众把崇高伟大当作游戏，要是他们看到了崇高伟大的真面目，那就连望一望的勇气都没有了。”① 因此，在悲剧外化的表现下，金庸是采取了“假喜剧”形式，以故事发生的悲剧来代替结局的

① 转引自［法］罗曼·罗兰：《约翰·克利斯朵夫》卷九，《燃烧的荆棘》，傅雷译，人民文学出版社 1957 年版。

悲剧，多以传统的大团圆来结束故事。如《神雕侠侣》，无论从哪个角度、何种意义上说，这个故事的结局都应该是杨过应诺，为小龙女殉情跳下绝涧。而金庸为了应景，却偏偏还要在小说结尾出现绝涧内别有洞天，杨过、小龙女幸得不死的意外。虽无伤大雅，毕竟有损主题的表达，然而，武侠小说的读者制约因素往往超过了小说内部性格、情节发展的自我制约力，采用“假喜剧”，在大体上还是能够传达作家本人的悲剧意识；形式上，也无悖于武侠小说存在的根本商业性、通俗化的要求，能够较好地调和俗雅间的矛盾。我们认为，这种“假喜剧”形式还是可行的。

当然，对金庸本人来说，武侠小说的谐趣幽默与生活的悲剧气氛，使他的小说越来越陷于一种深刻的二律背反而无法自拔。我们时常可以发现，晚期的金庸小说中，在轻喜剧的氛围里，作者会有一种突如其来的焦躁，写着写着，往往刹那间便将正人君子们的外衣剥脱无余。武侠小说的大师，对武侠小说的创作方式，愈后就愈有这样难以逆转的背弃，这是很有意思的。明乎于此，金庸最后的封笔，也就尽在情理之中了。

三

本部分，我们将对金庸小说形象塑造问题进行探讨，既然武侠小说对结构模式有特殊的要求，那么它在形象塑造方面则也相应具有自己独特的个性。

武侠小说传统，在中国可谓源远流长。据研究者们的揭示，《水浒传》是近代武侠传奇的开山之作。其他各类传统的演义小说、神怪小说以至言情小说，对武侠小说的影响也都很大。几乎每一部武侠小说，其主人公从一开始便注定是各种磨难的承受者。而一到魔劫消尽、苦尽甘来之时，故事便戛然而止，于是，人物形象就在这一个又一个的魔劫中塑造而成。如是这般，难道不是在潜意识中师承了《西游记》的传统吗？应该承认，金庸的创作是明显继承了这些先人的技巧（在这方面，他获益不少）。然而，他的武侠小说与传统一脉相承之处，在我们看来，最成功的还是体现在人物性格的“对立原理”借鉴上。金庸在他的小说中，总是喜欢把矛盾冲突的双方（或多方）的人物安排在特定的矛盾环境中共同存在，强调这些人物彼此鲜明的性格对比色彩。如忠与奸相对，则忠者愈忠，奸者愈奸。总之，性格的闪光正是在美丑的对比中闪现。我们不能想象，乔峰如果少了慕容复在人格上低下的反衬，耶律洪基对生命意义蔑视的对比，以及游坦之生活追求卑琐的陪衬，这个人物还能够如此栩栩如生吗？这种对心中英雄崇拜的颂歌，正是对中国古典主义性格审美传统继承的结果，一如《三国演义》将刘备与曹操、周瑜与孔明各自性格侧面的反差放大了那样。像西方《伊利亚特》把敌我双方的英雄阿喀琉斯、赫克托耳皆热情赞美、双峰并举的情形，在金庸小说中，除了一部反响甚微的《碧血剑》外，可谓绝无仅有。

尽管金庸的人物形象当传统具有血肉与共的营养脐带关系，但是应该指出，他并没有堕入仿古、师古者流中去。他对传统有继承更有改造。而后者，则是金庸之所以为金庸，形成他形象塑造的鲜明特色并高出一般武侠小说水准的关键所在。那么，金庸的武侠小说到底如何来塑造人物呢？

首先，是历史与现实双重观照法。金庸笔下的人物，特别是反面人物，多以意味曲折悠长，难以分析著称。就连笔者撰文时也要花上不少心思去揣摩金庸的创作意图。《射雕英雄传》中的杨康，在这方面就是一个较有代表性的例子。他弃亲生父母不顾，是十足的不孝；视师长如仇敌，又可谓十足的不肖；还要杀害关怀他的异姓手足郭靖，更是残忍之至。看着他无心无肺，兴风作浪，我等心中真有“天殛之”的愿望。可是，当他在铁枪庙中终于恶贯满盈的时候，又让人不禁茫然若失，阵阵恻然。此种复杂的矛盾心理，应归功于作家高明的情感诱导术。从民族大义、人伦关系来说，杨康确属十恶不赦，然而就杨康个人所处的环境和身世来说，这一切还是有内在的合理性、必然性。杨康是在养父的娇宠下长大的，一直被当作大金王子供养，所受的教育可想而知，对养父、金国的感情也可想而知。对他来讲，父母之情其实只是简单的血缘关系，而民族大义更不过是抽象的概念而已。除了师父丘处机的说教，他实在缺乏反叛金国的必要条件。像《说岳》中的陆文龙，一听王佐的游说便即大打出手，欲置养父于死地而后快的处理，我们认为在艺术上至少太简化了。它与其说合乎生活情理，不如说是合乎逻辑推衍。正是在这里，作者将他与传统的、一般武侠小说作家塑造的简单人物区别开来。他采用历史与现实的双重观照法来写杨康，有了这两个互为参照的艺术视点，这样，他就能有效地揭示人物内在的张力因素并给予人性的说明，一方面，既充分凸显自我强烈的主观意识，用爱国主义精神呼唤出读者最深厚的感情意识，进行合目的的价值判断；另一方面，又冷静理智地对描写对象进行艺术审视，并不因自己情感的贬褒臧否随意处置，而让读者能从中以生活经历体验人物形象的内蕴，在产生审美情感倾向的同时也产生与倾向异向的审美感触。这种感触，往往正是触及心灵深处不可言说的那部分。武侠小说发展到今天，存在的问题很多。人物形象塑造的极度平面化就是其中的一大痼症。这种症疾，从一定意义上讲，便肇祸于作者对历史与现实的单极化处理。诚然，就艺术的本体属性而言，武侠小说的人物是应该清晰而简明，读者可以用单纯炽烈的情感去把握它们。但清晰简明并非意味着可以一味地单向极化。主体情感评判是一回事，具体入微地描写又当是另一回事。这里就有一个如何把握分寸的问题。我们并非要求武侠小说的人物也像纯文学（特别是探索性的纯文学）那样丰富复杂、立体多层，但从提高的角度，从艺术传播长远的观点来看，对其形象塑造提出尽可能地丰富些、隽永些的要求，则不能认为太过分。事实上，武侠小说发展到今天，已有一些作家虽不得其门而入，但他们的创作却多少呈现了这样的意向。如古龙《欢乐英雄》中的郭大路，温瑞安《四大名捕会京师》的戚少商等就是。正是在这个意义上，我们认为金庸的历史与现实双重观照法有必要引起重视。它对于武侠小说如何塑造具有一定艺术回味的人物形象，无疑是具有启迪意义的。

如此说来，金庸笔下的人物是复杂人物了？不是，按照通常的理论概念，他们恐怕还是要归属到简单人物类型中去的。包括他的那些写得较为丰富隽永、富有艺术回味的人物，如《鹿鼎记》中的康熙与韦小宝，《书剑恩仇录》中的陈家洛，严格地讲，也不能说就是复杂人物，至少不能称之为理论教科书上所说的复杂人物。简单人物是否便意味着艺术价值的相对贬值呢？这本来是不成问题的。恐怕跟前几年的性格组合论影响有关吧！现在有人在评论时，往往有意无意地将这本来只有分类意义的概念与价值取向混为一谈。这种情况在金庸作品及其人物评价上也同样存在。例如对于郭靖，这位和乔峰一样为广大读者所深爱的《射雕英雄传》的主人公，有一本叫《弹指惊雷侠客行》的武侠赏析小册子，其作者就认为郭靖的性格是平板无生气的，并以为郭靖的前期形象与后期形象有明显的脱节。尽管该论者并未就理论上作出说明，谈的只是欣赏的感觉，但我们仍有理由认为，这与《弹指惊雷侠客行》一书作者接受的理论思想有关。他看不得前期愚钝木讷的郭靖，到后来居然变成了英气逼人、大有思想性的郭靖，又据郭靖前期的表现便说他“平板无生气”。凡此，都可以认为是源于对简单人物形象错误的理解。

我们认为，像郭靖这样的简单人物，较之严格意义上的复杂人物，性格确实较为单纯。但这里说的单纯，只是相对而言，它只是一种人为的类型划分，并不包含有价值评判的意思。郭靖脑子是不太灵光，弯子转得慢，认死理儿。如果郭靖只是沿着这一脉性格线索发展，是无成为英雄的可能的。但我们还必须注意几乎和这些庸人才资属于孪生姐妹的人物气质，郭靖还有他坚忍不拔、勇往直前、义无反顾的极为可贵的一面。而金庸就从郭靖出身及其生长教育的环境，尽可能客观真实地描绘了这些气质怎样被开掘利用，终于使其庸才一面影响渐渐消退的过程。世上连最简单的事情都可以进行辩证的分析，何况是人物形象的性格因素呢？问题在于作家以怎样的角度、契点来投入自己的审美情感，以及他这份情感真挚、强烈的程度。金庸立意从一个凡人的资质来塑造郭靖不平凡的形象，这就已经把自己对历史上那些平凡而又有不平凡功绩的人物的赞美之情、钦佩之意都熔铸在其中了。历史上的大事，实多为平凡者所为。虽然金庸写的是历史上的郭靖，现实中的你、我、他，却亦未尝不可如此。而郭靖形象自也便在如此广阔的现实与历史生存空间中灿灿发光了。假如明白到这一点，论者便大约不至于仅以表面的理解，以其性格“平板”为讥了。

因此，我们觉得，对包括武侠小说在内的人物进行评价，最重要的是把他放入作品规定的机制中去作客观的分析，看他有无完成作家赋予的应有的艺术使命，有无写出促使人物思想行动的必然性以及是否与作品整体的组成要素相谐一致。如果能符合这些要求，那么无论是简单人物还是复杂人物，都是成功的，值得称道的。像《天龙八部》《射雕英雄传》，作品需要乔峰、郭靖这样的简单性格人物而他们也确实完成了作品赋予的使命。为什么我们不能宽容地予以认同，偏要加以贬损呢？而其实，在《射雕英雄传》这样一部表现民族感情需要英雄，而且应当生产英雄的作品，如以通常意义上的复杂人物作为主人公，那倒是有点不可思议的，至少武侠小说是如此。总而言之，简单人物与复杂人物，它只有分类学上的意义。对于它们，我们只有把握住了作者的情感脉络，从作品艺术整体着眼，才能作出正确的判断。离开作者的主体创造与作品实际，孤立地谈人物性格元素涵量的复杂与单纯，那是没有多大实际意义的，也很难说明什么实质性的问题。

以上讲的是金庸小说历史与现实双重观照法以及与之有关的简单化类型的创作。除此之外，观念化方法的采用，也是金庸人物塑造的重要特点。

金庸在谈到自己创作时常说："构思的时候，亦是以主角为中心，先想几个重要人物的个性如何，情节也是配合主角的个性，这个人有怎样的性格，才会发生怎样的事。"①这等于是在说，他的形象的塑造并非来自生活实际的感触，而主要是意志情感直接的符号显现。按常见的理论，这样一种创作往往是概念化图解式创作的代名词。但是，如果我们深入金庸的武侠世界，那么就不会对他的创作下这么简单绝对的结论。金庸采用的实在是一种比较特别的创作方式——观念化创作：即强化思想观念先在的重要性，正如勒维特所说："在观念艺术中，思想观念是作品中最重要的方面……所有计划和决定都是在动手之前就已写在作品了的。"②拿上文提及的郭靖来说，他

---

① 转引自陈墨：《金庸小说赏析》，百花洲文艺出版社 1990 年版。

② ［美］索尔·勒维特：《观念艺术短评》(*Paragraphson Conceptual Art*) Artforum Vol. 5，No. 10，《美国雕塑》特刊，1967 年 6 月，第 79—83 页。（此处信息无法复按，或可参见郝经芳、王令杰译的《关于观念艺术的几段文字》，《美术文献》2013 年第 6 期，第 124—125 页。——编者注）

就是典型的观念化人物。郭靖其人的内在性格气质一直为愚钝、善良、坚毅所缠绕。因为愚钝，在他生命中才会有如此之多的波折、如此之多的挫折；因为坚毅，才使他一直处于兢兢业业的努力状态中，终于有望大器晚成；因为善良，不但一代霸主成吉思汗对他青眼有加，也博得了洪七公、周伯通、马钰等异人的青睐，使他始终能站在一个较高的境界看世界，能有一个较高的努力方向与明确的努力方式。然而郭靖所有这些性格要素的组成及其发展，在金庸评论郭靖时，便已经被预先规定了，“这孩子似乎脑筋不太灵光，然而幸喜本实善良。”这也便是黑格尔所说的“美本身应该理解为理念，而且应该理解为一种确定形式的理念，即理想”。①

观念化创作与概念化创作有着本质的区别。黑格尔早就批判过“把理念和艺术家臆造的抽象的观念和理想一律看待”的问题了。黑格尔说的“理念”与我们所说的观念，词异而意近。他说：“理念不仅是概念的统一和主体性，而同时也是体现概念的客体。”可见理念即观念本身包括了概念的认识与具体的表现这两个辩证组成部分。当作家以概念为指向创作时，由于所有的生活素质都被作家抽象成为理性的东西，当然失去动人的形象魅力，而观念创作由于将作家明确的理想（也就是情感意志倾向）在具体可感材料中体现出来，形象的抽象意味就大大降低了。简单之，观念化创作主要给作家提供一个较明确的情感投入契点，情节、形象才是目标。概念化创作的思维方式则恰恰是抛弃形象材料，所起的艺术效果也就正相反了。为什么在金庸作品中那些不同程度地带有说教意味的人物形象如郭靖、乔峰等，他们非但没有引起人们的反感，却还有几分说不完、道不尽的悠长气韵，道理就在于斯：因为这种说教不仅是消遣娱乐的，而且说教本身体现的思想观念与现实思想观念十分吻合，它无意成为读者回避现实生活不足而寻求情感慰藉的一个良好精神容器。

当然，不必讳言，同任何武侠小说一样，金庸作品中的观念人物也是有平面与较立体之分的。对于较立体的，我们的欣赏和理解，相应地也就有

---

① ［德］黑格尔：《美学》第1卷，朱光潜译，商务印书馆1981年版。

一个立体观照的问题。例如郭靖与乔峰，都是读者所深为倾倒的大侠形象。对前者，人们佩服其坚韧不拔、自强不息的精神；对后者，人们叹服其一往无前的气势。这一层，人们大多都可领会到，也是作者情感投入的契点，我们可以称之为“显性观念”。但如果读者能对比发现这两位都是使“降龙十八掌”的大师，便可以从更深的层次领悟到这两位大侠虽然性格不同，但对于世界一片赤子之心的热情，并无本质不同，当我们从《易经》来考察“亢龙有悔”“龙战于野”“见龙在田”等招式的来历时，便不难发现金庸是在把他们作为“天行健，君子以自强不息”的精神不同侧面的代表了。这层一时难为读者们所理解，却又真正把握到了中国人心理气质的观念，我们称之为“隐性观念”。由于金庸国学的修养很深，一般的读者很难透过显性观念看到其隐性观念的全貌，终于长久回味不已。

武侠小说的人物，写到这个地步是很不容易的。这也许就是金庸观念化创作最值得人们称道的地方吧！

走向现代的武侠世界[①]

——论金庸对武侠文类的贡献

"有井水处即有金庸"，这一句话，既诗意地道出了金庸在华人世界的巨大影响力，又从一个侧面反映了武侠小说在华语文学圈内受欢迎的程度。作为一个作家来说，金庸所取得的成就显然与武侠小说这一特殊文类须臾不可分割开来。

武侠小说在中国的新变、发展和普及，是20世纪中国通俗文学衍化史上最为瑰丽壮观的一幕。武侠小说源远流长，即使撇开司马迁的《史记·游侠列传》以及他所标举的游侠精神不计，从唐传奇《聂隐娘传》算起，迄今也有1200年的历史。但站在今天的时代高度来看，真正对其文类产生革命性转换的还是20世纪20年代以后的事，尤其是五六十年代更是达到了鼎盛期。在至今为止短短七十多年的时间里，武侠文类发展之声势蔚为壮观，无疑已成为了中国人精神文化消费的主要食粮之一，而且还产生了诸如平江不肖生、王度庐、郑证因、还珠楼主、朱贞木、梁羽生、古龙、温瑞安等十来个人们公认的大师级的武侠小说作家。当然，无可争议的，金庸又是他们当中最卓然不群的一位。无论从哪一个层面来说，他的成就恐怕都要高出其前

① 本文与吴秀明先生合作完成，全文曾发表在《通俗文学评论》1998年第4期，其中部分曾发表在《杭州大学学报》1997年第4期，发表时署名吴秀明、陈择纲。

辈或侪辈一个档次以上。

除却无可模仿的天才因素，我们认为，金庸的创作并非无迹可寻。这其中，最具规律性也是最具文学意义的，便是在创作武侠小说这种消费性很强的通俗文学的时候，他并不抱着随意而为的创作态度，而是顺应时代的发展变化，时时注意将鲜活的创造精神灌注其中，从而最大限度地激活并拓宽武侠文类固有的思想艺术潜能，使自己的作品境界自大，不落俗套。金庸所以成为一个时代武侠文类毋庸置疑的领袖，他所创造的武侠神话世界所以如此令人心迷神往，其境界数十年来无一人可以与之匹敌，成为现代文学史上的光彩篇章，其奥秘主要也就在于此。

以下，我们试就精神内涵、生存方式和艺术叙事三个方面对金庸的有关武侠文类的贡献作一番粗略的探讨；在此基础上，再拟对金庸之后的“后金庸”问题，谈点不成熟的看法。如有不当之处，敬祈金庸及有关专家学者不吝批评指正。

一、精神内涵：现代人文的价值重组与内在生命质量的追求

武侠小说精神内涵的本质是“揄扬勇侠，赞美粗豪”（鲁迅语），追求适性自恣、狂放不羁的潇洒人生，表达人们要求社会公正平等的热切愿望。借助前人或今人的研究成果，可以认为，它一般由技击崇拜、侠客崇拜以及由此而生的对侠客情感理想模式崇拜的三个基本支撑点所构成。从司马迁《史记》中“救人于厄，振人不赡”的游侠，到唐宋传奇、元明清小说中名目繁多的匡正扶弱的侠客，我们都不难目睹其精神内韵。这里有主流意识形态倡导的忠君报国思想，也有来自民间的要求伸张正义的声音，还有知识分子人文精神的介入。可以说是三种思想的矛盾复合，精神内涵相当庞杂。至晚近，由于主客观诸因素的作用，武侠小说这种自由不拘的精神内涵反倒逐渐委顿，主人公从笑傲江湖、替天行道堕落为依附名臣大官的“御猫”式的奴

才，丧失了个人意志和独立人格。用鲁迅《中国小说史略》的话来说，就是“终必成一大僚隶卒”。这一精神畸变，分析起来，原因当然比较复杂，简单地斥之为“奴才文学”恐怕不尽妥当，但它确在一定程度上反映了作者个性思想的严重缺失。正因为如此，它才受到了包括鲁迅在内的许多进步人士的批评，并直接导致了武侠文化水平的整体下滑。故如何在内在精神含量上进行提升，就成了振兴武侠小说的关捩所在。金庸作为新武侠小说的代表，他在这方面的贡献，主要就在于得益于五四以来所形成的人的解放及其现代化的时代精神，以此为基点，充分吸纳传统和民间的丰富养分，用精英文化的人文精神对旧武侠文类中的陈旧落后的文化思想体系进行了革命性的改造，具体表现，可作如下两点概括。

首先，是传统“良”“暴”二元命题的现代判立。

自古以来的武侠小说，都可千篇一律地纳入“除暴安良”的主题模式之中。不过，同样是“除暴安良”，彼此的精神指向是大有区别的。唐宋时的武侠小说将“除暴安良”定位为在江湖上行侠仗义，主人公一俟锄除人间不平事后即飘然远逝，隐匿江湖；清代侠义小说却把“除暴安良”的立足点移向了朝廷，侠客如黄天霸之类的一系列侠举，是为了博得统治阶级的封赐；民国后的作家，由于受民主观念的熏陶影响，其“除暴安良”又复将价值取向从朝廷下移到江湖。这样做不只是撇开了一个清官来“总领一切豪俊”，更重要的是恢复了侠客做人济世的尊严责任以及武侠文类自由不拘至情至性的精神本质。金庸的“除暴安良”当然属于后者，所不同的是，他更注重将侠客救民于水火之中的功能与国家民族的兴亡动荡联系起来进行考察，而并不计较于个人复仇和江湖争霸。这一点，在《神雕侠侣》中，金庸借郭靖教育义侄杨过的一番话已道出了自己的肺腑之言：为国为民，才是侠之大者。他的众多作品，除少数如《侠客行》《白马啸西风》外，所竭心尽智追求的就是这样一种精神意向。“除暴安良”往往有两种视角：一种是民间的视角，人民作为独立的客体无力抗暴，于是希望有侠出来为民除害，伸张正义；另一种是主流意识形态的视角，统治者为了自己的长治久安，也不能容忍邪恶势力过分放纵，于是也就有了为国除害、拯救社稷的问题。金庸的“除暴安良”显然立足于民本立场而又有所超越，它已融进了知识分子生成的忧患意识，对千百年来人民所遭受的不幸与苦难有着真挚的同情之心，所以较之现代一般的武侠小说不仅显得境界开阔，大气磅礴，而且其主题思想的表达也格外细腻、曲折而富有意趣。

但这仅仅是金庸小说“除暴安良”的一个方面，更为难能可贵的，还是它内中寓含的那份执着的个性、独立的思想，作者并不因强调个体对群体的责任而漠视个体的重要。比如说杨过，作者在描写他类型化了的“神雕大侠”的同时，就始终没忘他身上自幼培养的心理：谁对我好，我就对谁好；谁对我不好，我就加倍地对他不好。如欺师叛祖地做了古墓派的传人、公然对抗礼教大防、要娶师父小龙女为妻等等，并且在字里行间，还赋予自己深切的同情和尊敬。不仅是杨过，其他如《倚天屠龙记》中的张无忌、《天龙八部》中的萧峰、《侠客行》中的石破天、《笑傲江湖》中的令狐冲等等。几乎所有的大侠，包括不顾一切地为朝廷效力的郭靖等人，他们个个以铲暴除奸、拯世济难为己任，见到恶势力总是义愤填膺地拔刀相搏，甚至付出生命也在所不惜；这种精神气质既是社会责任和“职业道德”所使然，同时更是他们独立人格和率真天性的自然流露。而在小说中写出了这一点，凸显“除暴安良”命题与宣扬武侠文类固有的自由不羁精神便达到了完满的一致。个人主体与社会群体的关系是个老话题，古往今来说法多矣。理论地讲，它们彼此不应是单向度的，而应在双向互动的交融中求得统一。这也可以说是一种现代的“人论”观。金庸对此所表现出来的“人，总是既要承担一定的社会责任，又要保持独立的个体人格，两个方面都不可偏废”的思想，反映了现代人尤其现代中国人的“人”的意识。因此，这就使其作品中的有关“除暴安良”描写在观念的先进性上较之一般雅文学虽慢了“半拍”，却与整个20世纪的时代主潮基本保持一种“随大流”的状态，而成为中国现代文学的一个有机组成部分。

当然，我们这样说是建立在武侠文类作者对“除暴安良”类型化母题认同赞赏的思想基础之上的。这也是绝大多数武侠小说包括金庸前期武侠小说创作的基本前提。至于“良”“暴”本身到底如何，囿于文类的限制，似乎就无人细究也不敢细究。金庸根据自己对历史和现实认识理解的深化，从《倚天屠龙记》开始，表现出了对这个传统古老命题的深刻质疑：虚拟的“除暴安良”命题虽然为武侠文类所不可避免，但从历史真实和人性本质上看，又毕竟过于原始朴拙。为此，他一反传统做法，对武侠小说中的“良”“暴”重新作了阐释诠解，不仅描写为世俗视为“暴”的江湖邪教黑道并非铁板一块，照样也存在着一心向善的正人君子；而且也揭示所谓的名门正派中也错综复杂，内中不乏作恶多端的小人、坏人。金庸这种创作意向十分明显、十分强烈。愈是向后，他愈是紧锁眉头，把更多的笔墨对准正教各派的内部，描写他们彼此的争权夺利和人性的异化。如《天龙八部》中诡计多端、野心勃勃的全冠清，《连城诀》中卑鄙无耻、人格极为龌龊的花铁干，《笑傲江湖》中阴险毒辣、口蜜腹剑的岳不群、左冷禅等。如此全面地打破了正邪、良暴壁垒，将正邪、良暴人物无情地置于一个平等的道德水平线即以人性的标准对他们进行公平的审视，并对传统“正邪之分”“良暴斗争”神话极尽嘲笑反讽之能事，这在武侠文类创作中恐怕是绝无仅有的。它表明了作者对人性的深刻洞察和理解，也反映了他在良暴观念问题上所表现出的开放超脱的情怀。但看淡了良暴、正邪之分，不等于没有是非善恶。对这个问题，金庸在《射雕英雄传》中作了明确的回答，这就是该书将结束时郭靖与成吉思汗在论英雄时谈的一席话：“自来英雄而为当世钦仰，后人追慕，必是为民造福，爱护百姓之人。”郭靖这里所说的意见，当然代表了金庸的想法。也正是基于这一点，所以作者尽管看到了良暴判断问题的复杂，他还是大胆地进行了反文类的尝试，并最后获得成功，赋予这一两极对立的传统命题以难得的艺术张力。

其次，金庸对武功的描写，有着明显地将中华武学伦理化与圣化的倾向。

韩非子大约是最早将武力与侠客联系在一起的人。他很干脆地说：“侠以武犯禁”。他所说的“武”与后来言说的武侠之“武”还是有一定区别的，大致还停留在“暴力”这个层面；而后者所说的“武”，显然比这要精致得多，也丰富得多了，至少包括了民间的技击崇拜，延至近世，甚至融入了国人无可化解的技击救国的情结。《鹿鼎记》中曾有这样一个情节：韦小宝带着他的双儿跑到俄罗斯，结果初通中国武术的双儿在俄国把蛮横霸道的俄国人以及觊觎她美色的登徒子统统打得满地找牙。而对此，金庸则毫不掩饰地插话评论道：科技文明，中国不行；而论到技击之类，则大鼻子们怎么都要差上一截。他对中华武术的崇仰之情由此可见一斑。

不过，如果将武侠小说之“武”仅仅落实到技击上，终嫌单薄。它可能好看却不耐看，况千余年沿袭不变，也太让人失望。因此，即使像郑证因一招一式拆解开来可以做武术教科书的《鹰爪王》之类（这些作家本身擅长武功），看多了也就失去了魅力。现代的一些武侠作家也觉察到了这个问题，开始有意识地将武功描写纳入中国文化观念体系中进行运作，借以提高其武功描写的档次。平江不肖生后期有些作品认真探寻佛道，已颇具文化内涵；还珠楼主的《蜀山剑侠传》尽管还有类似《封神演义》的无稽武功描写，但它将儒道释三家思想学说融为一体，而又不乏自我作古的勇气，在同类作品中也属罕见。到了金庸，这方面的追求就更自觉，层次和境界也更高了。他不仅完全跳出了旧武侠小说武功描写过于无稽的套式，而且凭借自己对中国文化的深刻理解和深厚扎实的国学根底，在前人的基础上，则又进一步把武功与文化的结合提到了“妙参化境”，并使文化成为其基本的精神支柱。这之中，金庸用力最多也是写得最具创意和深度的，我们认为就是他的尚德修身的武学思想。《射雕英雄传》中，黄药师为前来求娶其女的郭靖和欧阳克出三道题目：一试打斗本领，二试内力功夫，三试武学修养。这说明金庸将武学修养看得很重，认为武德要高于武功。金庸这里所倡的武学修养，主要是指习武的目的、打斗的诀窍尤其是人格的自我完善的追求。在他看来，武学的最高境界是“仁”，即“神武刁杀”“以德服人”。在小说《鸳鸯刀》中，他再三讲，没有一种武功是“天下无敌”的，如果有，那就是“仁者无敌”。正因此，他在表现“除暴安良”母题和弘扬侠义精神时，丝毫也没有流露依靠武力来解决社会问题的倾向，而是执着地从武德和人生境界两个方面对“武”作了富有意味的阐释，并把武德的高尚与否视为决定武功高低的根本因素之一。他区分“正派武功”与“邪派武功”，主要是看它是否符合中国社会道德和文化道德，即是否“为国为民”“适性而行”。郭靖、萧峰、袁承志等大侠之所以成“正果”而武功盖世无双，其重要原因就在于他们有高尚的武德；欧阳锋、东方不败、岳不群等人身怀绝世武功而最终落得悲惨可耻的下场，主要也是由于他们卑下邪恶的武德所致。中国文化是一种德性文化、中庸文化，它强调人的道德修养和人际关系的调整，强调“内圣”和“和谐”。金庸如上描写，正显示了他对传统文化的深知和对它现代回归与重建的渴望。他实际上是用最通俗、形象的形式向我们阐释了最深奥、最迷人的以“仁”“孝”“中正平和”伦理道德为本位的中国文化的内核。

如果说在武功与武德的关系问题上，金庸强调前者为用后者为体，那么对武功本身的描写处理，他则明显表现重内轻外的创作意向，我们这里所说的是他那为不少人所称道的、别具一格的内功描写。尽管这不是金庸的专利，在同辈及先贤如梁羽生、古龙、萧逸、云中岳、东方玉等新武侠作家那里都可读到，远至还追溯到晚清及民国的旧武侠小说，如《三侠五义》、平江不肖生的《近代侠义英雄传》等。但后者毕竟太简单，赋予的威力也有限，它们只是偶尔提及点穴而已。至于为新武侠小说作家所广泛采用、并视为内功精髓的气功则几乎无人涉笔。金庸作为新武侠作家中公认的“武林至尊”，他在这方面的处理一向脍炙人口。其最精彩、最具创造性之处，就在于以非凡的想象力和深刻的思想智慧，成功地把儒、道、释和气功中的合理成分相互融通并化入武功描写之中，并与主人公独特的生活经历乃至对生命的感受结合起来。这样，他笔下的比武打斗，就已不是武功，更不是武技，而是成为体现一定文化理想的符号，成为人的心灵情感和生命的外化形式。金庸这种自觉的努力从他第一部小说《书剑恩仇录》就开始了。在他笔下，陈家洛武功大进，主要就在于他忽然理解到了庄子的逍遥游精神的达观与随意；而《碧血剑》中，袁承志能够打败温家五老，当得益于他对“动从静生”旨趣的洞察；至于《神雕侠侣》中杨过的黯然销魂掌，更是佛家四大皆空、灵台寂灭境界的产物，所以一旦杨过得回了小龙女，灵台不再枯寂，便再也使不出这犹如羚羊挂角、不可捉摸的高妙拳法了……可以这样说，金庸15部武侠小说，凡写到打斗场面，大略采用的都是以文化或气功说武功的这一路数了。而通过这样的一种写法，原来那些在通常条件下仅为感官提供刺激的打斗搏击，就被赋予了全新的含义。正是立足于此，我们不但可以与祖先展开精神上的沟通、交流与对话，甚至还能从中直接窥见到列祖列宗的庄严形象的独特显映，从而使武侠文类不仅日趋艺术化、文人化，而且也大大提高了它整体的精神境界和文化品位。

二、生存关怀：对礼仪敬仰和自由祈盼的激情演绎

尽管长久以来被人们有意无意地给忽略了，但实际上，作为小说文类的一种，武侠小说必定而且必然传达着某种理想的人生模式，或者表现作家对于普遍人类生存问题特殊角度的总结和思考。不过由于“快餐型消费文化”的机械复制特点，长久以来作家只是近乎本能地利用着武侠小说此种内在文类特性最低限度的功能效应而已，只有金庸，才以一种较为明晰的立体意识，借助武侠小说，透射出了其独特型位的生存关怀意识。所谓“独特型位”，是指武侠文类借以展现生存关怀的主题，由“礼仪敬仰”和“自由祈盼”这两个固定的命题展开。

1. 礼仪敬仰

从本质上说，武侠小说是一种宣扬复古主义、念旧情怀的小说。作家们通过一种理想江湖世界的塑造，来表达他们对过去了的好时光的追忆之情。那么，这过去了的好时光比较现实而言，到底又“好”在何处呢？好像是心有灵犀一点通，作家们怀古伤旧的情绪仿佛总是对那传统理想世界的“彬彬有礼”“煦煦如也”的道德、社会风尚而发。此种通过理想江湖世界描写来传达出作家对传统理想社会重礼法、重原则、重规范的有序特性强烈敬仰情绪的生存关怀方式，就是“礼仪敬仰”。不过，如果没有金庸，武侠小说的这方面的特性，也许就将永远引不起人们的重视，因为一般作家大都是泛泛地触及这个问题而已，而金庸却在他的小说中全面、深刻、透彻、明

晰地构建出了理想江湖社会所应遵循的礼仪法则。通过长短15部作品，金庸有力地表明：勇敢、守信、公正、急人所急、见义勇为、助弱抑强等乃是侠客为获得“侠客”身份先应遵循的道德规范。而且，在这些小说里，礼仪敬仰必要性的展现与侠客性格的成长历史描写通常是结合在一起的，也就是说，构成金庸小说审美内涵最基本的人性关注、人情关注方面一开始就与礼仪敬仰问题密切地结合在一起。《神雕侠侣》中的杨过形象塑造是一个极好的正面例子。杨过怀疑大侠郭靖是他的杀父仇人，因此，从小便对郭靖教育如何成为“侠者”乃至“侠之大者”的道理，爱听不听，甚至有意违反。然而小说写出，随着年智的增长、阅历的丰富以及误会的消除，杨过终于认识到，虽然个性不同，行动手段有所别异，但侠者内心的精神世界是相通的，先辈们有关此类事情之训诲终究是无可抗违的。而随着这一层认识境地的超越，杨过最终成了与义叔“北侠”郭靖并肩齐名的一代大侠“西狂”。而通过杨过这一性格发展史的描绘，一种激情的人文信仰也就清晰地构设在我们面前了。金庸笔下的侠客世界的礼法规范，如此深沉崇高，如此威严有力，这是历代以来仁人志士们用鲜血智慧浇灌而成的最高人性尺度。因而对于它进行一种生命实践意义便尤其重大，即便独立独行之士如杨过、令狐冲等人，在它的面前，亦必须低下高傲的头颅。侠客规范对侠客们的意义如此巨大，以至一旦有人违反，他就自动失去了侠客身份，金庸在小说创作中很用心地强调了这点。《射雕英雄传》中的杨康、《神雕侠侣》中的金轮法王、《书剑恩仇录》中的张召重等等，说来也没有什么太大的罪过，但因为他们所作所为全不以侠界礼仪为规范，读者看起来便觉得十分可恶了。其中最有警示意义的也许是《连城诀》中花铁干形象的塑造。花氏原来也是一位大侠，人品武功俱佳。但在一场激烈的打斗中为一武林巨魔淫威所慑，成了怕死的软骨头，后来便甘心入魔，无所不为了。通过花铁干、金轮法王这类的反面形象塑造，金庸写出，那一份礼仪敬仰，对一位习武之人来说，就像空气一样重要，当人们拥有它的时候，不会感到多么弥足珍贵，但一旦失去了它，却就从根本上失去了生命的支柱，半点挽救不得。从这个意义上来说，这一系列反面形象的塑造，或更深一步地阐明了“礼仪敬仰”的价值意义。

说到“礼仪敬仰”在金庸作品的功能作用，我们还不能泛泛地停留在一般的技巧形成的理解层面。金庸事实上是把握住了这种“礼仪敬仰”本身所包孕的文化人类学意义上的巨大价值。作为宣扬复古情怀的一种小说样式，武侠小说某种性质上与西欧宣扬骑士风范礼仪的史诗与抒情诗有着相类似之处。赫伊律哈说：“中世纪基督王国的骑士制度在人为地维护甚至是特意重视那种从遥远的过去流传下来的文化因素的同时，也耗尽了自己，它对各种规范，包括荣誉、高尚行为、勋章、骑士等级以及比武等极力进行的渲染，直至中世纪结束时仍没有完全丧失意义。”① 看待金庸小说有关描写也可以作如是观。金庸其实也很清楚自己鼓吹、宣扬的一套江湖规范及礼仪大抵是出于虚构的，至少，是过去的时代的产物；然而他又坚信，所有这一切均不表示这些规范礼仪在现时代条件下已无积极意义，而且在现代功利社会里也不就意味着人为了生存、活命就可以做包括出卖人格在内的一切事情。这种复杂的心绪在他的一部小说《鹿鼎记》中表达得显著而深有意味。《鹿鼎记》中的主人公韦小宝堪称是见风使舵的滑头，但他终生敬奉的唯一道德律令就是侠客世界的义气法则。而我们也就正因为时时守住了“义气”这一条最后的精神防线，韦小宝虽然有那么多的毛病比如贪财、好色、贪生怕死、爱说谎，但总的看起来，大节居然还是无亏的，至少，在抚远大将军、一等鹿鼎公的官位与江湖朋友之间，他毫不犹豫选择的是朋友；在最危急关头，他有时也有舍身救友的豪情，比如在五台山舍身挡下了九难刺向康熙刺的一剑……凡此种种，肯定都不是功利小人能信手为之的。因此，金庸虽然有意在韦小宝鼻尖上涂抹了白块，使他像个小丑，但内在宣扬的生存底蕴则还是一如既往地那么罗曼蒂克。通过韦小宝这个形象的塑造，与其说金庸解构了关于武侠的神话，还不如说，他更深层地将侠客世界的许多规范法则内化成了人类精神世界的道德律令，被富有现实生活气息地表达了出来。韦小宝在现实中的一举一动越油滑，越无英雄气息，越像一个平常人，那义气法则的重要及不可僭越性就显得越强大，人类精神世界与现实功利诱惑的抗争主题

① ［荷］约翰·赫伊律哈：《游戏的人》，何道宽译，中国美术学院出版社 1996 年版，第 116 页。

就突出得越明显。

2. 自由祈盼

研究者们已经指出，从社会学的观点看，现代武侠文类的兴起，与中国现代化进程中西方自由主义思潮的传入有密切关系。中国人对于现代人文思潮的核心——个体自由意识的接受，除了在五四以来的新文艺中多有表现外，也在武侠小说这样的文艺形式中曲折地表现出来。因为在传统文化语境中，侠客便是公众们承认的天然拥有较大个体自由精神的一群人。

然而，在武侠文类中，怎样将侠客的这种自由意志作为一个正面的艺术问题深沉、严肃地表现出来，对此，广大作家长期以来又缺乏自觉的主体意识。在他们笔下，有关自由精神的描写通常只是炫人耳目的刺激性精神调料。比如像古龙，他可以算是武侠作家中一个喜欢写“自由意志”的作家了，但由于各方面综合实力的原因，他笔下的许多“率性而行”的侠客怎么看都有些黑社会气质。说实在的，迄今为止，恐怕也只有金庸一个人比较成功地处理了这方面的问题。他根据其对中国传统文化的深切批判意识，多层次地揭发了传统宗法社会对于自由人性束缚所造成的罪孽与恶果，同时，借助这种批判，他传达出对传统文化真正走向现代的热切渴望。而基于此，武侠文类这方面的艺术属性才算真正得到了张扬。

中早期，金庸关于“自由祈盼”的命题表现，主要是借助侠客们自由不拘性格对传统宗法社会所谓的礼教大防、陈规陋习的冲击而展开。《神雕侠侣》较早体现了金庸这方面的努力。杨过爱上了师父小龙女，既然发乎真心，双方心心相印，他便爱得一往无前，无怨无悔。社会上所谓“礼教大防”的喊喊私语，他是充耳不闻，置个人毁誉于不计。通过这两人之间“问世间情为何物，直教人生死相许”自由爱情的描写，小说中黄蓉等人所津津乐道强调的“礼教大防”的空洞、无聊、虚伪，则便是一目了然了。在金庸中早期的作品里，金庸总是利用侠客们先天所带有的独来独往、少社会约束的身份，描写这种自由精神对既有社会规范的冲击力量，以及冲破那个性枷锁所带来的随心所欲境界的潇洒漂亮——或者，为冲破这层枷锁，侠客们也要付出许多代价，像《飞狐外传》中胡斐与袁紫衣的感情诚然无疾而终，《白马啸西风》的李秀眉何尝又有美满归宿？但是对于真实的人生而言，就这份落寞的美丽，又岂是规行矩步、“装在套子里的人”所能窥看一二的？写出了这点，侠客形象之精神底蕴对我们日常人生、平凡生活的意义，也就自然凸显出来了。

不过到了后期，金庸对“自由祈盼”命题展现的重心，明显有了较大的位移。如果说，中早期他主要是着眼于个体的幸福追求，描写冲破礼教枷锁后所能得到的美丽与自由；那到后期，他主要就是从整个传统文化机制思辨的角度，考察它近代以来的僵化倾向，以及自由创新精神注入的必要性与艰难性。这时，自由自在的侠客精神，就超越了追求个人幸福的小我层面，升华而成为整个传统文化社会自我更生的一种活力因子。有不少研究者习惯将金庸后期小说看成是文化隐喻小说，这是不无道理的。在《倚天屠龙记》中，金庸对这个问题的关心已颇露端倪。他描写出，所谓正派武林（金庸将那些德高望重、倚老卖老的高僧、高道、高尼的神情描写得如此惟妙惟肖，使人们很容易就联想到社会中常见的以道德说教见长的卫道士们），自高自大，视一切不合自己口味的全为旁门左道，而事实上，他们功夫既不见得高过“魔教中人”，人品道德更不见佳。借张无忌这样一个形象塑造，他曲折地表明了自己的心曲：凡事休分旁门、正道，只要于事有所助益，择善而从就是了。自然，《倚天屠龙记》在一些问题上还是有所保留的，即张无忌的武功底子毕竟还是来源于正派武功《九阳真经》，以此为基础，思想自由，兼容并包，方才无敌于天下。但到《笑傲江湖》《鹿鼎记》，金庸的批判锋芒就更为尖锐。在令狐冲的“独孤九剑”前面，任何只要有套路可寻的剑法，不管正派邪派，全是有破绽的，能够挡得住“独孤九剑”自由创意的，也唯有随意应变自由无拘束的剑师；韦小宝，既无文化又无武功，可他深知机变之妙，于是一群表面上比他厉害得多的人，只有傻乎乎地被他使唤来、使唤去。看到这儿，人们明显可以感到，金庸不啻是在大声疾呼：中国文化迫切需要的是以自由的精神，来一个大的改造，打破陈规旧习，人变我变，这才谈得上图生存，图发展。

那么，到底要什么样的自由精神才能使中国传统文化重新恢复蓬勃活力呢？金庸对此也是有着全面详细思考的。他借各种不同类型的人物形象塑造，把个人旨趣表达了出来：令狐冲、杨过身上，较多体现的是道家式无拘无束的创新精神；而在胡斐、萧峰、段誉身上则更多地体现的是早期儒家开拓进取、积极乐观之精神；虚竹、张无忌、石破天等形象中，又包孕了些许佛家静观宇宙、直指人心、见性成佛的机智；韦小宝身上机变素质成分复杂一些，是不同于传统主流文化的民间变体，但与道家或许有着较亲切的血缘关系。在金庸作品中，其关于自由祈盼的命题展现与人物形象精神气质的塑造结合得如此完美，以至于人们完全感觉不到他关于文化问题的思考有着说教意味，一切都在自然的艺术感动中品味到、领略到。这里值得提上一笔的是，关于自由精神的追求与构建，本质上是随着西方启蒙文化的发育而产生的，与西方式的个人主义精神是密切相关的。但金庸表现的态度却甚有意味。他一方面热切地肯定这种自由精神对我们传统文化的意义，另一方面却有意无意地抵拒着西方个人主义精神对中国传统的侵入。因此，他宁可以现代自由人文意识为媒，点亮发掘传统文化构成中的自由因子，却不肯正面描写西化式的个体自由精神。也正因为如此，他小说中表现出自由意志所反抗、斗争的对象，都是面目含混的社会群像，像西方同类主题故事中喜欢表现的母女、父子冲突，他是完全避而不谈的——本来，从逻辑上，一个自由体为寻求自由，首先进行抗争的对象往往便是自己的父母。但这对于金庸来说是太刺激了，为了争取自由，要彻底地连中国传统文化的最后内核“孝”也给破除掉吗？金庸对之是犹豫不决的，因此他的 15 部小说里，在主人公成长历程中，所有的父亲形象都很有意味地缺席了。（段誉是唯一的例外，但那还是养父！）这样，金庸也就回避了侠客自由个性成长过程中第一关就要遭遇到的矛盾——而有关此的价值评判对中国人来说则是最棘手的。

三、文本形式：传统写意叙事在现代条件下的复合改造

恰当的内容要由恰当的形式来表达，武侠文类对作家故事的构成有着特殊的要求。新、奇、动人大约可说是基本的要素。这些要求乍一看似乎并不难做到，但真正在实践中操作起来难度还是不小的。比如说，一些作家专以故事之“奇”吸引人，但当他的“奇幻”本身就成了一种模式之后，“奇”也就成了平凡乃至平庸。在快餐文学批量生产、机械复制极盛其道的时代里，此种循环怪圈似乎成了不少武侠作家的无奈宿命。也许可以这样说，只有金庸一个人（现在有一位青年作家黄易这方面做得不错，但还要看将来）跳出了这一怪圈。他的每一部小说的故事框架、情节流程，真正都做到了别出机杼、奇诡莫测，令读者决不能以常理、常识度测之。应该说，这份成就的获得，首先是取决于他整体的艺术思考、把握能力和天才的想象能力。但平心而论，在具体的叙事技巧上他亦花费了不少心血。他有意识地将某些现代的技巧注入武侠叙事中，或是将某些中国传统叙事的技巧加以现代的点化运用。根据他的需要（也是武侠文类的需要），大胆将各类中西小说文体的有关叙事技巧熔于一炉。这便使得他的小说叙事在总体上吻合武侠文类的要求的同时，又时见突破与创新。而且需要指出的是，他的突破创新不但某种程度上改变了一般读者的欣赏口味，而且也突破了武侠文类的表现领域，其某些技巧形式对整个小说文类的叙事表达都是一种有意味的补充与丰饶。

金庸的小说叙事概括起来主要也可以从两个方面来考察，即散点叙事与线性叙事的有机结合运用和中国式“梅尼普体”的创化运用。

1. 散点叙事与线性叙事的有机结合

散点叙事是中国传统写意叙事的一种基本技法，作家运用一种意向性的结构，将一个个松散的、相互间似乎关联不大甚至可以彼此独立成篇的事件纳入到大的叙事框架中，从而传达出叙事指向。传统的武侠小说尤其长篇

小说，多用此种叙事技法。在评书盛行的时代，散点叙事方法的优越性是明显的：关节分明，听书人偶然漏听了几段妨碍也不大。但随着印刷业特别是报刊业的发展，小说作为印刷品可以向一般民众普及的时候，完全按照散点叙事手法来写故事显然太过陈旧了。散点叙事在情节结构上的弱点是非常明显的：第一，故事衔接不连串，缺少必要的悬念；第二，情节发展较少波澜曲折；第三，作家的意向性时时容易表现得太过明显，以致小说底蕴被人一览无余。以上三点，对任何一部情节小说来说都会是致命的。（当然，从理论上讲，真正的小说大师，如能做到"形散神不散"，那上述的缺陷也不是不可以避免的，《三国演义》《水浒传》便是光辉的范本。）因此，到了现代，这种散点叙事法被广大新文艺小说家逐出了文坛。但说也奇怪，到鸳鸯蝴蝶派的作家也纷纷改弦易辙后，广大武侠小说作家们却仍冰心一片。号称"新派武侠"开山之作的《龙虎斗京华》，在这一点上却是固守传统的。

金庸的处女作《书剑恩仇录》，在这方面还看不出有太多的新意，但到《射雕英雄传》，情况却为之一变。很有可能是他直觉到了散点叙事的缺陷，因此，多年来受西方文艺和中国现代新文艺浸淫的深厚学养在这时便产生了巨大作用。几乎是完全出乎自然的，他便完成了小说叙事的转向，变散点叙事为线性叙事，并且在他后期的几部小说《笑傲江湖》《鹿鼎记》中更把这种叙事方法在情节建构上的优势发挥得淋漓尽致，几乎令人叹为观止。

所谓线性叙事，是西方传统最重要的叙事技法之一，极盛于 18、19 世纪，它是用一条或几条明确的故事情节线索将事件贯串，因此，事件与事件之间衔接严谨，因果分明。用现代叙事学的种种眼光批评挑剔起来，线性叙事当然还不无粗糙之嫌，不过，20 世纪初当它被新文艺"工作者"引入之时，它无疑是非常现代和先进的。而金庸有意无意将它移用入了武侠小说后，便令人感觉到：它与武侠小说的文艺特性真是太吻合了。线性叙事用严谨因果关系构成的情节链锁，制造扣人心弦的悬念，用事件与事件之间巧妙却又逻辑严密的组合关系刺激读者的阅读快感，是其所长，有着散点叙事所不可比拟的优越性，也符合武侠文类的消费文化特性。而且从武侠叙事的写意特性来说（武侠小说的创作直接起源是作者的意向、愿望，故说其叙事本质是写意的），线性叙事的指向不像散点叙事那么环形封闭，它有着射线性质的开放性格，只有作家的个人意向才能决定这线性发展的转折与终结。而这样，就使得在创作中作家的意向可以根据合逻辑的想象作任意的飞跃与跳动，把武侠文艺纵横自由不羁的性质尽情发挥出来。《射雕英雄传》一破常规的创意就在这里。小说的开端，是郭靖在“江南七怪”带领下，苦练武艺，为父报仇（当然还有别的故事穿插）。人们读到这儿，也许会轻轻一笑：这是一个复仇故事的老套子。然而接着读下去，却会发现想错了：郭靖出道不久，便手刃了仇人，好像故事已无可再讲。但读者这时却又发现，情节锁链中的另一道开头却又在这时打开：黄药师不但拒绝将女儿嫁给郭靖，而且还让郭靖到桃花岛上去“领死”。于是，读者兴趣自然又转到了“求婚”这件事上，好不容易求婚告了一个段落，郭靖的庇护人洪七公突然被西毒欧阳锋黑手打伤，一下子，郭靖、黄蓉小两口落到了极端危险的境地，怎么办？……总之，一环扣着一环，根本容不得读者多去揣度作家的意向。而这样，通篇小说给人的感觉便是深若大海、不可度测，读者阅读兴趣当然大大增加。

《射雕英雄传》问世之后，武侠文类的叙事基本便由“散点”转向“线性”。

但与一般作家不一样的是，金庸对某一种文艺手法、观念的运用、见解总不是随波逐流的。在20世纪60年代中期的《天龙八部》中，他又尝试着将散点与线性两种叙事糅合在一起运用，结果收到了意想不到的奇效。

确如此书的序言中金庸本人自道的那样，《天龙八部》写的是几个不同性格的人物的传奇故事：段誉、萧峰、虚竹这三人的不凡英雄经历构成了这部长达百万余言小说的主干。乍看起来，这部小说和传统散点叙事的小说很是相近，但细细品读起来，却让人又发现这部小说情节构成的主要方式仍然是线性之质的：小说情节中各事件之间因果联系十分紧密，虽然作家不时将叙事焦点不断地从一个人物形象转移到另一个人物形象身上；但小说的几条主要情节却并未因此中断，而是保持着持续向前跃进，变化发展的力量。比如北冥派的传奇，最初在段誉的历险记中揭开序幕，而后在萧峰故事中又时有提及并显示出一种更加神秘的气氛，对萧峰个人命运有着一种莫测的影响力，最后在虚竹故事中才作了一个了结，成了左右虚竹命运的决定性力量。这段故事体现在《天龙八部》中，虽时断时续，却始终文气饱满，引人入胜。这样体大思固的情节系统是传统散点叙事的小说所罕见的。自然，也不能说《天龙八部》又是一部一般意义上的线性结构的情节小说。金庸显然在其中有意模仿了《水浒传》的一些手法，主要体现在：小说人物以独特个性刻画为重心，小说的事件由人物性格的自然展现而自然带出。这就和一般意义的线性叙事由故事发展带动人物性格发展的方式不大一样了。而这种散点叙事触及的各个“点”，彼此之间是不存在着必然因果联系的，所以在小说里，叙事由此“点”转到另一“点”完全是一种偶然，也可以说是意趣使然。像小说主人公由段誉而成萧峰，又从萧峰至虚竹，中间还插了一段关于游坦之的小故事，都说不上有什么必然的逻辑因果关系。而这种小说叙事融入到线性叙事中，便使得既有的稳定的因果关系锁链中出现了若干带有随机组合性质的颠覆因素。它们使得文本情节的构成模式趋向多元，而且更多动荡不定的意味，也使作家艺术趣味的表达可以更加自由、开阔而含蓄。推测地想起来，《天龙八部》的结尾金庸本人也是无法料及的：萧峰死了、慕容复疯了、段正淳也死了，而段誉居然做了皇帝……一切都是可以理解的，但又全在意料之外。于是，故事情节的无可捉摸性质和小说对禅意人生、色空世界题旨的阐发在本体上完整地结合在一起：世事飘零，命运多舛，人海茫茫，谁能把握自己。或曰，悲喜欢乐，亦无非如同草木枯荣，以佛心看之，都是一样，何必斤斤计较之。但人非草木，孰能无情？……

据上而论，我们说《天龙八部》是一部融合了散点叙事与线性叙事长处的文体奇书，具有很高的文本解读价值，这大概并不是什么过誉之词。

进入到20世纪80年代中后期以来，中国的批评家、作家们纷纷对曾占据中国现当代小说创作主导地位的线性叙事法提出了质疑。确实，按照现代叙事学的观点看起来它的缺点是明显的，戏剧性的成分太多，常让人感到不真实、不自然；其情节构成太重因果关系，容易僵化，形成故事套式……于是，许多作家开始向博尔赫斯、福克纳等人学习。这种学习自然是十分必要的，但令人可以咄咄称奇的是，很少作家到自己的文学传统中去搜寻养料，更绝少作家潜心品会中国传统小说自身叙事技巧在现时代条件下进行创造性转化之可能。站在这个战略的角度看问题，或许我们可以发现，金庸的创作有着更深一层的教育启迪意义。

2. 中国式“梅尼普体”的创作运用

经典的“梅尼普体”得名于公元前3世纪加达拉哲学家梅尼普的名字。这种文体最初是一种无韵散文，多表现讽刺性的内容。但后来在几代文体散文家的努力创造下，它的叙事潜能得到了大大开掘，以至成为了欧洲文学发展的一个重要源头。① 它的文体内容包含十分广阔，概括起来大致有以下几个重要特点：诙谐性、幻想性、闹剧性、极大自由地进行情节和哲理上的虚构、社会乌托邦的设想、现实的政论性以及广泛插入其他各种文体的自由等等。借助巴赫金揭示的这一文体考察视角，如果我们对中国叙事文学的发展略作审视，就不难发现，中国小说发展也有着一条类似于“梅尼普体”的文体影响线索，也就是中国小说的评书因素。评书之于中国小说（乃至整个叙事艺术）发展的重要意义，前辈学人已论之甚详，此处固已无赘述的必要。而评书的诸般文体构成特性，与西方的“梅尼普讽刺体”散文对照，却有着惊人的相似性。除了少数几个具体的手法颇有差异之外，根据幻想性、诙谐性、闹剧性……这些文体主要构成内容来立论，将评书称之为是中国的“梅尼普体”，似乎并无太大的不妥。

可说来也奇怪，尽管在传统上评书对中国小说的影响是这么大，但现代以来，它的影响力似乎在一夜之间被清洗了。在武侠小说中它所遭遇的情况似乎较好一些。这是因为离开“幻想性”“社会乌托邦的设想”这些特色要素，武侠小说几乎一天都存在不下去的。但随着新派武侠小说的崛起，评书也离武侠文类越来越远了，直至被人悄悄遗忘。但富有意味的是，在这一

---

① 参见巴赫金：《陀思妥耶夫斯基诗学问题》，白春仁、顾亚玲译，生活·读书·新知三联书店1988年版，第163—165页。

场看似必然的代表着新陈代谢规律的文体替代浪潮中，各种思想观念一向比较现代解放的金庸，却在创作中流露出了对评书传统的百般留恋之情。除了对“幻想性”之类功能性文体要素的出神入化的表现，金庸还自觉地将其他多种评书文体要素引入到了小说创作中。在当代有成就的小说家中，如此自觉地从中国自身的小说源头中去寻找艺术创作灵感的，金庸可能是唯一的一人。首先一点可说是“极大自由地进行情节和哲理上的虚构”。对评书来说，这个特点十分适合它的写意内容的表达：小说内容可以不管历史史实、生活内容的束缚，只要意念中认为应该有，文化观念、哲学理论上可以理解的，就大胆地虚构。像“杨家将”“呼家将”之类，基本便是历代评书艺人的虚构产物。金庸继承了这个传统，他的小说有着许多令人咋舌的大胆虚构。像在《笑傲江湖》写到的“吸星大法”、《天龙八部》写到的“北冥神功”，居然有这样魔术般的力量：会这种武功的人能把对手们苦苦修炼的内家真气像水一样地吸过来，据为己有。现实中当然不会有这样的武功，然而读者却完全理解并可以认同这样的功夫。这是因为，中国传统文化观念中，“内家真气”也是“气”的一种，“气”虽然“视之不见，拎之不得”，可它又是客观存在的，是宇宙衍变的物质基础。因此，把它进行场所的转移，把一个人的“内气”吸到另一个人的身上去，从文化逻辑上看，却也并不见荒谬。不过话虽如此，在实际的阅读过程中，诸如此类的大胆虚构，毕竟完全出乎了读者的意料，由此引发的强烈的刺激性快感，自然能大大增进阅读的愉悦。

但这里需要解释一下“虚构”之限度。此处我们说的“虚构”仅仅相对“文学表现是现实生活的真实反映”这一点而言。这虚构可以很大限度地超脱现实生活的束缚，但它不等于胡编乱造，它得符合于另一种“真实”，即文化逻辑的真实。对以前的评书艺人来说，他们的艺术虚构的基础在于对传统天命观、善恶伦理观的信仰，对金庸而言，他笔底的真实基础就基于民众的传统文化集体无意识以及他对这集体无意识的直觉洞察、把握能力。因此，就“极大自由地进行情节和哲理上的虚构”而言，“哲理虚构”这点是绝对不可忽视的，它和情节虚构紧密相关。它在作品中不一定得到明确的解释，但它的底蕴则必须在相应的情节虚构中被读者明确地意会到。

评书的诙谐性与闹剧性文体特色也对金庸的创作产生了深刻影响。金庸的几部中长篇小说，几乎都有特意设置的诙谐人物与闹剧场境，像《射雕英雄传》《神雕侠侣》中的周伯通，《天龙八部》中的段誉，《飞狐外传》中的胡斐，《鹿鼎记》中的韦小宝，《笑傲江湖》中的令狐冲、不戒和尚、桃谷六仙，《鸳鸯刀》中的袁冠南等等。有时，根据小说情节发展之必要，金庸甚至有意让一些平时并不诙谐的人物来客串"福斯塔夫"式的人物角色，增加闹笑场面。《碧血剑》最后写到袁承志与武林败类玉真子决战之前，平时性颇忠厚的袁承志却大要了一通嘴皮子，便是此种性质。这种闹剧性的场面，在一般形态的文艺创作中是很难找到的，但在评书中却是比比皆是。看到金庸笔下的这些诙谐人物，我们很容易就想到《兴唐传》系列中的程咬金、岳家将系列中的牛皋、《明英烈》系列中的胡大海、杨家将系列中的寇准等等。金庸自己也曾自动点出了评书与其小说人物的密切关系：《鹿鼎记》中，韦小宝一大半的人生理想与行为准则根据的便是他在茶馆里听来的评书故事。

在小说中增加许多诙谐场面，首先可以增添很多幽默情趣，刺激阅读兴趣，这一点自不待言，但其实际意义却并非局限于此。在分析陀斯妥耶夫斯基小说中的那些闹笑场面时，巴赫金指出，这种笑的根基在于欧洲文化中的狂欢精神，"狂欢节上的笑，同样是针对崇高事物的，即指向权力和真理的交替，世界上不同秩序的交替。笑涉及了交替的双方，笑针对交替的过程，针对危机本身。在狂欢节的笑声里，有死亡与再生的结合，否定（讥笑）与肯定（欢呼之笑）的结合。这是深刻反映着世界观的笑，是无所不包的笑"①，金庸对小说中的笑声的含义表现是否有此全面、深刻，值得作进一步的研究，但可以肯定的是，在其后期的创作中，他确实成功地使他小说的笑声有越来越多的文化批判的意味。像《鹿鼎记》中写道，不识之士的韦小宝，只在评书中听得了称赞皇帝的"尧舜禹汤"这个词，便胡乱运用，说是

① 巴赫金：《陀思妥耶夫斯基诗学问题》，白春仁、顾亚玲译，生活·读书·新知三联书店 1988 年版，第 181 页。

“鸟生鱼汤”，以此向康熙皇帝献媚，而康熙每次听后，居然也都恰如他所预料的那样，是“龙颜大悦”。这个故事细节的描写，显然已不仅是搞笑取悦观众而已，它的批判锋芒的指向是明确的，那就是几千年来由封建文人虚构出来，所谓有道明君圣明之治的神话传说。其实质即是对封建帝皇一人独裁统治的无情嘲笑：所谓有道明君，煌煌然不可一世的“尧舜禹汤”，通常竟是被人在极粗俗的“鸟生鱼汤”中理解着、谈论着，其空洞、虚伪，其外强中干，则由此可见一斑。而可以想见的是，当小说中，诸如此类性质的笑声此起彼伏、朗朗发出的时候，它也就十分成功又自然地向我们展示了对传统封建统治和封建文化的否定情绪。

还必须谈及一点，那就是金庸小说多重互涉文本的构成特性。这一特点也和评书的文本特点有着直接联系。巴赫金指出：“属于梅尼普特点的，还有广泛采用各种插入文体，如故事、书信、演说、筵席交谈；还有散文语言与诗歌语言的混合。这些插入的文体，距作者的最终立场有远近的不同，也就是说它们在不同程度上具有目的在于讽刺的摹拟性，或在不同程度上具有客体性。”①

但我们看到，评书艺人在说书中尽管有意无意地插入一些其他文体的表现，如诗、词、戏曲人物式的上场交代等等，总的看起来，这些文体表现却是彼此孤立的，多表现为一种故事套式或个人性质表达技巧的炫耀，而金庸却自觉努力地使各种不同表现技巧、主题的文学体裁在服从武侠文类总的框架要求下，实现多重阅读价值的互涉文本的构建，从而增进武侠小说文本功能性的艺术传释能力——所谓互涉文本，就是指有意在一种体裁的文类作品引入属于其他文类写作特性而形成的文体。以此而论，金庸这方面的努力是承继着评书传统又超越了评书传统的。

总的看起来，评书、民间传奇、旅游小说、电影剧作及历史小说的许多技法是他长期以来比较偏爱借用，也是融入到他的小说中较为成功的一些

① 巴赫金：《陀思妥耶夫斯基诗学问题》，白春仁、顾亚玲译，生活·读书·新知三联书店1988年版，第170页。

文体样式。《书剑恩仇录》中关于乾隆皇帝生于海宁陈家传说的引用，《射雕英雄传》的大漠风光，《倚天屠龙记》北极风情的描写……诸如此类，不一而足，向来为人艳称，我们也就不费笔墨多说了。这里要着重指出的有两点：第一，历史小说对金庸创作有着特别重要的意义。传统历史小说关于历史细节的真实描写，民族历史命运的总结反思等小说艺术的观念，被金庸深深地接受。一直以来，他就凭着不屈不挠的精神在武侠创作中进行着这方面的努力。这样，从外表形式甚至某些具体而微的阅读感觉上，金庸的小说便都具有历史小说的某些品格了。尤其是《鹿鼎记》，粗看起来与其说是武侠小说，还不如说像历史小说更多一些。可以比较肯定地说，金庸许多艺术主题的表达正是在历史小说文类因素的引入中才得到顺利展开。第二，从《倚天屠龙记》《连城诀》这几部作品开始，金庸小说糅入了越来越多惊险的悬念，主人公自始至终处在一种莫名紧张的危机状态之中，而那些制造危机的人却要到很晚才被揭发出其真实面目。《笑傲江湖》可谓是金庸小说最具惊险意味的一部小说：从故事一发生，令狐冲就被抛入了危机中心地带，他好不容易摆脱了一个危机，另一个危机又接踵而至，而那些阴谋陷害他的人常常是他最信赖的人，师父、恋人、准岳丈……令读者自始至终处在一种莫名的紧张状态中。金庸这类笔法在后来的武侠创作中，得到了大大的发扬。古龙著名的“武侠侦探小说”，实际便源于此。

四、结语：关于“后金庸”问题的思考

金庸对武侠文类作出了难以企及的贡献，可以说达到了当代武侠小说创作的巅峰。

于是，如何超越金庸自然就成了“后金庸”人们非常关心的一个话题。而金庸自己从1955年开始历时17年之长的创作过程中，在取得了巨大成功的同时也留下了不少难以克服的矛盾。他在1972年突然宣布封笔，是否包含了对武侠文类某些内在机制如何转换产生了新的困惑，感到难以应付？就

是说，金庸自己的创作，由于受到文类的局限以及其他诸方面因素，他的武侠小说在现代转换上本身也存在着一些问题。跳出金庸，就整个宏观的时代高度看，自金庸封笔后的二十多年的时间里，武侠文类有分量的后进作家只产生了温瑞安、黄易两位，其整体态势由盛渐趋平淡。这个中的深层原因，除了作家素质涵养和思想艺术境界普遍不高，远不及金庸（包括梁羽生、古龙）外；金庸武侠模式中未曾解决的问题随着时代的发展，暴露得越来越明显，恐怕也是一个重要之因。

那么，迄今为止的武侠小说（包括其最高成就代表金庸的小说）到底还存在哪些需要解决而又没有解决的问题呢?

第一，对武侠文类中传统伦理道德尤其是女性观念如何现代化的问题，犹豫不决，把握不准。武侠小说从某种程度上讲就是男人的文学。这一特征当然与男权主义契节相符，颇符男性的口味，但也给我们今天留下了一个相当严峻的课题：文类特征要求与现代观念变迁如何相适应的问题。金庸对此的描写大体是传统守旧的，这从他所采用的“众星追月”（即几个女孩子共同追求一个侠士）模式和审美趣味都不难见出。然而现实的发展和女性地位改变却对此提出了挑战。怎么办？金庸以及嗣后许多作家没有为之提供符合时代要求的理想模式。

第二，对传统人文信仰包括“除暴安良”的功能作用问题，金庸愈到后来是愈怀疑的。这也是现代人的一个重要话题，即个体拥有自由和能力的程度。“侠客能拯救我吗?”古龙似乎充满了悲观绝望，于是他笔下的侠客更多的只会喝酒，借酒浇愁。这对侠客的“除暴安良”其实是深刻的讽刺。在现实英雄匮乏、理想消解的年代里，作家怎样点燃人文信仰，以何种方式表达他的理想激情，这的确让人感到棘手。当然，我们可以说武侠小说就是“梦的文学”。但“梦的文学”也要有现实的精神底蕴，起码作家的创作要有解释的激情，有人文的激情，这是创作的最基本也是最宝贵的原动力，尤其是远离现实的文学之“梦”，这就更需要作者的激情的投入。遗憾的是，“后金庸”时代，我们缺少的恰恰就是这种激情。

第三，在“快餐文学”时代，金庸式的超长篇、多重意味的文本构建是否可行？古龙、温瑞安等对此颇有质疑。还有，可否引进西方现代派对武侠小说进行文体改造？金庸封笔后，不少人在试验。结果虽然令人失望，但不成功不等于不可以。那么到底如何解决这个问题，迄今也无满意的答案。

当然，我们这样说仅仅提出问题，并无意于赞同或推导出这样一种宿命的结论：武侠文类发展到今天已是寿终正寝。相反，倒是对未来武侠小说的前景还是寄予乐观的希望。因为在我们看来，武侠小说所讴歌的"除暴安良"的侠义精神，作为历史的真实，它是无法实现的；但作为文化的真实，其行为和理想却有着永不磨灭的价值和意义。从文学与人的关系看，诚如有的人所指出的，尽管随着时代发展和法制不断完善，将来我们的社会将会更公正、更平等，但它却无法消弭或取代武侠小说作为精神性、情感性文类生存的基础。道理很简单：即使有健全的法制，它也不可能解决精神情感问题；精神情感包括消费性的精神情感，它在任何时候任何条件下都是不可或缺的，尤其在物质富裕时代，更是如此。这也许就是我们所说的在"后金庸"时代，武侠文类为什么具有文化真实并能继续取得发展的根本原因之所在。

而且，从目前实践情况来看，虽不甚乐观但也多少证实了我们上面的分析，它预兆了金庸之后武侠小说还有突破的可能性。我们这里所说的是黄易，他的《寻秦记》《大剑师传奇》等创作，尽管有明显的不足，包括庸俗化的致命缺点，但他的出现，至少从观念到创作方法对武侠小说如何"后金庸"都有可贵的启迪作用，如比较开放的女性观，站在全人类高度观照侠义精神，打破历史真实的束缚、自拟文化背景，对现实讽喻、对未来有预示等等。正是在这一意义上，我们对"后金庸"时代武侠小说的前景并不过于悲观。当然，这既是一种推论和预测，更是一种希冀和期待。

历史的写真与散文的自由[①]

——论高阳的历史小说创作

"落拓青衫载酒行"，这是高阳爱以自况的一句诗。至今宝岛的文学圈内人士传说起来，仍为他左手黄酒一斛、右手援笔立成美文千言的潇洒才情艳羡不已。遗憾的是，至今天我们学界终于能够从较深层次上来理解他的存在意义的时候，斯人却早已驾鹤而去了。只有那不灭的文字还存留在文学历史的档案中，足慰后人长想。

高阳，本名许晏骈，字雁冰，浙江杭州人。从1952年开始进行小说创作的尝试，但直到1962年在台湾《联合报》副刊上发表了取材唐传奇的历史小说《李娃传》，才一举成名。高阳也从此找到了自己创作的突破口和最佳支点，开始专门从事历史小说的创作，一发而不可收拾。根据粗略统计，到他逝世为止，这30年来，他先后发表了近80部作品，计3000余万字，其可谓著作等身了。其中，代表作有《金缕鞋》《乾隆韵事》以及系列小说《慈禧全传》《胡雪岩》等。

在对高阳的历史小说创作进行具体的分析评论之前，让我们先就他走过的文学道路稍作简略的回顾。高阳的小说创作，大致可以分为三个阶段。

---

① 本文与吴秀明先生合作完成，全文曾发表在《华中师范大学学报》1998年专刊，其中部分曾发表在《文学评论》1996年第4期，发表时署名吴秀明、陈择纲。

第一个阶段是1951年至1961年，可谓是他的“孕育期”。高阳这时期只写了一些以抗日战争为背景的小说，没有什么重要作品问世。他主要的精力，倒是花在了对祖国上下五千年浩瀚史料的研读、掌握上。从中，他积累了大量的创作素材，并形成了独到的史家式的识断眼光——这是他日后创作个性张扬的重要基石。但这里，高阳却显然还不能将史家式求真、求知的识断力内化为作家主体感知客体世界的艺术推动力，也无法使之成为作家寻求艺术突破和创作的理性睿智。直到1962年，问题才开始得到解决，高阳很自信地宣称，他已能在艺术创造和客观历史真实之间，寻找到历史文类所特有的一种“实中求虚，虚中见实”的创作方法：“小说凭想象，历史讲真实，真实与虚构之间形成两极端，须想办法给予调和、贯通，而在这调和过程中，历史本质不能给予改变”①。以《李娃传》为发端，高阳在尊重历史真实的基础上，从中国丰富斑斓的民间传说、传奇故事、稗官野史中搜求灵感，接连写下了《缇萦》《荆轲》《少年游》等一系列作品，颇获读者与评论界的青睐。由此而至20世纪70年代初期，都可算是高阳创作的“成名期”。这阶段高阳的历史小说文风清新可人，情节文字亦多姿多彩，尤其是对中国历史的熟稔，营造历史小说文本结构的技巧，以及在重现过去年代特定历史氛围、历史情境等方面的功力，更是受到时人的普遍称道。应该说，这一时期，高阳已拥有大量的读者与较高的文学地位了。但高阳并未就此驻足。相反，经过艰苦不懈的努力，到70年代中后期，他又推出了《慈禧全传》等作品。这标志着他的历史小说创作已进入了全面丰收、个性趋于稳定的“成熟期”。在“成熟期”中，高阳虽亦间或写过一些轻松的文字，但就总体来看，他的创作风格转向了凝重，小说题材的来源也明确起来：以清代尤其是晚清时期发生在中国大地上的种种历史事件和保存在民族记忆里的东西，作为文学创作的主要对象。假如算上与清代具有衔接性关系的时代及民间等有关政治、

---

① 如梅：《历史小说创作如何水到渠成——台湾小说家高阳谈创作》，《文学报》1987年3月26日。http://tln.nmtl.gov.tw/ch/M2/nmtl_w1_m2_c_4.aspx?id=46144，访问日期：2017年1月24日。

文学风情描绘的小说创作，高阳这一历史时期的创作计有《铁面御史》《百花洲》《小白菜》《金色昙花》等近四十部左右。其中，系列小说《慈禧全传》《胡雪岩》当是压卷之作。此时，高阳以惊人的博学和开阔的视野，从政治、经济、军事、文化、思想、伦理、道德、法律、社会生活等多方面描写了这数百年来中国晚近历史无可挽回的颓势，并对中华民族为此所做的艰苦卓绝的努力和承受的巨大心灵痛苦作了笔浓意深的显现。虽然高阳并未有意标新立异，甚至在主观上他还持有较浓的传统小说的基本构架方式和人物形象塑造的意趣，但在事实上，他对于历史对象所作的整体艺术把握却已脱离了传统的羁绊并运用现代文明观念的诸价值尺度对之进行批判。这便使得他的小说在富有传统儒雅审美意趣的同时，又令人强烈地感受到一种超越传统的精神气质。因此，尽管高阳的历史意识与艺术表现之间的融合，最终尚未臻于化境。但他的创作从整体而论，仍然汇入了那一股推动整个海峡两岸中国文学转型、建立新型“民族—现代”文学价值观念的澎湃潮流之中。盖棺论定，我们认为以“十年磨剑，一朝成名，百年文章”，来概括高阳的历史小说创作历程和应有地位，应该说大体是符合实际的。

一、政治型位意识与现代历史小说创作

高阳在接受台湾《幼狮文艺》采访时，曾指出一位历史小说作家所应具备的首要素质条件，是要先搞清楚历朝政治势力结构等情况，作家只有“掌握了政治与经济背景，加上其他的小说技巧，从事历史小说创作，则水到渠成。而认识政治背景，首先要明白的，(则）是谁为中心司令。每个时代中心司令不同，他们通过政治、军事来领导群众，影响了整个社会结构”。① 在这里，高阳透露了他多年来从事历史小说创作的心得体会。

① 如梅:《历史小说创作如何水到渠成——台湾小说家高阳谈创作》,《文学报》1987 年 3 月 26 日。

高阳的历史小说，几乎都与政治具有密切的关系。作者在将历史转化为艺术的过程中，总是自觉不自觉地以政治型位意识来整合文本的经验材料、结构故事情节。且不说他的充满浓厚政治斗争色彩的《慈禧全传》《金色昙花》，就是传奇和爱情类小说如《汉宫春晓》《红楼梦断》《小白菜》等，也都离不开对那一个时代政治关系和政治权力斗争的揭示，在作品中大量融进有关政治性方面的内容。举一个简单的例子，《铁面御史》似乎只是高阳的一部轻松游戏之作。它沿袭了传统民间那种清官惩霸、巧救民女的老套子，讲述一个发生在明中叶巡按御史刘天鸣与地方恶霸卫虎之间的斗争故事。对于这一类题材，一般作家往往都习惯于从善恶斗争关系的角度入手。但由于善与恶本来只是一对对立的概念范畴，仅仅注目于此，那就很容易使创作成为某种概念观念的演绎。那样，写成的故事虽可以表现出在读者心中"被拯救"的原型意象，但无形之中也将使作品的社会历史内涵单薄肤浅了。而高阳的《铁面御史》则不然，他笔下的刘、卫斗争，既是清官与恶霸之间的矛盾，也是两种不同政治势力之间的交锋。在写及他们彼此斗争日趋激化的时候，作者甚至有意宕开一笔，以与小说整体紧张气氛不甚相谐的笔调，叙述宫廷内部宦官势力的更迭、皇帝与宦官间畸形的主仆关系；以牺牲艺术的有序性的代价来呈现当时的权宦为"中心司令"的特殊政治背景和政治结构。不仅如此，小说的结尾，就在卫虎原来的权宦靠山一夜之间垮台之后，面对形势的如此逆转，作者进而揭示卫虎不仅继续无碍地生存，而且还轻松自如地在新崛起的宦官势力那里找到新的靠山。要不是这个新权宦一时还不能一手遮天，以及靠了一些机智和运气等因素，刘天鸣还真的不能在这个一闪而过的权力真空间隙除去卫虎，为民伸张正义。如此这般，原有简单对立的故事构架中自然就充进了相当广阔的理性内涵。它告诉我们：善恶斗争并不是善恶彼此本身的事，它从根本上说则是现实的政治条件下人类现实生存的一种斗争方式。卫虎鱼肉乡里数十年不倒并不是因为当时当地善的势力过于孱弱，而是在于善的背后没有政治力量的支持而根本没有办法压倒恶——不同政治势力的消长才是善恶势力转化的先决条件。在高阳的小说中，类似《铁面御史》的还有不少，像《大将曹彬》《汉宫春晓》等等都是。作者正是因为目光开阔地将其故事纳入文本社会政治视野的大背景中进行考察，颇有意味地强化了胸臆中的政治型位意识，遂使得一些极易流于平庸的作品不同程度地获得了化腐朽为神奇的艺术效应。

尽管高阳的历史小说普遍存在强化政治背景、注目于政治权力运行的特点，但由于作者创作时主体审视的层次角度不同、立意有别，因此反映到不同的作品中，他在这方面的成就特色也不能一概而论。就高阳的大部分作品来说，其政治型位意识的表现比较隐匿，似乎不那么触目可睹。这类作品不妨可称之为“隐性的政治型位意识”。它一般取材于稗官野史或根据民间传说加以点缀、敷衍成篇。如《李娃传》《荆轲》《金缕鞋》等等。对于此类小说，高阳的创作指向主要像是在讲一个有趣的故事，因而写作通常就比较随意放纵。像《金缕鞋》，一开篇就用了近二百页左右的篇幅铺写李煜与大周后、小周后之间浓艳的三角恋爱关系，颇有点离奇和不着边际。然而高阳毕竟是高阳，当他把思维与视野投向宫闱之外南唐小王朝的现实，其固有的政治型位意识和文史涵养就不期而然地激活了他主体把握社会政治宏观大历史的潜能。他一方面描写李煜作为天才艺术家的敏感与才气，但另一方面从当时的中国政治形势出发，又不能不如实揭示李煜政治上的昏庸、无知和无能。小说的后半部分，作者其实就是在描写李煜作为一个艺术天才怎样被他人性有机组成的另一面——政治庸才所窒扼以及由此带来的无比痛苦和悲哀。如最后南唐小王朝即将灭亡之际，李煜与小周后在花园中相对无言的情节场面，便耐人寻味地把我们导向这样的悲剧境地。于是，作品愈后艺术天地便渐趋开阔。宫墙内外，遂成当时社会历史的化身；李煜的爱情生活，成为当时政治生活的纽结。

与上面《金缕鞋》不同，高阳还有一些作品内含的政治型位意识不仅鲜明强烈，而且从里到外都颇呈放射之势。因此，作为一种艺术特色或倾向，它往往打上更鲜明的高氏印记，尤有必要引起我们的重视。高阳有关的这方面作品，可称为“显性的政治型位意识”，它们大多写于20世纪70年代以后的成熟期。其中最具代表性的要数《胡雪岩》《金色昙花》《红楼梦断》《小白菜》。尤其是《慈禧全传》（内依次分为《慈禧前传》《玉座珠帘》

《清宫外史》《母子君臣》《胭脂井》《瀛台落日》六部），更是这类模式最重要、最具个性特色的典型范例。关于慈禧题材的作品，迄今海内外已不算少了。但说实在的，较为成功之作却凤毛麟角。不少作家沉迷于宫闱秘闻，把历史内容不适当地庸俗化。更有甚者，从个人的隐私或女性身份对其进行鞭笞。高阳这部小说尽管也未能完全免俗——整部《慈禧全传》也间或地流露了对于慈禧作为一个女人热衷权力的热辣嘲讽。但就大的方面论，他到底还是不就慈禧具体的权事手段多作感慨，而是颇自觉地从中国当时的整体政治关系和政治结构入手，把对慈禧个人经历描写与清廷内部的权力角逐结合在一起。小说第一部《慈禧前传》，围绕着咸丰皇帝的热河驾崩，高阳自如地挥洒，握如椽大笔，一边极写肃顺等"顾命大臣"打着维护先帝遗命的旗号，咄咄逼人地"赞襄一切政务"，扩张势力；一边细叙慈禧拉拢恭亲王和慈安太后默契配合，不露声色地发动"辛酉政变"，迈出了"垂帘听政"的关键一步。这里写的是慈禧与肃顺的两强相斗，其实也是在写当时的政治关系和统治秩序的分崩离析、尔虞我诈。而且无论从立意、切入点还是从具体的展开把握来看，都颇具挫万物于笔端的艺术气魄。以下五部，随着矛盾冲突的日益激化和深化，作者更充分发挥长篇多卷体创作的文体优势，从权力意志、权力执行、权力基础等诸方面展开全景式的描写：先是慈禧与恭亲王君臣之间明争暗斗，慈禧玩弄权术，削弱了恭亲王的权力，恭亲王以退为进，慎与周旋；继之是慈禧与慈安两宫之间的矛盾冲突，慈禧大权独揽，专横跋扈，慈安忠厚仁慈，一再容忍隐让，但在许多关键之时也站出来与之抗争；还有慈禧与同治的矛盾，慈禧与光绪的矛盾，慈禧与同治皇后、光绪皇后的矛盾，慈禧与康有为等革新派的矛盾，等等。它们互相交织发展，不时地打破和重组晚清每况愈下的政治权力系统，在作品中形成了错综复杂的情节波澜。值得注意的是，作者在如是描写的同时，还目光开阔地注意到政治腐败和民族积弱必然导致丧权辱国，在文本中如实揭示我们中华民族在当时所遭受的五千年来未曾经历的深重灾难：如在第二部《清宫外史》里，围绕签订《中俄伊犁条约》和法军进攻马尾、台湾等战争，一方面突出了朝廷内部主战派与主和派、言官与权官之间的矛盾，另一方面执意引进和编织了有关慈禧致疾、慈安暴崩、醇亲王参政、恭亲王被谗等情节。此处家事、官事和国事融为一体，民族矛盾与统治者内部矛盾犬牙交错，从而使小说从较深广的政治文化反思层面上实现了对清末中国时代社会关系和政治权力运行日趋衰落因素的深入考察，这不仅给人以审美的愉悦，而且还具有相当高的历史认识的价值。

高阳的政治型位意识及其艺术表现值得肯定。众所周知，政治和政治关系作为人类社会生活的基本组成部分和社会矛盾的集中体现，它原本就在整个意识形态领域处于重要地位，对全局社会和历史发展产生重大影响。政治和政治关系虽然不是历史的全部，却可以容量最大地反映历史。这就诚如法国勒高夫所说："如果政治史已不是历史的骨架，它至少是历史的核心，因为一切社会都建立在'权力'上面，而权力关系是必须研究的，不应忽视。"① 就中国历史来说，由于受传统文化思想的影响和社会矛盾因素的催化，我国封建社会从秦汉到晚清的政治和政治权力斗争的因素向来惨绝人寰，在社会生活中占据突出的中心位置，政治的历史化与历史的政治化已成为我们民族历史及其发展的一个显著表征。正因为如此，所以作者从政治型位意识出发抓住了政治和政治权力关系，这实际上也就抓住了历史生活和社会矛盾的根本关键，抓住了历史"合力"的纲目所在，从而使作品的有关描写不仅自然合理而且真实可信，真正高屋建瓴地写照了当时的历史本真和本质。为什么高阳的《铁面御史》特别是《慈禧全传》虽也明显存在着粗疏乃至粗糙之弊，但较之其他同题材的作品却显得高迈博大、恢宏丰厚，在总体吞吐风云，不失为大家佳作的风范；且寥寥数笔，就能将历史运动的主潮流向准确予以勾勒，具有它们无法比拟的宏观性和真实性，我们认为都可以从中找到答案。

当然，高阳这种聚焦于政治与政治关系的做法也有不足，如《金色昙花》《大将曹彬》等一些作品（主要是20世纪60年代的作品）就写得比较拘板，缺少丰腴的血肉。这个中的原因细究起来，当然与作家艺术经验不足

① 张芝联：《从高卢到戴高乐》，生活·读书·新知三联书店1988年版，第190页。

乃至与这种政治型位意识创作模式的先天不足不无关系；但另一方面，过多地依傍中国传统历史文学如《三国演义》《清宫谱》的经验做法，将艺术描写定位在“政治权力与历史同步发展”之上，用王朝权力更替与反更替的社会政治斗争史的历史感知方式来概括历史，恐怕也是一个不可忽视的潜在的制约因素。20 世纪 70 年代以后，基于对历史和艺术认识的日臻深化，高阳历史小说的这一缺陷就较好地得到了避免。如《乾隆韵事》《慈禧全传》《胡雪岩》等，他一面继续保留过去那份稔熟地由政治而写历史的从容潇洒，一面却追求更深一层的艺术穿刺力和更宏大的艺术概括力，在注目于政治的同时将笔墨全景式地伸向社会生活的各个方面。这就使作品的有关政治描写无意成为凝结其他“许多单个的意志”和“无数互相交错的力量”①的枢机所在。成为历史“合力”意义上的一种概括方式，从文本结构思维方式角度看，则是对传统历史演义僵化故事模式的一个突破，它不仅“会给独立实在的文学要素产生压力，有时甚至会达到产生一种新的次类型的程度”②。可见，高阳的政治型位意识也是在发展的，他认真不懈、艰行不已的探索精神由此也可见一斑。

二、“历史的人”的描写与自然天成的典型化手法

人物形象塑造历来是历史小说创作中的一个棘手难题。怎样做到神情毕至而在俯仰之间又能充分体现浓郁深沉的历史气息呢？这是很难达到的一种艺术境界。高阳在这方面所表现出的艺术才情和造诣，在台湾文学界获得很高的评价。台湾著名作家司马中原曾由衷赞叹道：“高阳写的历史小说堪称一绝。《水浒传》不过几个章回的‘野猪林’、‘林冲夜奔’，他却有本事加

① 《马克思恩格斯文集》第 10 卷，人民出版社 2009 年版，第 592 页。

② ［美］拉尔夫·科恩主编：《文学理论的未来》，程锡麟等译，万千校，中国社会科学出版社 1993 年版，第 380 页。

工成书，更绝的是主要人物的气质、口吻，照原书的精髓，不会走样。”① 其实，就高阳来说，又何止是《水浒传》中那些照原书有本可摹的人物，就是完全根据有限历史传说材料加工创造的人物形象，如《少年游》中忧郁落拓的周邦彦、《金缕鞋》中多情寡断的李煜、《汉宫春晓》中深明大义的王昭君等等，他何尝不是信手拈来，寥寥几笔便做到形神俱至、酷肖逼似于历史事实。“小说中的人物，要求其生动、突出；历史小说中的人物，还得要求他或她能反映时代的特色，武则天是武则天，慈禧是慈禧，她们的不同，不仅仅是服饰的不同。”② 高阳这段话，看似平常实则道出了他对历史小说人物塑造颇具深度的理解，这就是形象描写的历史时代感问题，它并不单纯就是形象塑造的问题，同时还是历史小说文类或曰历史小说独特审美属性的具体写照和生动体现。从历史小说与一般小说的异同比较中把握其人物塑造的特质，这正是高阳的过人和独到之处。

当然，任何成功的人物形象塑造都具有历史的时代感。像莎士比亚、托尔斯泰、罗贯中笔下的亨利四世、哈吉穆拉特、曹操、诸葛亮等，无不打上特定时代的印记。而且他们对这些人物外在历史与内在心史的描写水乳交融，在写史的内化、心灵化方面取得的成就的确也在高阳之上。相比这些文学大师，高阳笔下的人物不免显得单薄，这一点无须讳言。然而，除去心史描写不足之外，在其他方面高阳笔下的人物却是成功的。尤其是对人物固有的历史时代真实准确把握的程度上，高阳更是可堪称道，他完全可以与上述这些大家媲美。这是为什么呢？恐怕主要归因于作者不仅高度重视历史生命实体的描写，而且对它之于人类的承续性和规约性有着特别清醒的认识。具体到人物形象塑造上，就是突出表现为“历史的人”的描写而不是单纯的“人的历史”的描写。高阳的这个特点贯穿于他笔下所有各色人等之中，包括他最尊重、最心爱的历史人物。像清末极富传奇色彩的商业巨子、民族资

① 如梅：《历史小说创作如何水到渠成——台湾小说家高阳谈创作》，《文学报》1987 年 3 月 26 日。

② 如梅：《历史小说创作如何水到渠成——台湾小说家高阳谈创作》，《文学报》1987 年 3 月 26 日。

产阶级先驱人物胡雪岩，他既是高阳老辈的通家之好，也是高阳极佩服的历史人物，但高阳在系列小说《胡雪岩》中写他时，照样不作毫无制约的虚构创造，处处不忘将其具体行为规范纳入风云诡谲的历史潮流中进行考察。如第一部开除的小伙计始，顷刻之间在杭州商界崛起之前，便是通过落拓之人王有龄的“捐班”晋职入笔，至少花了六万余字的篇幅，从各个侧面形象地揭示了当时清政府财政的捉襟见肘、满清官方财政运行的无能、西方先进交通工具的引进、外国殖民地在中国交通上处于的特殊优势等种种历史合力交织而成的历史大环境；在此基础上，再从容不迫地引出胡雪岩，淋漓尽致地将笔墨投向官衙、商行、帮会、青楼、赌场、书肆等地，在更广阔的历史背景下进而展示对胡雪岩际会风云发家史的描写，如此浓重的“史影”的映现，这在以往同类的历史小说中似不多见。于是，胡雪岩就自然而然成为“历史中的胡雪岩”，而不是高阳主观臆念中任可搓捏、毫无定性的胡雪岩了。

然而，仅仅这样读解还不够；仅仅写出这些，高阳也还不能说是高阳。因为，“历史的人”的描写，从根本上说是一种历史的还原。它当然可给作家的人物形象真实塑造提供非常理想的时空环境，但问题是历史中的人除了接受历史制约之外还有反作用于历史的另一方面，在人与历史的关系问题上，人向来都扮演着主体性的角色。更何况作为一种艺术创造，历史小说求真只是前提而不是目的；而写人，诚如一位评论家所说：写出形似意义的真实历史人物易于达到，“写出一个个活的灵魂怎样进入历史，参与创造过程，充分显现出历史运动的偶然性、或然性，千变万化，柳暗花明，而且还能揭示出主体选择背后的潜在的必然性，就不是那么容易抵达的境界。这涉及到作家把握历史，‘重构’历史的能力。”① 高阳对此是如何处理的呢？他主要是通过“恢复史实的偶然性”② 来解决人与历史的辩证关系：一方面，把握住历史发展的必然的趋势，强调历史人物所处环境对历史个体的巨大规约作用；另一方面，又描绘出这必然趋势又存在着许多千变万化“史实”的

① 雷达：《历史的人与人的历史——〈少年天子〉沉思录》，《文学评论》1992 年第 1 期。

② 刘小枫选编：《接受美学译文集》，三联书店 1989 年版。

"偶然性"，于是每个人物的参与都有其自身的能动价值。就说胡雪岩吧，在《一代巨贾》中，作者用了大量的篇幅写了胡雪岩应时而起的具体历史环境，但高阳并没有就此赋予胡雪岩以"因势而成事"的宿命色彩。恰恰相反，而是在尊重历史必然性的基础上，对其个人主动参与历史的能力和价值作了充分的肯定。因为他知道，胡雪岩的脱颖而出虽然从根本上说是得益于当时的历史新际遇，但胡雪岩怎样把握这个际遇，历史上无一定之规。高阳正是吃透了这一点，才在作品中着力描写了胡雪岩作为近代商人的犀利远见以及精明老辣的经营才能。小说第十章一段关于胡雪岩抢购生丝的描写就颇能说明这个问题。此时，正值上海小刀会行将起义的前夕，又恰逢丝价最高的"五黄六月"，别的丝行包括织造衙门自然都不敢轻举妄动。但胡雪岩根据对时间的分析，却出人意外地"大量购丝"。因为他深知："小刀会一闹事……那时候外路的丝运不到上海，洋商的生意还要照做，丝价岂不是要大涨。"在非常的历史时机行非常大道，他的"如得到天下，就能做天下的生意"的经商谋略，的确让人佩服。不仅如此，在具体的购丝过程中，为了低价吃进，他在拒绝对老百姓行官府逼缴的"太毒辣"手段的同时，一边却不露声色地从乡下和织造衙门的存货那里下手，终于如愿以偿。此举不仅精明而且高明，真可谓获利又不损名，得其所哉。胡雪岩的个性特征是"又狠又忠厚"。"狠"，是他商务上的刁钻圆滑，极富心计；"忠厚"，则是他颇有中国传统的可然诺、守信义、宽厚待人的做人品质。这种"又狠又忠厚"，既是他性格的基调，也是他之所以能在历史必然性因果链上作出自己贡献的内在行为动因。揭示历史必然性时不忘人（历史主体）的偶然性因素的能动作用，表现人的偶然性能动因素作用时又不离历史必然趋势的统摄，用作品中王有龄的话来说，就是"一个人要发达，也要本事，也要运气。李广不侯，是有本事没有运气；运气来了，没有本事，不过昙花一现，好景不长"。——高阳就是这样，在他的作品中实践着双重合一的写人艺术。所以，难怪他笔下的人物形象真实、生动、自然，达到了时代性与个性的较好统一。

与"历史的人"的描写相对应，高阳的典型手法也颇为特别。传统的历史小说，包括现今大陆和台湾的历史小说，在形象的塑造上基本上都是采用同向合成或异向合成的方式，即让人物性格中相近、不同的特征朝着性格心理基质规定的方向凝聚集中，以此来显现创造主体是非判断的思想情感。姚雪垠先生对李自成形象塑造“在性格和事迹方面基本上根据他本人原则，但也将古代别的人物优秀品质和才干集中到他身上”①的做法，就是其中的典型一例。高阳历史小说的人物塑造不是这样。他在将历史原型转化为艺术形象的过程中，诚然也按照一般艺术强化集中的原则“加以修正、补充、删减”②。这一点他并无与众不同，而且还有自己深刻的经验教训。他写于《李娃传》之前的几部小说的失败，主要也就在于过分拘泥历史，缺乏应有的艺术加工。不过那是他创作的尝试阶段。《李娃传》以后，他就较好把握了这一点。并基于自己严谨的现实主义历史小说观和对生活与艺术辩证法的理解，逐渐形成了自己的独到风格：这就是在进行人物塑造时执意追求一种天然自然的状态，不愿对其性格的历史原生质作太多同向合成或异向合成的人为强化处理。高阳这种做法，不妨称之为自然天成的典型化手法，它在高阳的整个创作中具有统领全局的意义，不啻成为与他“历史的人”的描写相谐的、求取形象塑造真实自然、极具历史质感和实感的一个最主要的艺术途径。如前文曾经举例过的慈禧，有关她如何入宫、得势、垂帘听政及统治中国近五十年之久的生平故事，《清史稿》《庚子国变记》《晚清宫廷生活见闻》及《清季宫闱秘史》《慈禧外纪》《慈禧写照纪》等各种笔记均有所记载，民间流传也有很多。但它们大多都从慈禧的“性实乖戾”“极善狡谋权变”③及荒淫奢侈落笔，施以斧钺。高阳在《慈禧全传》中塑造的“这一个”慈禧形象，应该说与历史上的慈禧太后的总体性格是吻合的。然而作者在突出慈禧上述特征时，并没有据此将慈禧遭人唾骂的性格强调到唯一绝对的程度，使之成为单极化的“恶”的化身，而是根据历史逻辑和人学的原理，努力揭示出慈禧身上以独裁性格基质为核心的矛盾对立的多重性格，进行具体的审

① 姚雪垠：《李自成》（修订本），中国青年出版社 1977 年版。

② 如梅：《历史小说创作如何水到渠成——台湾小说家高阳谈创作》，《文学报》1987 年 3 月 26 日。

③ 全国政协文史资料研究会编：《晚清宫廷生活见闻》，文史资料出版社 1982 年版，第 71 页。

美（主体）的把握和评价。一方面，作为一个严谨的历史现实主义作家，也是基于传统的伦理道德价值观念以及对中国近代历史责任的考虑，高阳首先当然是对慈禧极为厌恶和反感的。他在辛酉政变、玉座珠帘、母子君臣等一系列事件中花费大量篇幅引进慈禧有关嗜权、善妒、残忍、阴毒、奢侈等描写，其落墨分量之重、笔调之峻厉，都为以前所罕见。如她对慈安外示谦恭而内怀专横，对恭亲王的笑里藏刀而背后捣鬼，对义和团的先是利用而后剿杀等等，这些都笔裹严霜，写得细致入微、入木三分，从而为我们活画出一个令人发指的专制女皇。但另一方面，作为一个深通艺术三昧、具有现代意识的作家，也是根据自己独到的史家式的识断眼光，他在揭示慈禧“恶欲”的同时又不能不注意到慈禧毕竟具有一种驾驭群臣、处理军国大事的才干，她毕竟是一个女人，是宫廷的一个女性；她的一生被卷入宠辱尊卑的宫廷斗争的旋涡中心，究其实，乃是帝妃制度和宫廷政治斗争对一个女人的荼毒，她的人性正在被贪欲吞噬。她的为所欲为、蛮横专断，有时往往也正是表现了她的精明强干。当然，她滥施权力，反过来也使她为权力所累，不知不觉地异化为权力的工具，她自己活得并不轻松惬意。作者准确揭示：作为一个女强人，慈禧在处理国事方面有时也有她的一套，甚至不乏明智之举，如对曾国藩去世的体恤，小说就描写是她首先想到曾国藩的生前有无留下什么“遗疏”：“这一问，自恭王以次，无不在心里佩服，慈禧太后真是政事娴熟，才能想到遗疏举贤”。不仅如此，在议及谁去接这个“第一等的要紧地方，一定得找一个第一等的人才”的两江总督重任时，她还进而提名山东巡抚丁宝桢作为人选，而丁宝桢恰恰是依法处斩她贴心太监安德海的当事人。所以此举“连慈安太后在内，无不有意外之感”，才知她以前对丁宝桢的称道并非是“故意做作”，而是“真的赏识！这雅量却实在难得”。作者也准确揭示：作为同治皇帝的母亲，作为一个年轻丧夫的寡妇，同样在母性、女性深处埋藏着嫉妒和狭隘。她常流露出慈母之情和难以言传的痛苦伤感，渴望享有正常的家庭生活、人伦之乐。在这方面，书中也有一些细致入微的精彩描写。如《清宫外史》有关听李莲英读奏折时，对死去了七年的丈夫咸丰充满“悲悼”的回忆，《母子君臣》有关对指婚而早寡的荣寿公主产生“爱、重、怜、歉”之情甚至“畏悼之心”，尤其是《慈禧前传》所描写的其孤影自怜与苦守空房的痛苦心境：由眼前明月引发“竟不知如何打发”漫漫长夜的感慨，在夜静更深时触景伤情，产生“为什么大家总是羡慕太后的尊严，没有一个人想到寡妇的苦楚，尤其是一位三十岁的太后”的幽怨，甚至对“天下第一”的尊衔也感到“二十分厌恶”……类似这样的笔意，在他晚期的其他小说《汉宫春晓》《红楼梦断》的汉文帝、李绅等形象塑造中也多少可以找到。从中，我们完全可以感受到作家人性体验乃至历史二律背反或曰历史荒谬意识的大量投入，而给作品别添一种“杂色”的美，一种“自然的真”。

当然，说到作者对慈禧这种自然天成的人性描写，我们还不能忽略它的严肃性。他虽表现慈禧经常望花兴叹、观月自怜，以致萌生按捺不住的情欲，但他没有正面去表现慈禧如何偷情泄欲。《胭脂井》开头提到的太后“小产”，作者仅此点了一笔，以后对这可疑的奇闻几乎就避而不谈了。同样是对民间、稗史流传甚广的慈禧与荣禄“有染说”，作者也采取类似的态度，点到为止，不作张扬。凡此种种，这既反映了他艺术格调和旨趣的高雅（如若正面展开“小产”和“有染”之类的描写，稍有不慎，就很容易使作品滑向庸俗化）。因为高阳一俟对慈禧思想性格进行非强化的自然天成的艺术处理，他可能便认为慈禧即使偶尔与人有染，也不足为奇，只要不给中国政局带来什么影响，就可存而不论，是用不着去渲染的。所以，尽管他对慈禧不耐空房寂寞多少含有几分讥诮之意，但是从艺术出发，从个人生存方式着眼，他还是对她给予合乎人性的认可。可见，高阳不写慈禧偷情，并不是有意规避人性或非人性、反人性，恰恰相反，而是建立在对人性深刻理解的基础之上，深得人性之真谛。像台湾不少作家一样，在传统伦理道德与现代价值观念之间，高阳有时不无矛盾，但由于艺术和生活所使然，他最终还是作出了自己的理性抉择。

上面分析，主要指意于反面形象的塑造。然而一部历史小说不可能都是此类人物的汇集，一个历史小说作家也不可能都是通过对被贬斥人物的描写来体现主体的审美评价；与之相对应的，它还必须正视正面人物的历史存在，浓墨重彩地对他们进行艺术转化和创造。高阳也是这样。所不同的是他是采用自然天成的典型化手法，在人物塑造时更多看到原型身上非英雄伟岸的、俗化的一面。尤其是后期的作品像《胡雪岩》《红楼梦断》《慈禧全传》中的人物塑造就更明显地摆脱了“指向‘英雄’楷模和效果的个人”①、有异于传统英雄理想的审美观照方式，将其“中心关怀”化为历史客观存在理由与现代发展必要之两大价值判断系统对一切人物的重新评判。早先曾经有过的曹彬（《大将曹彬》）、刘天鸣（《铁面御史》）等一类具有崇高复古意义的传统人文精神理想化的人物形象，再也见不到了。有的只是他们自身的矛盾：是与非、善与恶的矛盾，理想与现实、情感与理智的矛盾，伦理道德与功利实欲的矛盾。高阳这类颇具“非英雄化”特色的人物遍及他的众多作品。如《百花洲》中的唐寅，对于这位妇孺皆知的大才子，作者就未依传统模式将其写成一个对封建王朝忠贞不贰的英杰人物，更未有意凸显其作为一个历史正面形象应有的许多光灿灿的思想情感。他只是选择明成德年间宁王朱宸濠谋叛作为具体环境，通过唐寅脱离朱宸濠的三次延宕来展示一个封建知识分子固有的矛盾痛苦及其文化心态。第一次延宕出现在唐寅与朱宸濠初次见面，作者写道，以狂狷自命的唐寅在重大历史选择的关口，其实仍然是以封建正统观念权衡一切，这使他无法容忍宁王作为“臣子”的谋反，坚决不与宁王合作；但另一方面他又对宁王的豪霸之气相当欣赏，这一点又使他对宁王产生某种幻想，结果为渴求建功立业、投靠明主的传统思维定式所驱，差点使他上了贼船永世不得翻身。第二次延宕则出现在他明白自己处境、意欲脱身之时，但又担心遭到报复，于是就寄期望于宁王的回心转意。总之，优柔寡断，不免给人以一副庸人的藏头缩尾相。第三次延宕最具意味，此时宁王发动叛乱已即在眼前，他几乎已经没有什么脱身的机会，但就在他出逃宁王府的节骨眼上，出于一位艺术家的爱美之情，他又牵肠挂肚于两个服侍他的侍女，为她们日后可能遭到伤害犹豫不决起来。总之，整个过程的描写，唐寅其人非但毫无英雄力挽狂涛、扭转乾坤的气度，甚至连许

① 刘小枫选编：《接受美学译文集》，三联书店 1989 年版。

多作家常用的“煮酒论英雄”、话是非说短长的艺术感慨也全然略去。作家只是写出唐寅作为一个艺术家面对历史的无奈与渺小，他的可笑、可爱和可叹以及自觉不自觉地显现出来的艺术家的精神闪光。但恰恰因为是作家采用一种顺乎自然的非人为强化集中的做法来表现唐寅“进亦忧、退亦忧”的生存状态，所以，这就遂使得他笔下这个正面人物无意获得了某种“天然去雕饰”的艺术效应；形象的鲜明性虽不甚强烈，但真实性和丰富性却大大加强，离历史与人学的距离也更近了。而这，则是一般同向合成或异向合成的艺术转换所往往不能及的。

三、史传式叙事艺术与小说散文化倾向

高阳的小说作为“历史小说”这样一种约定俗成的特殊文体，其表现风格也与通常流行的历史小说显得很不一样，颇引人注目。但若欲详考其风格形成的原因与诸多特点，则非对他丰富复杂的创作文本、创作年谱、创作思想的变迁等有详尽的了解不可。然而，考虑目前海峡两岸文化交流的种种客观事实，高阳本人又已作古，要做到这点难度很大。因此在这里，我们只能大体而论，先就他自家自道的“对于文学，我是理性主义者，走写实路线，而所谓的理性，最重要的是讲究逻辑，影响我最深的书，大概是《史记》”①。从此点出发，来探讨中国史传叙事传统对他小说叙事方式和情节结构的深刻影响了。

众所周知，中国史传中所包蕴的文学内容，千百年来，它一向是中国小说发展获得精神动力和形式技巧借鉴的一个重要源泉。如以人物生平与事迹为中心的结构模式，第三人称全知视角与限知视角的客观叙述，以文运事的修辞方法等等，这些都直接孕育和启迪着后世的小说创作尤其是历史小说

① 如梅：《历史小说创作如何水到渠成——台湾小说家高阳谈创作》，《文学报》1987 年 3 月 26 日。

创作。遗憾的是，在相当漫长的历史时期乃至近现代以来，史传对后世小说（历史小说）的影响，竟一般只限于“其补正史之阙的写作目的”和“以小人物写大时代的结构技巧”①，而其他多少优秀的艺术传统，都被我们小说家和小说理论家们弃之如敝屣。这不仅是一个莫大的误解，更是一个莫大的损失。当然，继承传统并不是要排斥对外来小说叙事技巧和手法的借鉴。事实上两者也是相辅相成的，并且横向借鉴对中国历史小说的提高和发展确实也起到了非常重要的作用。但是，文学创作毕竟“是在直接碰到的、既定的、从过去承继下来的条件下创造”②的一种精神活动的凝结。就艺术渊源角度看，中国历史小说毕竟也不同于西方历史小说，它不是从史诗而是从史传发展而来，所以，这就天生必然地决定了我们的创作与史传的特殊营养脐带关系，从而使其对史传传统技法的继承，在任何时候、任何情况下，都成为题中的应有之义。

那么，高阳是如何继承史传的叙事传统，他在这方面进行了哪些独到的创造呢？

从表象上看，首先映入我们眼帘的是他的史传式的闭合式叙事法。即用“历史话语”③去表达出富有文学性效果的内容。对这一点，高阳看来是有颇为明晰意识的。这从他在文本中大量采用史传叙事所常用的闭合式叙事可以知晓。所谓闭合式叙事是针对开放式叙事而言的：在开放式叙事中，作家可以“添上任何想象到的东西”④，再在这无比瑰奇的想象中选出一个他认为最有意义的叙事目的来；而在闭合式叙事中，作家则倒果为因，从结果出发，在“没有一个可被改变”⑤了的复杂无比的史事中，倒推出一个在作家看来必定如是的发展脉络。这时，作家对任何一个史事的描绘、叙述，实际上就变成了对自己想象的闭合，直至叙事终点。高阳在其创作尤其是后期创

---

① 陈平原：《中国小说叙事模式的转变》，上海人民出版社 1988 年版，第 277 页。

② 《马克思恩格斯文集》第 2 卷，人民出版社 2009 年版，第 470—471 页。

③ ［美］华莱士·马丁：《当代叙事学》，伍晓明译，北京大学出版社 1990 年版，第 78 页。

④ ［美］华莱士·马丁：《当代叙事学》，伍晓明译，北京大学出版社 1990 年版，第 78 页。

⑤ ［美］华莱士·马丁：《当代叙事学》，伍晓明译，北京大学出版社 1990 年版，第 78 页。

作中，就充分发挥了这种“闭合”的功能，这使他的历史小说艺术创作因此平添了历史的自足性、有序性、决绝性。如《汉宫春晓》《金色昙花》，作者在牢牢地把握昭君出塞和二次复辟、军阀混战的时候，对其历史合力作用下如何一步一步地嬗变发展，就作了充分的叙述交代。无论是毛延寿的捣鬼，老太后的压力，还是汉国关系的利害，昭君与元帝相爱的现实；无论是溥仪复位后街上盛行的“跑祖宗”，张勋太太和心腹谏阻复辟，还是省、府、院互相拆台的三角关系，黎元洪、段祺瑞、徐世昌之间的钩心斗角，所有这些大小巨细的人物和事情，都在历史给定的大框架内作循序渐进的闭合发展，服膺并指向叙事的终点。甚至那严谨的逻辑，包括简洁明快的工笔白描，均本于史传叙事技巧。或者用叙事学的语言来讲，叫作“始于一个充分饱和的时间系列”①和“不用自己的声音说话……即形成这一正被讲述的故事的不是任何主观判断或具体个人”②。

当然，仅仅这样看是很不够的，也嫌简单肤浅。其他有的历史小说特别是严谨的现实主义历史小说往往也采用类似的闭合式叙事。而且历史小说叙事毕竟不同于史传的叙事，它属于文学的范畴，以形象生动的艺术描写取胜，就此看，高阳确尚存在过于拘泥史传规范、重史轻诗的缺点，但他的不少作品在叙述每一个重大历史关节，凸显每一个历史“歧路”走向既定终点的时候，终究十分重视内中因果关系的梳理，尤其是人性契合点的寻找，使小说对历史进程闭合叙述与人性本质的开放描写融为一体。像《汉宫春晓》所写的昭君在多种历史合力之下的出塞和番。随着故事情节在闭合的规定情境中的渐次展开，作者笔醮感情，就几乎一刻也没有放松对主人公感情世界的揭示：进宫时的喜悦，遭冷遇时的怨恨，得恩泽时的慰藉，割皇爱时的痛苦，离别时的悲切。这样，整部作品历史与情史交相辉映，它既闭合又开放。其间主人公的最后出塞，在叙事描写中，它既是历史发展的逻辑结果，也是人性嬗变的必然归宿。当代叙事学认为，历史叙事与小说叙事之间是既

① ［美］华莱士·马丁：《当代叙事学》，伍晓明译，北京大学出版社 1990 年版，第 80 页。

② ［美］华莱士·马丁：《当代叙事学》，伍晓明译，北京大学出版社 1990 年版，第 78 页。

对立又存在着“某些重要的相似之处”①，因为这两种叙述者无论怎样不同，在涉及被描写的事件与“一个主体”“人的利益”和“因果关系”②方面还是具有异质同构的关系的。也许正是基于这样的事实和道理，所以高阳的历史小说文本结构具有理性的、逻辑的、写实的而又充溢着艺术精神和张力的特征，他的一些优秀作品，都达到了历史真实与艺术真实的统一。

传统史传的叙事还有个叙事焦点问题。对此如何继承掌握，高阳亦有相当出色的表现。文学的叙事焦点是指作家通过叙述者对人物行动透视和人物之间互为透视的视点变化技巧的把握，而造成那由视点聚焦而成的文本意义的一种特定的情境的释读规定性。③高阳采用的闭合式叙事，本来叙述焦点的表现比较简单，叙述者只要对人物的行动进行透视就可以了。但由于他还要进而表现对人的问题的富有意味的多方面关注，那原先单一平面的透视聚焦手法便显得很不够了。于是，在多数情况下，他便借鉴了传统史传中的呈现式叙事技巧并融进了自己不少的创意：这就是对于史事发生的背景和场合，作家既能通过叙述予以概括透视，又尽量以客观立场对文中人物的语言、心态进行代拟，使其最大限度地现出人的个性与人的活动价值。以《清宫外史》中的“诤言回天”一节描写为例，它写的是慈禧袒护宦官而舆论大哗，两位言官张之洞、陈宝琛决心上书犯颜的一段故事。此节一开头写到，“上谕一发，清流大哗”云云，自是典型的叙述者对于人物行动的透视。但接着笔锋一转，说“他（指张之洞）当然不会放弃这个可有所表现的机会，立刻去访陈宝琛”，这就无意将小说的视点从叙述者的客观观照又转到了两位人物之间的相互透视之中。到此，高阳文笔微微一宕，略有一番具体描写后，笔锋再一转，转到了陈宝琛身上：“陈宝琛的笔下得快，振笔疾书，写的是……”，这就意味着，小说从这里开始，是以陈宝琛的视角来看事情乃至自己的情感变化了。直到一句“张之洞的折子也是如此，如石投水，毫无

---

① ［美］华莱士·马丁：《当代叙事学》，伍晓明译，北京大学出版社1990年版，第79页。

② ［美］华莱士·马丁：《当代叙事学》，伍晓明译，北京大学出版社1990年版，第177—182页。

③ 参见石昌渝：《中国小说源流论》，生活·读书·新知三联书店1994年版，第99页。

踪影，怕的是一定留中了”，结束了陈、张上书事件的叙述，叙述者将透视人物行动的笔锋又收了回来，呼应开头，作了一个客观陈述总括。不过这里也很微妙，“怕的是一定要留中了”，似又有些借陈、张乃至全体朝臣看问题的样子。如此这般，这与司马迁《史记》中的有关“鸿门宴”描写具有惊人的相似之处：在“鸿门宴”中，司马迁先通过全知叙述者透视，交代出此一历史事件的发生背景和具体环境，嗣后便笔触淋漓尽致地转至刘邦、项羽、范增、张良、项伯等历史人物互为透视的变化多端的观点把握。不同的地方在于高阳这里的视点变化更丰富，描写更细致，它通过无数个此种叙事焦点的组合，在具体而微的文本表达上，透露了作者闭合式叙事文本表现人性关怀的消息。

与上面的叙事方式相比，高阳历史小说的情节结构更能体现他鲜明的艺术风格和个性色彩。他前期的创作，倒也还重视小说情节的构筑，甚至在《铁面御史》等作品中还借鉴了现代推理小说的一些笔法。但到了后来，也许是由于艺术旨趣和审美理想的嬗变，他的叙事结构就愈来愈明显地向史传中的“糅合世家列传为一体，按时间顺序对……历史进行综合性叙述”[①] 的“杂传”靠拢，并融汇吸收了中国传统历史散文颇为通脱自由的表达方式。自然，高阳小说中还有大量的经济、地理、称谓、名物、制度、风俗等有关历史人文知识的精彩描写，在这方面他简直达到了出神入化的地步。不过，传统中的以“事件——情节”结构文本的方式，此时却不多见了。至少，在他诸多的历史长篇如《慈禧全传》《胡雪岩》《红楼梦断》《小凤仙》中，已见不到一个贯穿始终的、对整个小说流程具有决定性意义或环环相扣的故事情节。代之而起的是对历史生活片断在大容量化入基础上的自由切入和自由组合。这样，我们就可非常清晰地看到高阳作品对付传统小说文类的一个重要构成——情节因素的冷漠。而对于这样一种强烈表示高阳艺术个性、不重情节重细节片断的结构方式，我们不妨将它命名为“高阳历史小说的散文化

---

① ［美］乔纳森·卡勒：《结构主义诗学》，盛宁译，中国社会科学出版社 1991 年版，第 306—331 页。

倾向”或称“散文化的历史小说”。虽然我们不能说高阳这种形式就是历史小说致真求美的最理想形式，却可以说是他对此的运用掌握的确具有最自由不拘、天籁自成的表现力，有利于深化细化作家对历史的思索，达到对特定的时代“社会关系总和”的全面反映。顺便拈个例子，如《清宫外史》中的有关死刑犯人“掉包”一段文字：河南某一捕快为了使其在光州犯下的抢劫案能蒙混过关，不惜以重金上下行贿疏通，买来一个贫民来“顶凶”搪塞。这桩案事相对于清宫内外政治风云自然微不足道，它的出现和展开乍看也非常突兀，与小说前面叙述的故事情节几乎毫无关系。但它的插入并未破坏小说的叙事流程，也没有与其文本的主旨内容相悖，恰恰相反，它倒是因此而使作者的艺术视点从上层建筑自然地转到了对下层平民百姓生存状态的考察，即对于其政治型位意识中心有关清王朝政治秩序所属的统治基础历史状况的考察。于是，这一段看似“脱轨”于故事情节主干的散文化的闲笔，它形散而神不散，反而从一个必要的艺术侧面丰富充实了该书的历史内涵。

最能体现高阳小说散文化倾向的要数《乾隆韵事》。乍一看，这部小说显得有些不伦不类，前面三分之二的篇幅是写康熙谋夺帝座和雍正铲除异己，最后三分之一的篇幅才写到乾隆与大臣傅恒之妻孙佳氏的暧昧关系——这才是正题：乾隆韵事。以“韵事”作题，当然含有某种商业的考虑，但撇开这层，而就作品描写本身而言，它的主线还是很明确的，神意始终未断，那就是围绕着对帝王情理关系处理的态度，表达了高阳自己主体审美意向的褒贬臧否。对于康熙皇帝，作者虽肯定他的文韬武略，但用情理眼光来看，他对其情重于理的做法始终略有讽意。而对雍正奉行的一切从冷冰冰现实私利出发的理过于情的行为准则尤其是阴谋夺嫡之举，高阳更是十分厌恶、极尽鞭笞。相比之下，乾隆可算是他心目中情理关系处理得恰到好处的皇帝。乾隆敢作敢爱，是真性情之人。为了情妇，他丝毫不怕皇后翻脸，说：“我是皇帝”。但他也柔情绵绵，他对孙佳氏说：“你的好处很多，都是我在别处所得不到的。最要紧的一点是，你让我觉得我是一个人，能享受人的乐趣。”一般来说，婚外恋是被中国礼法所不能容的，皇帝越出宫闱与臣下之妻妾发生关系更是有损私德。但高阳在这儿显然不是从伦理而是通过对人性本真自由的透彻洞察和理解，对乾隆此举作了充分的肯定。所以，在《乾隆韵事》中，高阳尽管侃侃而谈，有点信马由缰，离题万里，而其实他是胸有成竹。他将艺术焦点紧紧契住情、理矛盾关系，以此作为情结，漂亮地建构了全书。及此，我们不能不对他小说散文化的艺术匠心和造诣表示佩服了。

需要指出，高阳的散文化实践，不仅为他本人的艺术个性增彩添色，同时对传统历史小说情节结构的革新也不乏有一定的启迪意义。大家知道，传统意义上的情节建构，就是作家根据经验材料中固有的“故事基本类型”“功能性规范”的个性化理解，对于“故事的起始状况中，有助于形成问题与问题的解决之间的对立的那些成分”① 进行组合排列。然而，由于文化传统继承、积淀的关系，这“个性化理解”常常在无意识中已被打上了模式化的痕迹。特别是历史小说创作，它一面是历史认识的集体无意识印记，一面是文学作品情节建构的模式化。故其给读者造成阅读上的“套式心理结构”，也较其他类型小说作品要来得坚硬。正是缘于此，散文文类因素在小说中的引入，便有可能在有意无意之间抹去浸渗在作家“个性化理解”之中的许多司空见惯的东西，从而构成对既定情节套式的颠覆。仍以《乾隆韵事》为例，它的文本既然是康熙立储、雍正得权、乾隆得情三个相对独立的故事构成，那么，人们在阅读时，一般是很自然很容易地产生有关宫斗残酷和封建妇女地位卑下之类套式化的解读心理。然而，高阳如今写到乾隆时，却笔锋一转，抱持认同的态度写起了乾隆与孙佳氏风月霁光的情爱关系。这样一来，就使这个描写康乾盛世宫廷生活历史小说的既定解读套板，统统失效。甚至小说意谓的人性指向，也要沉潜一番才能品领。可见，这里情节结构之散，它不但包孕了对传统叙事模式的突破，更增添了小说文体解读的多义与复杂性，使得小说的审美传达别具空灵之感。从这个意义上说，称誉《乾隆韵事》为中国当代历史小说中的一株奇葩，是不算太过分的。不过，任何事情都不能做得太过，太过就会适得其反。就高阳来说，他的散文

① ［法］保罗·利科尔：《解释学与人文科学》，陶远华、袁耀东等译，河北人民出版社 1987 年版，第 288 页。

化的描写毕竟具有反文类的性质。因此，在对既有情节套式进行破坏颠覆的同时，又如何保持并最大限度地发挥情节因素的作用，这就成了一个大问题。须知，在小说这一叙事文类中，情节原本就不是小说可有可无的一种附加存在，而是小说文本结构中的一个须臾不可或缺的本质要素："事件必须根据它在推动情节发展中的作用来确定"，正是情节对"事件的安排"①，才使小说文本释读成为可能；而且就创造主体而论，情节因素还有诱发一种强大审美意向内倾力的功能。尤其是对长篇历史小说这种文体，由于它的大关节目的主要人事大多来自彰明昭著的历史，而这些彰明昭著的历史人事往往又以逻辑的格式先验地凝结于读者的接受心理中，所以过分缺乏情节，更易造成艺术接受的阻遏。高阳对此，当然也作了相当的努力，但总的来说，他的小说创作中对情节套式破坏颠覆有余，而对其审美功能的开掘不足，一定程度上存在着重细节而轻情节、平均使力而艺术升华不够的倾向。故他不少作品显得枝蔓冗繁，读来沉闷不堪；胜处不少，败笔也多。其优秀之作《慈禧全传》也概莫能外，更不用说那些从小说意义上讲是失败的作品如《恩怨江湖》《名妓小凤仙》《金色昙花》等，像《乾隆韵事》这样文本结构大致洗练的，实属少见。这也便影响到了他历史小说整体的艺术质量了。

以上，我们分别从政治型位意识、历史的人的描写和史传式叙事艺术诸方面论述了高阳历史小说的成就和特色。应该需要说明，这种论述是初步的，也是很不完全的。这一来是因为高阳的历史小说数量实在太多，近八十部的历史中长篇，对于我们这样的业余研究者来说，的确有点力不胜逮；再就是囿于海峡两岸文化交流的现状，他的不少作品目前大陆还暂付阙如，尚无可读的版本，这主客观条件的限制，当然会给本文确当全面的论述乃至概括带来一定的影响。这一点我们并不想隐瞒，只能在这里向读者表示歉意了。

在中国近现代历史小说领域中，我们认为高阳是一个特殊的存在。从

---

① ［法］保罗·利科尔：《解释学与人文科学》，陶远华、袁耀东等译，河北人民出版社 1987 年版，第 288 页。

许多方面看，他的创作都可称得上是一个奇迹。在数量上，可以与之媲美的历史小说作家，大概只有清末民初的蔡东藩（蔡是浙江萧山人，与高阳只相隔一条钱塘江）。如此的多产、高产，这个事情的本身就足以说明高阳不凡的文史功底，他的勃发过人的创作热情。在质量上，将高阳的作品摆在海峡两岸的历史小说文苑中予以考察，他也具有不可替代的独特价值，其中有些篇目还可称得上是中国当代历史小说的优秀之作。至于影响，那就更不用说了，他的作品从《李娃传》以来，不仅在台湾及海外华人中一直盛行不衰，而且也备受大陆读者的广泛欢迎。所谓的“有井水处有金庸，有村镇处有高阳”一说，就从一个侧面道出了这样的事实。正是立足于此，所以我们才不揣冒昧，在阅读不全、材料不足的情况下写下了以上这些文字。目的是给高阳以一个尽量客观公正的评价，对他的创作研究起抛砖引玉的作用。我们希望这一工作，能得到国内有关的台湾文学研究专家尤其是台湾学界同仁的批评指正，借以求得海峡两岸历史小说及其文学、文化的进一步交流和沟通。

虚拟时空的传奇[①]

——论网络玄幻小说

一

自20世纪90年代后期以来，我国网络原创文学的创作进入了一个高速发展的时期，各种类型的创作争奇斗艳，热闹非凡。玄幻小说则在其中异军突起，构成了一道奇特的风景线。

在当前的网络原创文学中，玄幻小说毫无争议地占据着主流的地位。以较有代表性的网络原创文学网站“起点”为例，截止到2005年3月19日，[②]在其排行榜排名前200位的原创小说中，玄幻小说就占了69席，其他依次是：网游小说31席，都市小说29席，仙侠小说22席，军事小说13席，武侠小说13席，历史小说11席，魔法小说6席，科幻小说4席，灵异小说1席，言情小说1席。如果考虑到当前所谓的仙侠、魔法、灵异小说都是玄幻小说的分支，而网游、武侠、都市、科幻、军事、历史等类型小说也多受

---

① 本文曾全文发表在《江苏行政学院学报》2006年第3期，部分发表在《新华文摘》2007年第4期。

② 以下的统计，截止日期均为2005年3月19日。

到玄幻笔法的影响，那么在这排名中真正玄幻类作品占据的席位其实不会少于150位。在其他一些著名的网络原创文学网站，如爬爬、幻剑书盟、龙的天空、鲜网、玄幻书殿、翠微居、小说频道等中，也都有类似的情况。只要真正留意网络文学创作，人们不难意识到：玄幻小说已崛起成为一股新的文学力量，至少在网络原创作中，它已取代武侠小说成为中国最为流行的大众文学形式。

然而，对文学研究界来说，玄幻小说毕竟还是一个陌生的名词。因此，这篇论文即尝试着对这种新兴的小说由来，文体构造的基本特点，小说内容的主要表现方式、特点以及小说的美学内涵作一个初步的介绍与讨论。

谈论玄幻小说，其基本的一个问题自然就是：什么是玄幻小说？这个问题也可以换一种提法：它为什么被称为“玄幻小说”？

“玄幻小说”这个名词作为一种正式的名谓，大约出现在20世纪90年代的中后期。彼时，华艺出版社在推出香港武侠小说作家黄易的作品时，将其一部分归入所谓的“玄幻系列”。不可否认，这时关于“玄幻”的提法，很大程度上是出于书商的包装与营销策略，还不能和后来的“玄幻小说”完全对应起来，但需要指出的是，黄易本人对“玄幻”这个概念可能包含的文体的独立性和创新性是有着某种预见的。在他众多的作品中，他特意将《寻秦记》《大剑师传奇》《星际浪子》《超级战士》这几部书归入到“玄幻系列”，绝非随意而为。事实上，也就在他这几部小说中，已凸显了后来玄幻小说的基本文体特征——尽管后来的玄幻小说在格局上已大大突破了他的想象模式。

在黄易推出其玄幻系列数年之后，大约从2000年开始，玄幻小说的创作热潮开始席卷整个网络文学界。经过几年的发展，到今天，玄幻小说已开始形成比较固定的写作模式了，它的文类特点也已得到各位写手和网络文学的传播媒介的认同。一般地，人们把那一种在有别于人类现实生存世界的时空中幻想、构造种种特异生命体验的传奇类小说文体，称为玄幻小说。

所谓“玄”者，指的就是小说发生的整体故事背景往往不是我们这个现实存在的世界，而是一个虚拟设定的世界。这个虚拟世界的整个时空关系和生命的各种表现形态甚至可以和人类世界有很大的不同，比如能够利用魔法、仙术进行瞬间的空间转移；除了人之外，智慧的生命形态还有精灵、矮人、兽人、魔兽、龙等等。要言之，这虚拟世界中的种种现象常常是现实中不可能的，它们只是在逻辑上被设定为可能；但唯其它们在逻辑上是可能的，因此只要读者承认这种设定关系，整个小说世界仍然是容易被理解的。这种小说设定和以往的神仙、志怪小说的想象方式有着根本不同。玄幻小说中出现的任何离奇可怪之事，实质上多是由于我们以现实世界的标准加以衡量的结果，在那个虚拟的世界中，这些离奇之事无非是那个世界生命形态的种种不同表现形式而已，它们在逻辑上是异常统一的。固然，玄幻小说也常出现神、魔的描写，但这些神、魔从根本上说只是力量上高于人的生命存在而已，而并不是来自于彼岸世界的为人绝无法测度的神秘，并不是信仰的对象。

另外，“玄”还有“玄理”的意思。热衷谈论玄理（或者说，各种涉及终极的问题）是这类小说的一个重要特点。因此，有时人们将一些尽管未涉及异度时空创设却有很多玄理讨论的网络小说也归入到玄幻小说一类。

而所谓“幻”者，指的就是这类小说所叙者大抵为离奇、传奇之事。在一个有别于现实世界的虚拟世界中想象生命的各种呈现方式，已是一件颇为离奇之事，而在这其中，玄幻小说的作者们主要又致力于描写生命激扬的种种巅峰状态，这其中浪漫传奇的色调就更浓郁了。

正因为玄幻小说的文类特征乃是由上述两个方面的要素所构成，因此，以“玄幻”名之还是比较妥帖的。在某些文学网站中，玄幻小说也被叫作异幻小说、奇幻小说、魔幻小说、魔法小说、架空小说等。但按照笔者个人的见解，这些称谓都有更大的局限性，事实上可以把它们理解为是玄幻小说中的亚类——至少在中国大众文学的创作格局中，情形大抵如是。

二

这一节，我们对玄幻小说文体构成要素的由来及其具体性状，进行比较详细的讨论。

在21世纪初，作为一种新兴的小说文体，玄幻小说突然勃兴为一股强大的网络文学的力量。对它的强劲发展势头，人们乍一看来，也许会感觉惊奇。但长久跟踪中国的大众文学发展情况的研究者，却不难认识到，这现象的出现是有着文化逻辑和文学逻辑上的某种必然性的。因为自20世纪90年代以来，中国的传奇类文学尤其是武侠文学已发展到了相对成熟的阶段，有着强烈的求新求变的内在要求；也就在这一时期，外国大众文艺的诸多形式大量涌入和多种大众娱乐形式的普及，也为新的传奇文学的写作提供了大量异类的思想资源并展拓了想象的空间——说得更具体些，20世纪90年代末期开始在中国广泛流传的来自于西方与日本的影视、动画、漫画、电脑游戏等文娱形式，都包含了大量的传奇元素，玄幻小说就是在这样的时代土壤的基础上应运而生的。而如何将这些资源整合化入到类型小说的创作中呢？玄幻写手们发挥了自己的才情，以宏大的胸襟，试图兼容并包一切传奇叙事那些令人激动的故事元素。如果一位批评家有足够的耐心，他能够在玄幻小说的叙事原型中找到所有当今流行的含有传奇叙事性质的文本的活动痕迹。当然，从目前的创作实际看，它与武侠小说、科幻文艺、历史演义、西方奇幻小说和电脑游戏之间的关系是特别密切的。从这些文娱形式中汲取并整合的传奇要素，构成了玄幻小说最普遍也最强有力的叙事基础。

在所有的传奇叙事中，武侠小说对玄幻小说的影响，当然是最为本质和巨大的。就笔者所见，举凡玄幻小说而不涉及比武论技的，百无一二。它们一般都包含有中国式养性炼气功夫的描写。正是这种武侠小说的底色，构成了玄幻小说与西方同类型小说的一个本质差别。那么，为什么玄幻小说总是有意无意地要到武侠小说中去找寻营养呢？如果从读者心理的角度来分析，这一百多年来中华民族复兴的尚武精神在这过程中恐怕起到了决定性的影响。许多论者早已指出，武侠小说的兴起是与中国近代来饱受欺凌的历史和仁人志士自强自立的复兴中华的心路历程分不开的。近年来，武侠小说虽然渐趋衰落，但它所热烈参与鼓动的民族尚武精神却有更为高涨之势。因此，玄幻小说成为这种精神追求的载体也就很自然了。

而从文体的构造特点来看，玄幻小说常借用武侠小说的叙事技巧，就更为自然合理了。我们这里仅谈最为根本的两点。第一，武侠小说的故事背景虽托名于历史，但其实与历史的实际情况往往没有什么干系。武侠们活动的江湖世界和人们现实生活的世界其实是两个完全不同的世界。即使像金庸这样对现实世情百态深有洞察的作家，也很难消弭这两个世界不同的存在逻辑。对广大武侠小说作家来说，一般情况下，也只能撇开现实世界的种种约束规定而去自由自在地描写想象中的江湖世界。他们从中还发展出了多种不同的叙事套路。而对于玄幻小说来说，它的基本设定虽然是一个有别于人类实存世界的虚拟世界，但这个虚拟世界在多大程度上需要利用现实世界的经验而在多大程度上又需要建立自己的逻辑规则，这其实并不是一个轻松的问题。因此，武侠作家们对江湖世界的想象方式和想象的格局，也就成为了玄幻写手进一步展开想象的基础。第二，武侠小说从金庸、司马翎开始，就已脱离了单纯肉搏技击描写的层面。他们倾向于把武艺较量描写成为人的精神境界层面的较量，武功描写出现了玄学化的特征。这一点，发展到黄易，达到了登峰造极的地步。黄易说，他所以从事武侠小说的写作，就是要描写生命炽烈发亮的状态，要让生命的面貌由已知的纷扰牵绊和未知的宿命中净化出来。"在高手对垒里，生死胜败只是一线之别，精神和潜力均被提升至极限，生命臻至最浓烈的境界。那是只有通过中国的武侠小说才能表达出来的独特意境。"他还强调说，有关中国功夫的想象，是"人类超越自己幻想中的一种可能性，具有永恒动人之美，若止于技艺，只属于下乘而已"。① 这样的武侠观念，同样使玄幻写手们获益良多。他们认识到，围绕着武功的玄学化的描写，不但特别容易阐明自己的世界观，而且也使得小说在设定虚拟世界情况时原本偏于枯燥的理论阐说变得富有戏剧性了。

科幻元素则是玄幻小说构成的另一块重要基石。当然，这里所谓的科

---

① 有关黄易创作的背景资料，本文主要参考了《黄易：无限的可能性——九〇年代的武侠旗手》一文。但遗憾的是，这篇文章的作者与首次发表的出处，笔者经多方核对，仍无法落实，只得暂付阙如，以俟来日补正。

幻，基本上指软性科幻，也就是那些借助科学的术语或观念进行自由想象虚构的文艺样式。这类科幻不像硬科幻那样强调幻想对象的合科学发展逻辑的性质。它对玄幻小说的影响特别地体现在两个方面。其一，《星球大战》以来的科幻文艺已经展开了大量的关于异度空间的想象。这些想象不仅有重构世界文明的史诗般的宏伟气概，而且在局部细节上也有不少饶有生活情趣的创意。比如像《星球大战》，它关于银河帝国的体制更替、星球大战大场面的表现当然是动人心魄的，但它关于光剑、沙民的生活习俗的种种表现，也风姿动人，使得读者很容易进入其设定的世界。从玄幻作家们的创作来看，他们也颇精于此种笔法。其二，软性科幻虽然名曰“科幻”，但所描写的大体为人类生活实际绝不可能者，涉及怪力乱神的不少。但不同于以前类似题材作品的是，它在描写这类对象时，总试图以现代科学的逻辑来解释这一切，让人们感觉到它描写的种种怪异现象在科学的逻辑上不无存在的可能性。玄幻小说进一步发扬光大了软科幻的这一特点。作家们常以现代科学观念为参照来描写、评论中国功夫，这样，他们就得以在现代语境中阐释其最深刻的内涵。这种阐释有时虽然未必到位，但其别开生面之处是不容否定的。像黄易的《星际浪子》，将武艺、人类的生命进化与宇宙大爆炸理论整合在一起加以阐说，虽不无怪诞之处，却是至今为止对于中国武功最强有力的本体论意义上的一个诠释。

西方奇幻小说（Fantasy novel）对玄幻小说有着深远的影响。什么是西方的奇幻小说呢？这在西方也没有一个确定的说法，在英国的一些书店，就把一些奇幻小说如《魔戒》《哈里·波特》当作科幻小说来出售。一般地说，人们通常把以西方中世纪的历史和神话传说为想象背景，将魔法设定为其想象世界中的人的基本生存技能，在叙事上又追求宏大史诗风格的小说创作，称为奇幻小说。约翰·托尔金（1892—1973）被公认为是奇幻小说的始祖，他的代表作《魔戒之王三部曲》对奇幻小说的形成与发展具有决定性的意义。奇幻小说其他著名的作品还有崔西·西克曼和玛格莉特·魏丝著《龙枪编年史》、水野良著《罗德岛战记》、罗伯特·乔丹著《时光之轮》等。虽然中国少年儿童出版社1990年已出版了《小矮人闯龙潭》（即《霍比特人》），但奇幻小说真正产生广泛影响还是这几年的事了。它有关魔法、精灵、矮人、暗灵法师等等根源西方文化传统的描写为中国人打开了一个完全陌生的想象空间，这在某种程度上也极大地激发了人们对玄幻小说的创作热情。不过，作家们在移植奇幻小说的种种经验的同时，根据中国人的习惯思维，对其文类构造也自然地进行了一些改造。最显著的一点，就是他们在描写魔法的时候，总是不由自主地掺和进了中国功夫的许多理念。因此，尽管奇幻小说在西方是一个非常活跃的传奇文类，但在中国，它却只能成为玄幻小说的一个亚类。

历史演义小说对玄幻小说的影响，主要则体现在大型政治、军事战争的谋略和交战场面的描写上。既然是描写一个虚拟时空中的世界情况，那么，由自己亲自设定这其中的政治势力板块，并从中凸显自己的政治理想，对广大的作家来说会是一个十分值得期待的挑战。当前玄幻小说，十之四五有类似《三国演义》多头政治格局、群雄争霸的场面。不过，就玄幻小说而言，它这方面叙事主要的经验和技巧并不是直接来自于《三国演义》，而是来自于日本作家田中芳树的《银河英雄传说》。也可以这么说，《三国演义》关于宏大场面的调度、不同派系的英雄人物性格的塑造、各种极富机变的政治军事谋略的展现等叙事传统，是通过田中芳树的创作而得到复活的。而田中略带调侃意味的看待历史的眼光和叙事的笔法，很大程度上也吻合当前青年既尊重历史前贤又试图将他们请下神坛、超越他们的心理。这就更使得历史演义类的玄幻创作风靡一时。田中常常运用"'××历××年，×××和×××相遇，一起踏上改变世界格局的第一步。'后世史书是这样描写的，但事实总是被历史的大潮所湮没，谁又能想到当时的情况是这样的呢"这样自设自问的笔法，这种笔法后来为玄幻写手们所广泛借用，致有泛滥成灾之势。有评论者断然将之列为"玄幻小说最恶心的人和事"之首。① 由此我们也可见田中芳树影响力之大。

---

① 参见风卷残云：《玄幻小说最恶心的人和事》，你的博客网（www.yourblog.org），2004 年 2 月 18 日。

最后，不能不谈到电脑游戏对玄幻小说的深刻影响。当前流行的电脑游戏在其剧情设定中，已包容了以往文类中曾经出现过的一切传奇性的叙事元素。事实上，对大多数网络写手来说，他们对奇幻世界、历史征战场面的想象，主要还是受到了相关游戏如《皇家骑士团》《大航海时代》《信长之野望》《霸王的大陆》等等的启发。这些剧情强大并有史诗般气魄的电脑游戏基本是由西方、日本的电脑公司在奇幻小说、历史演义小说叙事框架的基础上研制开发的。传奇文类的种种文类特性，经过了电脑游戏的转化与放大——有时还有进一步的变化创造（如《魔兽争霸》《魔法门之英雄无敌》等对所谓魔兽、魔法的想象，早已超出了原来奇幻小说的格局），真正深入至人们心中。当然，电脑游戏对玄幻写手们的真正影响价值恐怕更在于：这些电脑游戏大体都需要玩家深入到其中扮演故事角色，这样，就迫使玩家们深入到虚拟世界中体验那些异类时空的种种生活细节；并且，在游戏过程中他的个人情感与这些细节得以紧密地结合在一起。对绝大多数玄幻写手来说，这种源自于游戏世界的感受成为了写作的基础和原材料。

三

玄幻小说在文体构成上，兼容并包了以往传奇文类的诸种特征，因此，内容上它表现出对这些文类故事原型、主题的借用甚至移用，也就很自然了，人们可以从中毫不费力地找到来自于武侠、科幻、军事战争、推理侦探、童话寓言、志怪等小说文体的故事母题。这种在表现内容上对既往传奇文类的各元素大范围的综合，的确是玄幻小说一个非常重要的特征，也是其一个极大的看点。不过，在此我们并不拟对它这方面的叙事特征多加讨论。我们重点要讨论这样的问题：在继承传统的基础上，玄幻小说有无贡献具有自己文类特色的表现内容呢？

我们认为，尽管远未臻成熟，玄幻小说在将历史文化知识的传奇化和玄理的传奇化方面，仍是极具特色的。它贡献了以往传奇文类所不曾有或未曾重视的思想内容。

在现代与古典传统之间，存在着一道明显的裂痕。这一百多年来文化形态的变化之大超过了以往的任何一个时期，现代、传统就像分立的两个世界，人们立足于今天回望过去，回望历史，不能不涌起某种疏离、奇异之感。因此，如何解释这种奇异性，如何表现它与今天人们现实生存的关系，便成了文艺家们的一大课题。自然，怎样驰骋其想象、发挥其才情，不同类型的作家写手着眼点大有不同，但不可否认，许多作家们正是在充分展开这种历史的奇异性的基础上进行创作的，不然，像武侠小说、古装电视剧的繁荣就是不可想象的。但考察我国的历史传奇作品，局限也很明显：作家往往将主要的精力放在离奇故事的编织上，却很少人重视描写具有生活气息的历史文化细节。这也就导致故事越编越离奇，小说却越来越没有内涵、越来越没有吸引力。玄幻小说家们跳出了这一叙事的怪圈。他们认识到，相对于现代人，历史文化的各种细节以及这些细节在当时历史条件综合文化气氛里的存在逻辑，是更富有传奇色彩的。因为，从此中我们才能看到一个真正的别样的世界。黄易指出："或许可以说，武侠是中国的科幻小说。她像西方的科幻小说般，不受任何拘束限制，无远弗届，驰想生命的奥秘，与中国各类古科学结合后，创造出一个能自圆其说的动人天地。在那处，我们可以驰骋于中国优美深博的文化里，纵横于术数丹学、仙道之说、经脉理论、诗词歌赋、琴棋书画、宗教哲理，任由想象力作天马行空的构想与深思，与历史和人情结合后，营造出武侠小说那种独有的疑幻似真的小说现实，追求难以由任何其他文学体裁得到的境界。"① 黄易说的是武侠小说的创新问题，但从目前的创作实际看，却是玄幻小说的写手们真正从精髓上理解了黄易说的将历史文化知识传奇化所包蕴的叙事的潜能。多数玄幻小说在编织宏大故事场面的时候，也都十分注意小的细节描写。而这些细节描写的根底又是直接源自于传统文化某些专门的知识领域的，像《临兵斗者皆陈列于前》对道教术数的介绍，《一小撮世界之三十三重天藤》《仙宗》写到的道教、佛教的炼器密

① 《黄易：无限的可能性——九〇年代的武侠旗手》。

法，《魔师再现》写到的来自于《山海经》的各种神灵异物，《巫仙龙门阵》明显具有《聊斋》风格的写妖状鬼，《商贾人生》写到的当铺的规矩等等，均如此。诚然，所谓异度空间中的描写，不可能没有杜撰的成分，但那些自具情趣又极具底蕴的文化细节，很容易遮掩这些问题。它们所激发的好奇心将催促着读者们将注意力投向这异度时空异样的生活逻辑及其魅力。在先前的传奇文学中，除了金庸等极个别作家，很少人能够在历史文化知识的奇观化过程中构建某种独特的阅读效果，但玄幻写手中却有相当一部分人成功地做到了这一点。

玄幻小说的传奇色彩，很大程度上来自于其世界主义的眼光。也就是说，玄幻小说不但写到了中国传统历史文化的传奇色彩，也试图包含其他各民族文化各种富有情趣的生存经验。大量的玄幻小说，特别是一些想象宏大、背景设定比较细腻复杂的作品，如《紫川》《风姿物语》《猛虎王朝》《神州狂澜》《佣兵天下》等等，在其关于政治体制的构想中，常常会写到政权与教权的对抗、自由城邦制度等；在军事体制中较重视重骑士、投抢手各兵种功能的描写；而在其神话世界中，则常出现矮人、精灵、阿修罗等等。诸如此类的构想，其包蕴的文化内容，明显不是源自于中华民族本民族的经验，而是直接借之于其他民族文化历史，主要是欧洲、印度、日本等文明传统中相关的丰厚积淀。像这样的文化内涵，在中国的历史文化中极少显性地表现，各种传奇文类极少把笔触伸向它们。因此，玄幻小说相关的浓彩重墨的描写，也就自然地具有了强烈的奇观化的效果。在这之前，几乎还未有读者享受过这种让想象在东西方文明世界中自由翱翔的快乐。当然，关于这些异质的文化内容的表现，玄幻写手们并不是局限于知识性内容介绍方面的。他们中的不少人充分感受到了那种异质文明之间的差异性的力量。然而，像《紫川》《猛虎王朝》这些优秀作品在描写各民族文化的不同性格时，它们着力表现的，是这些文化性格各自不同的力量。他们绝少从文化性格上来判定哪种文化是优秀文化而哪种又是劣等文化。每种文化都有自己的优势和长处，但这种优势和长处往往相应地也潜伏着危机。《紫川》就写到，甚至像粗陋不堪的半兽人，他们的文化也包含着庄严和生机勃勃的种子。没有一个民族可以声称自己的文化血统天然胜过别人或弱于别人的。每个文化的魅力都在其子孙后代的生存情境中得到发挥、创造、改新。因此，在玄幻小说中表现的这些不同文化之间，虽然常常存在着冲突和斗争，却又有一种真正的多元同生共长的关系。说得更具体一些，就是玄幻小说家们在写到源自于中国本土的诸种文化性格时，固然充满着骄傲和自尊，但写到其他民族的文化传统时，也不乏理性的敬意，并时常表现出融汇他民族之长的意愿。应当承认，在这种世界主义的眼光与胸襟上，他们普遍地超越了以往传奇文类的作者。

玄幻小说在内容题材方面的另一个比较重大的展拓，则表现在将玄理的传奇化上。

玄幻小说因为要建立一个有别于人类现存世界的一种新的世界情况，自然会涉及世界的终极构造问题。但正如人们对现存世界的终极构造及运行规律的研究大致也只停留在猜想和玄想的水平，玄幻小说有关终极问题的种种构设，便更是立足于随心所欲幻想的层面，有许多玄之又玄的说法。它的这种玄理，既不同于哲学、神学在超越向度上的思辨，更不同于科学研究对实证规律的探寻。它只是调和各种有关终极探寻的学说，凭作者个人的意趣加以剪裁与综合。在种种荒诞不经处，读者有时也能见识一些闻所未闻、想所未想的奇思妙想，从中他们感受到一种想象的乐趣。唯其这种想象是从世界的终极起源这类大问题上落墨的，这就使得小说容易取得一种震慑力，一种所谓的“史诗”般的气魄。这就是玄理的传奇化。具体说起来，玄幻小说的谈天说玄，又有两种主要的表现方式，一是通过多元生命体验方式的开辟展现某种理趣，二是将故事的情节设定和某种富有戏剧冲突性质的终极观念联系在一起。

所谓表现多元生命体验方式，指的是脱离我们思想认识的常规，以某种我们认识中的“他者”的逻辑，来想象这个世界、感觉这个世界。用尼采的话说就是：“应当追溯认识同其他事物的联系（或同其他种类的联系）——即要了解他人的‘认识’应该是个什么样子！了解和认识种类的过程受着生存条件的影响。有人认为，除了保存我们的那些种类之外我们不可能有别种理智，这是一种极端轻率的结论。”① 当然，在现实的创作中，人类要模拟这种感觉并要读者认同之还是非常困难的。因为人的感觉就是人的感觉，怎么可能转移到别的种类的立场上去感觉这世界呢？只有像《变形记》这样，作家通过极细腻的描写，才能够使读者体验到别一种存在的神秘与痛苦。但玄幻小说处理相同的题材却要轻巧自然得多，它的整个世界情况都是重新设定的。因此，只要作者有着充沛的想象力和足够深刻的生存体验，他就不难在人的日常经验的视角之外，开辟一个或多个别样的观察世界的视域。当前玄幻小说在这方面也确实大有突破。像《佣兵天下》《黑魔导》对人类所制用器“器灵”的描写，《魔羽传说》对所谓植物之心的描写，以《天魔神谭》为代表的一系列关于魔兽的描写等等，都触及了这一种异类生存体验的问题。当然，人们也可以争辩说，诸如此类的描写，所写的仍无非是人类的存在感觉。因为人作为人的这一种存在已规定他不可能以别一种方式去体验、感知世界了。但我们要说，即便如此，这种努力仍然大有意义。它至少促使人们尝试着用不同的方式去“看”世界。更重要的是，在这种“看”的方式的变化中，长久以来唯人独尊观察世界的方式已被暗暗消解了，取而代之的，是一种多元同生共长的生存观念。至于这种多元共生观念的内涵到底是什么，这是非常自由的，并没有定见。这也正是玄幻小说的理趣所在。

玄理传奇化的另一种重要表现形式，则是通过隐喻或象征的手法，在一个庞大的故事情节的设定中彰显某种终极理念。自然，在玄幻小说中出现的作为存在终极根据的理念，一般不是自足完满的，相反，常常充满着一种内在的矛盾性和自反性。像爱与恨的对立转化、个体自由与尊重他者生命价值、生与死的轮回更替、善恶的分际与矛盾等等，便是玄幻小说家们酷爱谈论的具有自反性内涵的终极意义上的命题。这些命题，任何人都难以执其两端而得中庸之道。就以玄幻小说中常出现的善恶二元斗争命题为例，究竟谁能肯定地告诉我们，人世间的善最终默证了天道？但又有谁能满不在乎地说，人的骄傲与尊严竟然都是微不足道的东西？在现实的功利诱惑和内心的

① ［德］弗里德里希·尼采：《权力意志》，张念东等译，商务印书馆 2000 年版，第 25 页。

道德律之间，人们常常不可避免地要进行紧张的心灵自我搏斗。玄幻小说擅长于将这种存在理念的紧张转变成叙事的亢奋，使得理念的两难属性成为了小说中最具戏剧性紧张的成分。当然，它和那些执著于探寻人类存在痛苦的艺术作品不同。在那些作品中，人类的这种两难痛苦是一种宿命，是一种煎熬，从根本上说很难有一种解脱之道。玄幻小说的思辨根本没有走这么远。对玄幻写手来说，构造一种整体布局上的传奇韵味乃是他们展开玄理讨论的着眼点。因此，在掀开人类这种存在困难的些微一角后，他们通常就会迫不及待地派遣笔下的传奇英雄，以其个人伟力，荡涤宇宙，使世界归于平和。然而，陈腐的结尾未必就天然地决定了一部作品的艺术品格。只要作家个人能注意在一个庞大的尺度上将存在问题戏剧化、形象化，那么，他就不难从其作品情节的丰富的曲折变化中，折射出深刻的思想内容。至少，当前有相当数量的一些玄幻作品，如《覆雨翻云》《星际浪子》《天魔神谭》《暗黑传说》等等，对人类终极的两难困境的揭示，已达到相当深入的境界。

四

如前所论，作为一种新兴的传奇文类，玄幻小说自有其独特的文学价值。但在这一部分，我们则要进一步讨论它作为网络文学的代表样式之一，又为人们提供了什么样独特的美学内涵。

毫无疑问，网络文学也具有一般意义上文学的各种属性和价值。不过，同样没有什么疑义的是，如果简单地沿袭传统文学观念来进行分析，那么，除了传播方式这样一些外在手段有所改新外，之于文学本身，它似乎也谈不上有多少深刻的创新之处。然而，如果将它与当前流行的赛博朋客① 文化联

① “赛博朋客”是“cyberpunk”的音译。凯尔纳对这个词的由来“赛博朋客”文化包含的内容有一个比较详细的解释：“‘cyber’是希腊语词根，意为‘控制’（control），这个词也被吸收到‘cybernetics’（控制论）之中，意指一种与计算机、新技术和人工智能相结合的技术控制系统。词根‘cyber’还与‘cyborg’（电子人）有关，用来描述新的人机合体，一般是指边

系在一起考察，我们却不难发现，网络文学仍不失为一种重要的文学现象。它的独特价值首先在于，其文本构造真实地反映了赛博朋克文化对于技术和文化的先锋姿态，它总是急于拥抱新事物，并试图以之对抗既成结构和权威。而从更深层次来说，网络文学在反映各种新事物的过程中，已洞察到这些新经验和新技术对人既有的存在模式的挑战，在某些作品中，人类所面临的这种新的存在困难已内化为叙事的紧张。而从这个角度来看，玄幻小说尤其值得人们重视，因为其文类特点使其自然关注人类各种存在经验中最根本之时空经验问题。通过反映时空观念的变化，某些玄幻小说得以触及现代人某种根本的存在性质。

时空问题乃是人类存在感知中最基本也是最复杂的问题，人的任何一种艺术创造，追溯至其根荄处，可以发现都是在某种独特的时空关系中展开的。但就大而论，在以往的文艺创作中，时空问题主要是一种背景性的存在，它制约了艺术的创造模式，但它自身很少进入到作品中，成为作品反映的对象。而且，一般地说来，“空间和时间很自然地认为无限地向前延伸”，它们被认为“是事件在其中发生的固定舞台”而“不受其中发生的事件的影响”。① 但在赛博朋克文化中，艺术与时空的这种关系模式却发生了剧烈的改变。这种改变也许是根源于两个方面的原因：一方面，相对论和量子力学关于时空的问题讨论，使人们逐渐认识到，时空问题不再仅仅是一个玄学问题，而且是一个实证性的物理问题；另一方面，近年来数字技术的普及，已从相当程度上影响到人们的时空体验，从而也改变了人对存在的感知方式。因此，在各种赛博文艺中，关于时空问题就日益现身为艺术的反映和表现对

缘的高科技人工合成物和经验。词根‘punk’来源于朋克摇滚运动，意指边缘的、低劣的城市生活，性、毒品、暴力以及生活方式中的反权威斗争、流行音乐和时尚等。两个词根合在一起组成‘cyberpunk’，指高科技亚文化与低级街区文化的联姻，或者将具有艺术地位的技术（state-of-the-art technology）与意识和心灵的异化结合起来的技术意识与文化，以及与波希米亚亚文化相联系的亚文化。”（凯尔纳：《从未来图绘当今：从波德利亚到赛伯朋克》，闫玉刚译，手稿亦可参见凯尔纳：《媒体文化》，丁宁译，商务印书馆 2004 年版）

① ［英］史蒂芬·霍金：《时间简史》，许明贤等译，湖南科学技术出版社 1995 年版，第 42 页。

象。在这其中，玄幻小说可谓是多层次、多维度地涉及了存在与时空关系各方面的问题。但归总起来，它所反映的新型的时空性状，总是和现代人的时空压缩或时空扩张体验有关。

首先来说一说“时空压缩”的问题。① 相对于过去，现代人的时空体验呈现出强烈的被“压缩”的性质。比如说，在凡尔纳时代，80 天环游地球还是一件了不起的壮举，但到 20 世纪 50 年代，80 小时环游地球却已经是太慢了。再比如说，在 20 世纪 90 年代初期，即便在发达国家，人们也不会轻易拨打越洋电话，但到 90 年代末，一般发展中国家的居民也能通过个人电脑进行轻松的洲际交流。多少年来人们对广袤空间的感觉变得史无前例的狭小起来。有关时间的体验也一样。在现代技术条件下，原来耗时甚巨的工作现在人们可能几秒钟就完成了，这样也就常常迫使人们在一个极短的时间片断中去追求工作的价值——比如某些新兴的金融衍生行业等。这就会造成时间的压缩感。另外，在现代科技的推动下，人们对宇宙史、自然史的了解也到达了前所未有的水平。于是，人们得以在一个极短的时间片断中回顾自然一段极为漫长（甚至长达几十亿年）的历史过程。这造成了时间的另一种压缩感。

玄幻小说的描写颇多与现代人的这种时空的压缩感有所联系。比如，许多玄幻小说在一开始都涉及新世界情况中的地理条件的设定，有的还非常复杂细致。很显然，这种设定和当前的压缩的空间感是有直接关系的。在这种空间感觉中，人们比较自信能够把握宏观的空间关系。而“回忆将来”，则是玄幻小说最为独特的表现时空压缩感的方式。所谓“回忆将来”，指的是玄幻小说中常出现的历史回顾场面，就人类的现存经验说，其实是属于对人类遥远未来的想象。但在小说叙事中，这些想象的人类经验被当作已经长久发生过了的事件而进行回忆。这样，过去、现在、将来的种种问题，就被压缩到一个时间片段上来展开了。例如，在黄易的《大剑师传奇》中，时被

① 参见［西］曼纽尔·卡斯特尔：《网络社会的崛起》，夏铸九等译，社会科学文献出版社 2001 年版，第 531 页。

故事人物提及的“史前文明”，指的就是我们现在的这种文明形态及其高级发展阶段。黄易以一种总结教训的口吻说：此种文明形态终将因对大自然的索需无度而毁灭自己。玄幻小说在“回忆将来”的时候，除了人与自然的主题，还常触及自由政体的局限及其价值、愚蠢的民族主义等问题。而通过“回忆将来”的手法将这类问题表现出来，这已不仅仅是叙事上的修辞手法而已了。在这时间的压缩过程中，当前人类一些重大生存问题的严重性、紧迫性和后果必然性被一种异常强烈和明晰的方式所呈现。同时，在不能被压缩的时间的绵延性中，小说的这种忧思便充满了一种宿命的情调。

扩张的时空同样是各种赛博朋客文艺重要的表现内容。

这样说也许会让人感到与前面的说法有点自相矛盾。但事实并非如此。时空的压缩感与扩张感就像是硬币的两面一样，必然同时存在于现代人的时空感觉中。没有相应的时空扩张，人们不能如此鲜明地感到既往时空体验被压缩的性质。在过去，时间与空间本身的性质相对来说还是比较单纯而明晰的，但近现代以来，人们关于时空的认识却变得异常的复杂起来。比如，人们在宇宙空间和亚原子空间认识上所取得的突破、所谓超弦理论的发展，让人们认识到自己原来对物理空间构造复杂性的见识是有多么的幼稚。而有关空间的社会性、文化性、想象性理论的发展，又使人们从深刻处去理解时空的玄妙性。当然，个人电脑的发展与普及是具有决定性意义的。它不但加深、拓宽了人们对虚拟时空的理解，并且将过去一些比较复杂的时空理论尤其是空间理论具象化了。① 凡此种种，无不让人真切地感受、认识到既往时空感觉的局促性。并且，随着社会的变革和科技的发展，现实的时空关系较之于人们这种滞后的时空意识，就更加具有某种加速度膨胀的意味了。

在玄幻小说中，基于这种时空扩展感的情节描写也有很多，有些，已经成为戏剧逻辑发展不可或缺的一个环节。比如魔法类的玄幻作品常常运用的一个基本设定——“结界”就深深包含了这种内涵。“结界”指的是运用

---

① 参见乔斯·德·马尔：《欢迎来到赛博空间——讨论人类历史的另一种可能》(2004 年 5 月 11 日在中国人民大学的演讲)，闫玉刚译，手稿。

某种法术将时空关系中一定范围内的空间情况在一定时间内改造成另一种特定的空间情况。本来，在人们的理解中，时空之间的关系是具体而固定的，不可能有脱离这种规定性的时间情况或空间情况。但由于近来电脑界面设置技术的发展，使得人们对空间的理解与想象比过去远为自由奔放，超越既有空间的束缚、争取自由空间成为了具有某种现实性的存在要求。玄幻小说关于“结界”之类的空间想象，也就成为了他们这种内心渴望的象征。

而从玄幻小说的故事结构模式看，这种时空的扩张感更是叙事内在的支撑框架。玄幻小说尽管力图重构异度时空中的世界情况，但很显然，这种异度时空也只能是我们这个世界的折射或变形。在这其中，一个值得注意的现象是，玄幻写手们经常自觉地以一种分离的视角看待这个世界情况中的时空组合关系。我们这个世界历史中所包含的人、事、时间、空间各元素表现在小说中乃是零散化、被肢解的。时空元素按照作者的需要孤零零地被凸显出来，不同阶段的历史时间、不同空间的时间常常被糅合、拼贴在一起。于是，中世纪欧洲的政治格局、中国的地貌版图、魔法武术的修炼、现代科学的理念，来自于各文明制度、各民族不同时期的思想文化传统等等性质不同、来源不同的时空元素，在小说中便被自然地调和到同一幅时空场景中。各元素的调和比例，作者对各种不同性质的时空元素的倾向性（比如说是更重视时空的虚拟性质还是更重视其文化性质、物理性质等等），则直接导致了这幅时空拼贴画风格、情调的不同。然而，不管是何种风格的时空画卷，小说由此而透显的对现代急剧扩张的时空界浮士德式的追寻激情，均构成了这部小说最为激动人心的成分。几乎每一部比较出色的玄幻小说，在其最深层处都有着某种追求越轨时空体验的情致。除了上已列举的那些作品，像《江山美人志》《征战天下》《裸兰》《龙战士传说》《大帝风云录》《魔法学徒》《风月大陆》《骑士的战争》《轮回》《凌云志异》《封印》《新宋》《明》《随波逐流之一代军师》《血盏花》《锦衣天下》等等，在这方面都有着不俗的展拓。有些作品，比如《缥缈之旅》《魔师再现》[①]《惊雷逐鹿》《子虚》等，还在此

① 《魔师再现》尽管结局草草，但其开篇确实非常有创意。

基础上，立足于中国的文化传统尤其是道教学说，复活了中国传统一些非常有特点的时空观念。

当然，玄幻小说关于时空感觉的描写，无论是时空的压缩性质还是扩张性，它的笔触都还停留在现象描绘的阶段。诚然，有某些作品触及了这种时空感觉的改变与人的根本的存在境况变更之间的关系。但究竟这是一种什么样的关系呢？人类的精神灵魂应该对此作出怎样的回应呢？玄幻小说对这一层次问题的讨论目前还是没有什么深度可言的。

但人们也许不能强求像玄幻小说这样的传奇文类来即时地表达多么深刻的思想内容。思者早已指出，在工业文明中，技术进化的节奏本来就是快于文化的变化节奏的，当这种节奏变化的差距足够大时，技术发展所引发的时代感觉就会超出这个时代本身，甚至会造成“时代超越时间之墙”的剧烈震荡，就像超音速飞机超越音障时会引起一个剧烈的声音震荡一样。① 当玄幻小说（也包括其他各种网络文艺、赛博朋客文化）紧跟现代数字技术的发展变更，图绘种种时代感觉的时候，它其实就忠实地记录了时代震荡的种种波纹。甚至可以说，它自身也跨越了时间之墙——在这一历史阶段内人们（包括作家们自己）对时空理解的集体无意识之墙。而做到了这一点，哪怕仅仅做到了这一点，这些玄幻小说便如凯尔纳所评论的赛博朋客小说一样，不失为当前重要的一股文学力量：它敏锐地捕捉了“高科技社会中人类的命运问题”，“用概念、隐喻和形象呈现了当代社会的场景”，“以文本的形式捕捉新的高科技社会中令人眼花缭乱的兴衰变迁”，并“通过对现在已经初露端倪的未来趋势的分析来展示当今”。②

---

① 参见［法］贝尔纳·斯蒂格勒：《技术与时间：爱比米修斯的过失》，裴程译，译林出版社2000年版，第19页。

② 凯尔纳：《从未来图绘当今：从博德利亚到赛伯朋克》，闫玉刚译，手稿。

被低估的力量[①]

——略谈网络文学在文化产业链中的价值及其缺陷

自20世纪末以来，网络文学[②]渐渐崛起为一股新兴的文艺力量。最初，依托网络而生、依托网络而传播的真正意义上的网络原创文学作品不过《第一次亲密的接触》《悟空传》等寥寥数部，到今天，网络文学俨然已成为一种阅读的时尚。以当前中国最大的文学网站起点为例，到今天它推出与介绍的网络原创作品已多达数百万余种（在2007年1月大概是9万余种）。而从读者的接受来看，网络原创文学的阅读群体已相当庞大。以阅文集团收购的网文来说，名列前茅的作品其点击量都是以亿次为单位来计算的。

---

① 本文曾部分发表在《人民日报》2007年1月5日第8版"文艺纵横"栏目，题为《网络文学：不可忽视的力量》，引起过一些反响。后来曾试图在该文基础上扩写一篇更大规模，兼及网络文学学理和产业性问题的论文，但写了一个潦草的初稿后，兴趣有所转变（因为身处的学术体制及环境，我的学术重心从大众文艺转向了经典作品），后来仅取其中"Web2.0"一节写了一篇学究性的讨论文章就搁下了。因为这篇文章算是我在文化产业方面最具预见力的文章，较早预言了现今所谓"IP改编"的诸多现象，现在将它基本按原样发表，聊表敝帚自珍之情。收入本文集时对原文与《网络时代的文学生产》一文过于重复之处作了删减，并对一些显得过于陈旧的数据、案例作了调整，修订、调整处均有说明。本文在结构上有较大瑕疵，有兴趣者仅观其论点即可。

② 本文所谈论的网络文学，指的是在网络上写作，主要通过网络传播赢得受众的文学创作，不包括那些依靠传统媒体出版后再转成电子文本形式在网络上流传的作品。

由此，依托网络这一媒介而不断发展且日益成势的文学形态逐渐进入学者的研究视野。本文旨在分析其在文化产业链中的存在价值和缺陷。

一

如前所述，网络文学在短短十余年间就拥有了一个庞大的创作群体和受众群体，这一现象引起了人们的注意。已有学者从传统文学学科的视野来考察这种新兴的文学现象，概括起来不外乎是积极肯定和消极贬否两种态度。

肯定的一方多是援引国际新流行的消费文化理论、媒介理论以及叙事学等理论，从网络文学创作与网络媒介本体论上的联系讨论网络文学的价值意义。①

否定一方主要指责的是，网络文学表现的题材太过狭窄，基本上写的都是传奇故事，很少直接反映现实生活的作品；同时，网络文学作品品位低下，几乎无艺术含量可言。针对网络的这种现实情况，陶东风教授甚至不无激愤地批评说，以玄幻小说为代表的网络小说的流行，标志着中国文学“已经进入装神弄鬼的时代”。他指出，当前网络小说大体建立在“一种完全魔术化、非道德化、技术化了的想象世界的方式”②的基础上。在这种想象中，“我们可以看到绚烂斑驳的色彩，匪夷所思的魔术，变化多端的机玄，但是唯独看不到心灵和情感”③，实质上，这种想象“是以犬儒主义和虚无主义为内核的一种想象力的畸形发挥，是人类的创造能量在现实中不可能得到实现、同时也没有正确的价值观引导的情况下的一种疯疯癫癫的状态。”④

从表面上看，无论是肯定网络文学或否定网络文学的一方，都有各自

① 相关讨论可参见《网络时代的文学生产》一文。——编者注

② 陶东风：《中国文学已经进入装神弄鬼的时代?》，《当代文坛》2006 年第 5 期。

③ 陶东风：《中国文学已经进入装神弄鬼的时代?》，《当代文坛》2006 年第 5 期。

④ 陶东风：《中国文学已经进入装神弄鬼的时代?》，《当代文坛》2006 年第 5 期。

充足的论据和理由。但如果我们再深入考察，则可以注意到当前肯定网络文学的一方的现实论据往往是比较薄弱的。他们大多强调传播介质对于文学创作尤其是形式技法方面的影响，但传播介质如何在本体上影响并决定文学的创造与生产，学界尚无定论。这里我们且不论形式技法是否能代表文学创造的主体方面的问题，至少以较为成熟的各传媒时代的文学文本来分析，人们尚不能断言传播方式的变革就能彻底改变文学创造的实质。另外，肯定网络文学的论者们所援引的各种所谓能够代表文学发展方向的网络原创文本，绝大多数只是一些在小圈子里流行的游戏之作或是些过时的作品。很少有人能够根据中国网络文学发展的实际情况对网络文学的真正价值意义作出切中肯綮的评断。事实上，网络媒介毕竟只是一种新兴的传媒形式，它会对文学创作带来怎样的影响，网络文学对于传统文学又会有怎样的冲击性意义，恐怕要经过一个很长的创作实践过程才能看得清楚。

然而这是否意味着网络文学就注定全无可取了呢？我们认为问题还需要具体的分析。

即使以较严格的艺术批评的角度来谈论网络文学，我们也可以看到，通过几年来的发展，网络文学已积聚了一批优秀的原创作品。除了前面提到的那些作品，《紫川》《指南录》《骑士的战争》《封印》《新宋》《血盏花》《锦衣天下》《临兵斗者皆陈列于前》《商贾人生》《神州狂澜》《女驯》《明》《1911新中华》《日落太平洋》等等都是比较优秀的通俗小说。它们以传奇类题材为主，构思宏大奇特，有完整的世界观的描写，有时也能探寻人性的微妙并有鲜明的性格塑造。虽然，按照严格的艺术标准来看，它们还有一些瑕疵，但较之20世纪一些通俗文学大家如张恨水、金庸等人的作品，在整体艺术水平上它们已经不遑多让。而其他一些热门小说如《灾星》《魔法变》《宋风》《小兵传奇》《诛仙》《道儒仙缘》《光之子》① 等等，虽然在艺术上比较粗糙，但不可否认也有一定的可读性，至少不比以前的一些所谓通俗小说名家（如

① 此处所枚举的作品，均为原稿所有。笔者的看法，与十年前已有变化，但在此尊重原貌不作订正。——编者注

琼瑶、梁羽生、倪匡等）的作品差。

当然，仅仅从艺术批评的角度来谈问题，视野不免囿于传统。我们认为，如果从我国当前文化产业建设的角度来看网络文学，则更容易清楚地认识到其现实的价值意义。

二

传统的文学创作，尤其是印刷时代以来的文学创作（生产），从本质上说，是一种个人的事业。外力有时虽能对创作者施加极大的影响，但无论如何，创作毕竟是个人的事件，一个作品从构思到创作到完成，创作者不可能与外界有过多的交流，没有这个必要也没有这个可能。在这过程中，读者对作品的影响力几乎可以忽略不计。读者一般都在作品问世已久后才能接触到它，他们的意见只有极少数才能反馈到作者处，这些意见被作者接受并能在作品修订中体现的更犹如凤毛麟角。而在网络文学中，作者（生产者）与读者（消费者）的这种关系模式却发生了根本性的变化。

在网络文学的诞生之初，痞子蔡、慕容春雪、今何在等人无非是将其写完的作品以网络为媒介向大众传播。除了传播介质，还不容易看出它和传统的文学形式有什么根本不同。但进入 21 世纪，随着网络文学创作日趋繁荣，一种所谓“Web2.0”的文学创作方式逐渐取代了传统个人化的写作方式而成为主流。所谓“Web2.0”主要强调的是，在“Web”（环球网）上的创作，作者始终有两个，一个自然是网络写手，另一个却是不断与写手互动沟通的读者：这便是“2.0”的含义所在。①

当商业元素介入后，读者在创作过程中的积极地位就更显得不可逆转。网络写手如果希望自己的作品能为自己赢得更多的利益，他就需要非常重视点击率和推荐票数。点击率指的是读者对一部作品点击阅读次数的统计，一

① 相关讨论可参见《网络时代的文学生产》一文。——编者注

般地来说，点击率越高的作品，影响就越大，为自己、为网站带来的收益也越大。相对来说，推荐票数是一种更有权威性的读者互动反应。在当前的各原创网站，付费会员在消费了一定金额后，会得到若干张月推荐票，他们可将这些月推荐票投给自己最喜爱的作品。月推荐名列前茅的作品可以占据网站首页醒目的位置，网站有时还会给予作者不菲的奖励。在正式出版的时候，这些作品也容易获得更为优渥的报酬。在这种商业元素的压力下，作者的行文布局更要时时顾及读者（至少是主要读者群）的感受与意见。举一个有代表性的例子：当前网络写手在处理低潮、压抑性部分情节的时候，常常会要附笔说明，声明自己的主角绝不会死亡或结局一定是大团圆的。这应了歌德老人的一句名言："大众经常侈谈悲剧，但他们见到真正的悲剧场面早就把头转过去了"。这种处理方式是否影响了文学创作的质量暂且不论，网络文本中读者与作者共同书写文本的性质在此却比较充分地显现了出来。

正是这种读者与作者共同书写文本的特性，再加上当前社会商业元素无孔不入的刺激性影响，网络文学的写作在根性上极大地疏离了传统文学个人创作的本质，而接受了产业社会的生产性的逻辑。在这种逻辑中，文学的创作已类同于商品的生产，文学的阅读则类同于商品的消费，文学的创作与阅读的关系也就几乎成为了商品生产、流通环节中的各种关系。现实就是如此，当前我国网络文学的各种特性，如连载体形式、超长篇文本形式、互文性、幻想性、非道德性等等，实际上都已深深打上了这种文学商业生产的烙印。网络文学的其他一些特性，如神话性、线性结构、大团圆结局、成长小说的故事模式等等，同样折射了商业生产的逻辑。① 当前网络作品虽然数量众多，但这些作品在形式、内容上却存在着惊人的共通性。在我们看来，这种共通性正是在文学商业产业化背景中消费者与生产者共同缔造的结果。

虽然从最终的文本呈现形式来看，网络文学与一般的文学形式并无太

① 对此较详细的讨论可参见《网络时代的文学生产》一文。——编者注

大的区别——至少我们目前还很难想象所谓的网络“超文本”① 会取代现有的文学形式而成为一种普遍阅读的文学文本。但这只是问题的一个方面。

三

进入 21 世纪后，中国文化产业已逐渐成为国民经济中一个重要组成部分。经过了原始积累阶段后，我国的文化产业发展在当前已遭遇一个发展中的瓶颈阶段。这其中一个突出的问题就是“没有米下锅”：许多生产商握有足够的资金，却找不到合适的艺术作品进行商业开发。我国当前电视台新推出的连续剧、动画片虽然不少，但庸俗的、低层次重复的作品却是太多了——但这也是可以理解的，不能指望生产商临时找到的写手能够编写出有多么奇思妙想的文学脚本。②

正是从这个角度说，当前的网络文学实可承担起文化产业链基础的角色，成为电子游戏、电视连续剧、动漫等各文化创意产业天然的文学脚本资源库。

首先，网络文学庞大的作品数量是它一个不容忽视的特点。自 20 世纪末诞生以来，网络文学就已催生了大量的文本。最保守地估计，现今在各网站流通的原创作品不会少于 10 万种。尽管网络文学泥沙俱下，多为劣作，但排除掉大量不成熟的试作与一些格调情操过于低劣的作品，以较严格的标准估量，网络文学中仍大约会有百分之一的作品不失通俗小说精品的资格。由此，考虑到那巨大的基数，优秀网络文学作品的绝对数量其实并不少。按照笔者个人的看法，当今网文作家中，笔力文采赶得上 20 世纪那些通俗文学大家如张恨水、还珠楼主、程小青、梁羽生、金庸（不考虑他后来

---

① 即那些专门致力于利用网络媒介特殊功能来发挥作者、读者互动效应的文本构造。

② 这一段文字写于 2007 年。时隔十年后，我们会发现：文化产业低端供给的产能过剩状况，依然十分严峻，甚至可以说是更严峻了，因为网络文学的改编也大量集中在了低端供给的层面。这与笔者昔年的鼓吹恰恰是背道而驰的。但这就是商业力量介入文艺界的现实，我们无法漠视它，只能尝试着去改变它。——编者注

对自己小说精致修订的情况)、司马翎、古龙、温瑞安、黄易等的，并不在少数。像马伯庸、老猪、说不得大师、随波逐流、府天、圣者晨雷、阿明利、dome（杜小米）、格子里的夜晚、更俗、小桥老树、荆轲守、酒徒、猫腻、贼道三痴、黯然销魂、志鸟村、青玉狮子、卓牧闲、天使奥斯卡、齐橙、雁九、雾外江山、高月、爱潜水的乌贼、踏雪真人、锋锐、wanglong、豫西山人、丹丘、石章鱼、河边草、神圣智狼、烟雨江南、天下霸唱、多一半、风似刀、沐铁、无语中等，都是值得重视的网文作家。手枪、江南、猛虎、陆双鹤、小椴、萧潜、明寐、自在、燕垒生、管平潮、撞破南墙、南海十四郎、撒冷、七十二编、静官、键盘的灰、淡墨青衫、猛子、辰东、苍天白鹤、唐家三少、新月、俞今、老螃蟹、人间五月天、鬼狼、宁致远、ftp1976、红花下的草草、斩空、海红鲸、跳舞、老茅、古剑锋、忘语、华表、特别白、月关、瑞根、勿用、豆子惹的祸、误道者、庄毕凡、方想、三戒大师、闪烁、第十个名字、西风紧、月之子、尼罗、晴川、十方、孑与2、庚新、赤虎、血红、虾写、deathstate、录军参事、刻羽、耳根、愤怒的香蕉、一行白鹭上青天、老白牛、醉虎、虎笼山人、普祥真人、吹牛者、青山铁杉、徐公子胜治、奥尔良鲟鱼堡、纳尔逊勋爵、国王陛下、紧那罗在歌唱、星空漫游者、白竹猪、流激紫、南派三叔、曾鄙、要离刺荆轲、泛东流、夜凉若水、打眼、宝石猫、蚕室废人、流浪的蛤蟆、浪子刀、吞吞史莱姆、给您添蘑菇啦、曲封、断刃天涯、五彩贝壳、不信天上掉馅饼、无罪、紫钗恨、翔炎、七星玉衡、王梓钧、夏言冰、混天吃饭、草席、西方蜘蛛、维拉德列、华东之雄、周硕、蒲苏、疏影梧桐、衣冠正伦、风卷红旗、洛水、知秋、戒念、墨武、零下九十度、贼眉鼠眼、柳一条、蛇吞鲸、无物、沐风皇帝、点精灵、大力金刚掌、阿越、黑天魔神、全金属弹壳、石三、暗魔师、放下屠刀留你全尸、上山打老虎额、猫跳、顾大石、说梦者、三三二一、望平安、逆苍天、慎独行、大罗罗、朱郎才尽、烽火戏诸侯、玉爪俊、阿三瘦马、高森、莫水、东风西浸、京流云、都蕊、最后的游骑兵、野生QQ、减肥专家、翔炎、宛若新衣、木允锋、何昊运等，虽然文采稍逊（或情节过于生造、不合逻辑），但想象力丰富（或对世界的见解认识独到），亦有可取之处。①——需要指出的是，另有一些所谓的网文“大神”（甚至还获得过来自官方的荣誉），真正的文学成就倒很一般，其作品的 IP 改编潜力几何，笔者持保留态度。

其次，在当前，以金庸小说为脚本的电子游戏、电视连续剧已多到不可胜数，令各开发商赚到盆满钵满。其实，各种优秀的网络小说也完全有这种潜质。它们故事内容上强烈的传奇色彩，形式上超长篇的文本架构，都和电子游戏、电视连续剧、动画等文化产品的消费属性异常吻合。我国的文化产业界实在没有理由漠视网络文坛这个文学脚本的天然资源库。

此外，对于我国的文化产业界来说，网络文学还有另一层重要意义：不论评论界如何臧否，网络原创文学的阅读事实上已成为时下最重要的文学消费形式之一。如果将起点、幻剑书盟、爬爬、榕树下等几十个国内知名原创文学网和各种同人（即出于相似爱好而形成的群体）网站的固定读者总合起来，会是一个惊人的数字。也就是说，以这些作品为基础改编的各种文化产品在较短时间内就可以赢得一个较大的消费群体。

虽然在客观上网络文学已产生了不小的影响，但从根本上说，它还是一股自发的力量。它的整个创作传播的过程，到目前为止，基本上以商业利益为驱导。在宣扬社会主义精神文明，宣传和谐社会的精神内容方面，网络文学一般来说是比较缺乏主动性和积极性的。概要地说，当前网络文学创作

---

① 此处网文作者的名单为本次修订时所增加。网络优秀作家很多，笔者仅根据自己的阅读经验列出上述名单，挂一漏万之处在所难免。这个名单与坊间流传的所谓“网络大神”名单有较大差异，仅代表笔者个人的阅读心得。笔者的评价标准基于以下几个元素：文笔传情达意的程度、情节构造的合理性、悬念设置的奇特性、世界观的开阔程度及自洽程度、故事的原创性、话题内容的丰富性和细节描写的精致，另外也考虑作品在网络文学发展过程中的影响力。不过，上列名单中的不少作家（还有一些著名的网文作家如泥人、momoho、忘怀、罗森等），在意识形态、价值追求上，与普世的伦理道德有时会有不小的扞格，但限于篇幅在此已不能多加讨论了。但这一点需要特别强调指出。

这个名单曾与冯峰、张芷然等友人有所讨论。因为名单所列作家较多，不能一一枚举其代表作。许多作家的处女作即代表作，但也有不少作家确实越写越好，如志鸟村、踏雪真人、更俗等。——编者注

中有几个方面的缺陷尤其值得引起我们的关注。

一个是思想内容方面。其一，不少网络作品格调不高，着意于描写个人欲望简单满足的庸俗内容，有些作品还肆无忌惮地鼓吹男权中心论。正因为如此，所谓的“YY（‘意淫’的网上通用缩略语）小说”在当下网络文学中大行其道。其二，网络文学中有不少宣扬爱国主义精神、弘扬民族优秀传统文化、深入比较中西传统文化制度优劣的优秀作品。但同时，很多作品也表现出了大汉族主义或狭隘民族主义的倾向，如《数字生命》《神州狂澜》《商业三国》等优秀作品在这方面都未能免俗。这是需要警惕的。其三，网络文学相对缺乏强烈社会责任感和人文担当意识的作品。网络文学表现的题材比较狭窄，基本上写的都是传奇故事，很少直接反映现实生活的作品。此外，还有不少网络小说不够尊重女性。

另一个是形式上的问题，尤其突出的是大部分优秀网络小说普遍有冗长与拖沓的弊病。许多网络作家是血气方刚的青年，虽然有着很好的人文基础和充沛的想象力，但毕竟缺乏足够的写作经验。这使得他们在构建一个庞大的想象世界的时候，不懂得运用一些较有效率的文学技巧，往往在开篇之时穷极其妍，但在故事情节真正展开之时却显得难以为继了。像《猛虎王朝》描写一位英雄征服大陆的故事，但用于他刚出道的第一场会战的篇幅就达近百万字。这就让人很难想象作者还要用多少字来描写这位英雄的未来事迹了。其实，这种形式上的不均衡或篇幅上的冗长并不是什么不可改易的缺点，只要有关方面及时加以善意的点拨，网络文学这方面的缺陷是可能得到一些改变的。——当然，网文过于冗长的弊病更多可能是受制于商业力量的困扰：如果一个作品已经拥有一个庞大的受众群体，它的结束就意味着这个受众群的丧失。作者再开新书是有风险的，不如将故事抻长那样具有收益的保障。

当然，前面谈到的只是问题的一个方面。作为一股新兴的文学力量，当前的网络创作尽管存在着一些严重的缺陷，但它也包蕴着一些新的突破性的元素。这值得引起人们的注意。

网络文学所带来的新的突破体现在什么方面呢？有论者认为，网络文学的意义在于形式创新，应该把网络文学看作是文学创作与各种新媒介手段的结合而产生的一种新的文学形式。但由于当下的网络文学尚无法提供有说服力的文本，网络文学对于传统文学形式上突破的真正的价值意义，恐怕还要经过一个相当长的时间阶段才能看得清楚。就当前而言，我们认为，网络文学的突破性意义主要体现在其现实价值的一面。直截了当地说，网络文学在我国当前的文化产业建设中有着一定的价值地位。

我国制定的《国家“十一五”时期文化发展规划纲要》也充分强调了动漫业、游戏业和网络文化产品的重要性。《纲要》指出，我国文化产业建设的一个重要内容便是“积极发展以数字化生产、网络化传播为主要特征的数字内容产业。加快发展民族动漫产业，大幅度提高国产动漫产品的数量和质量。积极发展网络文化产业，鼓励扶持民族原创的、健康向上的网络文化产品的创作和研发，拓展民族网络文化发展空间”。

网络文学乃是网络文化产业的重要组成部分，这自不待言。同时，在我国当前的文化产业建设中，它还可以承担起文化产业链基础的角色，成为电子游戏、电视连续剧、动漫等产业文学脚本的提供者。这是网络文学在文化产业方面最具意义的一个方面，超过其自身的商业价值。

网络文学这种在文化产业的实用价值近年来已引起了某些方面的注意：《佣兵天下》的电子游戏版权早被买断，改编自著名网络小说《诛仙》的电视剧正在筹拍中①……不过，就网络文学资源的丰富性来说，人们当前对之的利用简直是微不足道的。网络文学的力量完全被低估了。一方面，是电子游戏、电视连续剧、动画这些最强势的文化产业无合适的文学脚本可用；另一方面，是网络文学大量有原创性意义的作品被闲置。事实上，当前中国网络文学还完全停留在单纯依靠点击率赚钱的单纯文本消费时代。

这便是我国当前文化产业发展中的一个怪现象。衷心希望这只是一个发展阶段中的怪现象，也衷心希望文化产业界的人士注意到民间大众中的原创性力量。

---

① 随着《失恋 33 天》《致青春》《甄嬛传》等一系列网文改编作品问世，笔者昔年所举的这些案例简直不值一提。现在相关的研究已多，本文不再详述。——编者注

论黄易：在追求超越与俗世诱惑之间[①]

黄易是继高阳、金庸、琼瑶、古龙、卫斯理（倪匡）之后在华语阅读界最具影响力的一位港台作家。他的《寻秦记》《大唐双龙传》等早已被改编成流行电视连续剧与电子游戏。他的某些创作观念也对当前中国整体的大众文学创作产生了一定影响。但对于大陆研究界来说，他还是一位较为陌生的人物，我们在此即尝试着对他创作的主要成就作一个粗略的分析并重点讨论其对超越性问题的关注意识。

一

黄易，本名黄祖强，中国香港人，1989 年开始成为专业作家，正式发表的作品已有数千万字。

黄易的创作主要可以分为两个类型：一类是科幻小说，其中重要作品有《星际浪子》凌渡宇系列等[②]；另一类是武侠小说，其作品有《大唐双龙传》

---

① 本文曾发表在《南阳师范学院学报》（社会科学版）2009 年第 4 期。

② 黄易本人把自己的这类小说称为“玄幻小说”（这也是当前中国网络原创文学中最大、最活跃的小说类型——“玄幻小说”最初的概念由来）。因为他的这类小说尽管表面上和科学问题沾边，但与科学精神实际关系不大，他更乐意用自己的玄学理论来解释那些他认为用科学无法解释的问题。但按一般的小说分类理论，这些小说仍可归入“软科幻”之列。

《覆雨翻云》《寻秦记》《大剑师传奇》《破碎虚空》等。

20 世纪 90 年代中期是黄易创作的高峰时期。在这时期，他相继推出了《覆雨翻云》《寻秦记》《破碎虚空》等作品，声名渐渐为大陆读者所知晓。1997 年开始连载的《大唐双龙传》更明确了他作为新兴武侠小说代表人物的地位。大体在这一时期，他的某些文学观念也开始发挥影响。这些影响在 21 世纪初勃兴的网络小说的创作中可以看得清楚。

黄易对中国大众文学的影响突出表现在以下几个方面。

第一，他几乎以一个人的力量扭转了武侠小说文本的主流结构方式。在武侠小说兴起的早期，重要的武侠小说都是长篇巨制。比如金庸的几部最有名的小说《射雕英雄传》《天龙八部》《鹿鼎记》等都是数百万字的超长篇。继金庸之后崛起的古龙、温瑞安等人，自觉在故事整体的驾驭能力上不能与金庸相比，便将主要精力投向了细节方面的改造。其中在后来影响较大的一点，就是将武侠小说文本的构造篇制小型化，主要是写短篇或中篇。而黄易的《覆雨翻云》《寻秦记》都是近三百万字的超长篇，《大唐双龙传》更达到了千余万字。以单部小说论，中国现代以来恐怕没有一部小说的篇幅能与之相提并论。黄易以其创作实绩向人们展示，至少中国的读者从阅读习惯来说，是更倾向于接受较为庞大的文本构造的。① 由于相当程度上受到了黄易的影响，近来的许多大众文学作者都自觉不自觉地选择了超大篇制的文本架构模式。②

第二，黄易引领了武侠小说中技击描写套路的时代变化浪潮。

武术技击和侠义精神是武侠小说两个最基本的类型要素。在原初的武侠小说中，关于武术技击的描写是崇尚写实的。而金庸在 20 世纪 60 年代异军突起，成为压倒其他一切同类作家的武侠巨擘，其中很大的一点即得益于

① 事实上大众文艺的文本架构恐怕天然是适合于超长篇形式的。美国、日本、韩国、英国大量的大众文艺作品都可以证明这点。我国最受欢的电视剧一般都是 20 集以上，80 集、100 集以上的也很常见。这也可以从侧面印证笔者的观点。

② 当然，为了留住读者或迎合读者，将原本比较自然的篇幅人为地抻长，也会带来许多问题。但这已是另一个话题了。

他对武术技击描写套路的改造。一言以蔽之，金庸式改造的核心可用“武术技击文化化”来概括。金庸描写的格斗场面，大多包含着某种古典文化的意蕴，而他则试图通过对这种文化意蕴的化用，来渲染格斗的气氛、解释格斗的成败关键。台湾作家司马翎也是这时期“武术技击文化化”的代表人物之一。

金庸、司马翎等纷纷搁笔后，古龙、温瑞安继起为武侠小说的领军人物。这两人尝试了技击描写的又一种套路转变。“武术技击描写的文学修辞化”是他们写作的核心模式。他们实际上是调动某种文学修辞辞格所固有的某些审美蕴含来比附格斗场面，使得笔下的技击描写似乎自然具有了一些文学内涵。古龙比较偏爱“虚化”的手法。“小李飞刀，例不虚发”，他往往以这一句话来概括英雄人物李寻欢的格斗场面。但小李飞刀究竟是怎样的“例不虚发”呢？古龙并无任何解释，这就需要读者根据其对“虚化”修辞手法的认可程度与理解程度去自由想象了。温瑞安偏爱“赘词”、同义反复的描写手段也是很有特色的。

黄易，重新尝试在内涵的方面来改造武侠技击的描写套路。他的相关描写可称为“武侠技击的玄学化”。这种“玄学化”的描写一般包含了三层基本内涵。首先，任何玄学的思考，大的如宗教、政治、文化、艺术，小的如园林、烹调、气象学等等，都可以成为武术技击的外化表现形式。其次，这种玄学思考与技击之间内在形式上根基的关系，常常成为格斗场面描写的主体内容。再次，格斗的胜负之别常取决于武者精神境界上的差别。

正因为“武侠技击的玄学化”在创作模式上具有更大的包容性和表现力，从 20 世纪 90 年代后期开始，大陆的武侠小说及相关衍生文类的创作，一反 20 世纪 90 年代初期盛行空洞的文字游戏景况，普遍呈现出“玄学化”的特征。这其中黄易的影响力是不能被低估的。

第三，黄易擅长于将时代的各种精神问题引入创作中，使得其作品呈现出多元价值取向、众声喧哗的对话性文本的特色。

中国近代以来的大众文学对现实问题尤其是现实精神问题是缺乏当下的直接反映的。张恨水虽有不少反映现实生活的作品，但很难说他对所处时代的精神问题作了什么直接的反映；金庸的《笑傲江湖》《鹿鼎记》暗含了对当时中国社会政治生活的批评，但这要用索隐的方法才能有所领会。至于琼瑶等人的作品，那主旨大约便是特意让读者误读时代精神状况的。与前辈不同，黄易常常在作品中直接展开对时代精神问题的描写与讨论，如《寻秦记》曾引入的存在主义式的人生命题，《星际浪子》对于进化论的讨论，《浮沉之主》所表现的环保意识，《上帝之谜》对种族主义的批判，《尔国临格》对即将来到的网络时代的预言等等，不一而足。这些内容的表现虽偶有突兀，但总体而言与其作品的"玄学化"风格及"武侠技击的玄学化"描写都是相吻合的，读来能令人颇有兴味，亦发人遐思。

这其中，他对超越性问题的关注意识是最值得重视的。超越性问题立足于世俗世界，却又试图超越人在世俗世界生存的无根状态；它试图寻求绝对真理，对任何实体化的真理持怀疑态度。此种矛盾构成了现代灵魂焦灼不安的主要思想内容。黄易可以说是有意识将超越性问题引入华语大众文学创作的第一人。正是在他与其他一些作家创作的共同影响下，[①] 对超越性问题的表现已化为当代中国大众文学界的一个叙事母题。以下我们将从三个方面来讨论黄易对超越性问题的表现。

二

首先要讨论黄易对一般超越性问题的表现。

前文已经提到黄易的"武术技击的玄学化"除了武术技击的玄学化描写，黄易小说整体上也呈现出一种"玄学化"的倾向，他不少小说的故事创意直接来自于某个比较独特的玄学命题。"玄学化"又是什么意思呢？笔者认为，其核心内涵就在于对超越性问题的描写与讨论，描写那些超越人的存

---

① 如英国作家托尔金（代表作是《魔戒》）、日本作家田中芳树（代表作是《银河英雄传说》）等。这其中各种电子游戏的文学文本的影响尤其不能低估。

在与人之间的关系问题。

由于传统文化的影响，中国大众文艺自来不甚关注超越性问题。如偶有触及，通常也将之解神秘化、生活化。像《西游记》《封神演义》中的最高神都很有些传统大家族族长的气质（貌似严肃，实质上却偏心护犊，并有些家长里短）。黄易对于超越性问题这种强烈的关注意识，显然不是得益于传统，而是近代西方的超越理论与基督教神学的相关思想内容。不过，黄易所乐于谈论的超越性存在，决不是基督教命名的“上帝”，也不是任何一种现有神学体系所指称的已经人格化了的神。对于各种设计了人格化上帝的宗教学说，他均持明确的反对意见。在《大唐双龙传》中，他借主人公之口这样议论说：

> 宗教可以是比刀枪剑戟更难挡的另一种侵略形式……①
>
> 宗教只可欣赏不可沉迷，当宗教思想成为一种束缚，人将变成那种思想的奴隶……②

尽管对宗教学说的具体内容不感兴趣，但对于宗教学说的发端，黄易则心有戚戚焉。他在小说中，总试图居于现代科学观念之上，来讨论生命、意识的发端问题。尽管不同意基督教式的有神论，但他更不同意现有的进化理论，他显然倾向于认为，在现存的实在之上，存在着某种超越性的奥妙。这奥妙构成了存在意义的发端。它并非传统意义上的造物主，但由于它（们）偶然的介入——对这个世界的存在来说，完全是一种自外而内的介入，生命与意识才像是发乎自然式的诞生了。由于生命与意识的产生并非完全出于超越者的意志行为，它们的诞生本来就符合这个世界的逻辑，因此它们有

① 黄易：《大唐双龙传》卷 42《第 7 章：迷途不返》。本文所引黄易作品，一律出自旧雨楼网站（www.oldrain.com）所收集的黄易作品集。限于篇幅，对此版本的版面视情况作了压缩；对文中明显的错别字径作改正，不出校记，但对可能是黄易个性化的语言或香港地区的特殊语汇，则一律保留原貌。

② 《大唐双龙传》卷 51《第 2 章：悔之已晚》。

着属于这个世界且只属于这个世界自为与自由的一面，这一面连超越者也无法干涉。描写超越者与现实生命这种复杂而玄妙的关系，成了黄易最具兴味的一个写作内容，他几乎在每一部小说中都要回到这个问题的讨论上。

《上帝之谜》是较为完整地展现了黄易这方面思考的一篇作品。小说借凌渡宇与非洲一位神秘大巫红树长老的对话来探讨“上帝”的本质：“宇宙出现之时，一股庞大无比的力量，同时诞生。他不知自己从何而来，也不知应往何去？他感知的范围无始无终能延伸至宇宙无尽的深处，也能贯通其他时空的异域、其他的宇宙。……他在这宇宙内以超越光速千百倍的速度旅行，探索每一个星球、搜寻其他类似的‘生命’和‘力量’……”①

当然，《上帝之谜》中的“上帝”只是黄易心中超越性存在的一种可能方式而已。对他来说，超越性的问题永远是一个开放的问题。黄易并不试图通过自己的创作来构想一个体大思周的超越论的思想体系。他的乐趣在于描写各种可能的超越性存在形式。在他笔下，超越性存在有类如《上帝之谜》中完全冷漠自为的“上帝”，有类如《异灵》中充满无限宽容与慈悲之心的“异灵”，有类如《星际浪子》中无限热爱生命的肉身神、水之母，有类如《破碎虚空》中因武成神的传鹰，有类如《星际浪子》《超级战士》《大剑师传奇》中勘破人类进化之谜的方舟、达文西、方战与兰特，也有极端自私完全属于黑暗、毁灭一面类如《星际浪子》中的撒拿旦。超越性存在甚至还可能是一部机器。《光神》中的“光神”据说就是上个宇宙年代中最智慧的生物阿达米亚制造出来对抗宇宙大爆炸的机器。

说到黄易对超越性问题的探寻，我们还必须指出一点：他的思考是带有宗教感情因素的。黄易描写了许多形式的超越性存在，对某些超越存在与人的关系，他故作淡漠之笔。但总体而言，他小说中相关的精彩部分，仍在于其充满宗教情感色彩的那些描写。黄易笔下的超越存在，通常都有某种极其鲜明的情感立场。这种情感，是一种绝对的责任意识，是一切理性可分析的价值立场的开端。像《星际浪子》写到的肉身神、水之母，它们都是宇宙中

① 《上帝之谜》第7章《上帝之谜》。

最强大的生命体，拥有不可思议的寿命（照小说的描写，肉身神已存在数个宇宙世代，相当于我们的上万亿年的时间），原本可以逍遥在宇宙中，寻求个体的突破方式。但出于对生命的爱——仅仅是这种无法用理性分析的责任意识和情感立场，它们就都义无反顾地卷入了与撒拿旦无休止的战斗中，直至丧失自己的生命印迹。

对于人类来说，像肉身神这样毫无必要的、全无保留的、以自我献身为条件的“没有止境的爱”，的确是不可思议的。它是庄严崇高的，尽管不可企及，却成为了救渡人类的先决条件。这也是我们认为黄易的超越性存在描写具有宗教情感元素的根据所在。因为黄易写出了这种情感超越一般情感的关键元素：虽然从逻辑上说没有必然性，它却自然成为超越逻辑、理性之上的超越性存在的基本性状之一，并成为了超越性存在与人发生关系的前提条件。

三

对现代超越观念的主要精神支柱——基督教文化，黄易给予了相当的重视。除了某些零散的化用，他在小说中也试图正面叩问基督教超越观念的价值意义。这一点在小说《尔国临格》中表现得尤为突出。

《尔国临格》单从名称上看，就很有基督教的色彩。“格”，即是“位格”，“尔国临格”大致的意思当是“上帝的天国已在我们的现实世界中显示为实存（或曰‘我们的现实世界已蒙恩成全为基督天国所是的那种国度’）”云云，说得更为直白一些，它实际便是“你们的天国已经降临”的意思。小说内容更与基督教文化有着密切关系。黄易在小说中试图积极回应基督教所谓的末世理论和天国论。基督教末世论是整个基督教神学观念的一个重要构成环节。按照这种理论，“上帝之国是突然闯入的，不是道德进步的结果，而是靠着上帝超自然的干预”。[①] 人的现实世界将有一个被突然终止的时刻。

① ［英］约翰·麦奎利：《基督教神学原理》，何光沪译，上海三联书店 2007 年版，第 337 页。

这个时刻对于人来说就是“末世”，上帝将在此刻显现出其意志并发动末日审判。自启蒙时代以来，末世论的观念本来已逐渐消沉，但到了20世纪，它忽然得到了一个较大的复兴。著名神学家布尔特曼断言：“问题越来越清楚了，末世论的期待与希望，正是全部《新约》教导的核心。”① 而在20世纪末，由于末世理论与《启示录》中宣扬的救世主千年回归论恰巧在时间上颇为吻合，于是，在世界范围内形成了一个声势浩大的“千禧年末日审判”文化风景线。

对于大众社会这种多少有些莫名所以的末世情结的描写与思考，构成了《尔国临格》的中心主题。小说写道，在千禧年日子逼近的20世纪末，新兴的网络上突然出现了一位“救世主”，号称无所不知，无所不能。主人公凌渡宇闲来无事，在网上键入了“呼唤救世主”几个字，没想到“救世主”马上作出了回应。凌渡宇并不相信这位“救世主”，试图侦察他的身份，对方却说：“我是应你呼唤而来的救世主，对这你仍要怀疑吗？只有相信我的人，才会得救。”

但这位“救世主”是否真的就是那位曾经降生在伯利恒马槽内的“救世主”的二度降临呢？它是否真的能为我们带来“地上的天国”呢？随着故事的展开，黄易的个人立场渐渐地明确了起来。首先是千年与末世的神秘联系问题，对于所有“千年末世”论者来说，这个神秘的联结是他们首先无法摆脱的心灵问题，是问题的开端。但黄易却认为，这两者间其实没有什么关系。它之所以成为问题，其实是人自身的精神状况产生了问题，它是人们逃避恐慌心理需要一个恰逢其时的投影，最多算是一种象征。② 至于这种理论何以这么流行，黄易认为，其中也谈不上有什么过于神秘玄奥的理由。大众的从众心理、自我暗示，大规模群众集会的广场效应等才是所谓宗教信仰和宗教激情的根源。③

① 转引自［英］约翰·麦奎利：《基督教神学原理》，何光沪译，上海三联书店2007年版，第337页。

② 《尔国临格》中卷《第11章：二次降临》对此有较详细的描写，限于篇幅，在此不详引。

③ 《尔国临格》中卷《第11章：二次降临》对此有较详细的描写。

但对这种末世论真正毁灭性的抨击，还是在黄易的“地上天国”的描写中。在小说中，黄易描写了两种“地上天国”。一种是在小说中真正地实行了天国秩序的“理想国”：“在公元2051年，‘救世主’建立起‘她’地上的王国，透过十二门徒把地球划分作十二个军区统治，用英语统一了语言，实行军权政治。”① 这个地上的“天国”，被名之为“新世纪”的开端：“自新世纪十年‘新十诫’颁布后，世界网络被取消了，所有关于新世纪前那黑暗和充满罪恶的历史被彻底抹掉，谈论黑暗时代的历史是最严重的叛国罪，只有研究院的精英分子，才拥有研究黑暗时代历史的特权。”这个新天国还有其他许多根本性的社会改造，比如“全球的男女均被施了永久性的绝育手术，只有一批精选出来的男女，才能生育下一代，但不是通过自然的生育程序，而是由政府的‘生命之堂’以体外受孕的方式培育新生命。一切都在政府的严格监管下进行。再没有婚姻和家庭的制度”等等。②

这样的一个“地上天国”是人类现实发展的一个岔道。虽有些耸人听闻，但不可否认也有某种历史的可能性。在小说中，这种危险是被解除了。在凌渡宇的帮助下，一位来自未来的科学家抢在原先历史中的“救世主”势力坐大之前，以现实的神迹（不可思议的高科技手段），从神学理论上根绝了救世主“第三次降临”的可能，以一种爱的哲学否定无论以任何借口出现的极权政治。小说最后写道：

> 神从来没有把人当作奴仆，只会视他们作子女。它并不需人们对它谦卑下跪、叩首膜拜。那绝非它的本意。它要的是你们每一个人都由迷信和无知中卓立起来，用你们的智慧和双手去创造幸福的未来。天国是在你们每一个人的心内。当心扉不再被仇恨、无知和私欲蒙蔽时，天国就会来到人间。……国界、宗教和民族最后都会变成历史的遗骸。
>
> 第二次降临已大功告成。再没有第三次的降临，若有的话，来的

① 《尔国临格》下卷《第1章：一百年后》。

② 《尔国临格》下卷《第2章：尔国临格》。

就是假基督了。若人类受他的蒙骗，世界将会变成人间的地狱。人类内心的天国亦将被彻底毁灭。

请记着，天国是在每一个人的心内。再不能从任何其他地方寻到。①

人们当然可以批评黄易小说中的描写不少地方过于简单粗糙了，人们还可以批评他关于天国反讽式的描写吸取了《1984》《我们》《美丽新世界》等反乌托邦小说太多的元素等等，但我们应当承认黄易在《尔国临格》中展示的过人的识见。其中有几点是值得特别指出的。其一，黄易对“千禧年末世论”的批判是相当全面彻底的。他对这个理论的几个核心环节如千年、末世、天国、救世主、复临等都作出了毫不含混的直接的回应。人们不难看到他对基督教文化的理解深度和艺术洞察力。其二，黄易关于天国反讽式的描写虽过于漫画化了一些，但客观上却道出了这样的一个事实，这就是在现实中，末世论是一种特别容易被政治骗子、野心家所利用的神学理论。其三，黄易不是基督徒，但他时常会表现出与基督教神学理论对话的意识。《尔国临格》中强调的“天国是在每个人的心内”“没有十字架，没有教堂，没有罪与罚，也没有天堂地狱”等等，很明显不是无的放矢，人们甚至可以把它看作是一种试图从基督教本身出发来对流行神学观念的批判。相对于正统观念来说，这种观念虽然比较极端，但并非全然对立。它与19世纪流行的自由神学观念或有相通之处。黄易在这方面的思想努力是值得引起重视的。

如果考虑到《尔国临格》的写作正是处于“千禧年末世论”甚嚣尘上的20世纪90年代初期，如果考虑到当时国际上流行的通俗文艺创作一般都是以迎合末世论作为卖点（最有代表性的例证之一便是日本动画《新世纪福音战士》)，我们对黄易及《尔国临格》的评价还应该更高一些。

① 《尔国临格》下卷《第12章：神的旨意》。

四

黄易对超越性问题的探寻，越到后来越与中国传统文化密切相关。黄易设想，是否可能由中华技击之道生命的修炼技术，再从这种生命的修炼技术中找到超越现实世界束缚个体生命的终极法则的奥秘，也就是所谓的勘破“最后一着”“破碎虚空”，获得最终解脱。显然，它不同于一般坐等救世主降临的超越之道，也不同于其他一些毫无实证可能的超越之道。因此，围绕着由武而道展开的各种想象，就构成了其小说的中心线索。

黄易作品中隐含着的东方玄学体系相当庞大。在这里，限于篇幅，我们只能对他的以武证道思想最根本的玄学基础以及由此衍生的较有特色的几点创意略作评论。

由武可以证道。武学法则千变万化，证道的途径因此可能千变万化。尽管如此，这其中还是有几条基本的规则。天人合一理论也许不是唯一的大道，但在黄易看来，这是毫无争议的直道与正道。他在《破碎虚空》中描写了大侠传鹰由武证道的过程中写道：“传鹰……在目下的处境，加上战神图录的启示，他忽然领悟到当肉身至疲至倦时，唯一的方法，就是由有身变无身，而达至这境界的法门，就是把‘心’这堵定内外的围墙拿走，让人这‘太极’重归于宇宙的‘太极’，既无人身，何来困境？要把心拿开，先要守心，当守至心的尽极，物穷则变，始能进入无心的境界。”①

推敲起来，黄易的这些设想并算不得十分高明，有不少是老生常谈。但难能可贵的是，他在小说中能够一以贯之地将这种生命感悟与武打的设计联系在一起。《破碎虚空》中卷《第8章：决战之前》与《第9章：决战长街》的相关描写，堪称中国武侠小说最精彩、最具有诗化玄学意境的场面。难能可贵的是，在黄易的笔下，超越并不是对现实的简单否定，以武克敌，更不

---

① 黄易：《破碎虚空》上卷《第6章：迷宫悟道》。

是一味地好勇斗狠。超越，天人合一，有时仅仅是为了选择对人间诸般痛苦的遗忘。从这个角度说，天人合一就是天人永隔。传鹰证道之后，并无法挽救自己爱人祁碧芍的生命。这期间的伤感别离是动人心魄的。

说到以武证道，指的不仅仅是武术技击方面的问题。黄易还尝试着以这个观念来统摄其他的人生问题。

对于武林中善恶之分、正邪之别的描写，一般的作家只是延续民间文化或政治意识形态中的善恶论而已。金庸在这个问题上有比较大的突破，他能够以一种现代人文主义的立场构建其小说中的善恶分野。但他后期创作明显有相对主义的倾向。他常常疑惑于这样的一个问题：表面上的正道人物不也常常干坏事吗？既然如此，正道和邪道又有什么区别呢？它们的区别难道不是社会风俗习承或政治意识形态命名的结果吗？于是，无是非、“伪君子不如真小人”几乎成了小说的主题。在一般读者看来（金庸原意未必如此），邪派成了更为高尚的职业，正道仅是一些虚伪之徒。这个倾向后来经过古龙的宣扬，就更为庸俗化了。

这观念事实上在根柢上摧毁了武侠小说的基础。

黄易根据以武证道的理论，比较强有力地推翻了这种思维模式。在他看来，人世之间确有正邪之分、善恶之别。其根据就在于对生命的态度。凡是尊重生命、厚爱生命的立场，即为善；凡是只关心自我的生命且试图损毁他人的自由生命为自己服务的，即为恶。以善的立场来修炼武功的，即为正道；以恶的立场修炼武功的，即为邪（魔）道。尽管修行正道武功的人在现实中可能是一个非常恶的人，但这丝毫不能动摇善恶本身的绝对分界。这就从根本上解决了金庸式的困惑了。当然，这种观念比较其原来简单的善恶二分法则更具有了一种弹性和表现力。黄易不否定魔道也可能是一种极其伟大的以武证道的途径——绝对的恶人与绝对的善者同样有可能成为超越性的存在。他小说中许多邪（魔）道人物就个人的生命特质言，也是异常绚烂夺目的，如《覆雨翻云》中的庞斑、《大唐双龙传》中的石之轩、《破碎虚空》中的蒙赤行等等。但对这些个体在审美上的欣赏与对他们价值原则上的否定显然是并不矛盾的。

黄易还尝试着以“以武证道”观来建构新的男女性别理论，一种东方的情欲理论。历来都有一些颇具影响力的宗教学说尝试着从这个禁忌性的但确凿为人所难以回避的话题中寻找超越性的路径。古拜火教、古希腊的狄奥尼索斯崇拜、印度教中的性力派、佛教密宗等在这方面都有较为明确、系统的思想。黄易则认为，关于情欲问题的思考，包含着某些必然性的种子（尽管在许多时候它是以否定的方式出现的）：“这世界还有什么东西，比‘性能力’更代表生命的力量。道家在这方面更是清楚明白，整个成仙成道的捷径，正是‘炼精化气、炼气化神、炼神还虚、炼虚合道’，用现代的术语说，就是把‘性’的力量，转化为精神的力量，这是否说，人类进入另外的宇宙的唯一方法，就是利用无穷无尽的生命力，开拓出一个人为的黑洞，逃离现在的空间。……西藏密宗所说的夫妇双修，其实是另一种形式去修炼和发挥生命的力量、性的力量，中国道家所说的‘性命双修’，正是性的力量和精神力量的结合。”①

在创作中，黄易试图根据道教这种特殊的“性命双修”说（以及西藏密宗的某些观念）发展出了一套似乎具有普遍意义的情欲理论。他大致将道教的性功对应于人的“情”，命功对应于人的“欲”。他设想，如果有一种武术的功法能够成功突破两者间混沌的联系，将两者分离出来，使修炼者达到纯粹的所谓的“有欲而无情”“有情而无欲”之类的状态，② 并进而调和这两者间对立的关系，也许，男女的情爱关系本身就意味着超越的大奥秘。

有人指责说，黄易这样的构设其实是为打擦边球的情色描写作张本，其中包含明显的商业元素。这种批评是不无道理的。事实上，黄易的小说在整体上都呈现出这样的一种情形：一方面，其华丽的想象和思想探索让阅读者不时领会到骀荡的精神情趣；另一方面，赤裸裸的商业法则却控制住了这种个体思想探索的可能范围并使之最终服从于商业利益的要求。对于一般的

① 《上帝之谜》第 4 章《森林之旅》。

② 参见黄易：《覆雨翻云》卷 22《第 5 章：秦淮仙踪》。相关描写以《覆雨翻云》卷 22《第 10 章：接天之恋》中的情节最有代表性。

作家来说，这也许会是一种相当痛苦的矛盾抉择，但对黄易来说这却基本不成什么问题。他从来就没有将商业法则、现实的束缚当成作家无以排解的宿命，对他来说，削平超越性探索的思想锋芒来适应一般大众阅读口味似乎是很自然的事情。

这种顺应的姿态使得黄易在一个阶段成为了商业文学生产的宠儿。但消极后果也是明显的：这种顺应使得他的创作境界未能更上层楼并最终流于一般化。仔细推寻起来，在商业化的文学生产潮流中，类如黄易这样的情况是常见的。有一些作家在商业利益的刺激下，寻找到了某些极具艺术表现价值的话题，但与此同时，商业利益又驱使他们削平思想的深度以顺应一般大众消费的口味，这又极大限制了其个人艺术创造的成就。这真是“成也萧何，败也萧何”。当然，对这种现象的讨论，已是另一个话题了。

网络时代的文学生产①

“文学生产”原本不是什么新鲜的概念，我国文艺学界一向强调，人类所有的精神活动（自然包括艺术活动）总是受到具体的生产力条件、经济基础制约，因此，用“生产”这个概念来界定人类精神活动的基本特性，也就是强调精神活动的各种形态总可以规约成为物质生产的某种特殊形式。

但尽管如此，在绝大多数的场合，“文学生产”基本上是一种修辞性的说法。一般人都认识到，文学活动毕竟是个人的技艺，无论从哪个角度说，都很难将文学“生产活动”与一般的物质生产等同起来，因此，人们又强调：文学创作是一种“特殊的精神生产”。所谓文学的“生产”其实就是“创造”的意思。

但本文中谈论的“生产”则是就“生产”字面上本义而言的。

随着网络媒介的不断发展，网络已日益成为传播文学作品的主要平台之一。而随着文学写作与网络传媒之间关系的不断发展成熟，无处不在、无孔不入的商业力量借助网络传播控制文学写作的手段亦愈趋于成熟。按照笔者的观点，到今天，网络文学的商业化趋势已经相当明显。这种商业化趋势和以前的文学商业化有着根本的不同。借助网络传媒平台，商业生产使得其

① 本文曾部分发表在《江苏社会科学》2009 年第 4 期。

物质化的生产逻辑内化为网络作家的写作逻辑。在过去，无论商业资本的力量多么强大，作家在写作的过程中是自由的——至少从逻辑上说它还是一项个人化的自由事业，而当今，借助网络，资本可以随时随地监控作家的写作状况。这种随时随地地监控诱使、迫使作家将自己的写作与商业生产紧密结合在一起，将商业生产的逻辑内化为写作的逻辑。商业力量对作家个人意志的监控、影响从来没能达到像对网络写手这样细微入神的地步。从这一点来说，我们认为今天网络媒介中的各种文学活动已越来越成为整个社会商业生产中的一个有机环节了，文学写作也变得越来越像是一种“生产活动”了。

二

网络文学写作之所以越来越成为一种“生产活动”，这和当前各商业文学网站所明确秉持的文学基本观念紧密相关。借助网络媒介，商业力量已自发形成了一种具有大众对抗精英意味的，与传统观念颇有距离的文学观念。

在传统的观念中，文学创造是社会中一小部分精英分子的事业——所谓民间文学也必须经过精英分子的拣选才能进入文学殿堂。但在当前，几乎所有的商业性文学网站都竭力鼓吹：在网络时代，文学乃是大众的自由事业，根本不必经过什么精英分子的拣选。任何人都有权力从事文学创作，网络就是他们发表个人作品的自由场地。这也是网络天然超越其他传播媒介的功能所在。

在传统的观念中，文学创造首先总是一种特殊的精神创造，其次才与养家糊口等现实生活要求有关。但对商业文学网站来说，“独特精神创造”之类绝不在其考察的范围之中，它们只关心：一部作品是否能够吸引读者的眼球（换言之，即是否能激起最大数量的读者加入所谓的“Web2.0”写作进程当中来），而且这种吸引力是否又能最终折算成为商业收益。如果能够，即使像天蚕土豆、我吃西红柿[①] 等人也可以成为“白金作家”；如果不能，网站便不会对之投以半分热情的关注。

在这商业力量贯彻其意志于文学写作的进程中，当前流行的“Web2.0”写作方式起到了无可估量的作用。商业力量借助网络这个高效率的信息反馈系统，通过当前流行的“Web2.0”写作方式，终于将商业追求内化为写作的一种自然冲动，将它塑造成了与作者一起操控笔杆的另一只手。

何谓“Web2.0”写作呢？它指的是，在“Web”（互联网）上的创作，作者始终有两个，一个自然是网络写手，另一个是不断与写手互动沟通的读者。

在以往的诸种媒介形式中，读者的信息反馈一般来说总是滞后的，还受到其他多种客观条件的限制。但在网络时代，由于网络媒介全民性、即时性等功能特点，读者终于摆脱了以往单纯的消极消费者的角色，直接介入到了创作的环节中。在网络中，他们能够在第一时间看到作者发布的新作并发表个人意见；作者也能够毫无隔阻的、在第一时间见到读者对已有作品的评价以及对未来作品的预期。在这种及时的互动中，读者的鼓励、建议不但能予以创作者极大的精神慰藉，有时还能带来很有价值的创意，甚至帮助他们决定故事情节的最终构架形态。随着这种读写之间交流的深入，读者在文本构成中扮演的角色变得越来越重要，很多时候，他们在联合作用中构成了另一个创作主体。这便是“Web2.0”中“2.0”的含义所在。

“Web2.0”写作并非注定是一种商业化的文学生产方式，但在今天这个商业社会中，商业力量却特别自然地将这种写作模式塑造成了一种极具商业生产意味的文学写作模式。

就大而论，商业力量对商业化文学写作模式的塑造是从两方面入手的。

---

① 这几位都是知名的“网络作家”。天蚕土豆的代表作是《斗破苍穹》；我吃西红柿的代表作是《星辰变》等。——收入本文集时，此处略有修改。

这些作品因为满足了某些所谓特定的大众趣味，在各网站的优秀书目推荐榜上，都名列前茅。但这些作品模式化的痕迹很重，从故事情节到人物性格几乎都千篇一律，更没有什么文采可言。平心而论，这几位作家的文学造诣是十分平庸的。

一个是比较直接的方面，就是让读者个体通过网络与作者发生点对点的关系。像当前许多文学网站都有这样的服务项目：当作者对情节架构产生困惑时，他便可以设计一些由读者投票的问题，请读者投票帮助他决定情节的走向。许多小说都会相随着一个煞有介事的问题：你喜欢本书有 __ 个女主角？a. 一个；b. 两个；c. 三个；d. 三个以上。当然，网站中类似于“作品讨论区”之类的板块可能会发挥一些更为积极的作用。在这类板块中，读者可以就作品提出全方位的意见，作者则作出相应的回应。有时，读者的建议不但能弥补原创中的疏漏，还能提升作品的整体境界（当然，相反的例子也不少）。当作者与读者处于一种长期性的积极的对话状态的时候，读者自可被视作一个未签名的作者了。这也是“Web2.0”写作比较简单的一种表现方式。

另一个是比较隐蔽的方面，却是商业力量塑造文学写作模式真正深刻的一个方面：商业力量通过对文学价值评价尺度的改造，确立了一套从文学消费的终端——读者入手，完全以商业收益为终极标准的文学评价体系。通过这套评价系统，网络商业文学形成了一个自成系统的文学生产网络。在这个系统中，文学产品就和其他商品一样，形成了完整的生产→销售→消费的产业链条，并且，最终由市场反应亦即消费端形成了一只看不见的手，反过来决定生产环节的各产业要素。读者就这样变成了作者。

当然，这种设想在具体执行过程中自有其难度。因为每一个读者都有其个人的兴趣偏好，而网络媒介再发达，它也不可能将每一个读者的意见都传达到作者耳中并形成有效互动。这就需要一些权宜之计，要形成一些尽可能为所有消费者都承认的、尽可能包容各种类型消费者意见的集合性的“大读者”的意见。如何形成这种具有公信力的大读者意见呢？商业网站通过几年来的努力，已形成一些建立在聚合读者意见基础上的文学价值评价的方法。

其一，网站设立了“点击榜”等排行榜来显示一般读者对文学作品的偏好程度。读者对某作品的任意一次点击都被视为是对该作品的一次有效投票。在各文学网站发展的早期，它几乎都是最重要的一个评价指标。

此种评价方式的优点是明显的，它可以比较客观地表现一般读者的关注对象，使人们了解当前社会中读者的一般消费偏好。但其缺点也是很明显的：精确度不高；其数据容易被人操控。因此，随着其他更为精确、有效的评价方法的兴起，“点击榜”的光芒便日渐黯淡了。不过，直到今天，在各文学网站，它仍不失为一个评价指标。

在一些较大的文学网站，还有“全本回顾榜”“热门评论”等评估指标来测试一般读者对于作品的喜好偏向。

其二，各文学网站都将重心投向了目标群体，也就是付费看网络小说的人群。这是商业网站的核心利益所在，因此，他们也发明了多种评价方法，试图尽可能客观地标示出作品在读者中的实际影响力。这其中，“推荐榜”“收藏榜”“月票榜”等检测手段一般被认为是比较有效的。

在当前的各原创网站，付费会员在消费了一定金额后，他会得到以下一些权益：一天拥有若干张推荐票来推荐自己喜欢的作品；能在网站上拥有一个收藏夹，收藏若干部作品；可以每月将月票投给自己最喜欢的作品。推荐榜能够检测一部作品受欢迎的广泛程度；月票榜能够检测一部作品究竟拥有多少忠实的拥趸；而收藏榜能够检测一部作品受欢迎的时间长度。（推荐榜与月票榜对检测更新中的作品较为有效。）

除了上述的一般效果评价外，不少网站还根据消费特点对目标群体进行了进一步的细化分类，从而试图将读者对创作的信息反馈更好地落到实处。像起点中文网（我国当前最大的商业文学网站）在总的作品排行榜中就细分出了“玄幻奇幻榜”“武侠仙侠榜”“都市言情榜”“历史军事榜”“游戏竞技榜”“科幻灵异榜”等。

在各种排行榜上名列前茅的作品能够获得诸多的利益：其作品可以占据网站首页醒目的位置，网站有时还会给予作者不菲的奖励；在正式出版的时候，这些作品也容易获得更为优渥的条件。

其三，各网站都重视培育新的目标群体，它们设计多种方案，让新的作家、作品尽快进入消费者的视野。像起点的“新书周榜”和“新人周榜”就是很有代表性的例子：“新书周榜”所列的是在起点发表过作品的作者的新作排名，“新人周榜”所列的则是从未在起点发表过作品的作者的新作排名。这样的排名榜既有助于有实力的新人新作在浩如烟海的网络作品中脱颖而出，也能及时检测出读者趣味、偏好的变化。

其四，各网站自己会主动推出一些推荐书目，像起点的“三江阁”、“强推榜”、“封推榜”（顾名思义，即在网页上出现推荐书目的封面、内容简介等，一般一期只有两部作品，是起点文学网站最高的推荐形式）、“女频”（顾名思义，是一个专门向女性作者与女性读者倾斜的排行榜）列示的便是起点的文学编辑推荐的各种网络“优秀作品”。这些推荐书目是网站编辑根据自己对市场的理解来列出的，虽然不同编辑的眼力、趣味各有差异，但服从市场意志是他们的共性。市场当然并没有什么固定不变的意志内容，在任何时候利益的最大化便是其至高的意志。从这个意义上说，这些网站的推荐栏目其实也就起到了“把关人”的作用，它们所表现的信息，仍是消费者方面意图反馈的信息。

商业文学网站各种具体的文学价值评估办法还可以列出许多，但要义都无非是尽可能客观、准确、及时地反映读者的意见。而这种评价体系的建立，读者便成为了网络写作中一位无时不在的匿名作者，一个相对于所有创作主体而言的“大他者”。而对创作主体来说，不管个人的意愿倾向如何，只要他试图借助商业网络媒介发布其作品，试图在网络写作中有所作为，他就必须与这位由各种商业评价体系汇聚而成的匿名的集体作者互动，且在很大程度上需要服从它的意志。

对于真正具有创作能力的作者来说，抗拒那种“Web2.0”写作中过于直接粗陋的商业元素的影响还是比较容易的。读写互动中的读者意见不可能改变他对世界的基本认识。但通过价值评价系统形成的读者才是真正决定性的。商业网站通过一系列貌似客观但实质是基于商业逻辑法则的文学评价体系，将文学作品变成了纯粹的商业消费品，还敦促文学读者默认自己成为单纯的商品消费者。只要这样的读者进入到“Web2.0”写作模式中，只要写作者身处在商业网络文学的大环境中，他便很难让自己的创作游离“生产”的逻辑了。

二

既然写作者已如此地服膺于商业的逻辑，当前网络文学文本从形式到内容与商业诉求契节相符便是自然的事情了。当前网络作品虽然数量众多，但这些作品在形式、内容上却存在着惊人的共通性：即形式上的连载体形式、超长篇文本形式、互文性；内容上的传奇性、非道德性等等。这些共通性正是在文学商业产业化背景中消费者与生产者共同缔造的结果。

首先值得注意的是连载体形式。几乎没有一部网络小说不是以连载体形式出现的。为什么网络小说总是连载体而不是一次成形的呢？连载体每段一个扣子在文本阅读上比较吸引人其实只是表面现象，更深层的意义在于，它在文学产品的生产过程中为生产者、消费者双方各自提供了一种利益上的先天形式保障。对作者来说，发表固定的一节文字就可以得到一定的收益，如果作品不受欢迎他可以在连载的过程中选择放弃或作大幅度调整，这就不容易出现原来比较常见的作者所有心血付诸东流的情况。而对于消费者来说，在连载体这种形式中，他可以通过网络媒介及时将自己的意见传达给生产者一端，使得自己的意志在文本构造中充分体现。在当前的网络小说中，最热火的小说不一定是最优秀的，但一定是连载更新最快或最有保证的，如唐家三少、静官① 等人的作品都是如此。在这种情况下，生产者与消费者之间达到了充分互动的积极状态。

超长篇文本是网络小说又一个重要的形式特征。在当前的网络小说中，50 万字的篇幅差不多仅相当于中篇小说的规模了，超过百万字的鸿篇巨制简直比比皆是，像《风姿物语》《江山美人志》等作品的字数更远远超过

① 唐家三少是著名网络小说写手，代表作有《光之子》《惟我独仙》《冰火魔厨》等，最多时曾一天更新 3 万字，据称年收入已达百万元人民币以上。静官是网络热门小说《兽血沸腾》的作者。

五百万字。大部分新上传的小说，不管作者才力是否相济，在开篇一般都要摆出极大的规模，似乎不过百万字情节就不能进入正题的样子。超长篇文本流行一时，固然与大众的阅读习惯有关，但这也是商业力量作用的结果。因为连载体的文本需要有一个比较长的时间也就是说比较庞大的文本结构才能吸引更多读者的关注。（通俗地说，即是所谓"积聚人气"。）一部小说如果精致而短小，虽可能会吸引小部分趣味比较雅致的读者的赞赏，但它会在更多的读者注意到之前便离开大众的视野。因为一般的读者不会对一个已完成的作品有多大的互动热情。

所谓互文性指的就是在一个文本中直接引用其他类型文本的内容或独特的形式构造。随着网络的普及和当代大众文化的爆炸性发展，互文性日益成为网络小说一个重要的文本属性。当前的消费者，很少固定喜爱某一种特定的娱乐方式。网络写手如果在创作中重视小说文本与其他流行大众文化的融会，比如引入日本动漫、电子游戏中的某些特殊形式内容，便很容易得到部分读者的热烈追捧。就像网游小说，虽然通常看起来像是某一款游戏的文字说明版或是个人心得体会的故事版，对不玩游戏的人来说绝无吸引力，也几乎没有什么文学性描写可言，但对那些执著的游戏玩家来说，却成了一个很好的交流感情、心得的平台。这种纯粹消费性的类型小说，居然成了当前网络文坛最流行的小说类型之一。其实不光是网游小说，绝大部分的网络小说类型都常常直接引用动漫、电影、电视剧、游戏、其他流行小说，甚至体育报道、时政报道、研究性论文等不同文本的形式和内容。

从内容上看，网络小说的故事情节一般来说都具有很强的传奇色彩。检索各大网站，排名在前的小说在类别上大体只属于奇幻①、玄幻②、魔法③、

① 奇幻小说是由英国人托尔金开创的一种幻想类型小说。最有名的代表作是《魔戒》，是西方当前幻想小说的主流。

② 玄幻小说是 20 世纪 90 年代后期受奇幻小说影响在中国形成的一种幻想型小说，主要特点是在奇幻小说中大量融入了武侠小说的元素，在中国网络小说中具有绝对的主流地位。

③ 魔法小说主要由融合玄幻小说与魔法类电子游戏元素形成。

仙侠①、架空历史军事②、都市言情③、网游、武侠、竞技④ 等几种有限的类型。这些类型的故事大多致力于表现一种现实中不可能存在的个人生活的幸福和完满。事情被弄到了这样的田地：如果不为主角添上一些灵魂转世或天赋异禀的奇遇，许多网络作家已无法讲述一个平实的故事了，更不用提让他们表现什么冷静谛视现实、直视现实人生冷漠和残酷的勇气了。大众文艺耽于幻想是普遍的现象，但像网络文学这样沉迷于幻想，以至于在传奇幻想之外再也不愿睁眼看其他任何的东西，却比较少见。但这也证明了商业力量对于网络小说的潜在控制力，因为这种刻意营造其乐融融的幻想性氛围与现代消费社会的奇观化文化逻辑是异常吻合的："奇观使有生命的人屈从于它的意志到这样的程度，以至于经济把人完全置于其统治之下。因为奇观就是自行发展的经济王国——既是支持物的生产的忠实反映、也是生产者歪曲的对象化"。⑤

网络小说还有一个值得重视的文类特征是非道德性。许多网络小说的重要内容便是宣扬丛林法则，非议道德的必要性和有效性。涉猎非道德性问题容易突破禁忌性话题，有些小说借此制造商业看点，这是容易理解的。但不少网络小说涉及此问题时却显然不是着意于此，像《商业三国》《1911 新中华》《二鬼子汉奸李富贵》《汉献帝新传》等作品宣扬非道德性的观念颇有从根柢上反省中国传统文化的意味。这些作品都有各自较成体系的世界观，如要仔细评论，当然得区别对待。但我们在此要指出的是，这些作品乐于谈论非道德的问题，并受到大量拥趸的追捧，归根结底，也是折射了商业社会的文化逻辑。当生产者与消费者在商业利益的驱动下共同生产文本的时候，

---

① 仙侠小说主要由玄幻小说、中国神话传说与仙侠类电子游戏中各元素融合而成。

② 架空历史军事小说主要由玄幻小说与历史军事小说（如《三国演义》）中各元素融合而成。这种小说往往强调故事发生在一个与我们现实世界不相干的平行时空中。

③ 和一般的言情小说不一样，网络都市言情小说极端强调故事的幻想性特征，有不少小说还标榜所谓的"YY（'意淫'的网上通用缩略语）"属性。

④ 竞技小说主要由玄幻小说、日本竞技类动漫（如《灌篮高手》）中各元素融合而成。

⑤ [法] 居伊·德波：《奇观社会》，吴琼译，载吴琼编：《视觉文化的奇观》，中国人民大学出版社 2005 年版，第 63 页。

在一种本能上，他们会认同商业社会弱肉强食的生存逻辑。当这种认同转化为对身处的社会环境中强大的道德约束力的一种怨恨情结时，他们便很自然地在作品中宣扬非道德主题了。自然，还有更多的写手是打着“非道德”的旗号来大肆宣扬色情、暴力的内容。这类等而下之的情况在这里就无须特别讨论了。

如果从文学产业化的角度看，网络文学的一些特性，如神话性、线性结构、大团圆结局、成长小说的故事模式等等，也都折射了商业生产的逻辑，这里限于篇幅，就不一一加以讨论了。

需要指出的是，中国的文化产业界已充分认识到了网络文学的这种商业本质属性。已有不少文化产业经营者从中国整个文化产业链条的建设上来构造它和电子游戏、电视连续剧、动画等文化产业之间的互动关系。他们不但看重网络文学本身的经营效益，更试图将网络文学建设成电子游戏、电视连续剧等文化核心产业的文学脚本的天然资源库。

在世界各国，电子游戏、电视连续剧、动画（也许还可以加上电影与漫画）都是最重要的文化产业形式，这几个行业的文化产品占据了整个文化产业最大的销售份额。以日本为例，它的电子游戏及其周边产品的年销售额早就突破了 2 万亿日元，它的动漫业（及其周边）在 21 世纪初也跃居为国内的第二大支柱产业，其销售额超过了汽车业与木材业的总和。美国这几个文化产业的发达程度还要远远高于日本。国内的文化产业界也充分认识到了这一点，几年来极大地加强了对这几个产业的投入力度。但随着我国文化产业规模的扩大，对文化产品开发的深入程度与精致程度的要求也大大提高。在经过了原始积累阶段后，我国的文化产业发展在当前已遭遇瓶颈。这其中一个突出的问题就是“无米下锅”：许多生产商握有足够的资金，却找不到合适的艺术作品进行商业开发。我国当前电视台新推出的连续剧、动画片虽然不少，但庸俗的、低层次重复的作品却是太多了——但这也是可以理解的，不能指望生产商临时找到的写手能够编写出多么有奇思妙想的文学脚本。

于是，人们自然将眼光投向了网络文学。

如前所论，网络文学故事内容上强烈的传奇色彩，形式上超长篇的文本架构，都和电子游戏、电视连续剧、动画等文化产品的消费属性异常吻合。更重要的是，网络文学原创作品实在是过于丰富了。以当前中国最大的文学网站起点为例，到今天它推出与介绍的网络原创作品已多达37万余种（截止到2009年3月）。如果将起点、17K、逐浪、幻剑书盟、榕树下等几十个国内知名原创文学网和各种同人（即出于相似爱好而形成的群体）网站中流传的文本总合起来，最保守地估计，现今在各网站流通的原创作品不会少于80万种。排除掉大量不成熟的试作与一些格调情操过于低劣的作品，按照笔者个人所见并以较严格的标准估量，网络文学中仍大约会有数百分之一的作品不失通俗小说精品的资格。成才率虽然较低，但考虑到那巨大的基数，优秀的网络文学作品的绝对数量其实并不少。另外，有些作品尽管本身的艺术价值可能不高，但它们在故事架构、世界观设计方面的创意却相当适合于改编为电子游戏、动漫。曾在17K文学网站热门连载的《巫颂》就是一个很好的例子。

对于我国的文化产业界来说，网络文学还有另一层重要意义：不论评论界如何臧否，网络原创文学的阅读事实上已成为时下最重要的文学消费形式之一。仍以起点中文网为例，其排名最前的几部小说《随波逐流之一代军师》《佣兵天下》《小兵传奇》《复活之战斗在第三帝国》《江山美人志》等，点击的次数都已超过了千万次，而其排名前400名的作品的点击也都在百万次以上。显而易见，以这些作品为基础改编的各种文化产品天然拥有一个庞大的潜在消费群体。

在当前，网络文学与主流文化产业合作的成功案例已有不少：改编自《诛仙》的游戏异常走红（电视剧正在拍摄中），《鬼吹灯》电影正在筹拍中（据说有关方面为购求版权开出了500万人民币的天价），《终身制职业》已被改编成电视剧，另外，其他还有一些著名网络小说如《兽血沸腾》《紫川》《临兵斗者皆陈列于前》《缥缈之旅》《佣兵天下》《亵渎》等也依照各种方式被改编成了其他多种衍生文化产品，尤其是电子游戏。可以想见，随着中国文化产业的不断发展，这一类事例将会越来越多直至不再成为新闻。

自然，与此相应的，网络文学与商业战车的捆绑关系也将越来越紧密。

三

应该怎样来看待这种与商业力量紧密捆绑的文学现象呢？

有不少学者援引国际新流行的消费文化理论、媒介理论以及叙事学等理论，从本体论上积极肯定网络文学的价值意义。按照他们的说法，人类在经历了口头传播时代、书写时代、印刷时代之后，已进入了网络传播时代。网络媒介的传播能力、表现能力、综合其他媒介的能力，是以往任何一种文学传播所依托的媒介形式所不能比拟的，因此，依托网络媒介的这些功能，网络文学有可能构造出一种全新意义上的文学文本。肯定论者倾向于认为网络媒介将制造出新的审美惯例，其对于文学的影响作用是“必然的，不可逆转的，甚或是合理的”，网络时代的写作首先“在技术媒介层面上应该尽可能多地利用电子数码技术优势，凸显网络写作特色，增加网上写作的多媒体表达和超文本链接”等等。①

按照笔者个人的意见，这些肯定派的意见基本没有说中问题的要害。他们在一个相对封闭的、纯文学的语境中来谈论网络文学的发展问题，但现实的问题却是：我们生活在一个商业化的社会中且注定无法逃离。从这个角度说，离开商业力量谈论网络文学的本体属性是没有意义的。根本无法想象，在当前网络的评价系统中，各种所谓的网络“超文本”② 或其他什么多

---

① 参见欧阳友权：《网络文学本体论》，中国文联出版社 2004 年版，第 321 页。

② “超文本”云云是一个较为高蹈的学院派的文学概念。由于许多网络文学研究者对这个概念过于推崇，在此需要对它略加解释。笔者认为闵艳芸对之的一个界定较为清晰明了。她认为网络文学超文本有两种形态：“① 非线性链接的文学超文本，也称多向文学文本。它的基本特点是在作品内部或章节结尾设置超文本节点，提供不同的阅读路径，供读者在阅读时选择，不同的阅读选择会产生不同的结局。② 互动文学超文本……互动小说是一种由作者和读者共同完成的文学形式，往往开始通过文字描述一种场景或环境，阅读者以小说中角色扮演的身份输入不同的命令，由此展开故事情节，一个完整的文本的实现必须借助点击者的能动选择。”（闵艳芸：《超文本：数码时代文学文本的变异》，中国人民大学文艺学方向 2006 年硕士毕业论文，第 7 页）

媒体写作会取代现有的文学形式而成为一种普遍阅读的文学文本。事实也是如此，如果说在网络文学勃兴之初，单纯坚持文学理想的文学网站与同人网还不失为网络文学的一道靓丽风景线，但当商业力量大规模介入文学网站的建设之后，目的单纯的文学网站能够长期坚持且发生影响的，便为数极少了，更不用说许多网站的坚持原就是为了等待商业力量的招安。

当前网络文学值得肯定的方面，并不在对文学根本形式的影响与改造上，而在于那些确实的成绩上。

即使以较严格的艺术批评的角度来谈论网络文学，我们也可以看到，通过几年来的发展，网络文学已积聚了一批优秀的原创作品。除了前面已经提到的那些作品，《指南录》《风起紫罗峡》《战国逆风记》《骑士的战争》《顺明》《新宋》《1851之远东风云》《锦衣天下》《商贾人生》《神州狂澜》《帝国狂澜》《明》《日落太平洋》《大汉骑军》《楚氏春秋》《大清帝国》《隋末逐鹿记》《中流击楫》《活在乱世》《北唐》《大宋金手指》《黄沙百战穿金甲》《官路风流》等等都是比较优秀的通俗小说。它们以传奇类题材为主，构思宏大奇特，有完整的世界观的描写，有时也能探寻人性的微妙并有鲜明的性格塑造。虽然，按照严格的艺术标准来看，它们还有一些瑕疵，但较之20世纪一些通俗文学大家如张恨水、金庸、司马翎、古龙等人的作品，在整体艺术水平上它们已经不遑多让。而其他一些热门小说如《灾星》《魔法变》《宋风》《小兵传奇》《道儒仙缘》《重生之官路商徒》等等，虽然在艺术上比较粗糙，但不可否认也有一定的可读性，至少不比以前的一些所谓通俗小说名家（如琼瑶、梁羽生、倪匡等）差。

商业力量对网络文学的负面影响也是很明显的。

从网络文学发展的根本机制看，当前各种所谓的评价机制已有扼杀文学想象力的嫌疑。不少资深的网络读者还能够记起，在网络文学刚刚兴起的时代，网络文坛确实出现过一种百花齐放的景象。如老猪、燕垒生、小椴、说不得大师、孙晓、慕容春雪、今何在、痞子蔡、江南、泥人等一批作家，或学习西方奇幻小说风格，或模仿日本作家田中芳树的笔调，或沿用传统武侠笔致，或试图综合各种传奇小说的情调，一时间为读者呈现了许多从未思及的小说文体或表现手法。但到今天，网络小说令人耳目一新的创意设想已经越来越少了。这绝不是一个简单的创作井喷期终将归于平淡的问题。从深层次来分析，是网络各种评价体制诱使各位创作者的想象空间及表现方式趋于模式化、单一化（简单地说，就是“麦当劳化”）。这种单调的奇幻、玄幻、架空历史军事、都市言情题材横行文坛的情况，即使对商业力量本身来说，也不是什么可喜的事情。①

商业模式对文学自身创作机制的破坏更是突出。当前的商业文学网站推出的各种所谓排行榜，只是将作者当作了一个简单的码字机器，一味鼓励作者用光怪陆离的情节刺激读者的感官，一味鼓励作者每天按时以庞大的更新数量来吸引读者的眼球，但这种机制根本不顾及情节本身必要的起伏与作者本身的情绪涨落。我们经常看到，在商业法则的驱动下，一些作者会无意识地将作品抻长而破坏原来较合理的结构；而在所谓的更新大战中，② 更有许多作者忙于在情节中填充字数而忘记了原初的写作本旨。

当然，如果我们将眼光放得长远一些，当前网络文学出现的种种问题并非完全不可容忍。网络媒介兴起不过是20来年的事情，在中国，商业力量与网络媒介、网络文学较深层次的融合，也还不到10年的时间。因此，我们未尝不能想象，随着商业文学网站的进一步成熟，它可能进一步完善其评价机制，克服其现存的种种弱点。

---

① 从这个角度说，陶东风教授的批评是很有道理的。他不无激愤地说，以玄幻小说为代表的网络小说的流行，标志着中国文学“已经进入装神弄鬼时代”。他指出，当前网络小说大体建立在“一种完全魔术化、非道德化了、技术化了的想象世界的方式”的基础上。在这种想象中，“我们可以看到绚烂斑驳的色彩，匪夷所思的魔术，变化多端的机玄，但是唯独看不到心灵和情感”，实质上，这种想象“是以犬儒主义和虚无主义为内核的一种想象力的畸形发挥，是人类的创造能量在现实中不可能得到实现、同时也没有正确的价值观引导的情况下的一种疯疯癫癫状态。”（陶东风：《中国文学已经进入装神弄鬼时代》，《中国读书报》2006年6月21日）

② 这是连载体对作者创作相当不良的一种功能性的制约因素。在网络时代又失去了“版面限制”等因素，这不良的影响面就更被放大了。在当前的网络文学评价体系中，一本书如果不是每天更新或更新的不多，就很容易“沉”入近乎无限的书海中，于是就被评价机制判断为一部“失败之作”了。当前大部分网络写手已接受了这种游戏规则。

问题并不在各种技术的层面，而在商业、网络、文学结合的本质层面。将话题回到本文所讨论的中心话题上来，我们试图通过中国网络文学发展的现实说明：今天网络媒介中的各种文学活动已越来越成为整个社会商业生产中的一个有机环节；网络媒介本身虽然是中性的，但它作为一个传播平台特别有利于商业力量由内及外的控制文学的整体活动。因此，我们可以推想当网络成为文学的生产及文学传播的主力平台之后可能会发生什么样的情形。我们都知道马克思的著名论述：

> 同一种劳动可以是生产劳动，也可以是非生产劳动。
>
> 密尔顿创作《失乐园》得到5磅，他是非生产劳动者。相反，为书商提供工厂式劳动的作家，则是生产劳动者。密尔顿出于同春蚕吐丝一样的必要而创作《失乐园》，那是他的天性的能动的表现。后来，他把作品卖了5磅。但是，在书商指示下编写书籍（例如政治经济学大纲）的莱比锡的一位无产者作家却是生产劳动者，因为他的产品从一开始就从属于资本，只是为了增加资本的价值才完成的。①

但是如果当那一天来临，一切精神活动都被有意无意地归约成了一种生产活动，当密尔顿在写作时也无可躲避地需要在“Web2.0”写作模式中与读者互动并征求他们在主题、选词、押韵方面的意见，真正的文学创作就被终结了，所谓的文学生产就成了和家电生产、种植水果一样的事情，充其量是与广告、电子游戏与新闻传播相类似的较为低端的形式。这虽然不是文学发展的必然，却是一种可能。

这也是网络时代批评家在审视网络文学活动时，必须施以批判性眼光的根据所在。

---

① 马克思：《剩余价值理论》（第一册），中共中央马恩列斯著作编译局译，人民出版社 1975 年版，第 432 页。

浅谈当前大众文学中的道教文化内涵①

20 世纪 90 年代中后期以来，道教文化陡然成为了中国大众文学（尤其是网络小说）重要的表现内容。本文尝试着对这种文化现象的主要表现方面及其内在的社会文化促成因素略作讨论。

一

在 20 世纪的绝大部分时间里，道教思想学说与中国精英文学的创作基本处于一种隔绝的状态，与大众文学的创作也呈现出疏离的态势。“五四”运动中一些启蒙思想者的观点直接促成了这种状况。

这种情况进入 20 世纪 90 年代中期后发生了一些改变。当网络小说兴起，成为大众文学主力之后，道教文化成了大众文学中一种主流的思想内容。

以当前最大的网络原创文学网站——起点中文网为例，② 其流行的小说

① 本文曾发表在《中国道教》2009 年第 4 期。

② 起点文学网（www.qidian.com），至今声称已拥有 40 余万种（为 2008 年写作该文时的数据——编者注）网络原创作品。本文提到的各大众文学文本，若不加说明，均可在该网站找到。

不出“仙侠”“玄幻”“奇幻”“科幻”“都市”“历史”这有限的几种类型。“仙侠”类小说与道教文化关系之密切不言自明，其他一些小说类型中也有不少作品有意无意地援引道教文化元素作为小说情节的框架性支柱，像打着“玄幻”旗号的《庆余年》、打着“奇幻”旗号的《异人傲世录》、打着“科幻”旗号的《师士传说》、打着“都市”旗号的《天擎》、打着“历史”旗号的《中流击楫》《华夏立国传》《回首东顾》等等都是较有代表性的作品。

道教题材的作品数量众多，拥有庞大的读者群，这仅是问题的一个方面。更为重要的是，在这些作品中我们能够发现，不少大众作家正在锐意探讨道教作为一种宗教信仰的某些本质性问题。他们力图以现代的人文意识，结合其他宗教的神学研究成果，重新阐释道教文化的内涵。许多创作者明确表达了这样的思想倾向：以道教为本体 / 本位，构建一种中国式的超越理论。他们希望，在当前这样一个时代，这样的一种超越观念能够抚慰现代人的灵魂痛苦，成为他们精神生活的根。

这些作品的艺术成就有高低之分，对道教文化的认识、理解也有精粗之别，但概括而论，他们对道教文化的表现大多集中在道教神谱、道教信仰、道教贵生论、法术等几个问题上。限于篇幅，我们在此主要讨论大众小说对道教贵生论、法术的表现，这方面的话题较能体现道教独特的文化价值。

二

相比其他的宗教学说，道教的贵生思想异常独特。

绝大部分的宗教理论在设计终极超越理想的时候，都把人的肉体存在和现实的生命形式当作亟待被否定的一个环节。所谓超越者，即超越现世与现实束缚的意思。而道教则不然。它的终极超越理想，是要超越现实一般肉体的局限，从而达到“长生不老”的境界。人的肉体，在此不是被否定的环节，而是人类得救的希望源泉。人类之所以会死，一方面是因为没有正确的信仰，另一方面，却是因为没有掌握正确的肉体训练技术（以及道门秘传的法术）。而后一条似乎更具有绝对意义。绝大部分道教派别都不认为单纯信仰“三清道尊救苦救难”就能保证信徒长生不老，强调要践行其门派特殊的肉体淬炼之道，并认为这种践行本身就是信仰三清道尊的体现，而这种肉体淬炼之道更在实质上祛除了肉体中那些致死因素，使得人们获得终极拯救。

道教贵生论支派繁多，这里我们主要谈三点：忘情说、三尸说、丹道论。

在绝大多数的道教派别，“忘情”都是一种基础性的修炼功夫。道教强调，人可以通过修行使得自我（这个自我不是现代哲学的自我意识，它同时必然地包含了对个人独特的唯一的肉体的控制与运用）与道相合，从而获得终极解脱。但显然，自我/个体并非注定能够融合天道，在修行的过程中有许多外在的诱惑，它们使得人们放弃对道的终极追求而沉湎于这些易得却致死的享受。这其中，情的诱惑是最强大的一种外在诱惑。对于一般人来说，情随他的生命而生，随他的生命而动，肉体与情似乎是一个不能分割的整体。但归根结底，无论情感、情绪或情欲等等，只要是情，都是受到外在的刺激而产生的，人不能自由地控制它，这就足以证明这个个人还不足以把握住道的根本。当然，所谓“忘情”是一种很玄妙的境界，它并不完全是绝情、灭情、无情。所谓“忘”者，有时是一种更高层次的“有”，就如人们从来不会特意记得去呼吸，但从来都在呼吸那样。因此，如何理解“忘”，如何做到“忘”，不但是基础性的修炼功夫，同时直接就是一种终极的解脱之道。所以，中国古代达者才时有感慨：唯太上才能忘情。

不少小说家试图根据道教的“忘情说”来构建小说文本中世界观的基本框架。《风起紫罗峡》《阴符方士》等作品的描写比较有代表性。小说《风起紫罗峡》借书中修道者风闲的故事写道：“一般的修道者的七情六欲，全部是修道的拦路虎，因为这七情六欲，好色好杀好财的心念，并不完全属于自己，而受到了外来的上天的神识或者天魔的魔识的影响，所以才会颠倒迷醉，甚至本来聪明的人，在关键时，偏偏倒行逆施，自取灭亡。但是对于风闲来说，所有的心念全部纳入一个整体，虽然不敢说绝对控制，但是，一有正常的神念波动，立刻会被镇压和消灭，外来的神识，根本无法影响他内心的心理活动。……只要无所求，当然毫无缝隙。上天不仁，以万物为刍狗。那是绝对中无有丝毫怜悯的意志。”①

“三尸”是道教贵生论的一个重要概念。道教内有一个流行的说法：“只因三尸未斩，六气未吞，空用功夫千载。”就是说如果不能祛除人体内的三尸神，花多大的工夫都不能修成正果。

什么是三尸神呢？道教内部纷争颇多。(《抱朴子》《太平经》等道教经典对之的解释便有不同。）不少大众小说写手也根据自己的理解对何谓“三尸”、什么是“斩三尸”的道法作出了各自的解释。如《再起封神之我是申公豹》中主角陆飞在教训土行孙时有一段话：“你现今已是平白得了此多道行，想来也是该知了些天机，我但劝你，好生在这里修养心性，早日修成六朵金莲，迎来那斩三尸，去了三念，成就圣人之道也无不可。但你要切记，心性一门，最是凶险，如若乱了心性，就算你有通天道行，也终归无用，切记。”②

这样，斩三尸就变成了一种心性的修炼：“斩却三尸则无善心无恶心无执心。”③ 而此种修行在小说中成了得道的关键：“斩一尸三花聚顶，斩二尸得道混元，斩三尸成就圣人，心性，很重要的。”④

小说对于“三尸”的解释明显受到了佛家学说的影响，与传统的道教三尸论有些差别。不过，从中也可以看出，作者对道教的三尸论是有一些认识的，并试图将此与终极超越形成某种逻辑上的联系。这种思想认识在传统的大众文艺中是不多见的。

丹道论是道教贵生论的基石之一。丹道说的形成，明显以中华养生论与天人合一观作为思想基础。但“丹”的观念的提出，却是道教思想家的一大发明。张广保认为：“道教正是依据先秦道家的……思想，展开其内外丹

① 荆轲守：《风起紫罗峡》“前传：紫罗峡之梦”《卷一：来往南海见碧霞·慷慨赐药承恩情》。

② 我不是申公豹：《再起封神之我是申公豹》第 62 章《土行孙得道》。

③ 我不是申公豹：《再起封神之我是申公豹》第 74 章《斗法，白玉见功》。

④ 我不是申公豹：《再起封神之我是申公豹·书内注处浅谈：好吧，老申就再出来说两句》。

道。他们依据人体小宇宙的思想，通过将整全的宇宙或纳入丹鼎（外丹），或纳入人体（内丹）。其具体的推论方法在内丹道是以人体膈以上取象天，膈以下取象地（全真道的观点），以五脏比五行，以气血比阴阳；外丹道则以上鼎象天，下鼎象地，开八门以象八卦，以铅汞二药比阴阳二气。他们又通过在丹鼎或人体中逆向摹拟道生万物的整个演化过程，最终炼就一种特殊的物质形式——丹，并凭借这种凝结着宇宙精华的丹来实现与道体的契合。"①

大众作家们对所谓的丹道理论当然没有这么清晰的认识，但根据自身对集体无意识中这部分道教文化内容的回想，他们非常积极地在作品中彰显这种丹道观念。他们对丹道说终极效应的记忆尤其深刻。他们在潜意识深处似乎都默认了这样的观念：人体内能够形成一种基于肉体又超越肉体的"特殊的物质形式——丹，并凭借这种凝结着宇宙精华的丹来实现与道体的契合"。在当前的大众创作中，凡是涉及个人修炼话题的作品，不管是东方仙道还是西方魔法，不管是武术技击还是科幻类的人体改造，大部分作品都将丹道说，尤其是内丹术当作了一个不证自明的前设。

但需要指出的是，大众作家们对于丹道论的运用一般也就停留在这种无意识借用的水平上。而对于丹道究竟是什么，如何通过丹道来设想一种独特的超越之道，绝大部分大众作家们并没有进一步思考和发挥想象的热情。

道教贵生论的重要理论构成，还包括天人合一论、元炁论、元神论等等。这些，在当前的大众创作中也都容易见到，限于篇幅，在此我们就不一一枚举了。

三

道教超越理论的另一个核心观念是道术：以术显道。

① 张应保：《唐宋内丹道教》，上海文化出版社 2001 年版，第 3—4 页。

道教徒当然都崇“道”。但是，道体是虚无的，仅崇拜或信仰本身，决不足以彰显道的幽奥神通。道教徒构想了许多更为具体的手段来彰显道体，以实现终极的救赎。按照笔者个人的观点，在道教超越理论中，这些具体的手段又分成两个大的派系，一是前已谈到的贵生论，另一则是道术。道术何以具有如此重要的本质意义？《秘要诀法》这样解释：

> 道者，虚无之至真也；术者，变化之玄伎也。道无形，因术以济人；人有灵，因修而会道。人能学道，则变化自然。道之要者，深简而易知也；术之秘者，唯符与气药也。符者，三光之灵文，天真之信也；气者，阴阳之太和，万物之灵爽也；药者，五行之华英，天地之精液也。妙于一事，则无不应矣。①

这已经说得很明白：只要深刻把握符、气、药三术中其中一种的精髓并能运用无碍，基本就能得到终极解脱，“无不应也”。

贵生与道术当然不是对立的或者互不相干的两种理论，但道术的修炼原则毕竟与贵生观有根本的区别。贵生论的关注重点，是个体的修炼，而道术，却比较强调借助外界的力量：“箓者，亦云箓三天妙气十方神仙灵官名号，与奉道之人修行。”② 借助了这种外界的力量，个体或能够完成绝对的超越，或能够借助绝对的道体的力量完成某些超越自然的奇迹（可以称之为是一种有限的超越）。

在一个比较长的时间段里，人文知识界非常轻视道术的内涵价值，大部分研究者将之视为道教落后愚昧的标志。甚至连道教学者也把道教研究“远远摆脱了旧时代重画符念咒、抽签卜卦、扶乩下神、降魔除妖那一套”③ 当作是一个可值庆贺的事情。这种观念在近年来发生了重大变化。人文学

---

① 张君房编：《云笈七签》，李永晟点校，中华书局 2003 年版，第 1005 页。

② 张君房编：《云笈七签》，李永晟点校，中华书局 2003 年版，第 1006 页。

③ 李养正：《当代中国道教》，中国社会科学出版社 1993 年版，第 156—157 页。

界认识到，“道教区别于世界其他各大宗教的一个重要特点就是以术显道。所谓以术显道乃是通过对各种证道方术的展开来彰显至精至微、玄冥难测的道”。① 离开道术来做研究是难以触及道教神学的核心问题的。不仅如此，从超越性问题研究的视角来看，也很难贬抹道术理论的神学内涵。

几乎在学术界观念转向的同时，大众创作对道教的道术文化也给予了重新的关注。在 1949 年以来的中国文学的写作中，道术的话题一般是被写作者直接漠视的，偶被提及，也大抵与迷信、骗术相关。但近年来，主动师承民国时期还珠楼主《蜀山剑侠传》式写作风格的作家已越来越多。当然，当前的创作与民国时期的创作风貌也有较大变化。

一是在题材范围上。还珠楼主等一批作家所关注的道术范围是很有局限的，他们最偏爱的话题是炼器，另外对役灵、炼药、术数间有涉及。但对道术中更为重要的门类如符咒、科仪等基本没有触及。而当前的大众创作可以说遍及了道术中的各个门类与旁支。一些作者甚至还颇有创造新的道术的热情。

二是在影响范围上。民国时期还珠楼主等人的仙道武侠小说尽管名气很大，但对文学创作的影响其实是极为有限的。除了有限的几个作者，没有人会考虑在小说创作中化用道术题材。即使在武侠小说界内部，大部分作家走的仍然是比较写实的道路。后来以梁羽生、金庸为代表的“新派武侠小说”主要继承的就是写实路线的法统。但在当前的创作中，情况却大不相同。道术文化甚至有点泛滥成灾的趋势。除了所谓的“仙侠修真小说”，其他流行小说类型的文本中往往也穿插了许多涉及道术的内容。甚至像魔法小说这类世界观构架与中国传统观念有明显区别的小说类型，亦常常夹杂了一些极有中国特色的术数、炼药与内外丹道等观念。

当然，喜欢道术文化是一回事，创作者对道术的本原是否真正有所理解，则是另一回事。当前大众创作涉及道术的虽然多，但其描写多半是建立在原型记忆、不成系统的知识学习、兴趣（信仰）以及创造性虚构这几种精

---

① 张应保：《唐宋内丹道教》，上海文化出版社 2001 年版，第 3 页。

神元素相互作用的基础上。因此，这些描写在多大程度上触及了道术的本质问题，是可疑的。一部名叫《符咒师》的作品这样介绍符咒术的源起及其地位："符咒具有役鬼遣神之妙用……其效固可上穷碧落，下极黄泉，神明变化，灵异且不可测也。符咒之术由来久矣，黄帝受之于西王母，李耳尽发其秘，凭符咒而开道教。从者众矣。后当春秋战国世，术者见世终不为也，乃退隐森壑，以修养为事。符咒几于绝也。至汉顺帝时，有张真人名陵者出。得异书于石室，入蜀之鹤鸣山，息居修炼。以符箓而为人治病、驱鬼、役狐，无不立应。"① 作者还假想了一个符咒应用的庞大系统。可以看出，小说中关于符咒源流及符咒体系的设想，只是略略触及了道教符咒的皮毛，其主体部分，完全出于其个人的向壁虚构。

基于上述的讨论，可以认为，当前大众写作群体对于道教文化的运用，形式大于内容，想象大于理性的认知。但这是否意味着大众对于道教文化的热衷只是类如时尚流行一类的文化现象呢？笔者认为绝不能轻率作这种结论。大众创作虽然只是浅层次涉及了道术文化的皮毛，但没有疑问，创作者们是在追忆那些飘荡在记忆深处的道教文化的原型意象。这种追忆的热情，正显示了当前中国大众文化一些富有民族特色的价值取向。许多大众作家试图以道教为主干建立一种中国式的神学系统，以此，他们期望能够对当前流行的世俗主义、科学乐观主义所造成的人类精神层面庸俗化的趋向有所补救。这种努力在构设之初当然不免混乱、肤浅，但这种思想工作的方向却应当引起研究者的充分关注。

---

① 杨晓波：《符咒师》"引子"《符咒之原始》。

论中国的大众文学观念[①]

一

中国的大众文学崛起成为一种文学现象，是和中国经济发展、改革开放的历史进程紧密相关的。至少，自20世纪80年代以来的一个文学现实是：社会愈开放，经济愈发展，相应的大众文学的队伍就愈壮大。与此相呼应的，关于大众文学的讨论也逐渐成为理论界的一个热点话题。到目前，学术期刊网各种冠以“大众文学”的研究专论已不下百种，如果关联其他大众文艺现象，相关论著的数量就更大了。

随着讨论的深入，研究者们渐渐发现，所谓大众文学的问题，远比人们原初的想象要复杂得多。人们认识到，对中国文坛来说，“大众文学”并不是一个传统意义上的文学概念，从根本上说，它是一个外来的文学概念。因为由关注民众的一般权利而关心他们在文学艺术方面的权利，进而把这种关注与更广阔的社会历史文化问题联系起来，这是近代受到西方文化思想刺激、启发才可能形成的意识观念。经过了一百多年的发展，这个概念又融入

① 本文曾部分发表在《文艺研究》2010年第12期，题目为《论中国大众文学观念的三种类型》。

了许多具有中国特点的意识形态的内容。不同价值立场的人士，对这些内容的认同抑或否定的取向有着很大的差别，有时甚至完全是对立的。以至于人们有时感觉到，中国似乎存在着许多种性质不同、风格迥异的各色“大众文学”。大家尽管都在谈论“大众文学”，但其话语的能指很多时候其实并不相同，而以此为基础的大众文学观的讨论，其价值观念的争端究竟有多少交集的空间也就是可以想见的了。①

或者，是否应当干脆地取消“大众文学”这种说法，而根据它在当前突出表现的趋向，将其改称为“市场文学”或“商业文学”？但问题不是改换名称那么简单。20 世纪以来，中国文学已经形成了某些关于“大众文学”约定俗成的观念。如《现代汉语词典》解释“大众化”时说，“大众化：变得跟广大群众一致；适合广大群众需要”；②《汉语大词典》解释“通俗文学”时说，“通俗文学：除了历史上的民间文学以外，还包括现实创作的通俗化、大众化，具有较高的商业价值，以满足一般读者消遣娱乐为主要目的文学作品。又称大众文学、俗文学。与严肃文学、雅文学相对而言”③ 等等，这显然并不是简单的词语解释，而是包含着一定的美学内涵。这种包含了特定美学实践向度的文学现实，不能被“市场文学”等名称简单概括，更不会随着理论家命名的偏好而有所改变。

因此，问题还要回到关于大众文学本身的问题上来。按照我们的观点，中国有关大众文学的争论，无论是关于其表现形态、艺术特质、社会功能效应，还是关于其在人类整体精神活动中价值地位的争论等等，最终大抵都可

---

① 孟繁华曾建议说：“市场文化是市场经济的必然产物。我之所以将其称为市场文化而不用‘大众文化’一词，是因为，‘大众’一词的内涵过于暧昧，它的所指常常是不明的。这种复数概念只是沿用了历史的说法，它经常是与知识分子或精英阶层相对使用的。但是，对市场文化的接受，已不止是普通民众，在知识界，喜欢言情、武侠作品的人已大有人在。”（孟繁华：《文学精神裂变与众神狂欢——今日中国的文化冲突》，《山东文学》1997 年第 6 期）

② 中国社会科学院语言研究所词典编辑室：《现代汉语词典》，商务印书馆 2007 年版，第 259 页。

③ 汉语大词典编辑委员会、汉语大词典编纂处：《汉语大词典》第十卷，汉语大词典出版社 1992 年版，第 931 页。

以归结为观念之争，即“大众文学应该是什么”的观念之争。而从立论的最核心的价值观念来分析，中国人文思想界界定“大众文学应该是什么”的观念形态总体可析分为政治型、启蒙型、商业型三种基本的类型。就是说，中国文学界、思想界谈论大众文学，肯定（或质疑）其根本性价值作用的基石大抵都离不开政治性立场、启蒙、商业文化三个尺度。现实中大众文学的创作，从价值命意来说也基本与这三方面的尺度有关。本文尝试从价值分析的角度出发，来研究中国大众文学各种受争议性质的根本由来及消弭这些争议的可能性。

所谓政治型大众文学观念，是指其一般以政治为本位，从政治的角度强调大众在社会体系中的重要性，并以此为基础，肯定一种与特定政治理念形成紧密互动关系的、面向一般社会大众的文学活动的重要性。在中国的大众文学发展史上，这种政治的角度是有特指的，它多与拯救民族国家危亡的意识联系在一起，后来，又较多融入了建设现代民主国家体制等方面的内容。这是我国影响最大的一种大众文学观念。

持启蒙型大众文学观念的论者，一般以科学、自由、民主、个人权利等启蒙观念为核心价值考察大众在社会体系中的地位及相关的各种大众文化现象。他们并不否认大众的重要性，但对现实中的大众有无能力承担相应的各种任务则深表怀疑。他们所主张的大众文学其实是一种基于大众现实文化教育水平的、用以启蒙大众的一种文学形态，简单地说就是“化大众”的文学。

商业型大众文学观念其实是一种自发形成的观念，很长一段时间里它只是一种实存的文学现象，却没有相应的文学主张。它的存在现实往往依靠政治型大众文学观念或启蒙型大众文学观念对之的批判而凸显。一直到20世纪90年代我国理论界才出现较自觉的、理论上成体系的商业型大众文学观的捍卫者。此种大众文学观的核心命意乃是在尊重商业市场法则的基础上看待文学问题，其观念体系中的价值所指就是商业上的价值，其所指的“大众”便是消费市场居主流地位的“大众”，至于一般文学界所重点关注的文学价值或其他的价值追求云云在此种观念系统中倒是无足轻重的事情了。

当然，这三种大众文学观的区分只是一种就大而论的理论概括。它们都是经历了一个相当长的时间才发展成形的。在这发展过程中，这些观念内部产生了许多重要的分支，而三种观念类型之间也不是相互冲突，完全不能兼容的，有些大众文学的理论实际便是一种中间形态的理论，正处于政治型 / 启蒙型或商业型 / 启蒙型之间。

为了较好地界定这三种大众文学观的核心内容，分析其各自的历史合理性、价值立场的分歧以及对文学创作的实际影响，本文将对我国大众文学观念的发生与发展分作三个大的历史时期以作较为详细的讨论。

二

我们将 19 世纪末至 20 世纪 20 年代初这一段时间定为中国大众文学观念的发生时期。

中国大众文学观念的发生最早可以追溯到 19 世纪末。甲午战争刚一结束，传教士傅兰雅就指出，如欲改革中华的“积弊”、振奋民族精神，就需要促进小说的发展：“窃以感动人心，变异风俗，莫如小说，推行广速，传之不久，辄能家喻户晓，气习不难为之一变。”① 这种说法较早从小说文体的大众属性上强调小说的功能属性和价值意义。中国知识分子几乎在同时也注意到了这方面的问题。1897 年严复与夏曾佑在《国闻报》上发表《本馆附印说部缘起》，强调小说在群众中的影响及其具有的潜在教育作用，并说“小说为正史之根”。这样的观念在梁启超 1902 年提出“小说界革命”论中达到了高潮。

这时期虽没有明确提出“大众文学”的概念，但梁启超等人的有关议论却为日后中国政治型与启蒙型大众文学观念的形成确立了一条主流的方向。他们的影响突出表现在三个方面。第一，经过梁启超等人的倡导，小说

① 转引自单正平：《晚清民族主义与文学转型》，人民出版社 2006 年版，第 62 页。

这种在传统文学观念中地位较为卑下的文体在社会政治中开始获得重要地位。梁启超甚至认为小说尤其政治小说的发达与国力的强盛、政治的进步简直有一种直接的对应关系："各国政界之日进，则政治小说，为功最高焉"，"往往每一书出，而全国议论为之一变"。① 在这种话语系统中，文学（主要是小说）与民族国家政治架构之间的直接关系得到了明确的强调，这在中国传统的文化思想中是从来没有过的（传统文化中人们一般通过伦理的中介作用来考察文学与政治的关系）。第二，通过小说文体具有不可思议的"支配人道"的魔力，"用之于善，则可以福亿兆人"，"用之于恶，则可以毒万千载"② 等等观念的阐扬，一般大众自然成为了文学传播的主要对象。尽管在这种思想系统中，大众的身份是比较含混的，大众与文学究竟是一种什么样的关系也是不明确的，但不管怎么说，文学与大众已形成了某种必然的关系，文学再也不是极少数文人雅士独占的特权阶级的领地了。第三，也是最重要的一点，通过梁启超等人的宣传，文学、大众、救亡，构成了一种潜在的逻辑联系。正是在这个关系链条中，大众这个环节才变得突出重要了起来。现实很清楚：大众不觉醒、不配合，仅靠所谓的个别先知先觉者显然不可能完成救亡图强的目标。"今日欲改良群治，必自小说界革命始，欲新民，必自新小说始"，③ 在这过程中，"新小说"面对的主体对象必然是一般大众（即梁启超所谓的兵丁、市侩、农氓、工匠、车夫马卒、妇女、童孺等人群④），他们自然地成了文学活动的目的与手段。在后来的文学发展中，随着时代的变化，现实政治中救亡主题转换成了其他的政治主题，但这种关于大众与文学、政治之间关系的认识，却被人们当作一个不言自明的具有文学本体论意味的观念传承了下来。

但就现实而论，小说界革命所促成的，却是商业型大众文学的普及。梁启超等人的鼓吹，诚然鼓励更多的文人投入到了小说创作中，客观上也

① 梁启超：《译印政治小说序》，《饮冰室合集》文集三，中华书局 1989 年版，第 35 页。

② 梁启超：《论小说与群治之关系》，《饮冰室合集》文集十，中华书局 1989 年版，第 8 页。

③ 梁启超：《论小说与群治之关系》，《饮冰室合集》文集十，中华书局 1989 年版，第 6 页。

④ 梁启超：《译印政治小说序》，《饮冰室合集》文集三，中华书局 1989 年版，第 35 页。

促进了小说创作的繁荣，到1915年间，出版物“除教科书外，什九皆小说也”。[①] 但这些小说却不是梁启超等所期待的有益于世道人心的“新小说”，而大抵是讽刺、言情、侦探一类作品。这些作品虽被梁启超斥为“其什九则诲盗与诲淫而已”，[②] 但在当时的影响实际上却远远超过“新小说”。鲁迅、钱锺书等后来对这种现象均有所评述。

新文学运动时期是中国真正确立现代文学意义上的大众文学观念的时期。

在小说界革命的时代，思想家们只是在相当含混的状态中体认到了大众的重要性，在他们的设想中，一般民众除了消极地接受精英的教导之外，几乎没有其他与文学积极的互动关系了。在新文学运动的阶段，“大众”则成了文学运动、国民思想改造一个十分重要的关注对象。改造文学与大众的关系，在已有的那些比较接近大众的诸文学形态中寻找中国文学再生的源泉，几乎是陈独秀、鲁迅、胡适等一代思想家谈论新文学运动时一个共同的主题。他们对许多问题的看法虽比较接近，但在对大众群体根本价值的认识上，在一开始的时候便有根本性的分歧。政治型大众文学与启蒙型大众文学的根本分野也在这时期产生。

许多五四时代的思想家都强调大众与文学关系的重要性，但这种关系之所以重要，并不在于一般社会民众这个群体有多大的进步性，也不在于他们所嗜好的文学形式有多大的文学价值，而主要在于，传统的文学根本没有注意到一般大众的存在问题。因此，如需要建立一个真正全面的丰富的“人的文学”，文学家便尤其需要重视那些千百年来为文学作家所忽略了的大众的人性感受和人性需要。以此为前提，大众自身有什么特殊的喜好，或他们创造发明了什么样的文学样式，并不在这种“大众文学观念”特殊的关照之列。周作人有一段评论特别具有代表性：

---

① 梁启超：《告小说家》，《饮冰室合集》文集三十二，中华书局1989年版，第68页。

② 梁启超：《告小说家》，《饮冰室合集》文集三十二，中华书局1989年版，第68页。

> 平民文学决不单是通俗文学。白话的平民文学比古文原是更为通俗，但并非单以通俗为唯一之目的。因为平民文学不是专做给平民看的，乃是研究平民生活——人的生活——的文学。他的目的，并非要想将人类的思想趣味，竭力按下，同平民一样，乃是想将平民的生活提高，得到适当的一个地位。凡是先知或引路的人的话，本非全数的人尽能懂得，所以平民的文学，现在也不必个个"田夫野老"都可领会。①

完全发端于平民大众的文学不但没有一种价值上的优越性，相反，还可能有一些特殊的根性上的弱点，需要加以有针对性的改造。周作人说：

> 我相信真正的文学发达的时代必须多少含有贵族的精神。……我想文艺当以平民的精神为基调，再加以贵族的洗礼，这才能够造成真正的人的文学。倘若把社会上一时的阶级争斗硬移到艺术上来，要实行劳农专政，他的结果一定与经济政治上的相反，是一种退化的现象，旧剧就是他的一个影子。从文艺上说来，最好的事是平民的贵族化，凡人的超人化，因为凡人如不想化为超人，便要化为末人了。②

鲁迅、胡适等人的精英主义的立场虽不若周作人这样的直白、明确，但就文学与大众的关系言，他们的基本认识是相当接近的：在中国，启蒙大众是一项极为重要的文化任务；大众的受教育程度及其现实思想水平，决定他们处于一种被启蒙的地位；文学是启蒙大众的一个极为良好的工具。而在这种思想合力中，启蒙型的大众文学观念开始成形。

而陈独秀等人的论说则直接促成了政治型大众文学观的形成。这一点在其《文学革命论》中已可见端倪。首先，人们可以看到，陈独秀虽与胡适

① 周作人：《平民的文学》，《艺术与生活》，河北教育出版社 2002 年版，第 5 页。

② 周作人：《贵族的与平民的》，《自己的园地》，河北教育出版社 2002 年版，第 16 页。

一样，都推崇小说与白话，但胡适的主要理由是小说、白话等标志着文学“进化”的方向，“逆天背时，违进化之迹，古不能工也”；① 而在陈独秀看来，小说、白话的合理性却与一般民众的喜爱有着深刻的关系，“《国风》多里巷猥辞，《楚辞》盛用土语方物，非不斐然可观”。② 其次，在陈独秀看来，“今欲革新政治，势不得不革新盘踞于运用此政治者精神界之文学。”而这发端于一般民众的“平易的抒情的国民文学”“明了的通俗的社会文学”，正可以起到“革新文学，革新政治”的功效。这与鲁迅“凡是愚弱的国民，即使体格如何健全，如何茁壮，也只能做毫无意义的示众的材料和看客。病死多少是不必以为不幸的，所以我们的第一要著，是在改变他们的精神”③ 的论点恰成鲜明对照。

陈独秀虽然并未就“大众文学”问题作出周详的论述，但他这种热爱本土一般民众，寄希望于在一般民众所喜爱的文学形式中寻找创造性资源的热情，却为一代热血青年树立了文学价值追求的一个方向。以至于一个时期内，所谓“大众文学”便是具有左翼政治追求的一种文学形式了。高滔在1923年的“文学一周纪念特辑”征文中就曾提道：“好像因为谈到‘大众文学’这样问题的时候，便有高贵的作家宣告说他早已不要大众了。……‘大众’这字眼太‘红’，要不得，若是谈起这个来当容易使文人有摸摸颈后看看饭碗的恐惧，所以不肯要。”④

---

① 胡适：《文学改良刍议》，《胡适文集》第一卷，北京大学出版社1998年版，第7页。

② 陈独秀：《文学革命论》，《独秀文存》，安徽人民出版社1987年版，第96页。

③ 鲁迅：《〈呐喊〉自序》，《鲁迅全集》第一卷，人民文学出版社2005年版，第439页。鲁迅对启蒙与大众关系的看法比较复杂，下文再作讨论。

④ 高滔：《关于“大众文学”的两个疑问》，载郑振铎、傅东华编：《我与文学》，上海书店1981年版（据生活书店1934年版），第150—151页。

三

20 世纪 20 年代末至 70 年代末，是中国大众文学观念的发展与成熟时期。这时期中国大众文学观念总的发展态势是：起初，政治型、启蒙型、商业型这三种观念呈现出了平行发展的情形，但随着国内、国际社会政治情况的变化，政治型的观念终于逐步整合了启蒙型的观念，成为指导中国大陆地区文学创作的一个基本的文学指导观念，与此同时，商业型的大众文学活动则遭到了严厉的批判与清洗直至被完全放逐。

如果以确立政治型大众文学观念一元地位的历史进程为轴，这个时期又大致可分为三个阶段：20 世纪 20 年代末至 30 年代末是第一个阶段，30 年代末至1949年为第二阶段，中华人民共和国成立后的30年则是第三阶段。

第一阶段是中国文学界明确了“大众文学”观念的一个阶段。在这个阶段通过几次有影响的论争，大众文学的观念在中国才在真正意义上从含混走向了明确，大众文学及其相关问题开始形成了一个独特的“问题域”，成为了中国数代文学工作者讨论文学根本问题时所无法避讳的一个对象。就具体的观念形态而言，这个阶段是政治观念与启蒙观念共同发挥作用，政治的倾向逐渐压倒启蒙的一个阶段。

研究者已经指出，20 世纪 20 年代末期一批留日的学生最初将日本无产阶级文学界的“大众文艺”“大众文学”观念引介到了中国。① 虽然，中国早已有了相关的文学实践，也早有人自觉或不自觉地使用了“大众文学”“民众文学”之类的说法，但这个概念确立并流行起来，则仍应归功于这批左翼知识分子的努力。

中国大众文学观念尽管与日本的无产阶级文学运动有着很深的渊源关

---

① 参见林韵然：《“普罗”还是“通俗”？——“大众文学”的两副面孔》，《中国现代文学研究丛刊》2006 年第 1 期。

系，但它在实际发展之初就与日本的大众文学有着根本的不同。虽然日本无产阶级文学界的大众文艺的观念直接承续了苏联的“拉普”的文艺思想，①在实际的文学创作中，日本文艺界却比较强调“大众文艺”服务一般大众、吸引大众的功能。作家林房雄就认为：“为了能被大众所接受，大众文学必须‘有趣’，必须包含很多游戏的成分，要富于情节变化、充满奔放的想象、幽默、讽刺、健康的情欲、痛快淋漓的英雄主义等等。——这些游戏要素被知识阶级艺术家所极度排斥。其结果，充满自我忏悔和精神痛苦的主人公登上小说舞台。——但是，劳动大众的心理不像知识分子那样充满自我忏悔，如罗曼·罗兰所指出的那样，他们的生活情感，比起知识分子更加‘动物性’。”②在类似的观念的指导下，本来应当强调的无产阶级思想指导作用等意识形态的成分在日本大众文艺的运动中就被淡化了。事实上，在实际的文学发展过程中，意识形态的特殊要求及其各种原初的形式规定（比如与精英文学阶层的对立等等）并没有对日本大众文艺产生真正的影响。它到后来已成了商业文学的代名词。③

而中国知识分子对“拉普”观念的认同就要真诚得多。1931 年 11 月，左联执行委员会通过的决议《中国无产阶级革命文学的新任务》便是一部带有浓郁“拉普”色彩的文件。该文件强调由无产阶级与资产阶级意识形态的对立而产生的文学形态方面的完全对立：即使在文学领域，无产阶级也需创造一种完全新型的文学形式来彻底取代陈腐的资产阶级文学及其他一切没落腐朽阶级的文学。这种新型的文学形式及普罗列塔利亚的文学亦即大众文艺：“为完成当前迫切的任务，中国无产阶级革命文学必须确定新的路线。首先第一个重大的问题，就是文学的大众化：……只有通过大众化的路线，即实现了运动与组织的大众化，作品，批评以及其他一切的大众化，才能完

---

① 参见王志松：《大众文学的“民众欲望”表达及其艺术性——“文艺组织生活论”与日本左翼的“文学大众化”争论》，《俄罗斯文艺》2006 年第 2 期。

② 转引自王志松：《大众文学的“民众欲望”表达及其艺术性——“文艺组织生活论”与日本左翼的“文学大众化”争论》，《俄罗斯文艺》2006 年第 2 期。

③ 参见柳东林：《中国通俗文学和日本大众文学的界定差异》，《日本学论坛》2000 年第 2 期。

成当前的反帝反国民党的苏维埃革命的任务，才能创造出真正的中国无产阶级革命文学。”① 左联关于文艺大众化的几次决议都充溢着类似的观念。②

通过这样的观念的阐扬，中国的大众文学得到了一种深刻的理论上的支持。大众，这个传统上被人们一贯忽略的对象，按照这种理论对哲学、历史的解释忽然被推到了政治舞台的最前沿。当时中国知识分子对马克思主义的理解一般来说还是很肤浅的，但即便如此，由他们转述过程中显露的吉光片羽，仍然震惊了一代思想者。许多左翼知识分子自然地就由肯定大众③ 在政治上的主导地位而肯定它对于文学也具有一般意义上的决定性作用。

但如何在实际的创作中来实现大众的这种决定作用却有着不容回避的现实困难。因为当时的一般中国大众基本上还是文盲，依靠他们来创作“大众文学”是不可能的，绝大部分的文学作家又明显不属于“大众”之列。而根据政治上的信念，人们则又不能承认一般“市井文侩投机的时事小说、武侠小说”④ 为理想的大众文学范本。如何来解决这种矛盾状况呢？当时的思想者设想了许多解决方案，其核心的方案其实无非三种。第一种是在政治上一般地同意大众的地位，而把现实中的大众看成是一个从文化知识到政治追求上都亟待启蒙的一个团体，恰如魏金枝所说的：“我们断不能完全跟着大众而化。盖所谓大众，我们必须承认，它那由于几千百年封建思想以及一切布尔乔亚的压迫及熏陶而来，其意识上往往潜受了许多麻醉。”⑤ 另一种强调政治优先，文学价值从属于政治价值。政治价值高了，文学的价值自然就高。华蒂（叶以群）说道：“他们（即资产阶级——引者按）要使文学脱离

---

① 左联执行委员会通过：《中国无产阶级革命文学的新任务》，载文振庭编：《文艺大众化问题讨论资料》，上海文艺出版社 1987 年版，第 3 页。

② 参见文振庭编：《文艺大众化问题讨论资料》，上海文艺出版社 1987 年版，第 3—7 页。

③ 按照苏联文艺界的认识，“大众”显然应当指“普罗大众”。但中国，知识分子很容易地就将这个词汇赋予了更宽泛的含义，用来指称包括农民、一般城市贫民在内的一般民众。

④ 郑伯奇：《关于文学大众化的问题》，载文振庭编：《文艺大众化问题讨论资料》，上海文艺出版社 1987 年版，第 16 页。

⑤ 魏金枝：《〈北斗〉杂志社文学大众化问题征文》，载文振庭编：《文艺大众化问题讨论资料》，上海文艺出版社 1987 年版，第 145 页。

大众，要使文学成为他们的专有品——也就是要使文学成为拥护他们的统治工具，所以故意造出这种骗人的文学之‘社会价值’和‘艺术价值’的分离论——二元论。实际上，‘社会价值’和‘艺术价值’是合一的，一元的，文学作品正因为有了‘社会价值’才有‘艺术价值’，否则就根本没有‘艺术价值’的存在。文学大众化是加强文学之‘社会价值’的唯一的路径；所以不但不致伤害文学本身的‘艺术价值’，反之，正是提高其‘艺术价值’的方法。”① 还有一种则持乐观的精神看待大众文学的未来。他们认为大众之中本来就包含着伟大的文学种子。“文学的‘大众化’，既说是由少数的特权者手里解放出来，归到‘大众’的本身，那么，多数人的文学，或在多数中拣选出来的文学者所写的文学，当然会比少数人的陈腐的作品高明得多。正如政治等等方面一样，‘大众’还不曾在真实的文坛上尝试过他或她的手腕呢。给他或她一个机会，一定会有崭新的一支潮流发生，在艺术上看来，一定会比旧的东西高明的。”② “工人青年之中将要发现很多意料之外的天才，渐渐的他们会变成主体。”③ 瞿秋白、郑振铎、潘梓年等都持有这类观点。

第一种方案当然是最有代表性的。它吸引了大部分无法忘记五四启蒙主题的革命青年，也吸引了许多不能忘记启蒙一般社会大众任务的葆有五四启蒙精神的知识分子。正由于一批倾向于启蒙精神的知识分子的加入，启蒙型的大众文学观念在 20 世纪 30 年代得到了很大的深化，他们直接引发了 1934 年大众语问题的讨论。围绕着中小学教育是否应当强令读经与学习文言的讨论，以陈子展、陈望道为代表的一批知识分子进而推想：此种复古论调的产生，是否是因为五四以来白话文运动的局限所致——是白话文这种

① 华蒂：《〈北斗〉杂志社文学大众化问题征文》，载文振庭编：《文艺大众化问题讨论资料》，上海文艺出版社 1987 年版，第 148—149 页。

② 西谛（郑振铎）：《〈北斗〉杂志社文学大众化问题征文》，载文振庭编：《文艺大众化问题讨论资料》，上海文艺出版社 1987 年版，第 154 页。

③ 史铁儿（瞿秋白）：《普洛大众文艺的现实问题》，载文振庭编：《文艺大众化问题讨论资料》，上海文艺出版社 1987 年版，第 52 页。潘梓年的观点可参见《文艺大众化问题讨论资料》，第 146—147 页。

语言表现形式的功能局限使得中国文坛无法产生遍着大众心灵的伟大文学作品？倘若这种推想成立，那么，中国如欲建设真正意义上的大众文学，首先就需要革新语言，建设一种能够适应社会进步和意识形态领域革命需要的新的语言表现形式，即大众语。于是，围绕着白话语体文的历史地位与现实地位、以什么样的话语系统为基础建立大众语、中国文字的拉丁化等问题，对大众问题感兴趣的知识分子大多投入到了这场讨论中。

大众语讨论本身并没有收获太多的积极成果，但对大众文学观念的发展趋向却产生了一定的影响。经过这场讨论，启蒙知识分子对大众文学的态度明确地分裂为两个阵营。一派可以称为“温和的右翼启蒙思想者”，另一派则可称为“激进的左翼启蒙思想者”。

胡适、周作人、沈从文等人是“温和的右翼启蒙思想者”的代表人物。他们尽管在捍卫五四白话文运动成果的态度上与政治左派非常接近，但在对政治与文学关系问题的认识上，却坚持欧美自由主义观念，强调民众被启蒙的必要、文学与个人的关系。他们并不认为大众在政治上有一种独特的优越性，当然更不承认与一般大众发生了特别关系的文学创作将注定是文学发展的未来。沈从文后来的《白话文问题》对这时期的大众文学运动有过一个比较详细的论述，其中的观点很有代表性。他在抨击革命文艺思想对文学的损害后说，伟大作品的产生，乃是作者“由人类求生的庄严景象出发，因所见甚广，所知甚多，对人生具有深厚同情与悲悯，对个人生命与工作又看得异常庄严，来用宏愿与坚信，完成这种艰难工作……工作的意义，就是他如历史上一切伟大作者同样，用文字故事给人生作一种说明，说明中表现人类向崇高光明的向往，以及在努力中必然遭遇的挫折”。[①] 简言之，他们并不认为大众文学能够为文学自身的发展带来什么样本质的改变。因此，在文坛有关大众语、大众文坛的讨论趋于平淡之后，他们便转移了视线，不再对大众文学及相关问题进行深入的思考，实际上便是放弃了对该问题的话语权了。

鲁迅、茅盾等则堪称是“激进的左翼启蒙思想者”的代表人物。鲁迅

① 沈从文：《白话文问题》，《沈从文全集》第十二卷，北岳文艺出版社2002年版，第62—63页。

虽也积极地参加了大众文学及相关问题的讨论，但他的态度与“左联”的大部分革命文学青年大有不同。他始终没有放弃对大众文学“启蒙”功能的强调。他在后来被称为“对‘大众语’讨论实际上作了总结”[①] 的《门外文谈》的“专化呢，普遍化呢?”一节中便数次提到了文学“启蒙”作用的问题。但在另一方面，他相当认同革命文艺家尤其是瞿秋白等人对大众文艺的倡导。他至少在一定程度上同意，大众在政治地位上的优越性也会体现在文学的本质构造上。但和瞿秋白等主要从政治理念和政治热情上宣扬大众文学的光明未来不同，他从一般的文学发展理论上考察大众文学可能蕴藏的巨大价值。他说:“大众并无旧文学的修养，比起士大夫的细致来，或者会显得所谓‘低落’的，但也未染旧文学的痼疾，所以它又刚健，清新。无名氏文学如《子夜歌》之流，会给旧文学一种新力量”。他还指出，许多民间小戏“比起希腊的伊索，俄国的梭罗古勃的寓言来”是“毫无逊色的”。[②] 鲁迅的论说有史有据，在当时无疑是最有思想深度的一种观点。

但历史的实际情况总与后人偏于理想化的总结有所不同。鲁迅比较全面的观点在当时并未引起足够的反响。伴随着日本帝国主义对中国侵略的加剧，伴随着在政治上发动群众的任务趋于紧迫，除了胡风等少数几人，大部分左翼启蒙思想者在后来的大众文艺运动中，实际上已经放弃了对文学启蒙作用的强调，主要从政治作用一面来谈论大众文学的作用了。[③] 而原来的政治型大众文学观念内部实际上也有所整合，因为得到了鲁迅、瞿秋白等人思想理论的部分印证，强调以文学的“社会价值”来统摄“艺术价值”的观念开始流行起来。因为从一般文艺理论和文学的发展情况看，既然大众的创作能够自然产生具有高超“艺术价值”的作品，则可见“艺术价值”确实是无须加以特别关注的一个问题了。

第二阶段是政治型的大众文学观念走出单纯理论讨论的局限，开始影

---

① 文振庭编:《文艺大众化问题讨论资料》，上海文艺出版社 1987 年版，扉页。

② 鲁迅:《门外文谈》，《鲁迅全集》第六卷，人民文学出版社 2005 年版，第 102—103 页。

③ 参见费正清、费维恺编:《剑桥中华民国史》(下卷)，中国社会科学出版社 1994 年版，第 532—543 页。

响、指导具体的文艺创作的时期。这其中，毛泽东的文艺思想确立其领导地位是一个核心的问题。

毛泽东极端重视文艺的大众化问题。1938 年 10 月，他就在中共六届六中全会上的报告中提出了要使马克思主义在中国具体化的问题，要把国际主义的内容同民族形式结合起来。这个指示使延安和重庆文化思想界开展了关于“民族形式问题”的热烈讨论。当然，真正代表其全面、成熟大众文艺观的，自然还数《在延安文艺座谈会上的讲话》(以下简称《讲话》)。

从中国大众文学观念的发展情况看，《讲话》至少在以下几个方面具有里程碑式的意义。第一，《讲话》从政治和社会的角度，以阶级分析的思路较细密地论述了文艺为“中华民族的最大部分，就是最广大的人民大众”服务的正当性和必要性。之前的革命文艺家在论述大众文艺与政治的关系时，常引用人道主义、民粹主义的一些观念作为理论依据，又或是照搬“拉普”教条，让人感觉流于空洞、僵化，不符合中国的实际情况。第二，《讲话》通过文艺的“普及”与“提高”问题的讨论，实际上将大众文艺确立为一种美学的标准。毛泽东虽然并未完全否定文学趣味自由的问题，但他毕竟更多肯定的是“下里巴人”之类的作品：“任何一种东西，必须能使人民群众得到真实的利益，才是好的东西”。这样，大众化的美学趣味实际已经不简单是一种美学的趣味问题，而是直接涉及政治立场正确与否的问题了。第三，《讲话》还比较具体地规定了大众文艺的基本创作原则：为政治服务，表现人民大众感兴趣的话题，采用人民大众喜闻乐见的形式。毛泽东认为，既然中国共产党的政治是为人民大众服务的，那么大众文艺反映共产党的政治要求当然就是其为人民服务最直接的一种方式了。第四，《讲话》也注意到了大众文艺的启蒙作用：“工农兵……迫切要求一个普遍的启蒙运动……去提高他们的斗争热情和胜利信心”。不过，在后来的文艺发展过程中，执行者多将启蒙简单地理解成了“政治启蒙”，忽视了民众内在精神启蒙工作的复杂性和艰巨性。第五，《讲话》回答了大众文学运动开展以来一些特殊的难题，比如，“大众文学作家”写的作品为什么大众却不感兴趣？毛泽东指出这是由于作家的思想感情未能和“工农兵的思想感情打成一片”的缘故。而如要和“工农兵的思想感情打成一片”，作家们便需对自己灵魂深处的观念情感作一些改变，“来一番改造”。《讲话》对当时“大众文艺作家”创作根本缺陷的分析与批判是深刻的，它揭示了中国大众文艺运动进展缓慢的症结所在。①

由于《讲话》思想的全面性与深刻性，也由于毛泽东特殊的政治地位，因此可以这样说，自《讲话》发表以后，20 世纪 40 年代的大众文艺界人士主要的精神活动，就是一个学习理解《讲话》，将自己的大众文艺观统一到《讲话》精神中来的过程。这期间，无论是共产党内部的革命文艺家，还是左翼的、中立的知识分子，都需要以《讲话》精神来清除自己头脑中的“资产阶级观念”。1945 年重庆《新华日报》对夏衍戏剧《芳草天涯》的批评便是一个很好的例子。《芳草天涯》主要描写了抗战期间知识分子私人化的情感生活，遭到了来自延安指导国统区文艺工作的林默涵、何其芳等人的严厉批评。他们指责《芳草天涯》脱离了为人民大众服务的宗旨，既没反映大众的情感，也没反映政治上人民大众的前进方向，因此归根结底是一部“有害”的作品。② 夏衍虽然是公认的无产阶级文艺的重镇之一，虽然“想不通”③ 对《芳草天涯》的种种批判，但他仍必须无条件地接受这种批判并努力以之改造自己的思想。

胡风是极少的例外之一。他是一位坚定的左翼知识分子，但他启蒙大众、反对以政治目的取代启蒙任务的立场同样坚定。在 20 世纪 40 年代初他便与向林冰（赵纪彬）以及周扬、郭沫若、艾思奇等人就民族形式问题展开了激烈的论战，特别强调外来文艺对五四新文艺的影响。当《讲话》精神由延安向国统区传播后，他坚持自己的观念并拒绝中共方面的批评指导。直到 1948 年，他仍为捍卫启蒙的观念而坚决拒绝邵荃麟、胡绳、林默涵等人在

---

① 文中所引毛泽东的观点，均引自毛泽东：《在延安文艺座谈会上的讲话》，《毛泽东选集》第三卷，人民出版社 1991 年版，第 847—879 页。

② 参见何其芳：《评〈芳草天涯〉》，《何其芳文集》第四卷，人民文学出版社 1983 年版，第 76—81 页。

③ 夏衍：《懒寻旧梦录》，《夏衍全集》第 15 卷，第 279 页。

《大众文艺丛刊》上对自己的批评。

第三阶段是政治型大众文学取得一元化领导地位的时期，这其中，政治型大众文学的所谓的“政治”也是一元化的，亦即毛泽东思想中有关阶级分析和阶级斗争的政治观念。这一阶段中国文艺“为政治服务”“为工农兵服务”的情况，学界已有详细的讨论。因此，我们对启蒙型大众文学观念如何被政治型大众文学观念整合、同化的细节问题就不再做过多的分析了。这方面的问题实质是第二阶段核心问题的延续。

这里需要强调指出的是，就大众文学的发展来说，这一阶段最有代表性、最具特色的事件之一，是商业型的大众文学活动被清洗、放逐。

我们可以发现，历次的大众文艺讨论基本都没有商业型大众文艺观念置喙的余地。非但没有置喙的余地，且无论革命文艺家还是启蒙知识分子都直接认为商业化的大众文艺简直就是中国发展大众文艺最大的祸害，其消极影响决不下于那些保守派与复古主义者。许多人直接将这些作品称为“反动的大众文艺”。阳翰笙说：

> 我们已经发现封建余孽和买办地主阶级的各种各色的反动思想，是在用着各式各样的文艺形式反映出来，满坑满谷的把大众文艺生活影响着，支配着，组织着。这些反动思想最流行的，第一便是打富济贫的武侠主义。这种思想的实质，是在麻醉要积极地起来斗争的大众，叫他们安安心心的等待剑仙侠客从天外飞来替他们打抱不平。第二便是恶有恶报善有善报的果报主义。……第三便是劳资妥协主义。……第四是媚外的洋奴主义。……第五是男女问题上的惩淫主义……①

阳翰笙开列的这些问题方面，几乎一网打尽了市场上一般流行的通俗大众文艺的题材类型，指出了商业型大众文艺与政治型大众文艺本质上的不

---

① 寒生（阳翰笙）：《文艺大众化与大众文艺》，载文振庭编：《文艺大众化问题讨论资料》，上海文艺出版社 1987 年版，第 84 页。瞿秋白有类似的观点，可参见该书第 36 页。

能兼容。①

鲁迅的有关评论相对说来是比较全面、理性的，他至少不认为这一派人士属于敌对方面："我以为文艺家在抗日问题上的联合是无条件的，只要他不是汉奸，愿意或赞成抗日，则不论叫哥哥妹妹，之乎者也，或鸳鸯蝴蝶都无妨。"不过他立即又补充说明道："但在文学问题上我们仍可以互相批判。"②

在这样的时代大潮中，正面宣扬商业大众文学正当性、必要性的知识分子几乎是没有的。但问题在于，没有人宣扬这类观念不等于商业化的大众文艺就不存在了。事实是，从读者反映的这一面看，大众文艺工作者竭力鼓吹的"大众文艺"并没有多少大众问津，而没有什么理论宣传的商业大众文艺，大众倒是趋之若鹜。③

中国共产党在取得军事上的决定性胜利后，党的文艺领导人便积极着手改变这种情况。④ 首先的工作仍是从理论上对商业化的大众文艺进行明确的界定。郭沫若说：

> 什么是黄？就是一般所说的黄色文艺。这是标准的封建类型，色情、神怪、武侠、侦探，无所不备，迎合低级趣味……在黄色作家群中，多是道义观念贫弱的穷文人、性格破产者，……倒不必一定有祸国殃民的明确意识，但作品倾向是包含毒素的东西，一被纵容便像黄河决口，泛滥于全中国，为害之烈，等于鸦片。正因为这是一种有效的

---

① 启蒙方面对相关现象的批评，可参看陈望道著《大众语论》（《文艺大众化问题讨论资料》第292页）、孔另境著《大众语文建设之理论与实际》（《文艺大众化问题讨论资料》第350页）等文。

② 鲁迅：《答徐懋庸并关于抗日统一战线问题》，《鲁迅全集》第六卷，人民文学出版社2005年版，第550页。

③ 这种情形在左翼文艺家的批判中即可得到印证。

④ 中华人民共和国成立前解放区管理商业文艺的情况，可参见傅谨：《禁戏五十年》，《小说家》1999年第3期。

麻醉剂，足以消磨斗志，甚至毁灭人性……①

郭沫若的说法基本上承继了20世纪30年代革命文艺家对商业大众文学的批判思路，但也有一些有意味的变化。其中最可注意者，是他将神怪、武侠、侦探之类的小说类型一概与色情小说等量齐观。这种说法显然比简单地从意识形态立场诅咒商业文艺为“反动文艺”要更有杀伤力。因为一般大众要理解什么是政治的“反动”有些困难，但他们都知道什么是“色情文艺”。如果武侠、侦探之类的小说是与色情小说一样的东西，查禁它们，一般群众就会比较容易接受了。

20世纪50年代初期到中期，中国大陆地区对传统的商业大众文艺展开了严厉的打击与清洗。人们常常看到这样的新闻报道：“根绝黄色书刊对青年工人的毒害”“各地积极处理反动、淫秽、荒诞图书”等等。但事实上，报道中所谓“黄色书刊”云云，只有极少一部分是淫秽的、反党反社会主义的作品，其主体所指，是武侠小说、言情小说之类。② 由此可见，至迟在50年代中期，传统的以服务大众趣味为主旨，以商业利益为导向的大众作品乃是“黄色作品”的观念已经深入人心。如果说启蒙型大众文艺作品尚有批判学习的余地，那么由“道义观念贫弱的穷文人、性格破产者”写作的东西只能被封杀、清除出文学作品的队伍。

四

20世纪70年代末至今，是中国大众文学观念从一元复归于多元的时期。政治型大众文学观念丧失了其绝对的主导地位；商业型大众文学观从隐性走

---

① 郭沫若：《斥反动文艺》，《沫若文集》第十三卷，人民文学出版社1961年版，第529页。

② 可参看《根绝黄色书刊对青年工人的毒害》（《文艺报》1955年第14期）、《各地积极处理反动、淫秽、荒诞图书》（《光明日报》1956年1月15日）等报道。

向显性，公然表现出对意识形态领导权的诉求；启蒙的观念逐渐占据主流地位，却又因对政治、商业不同的立场而分裂为不同的派别等，乃是这一时期中国大众文学观念变荡最具标志性的事件。

20 世纪 70 年代末，中国社会开始进入了改革开放的时代，一元化的政治型大众文学观念不适应文学发展需要的一面渐渐地凸显了出来。毫无疑问，40 年代以来，中国独有的政治型大众文学观念促生了一系列富有特色的文艺作品。但当这种观念被标举为是唯一正确的、可实行的美学观，且和以阶级斗争为核心的政治宣传完全挂钩起来时，它对于文学创作的禁锢作用就很明显了。在当时，这种观念事实已成为人们展开自由艺术探索的一个巨大精神包袱。

像围绕朦胧诗的讨论便是一个很好的例子。现在人们都已经能够认同：文学的语言风格应当是多种多样的。就一个诗人、一个诗派来说，刻意去追求某些文体实验，写一些自己未必清楚别人看了更不知所云的作品，这完全属于创作自由领域内的事情，谈不上是错误，更谈不上触犯了什么天条。但 80 年代初却有相当一批批评家，仅仅因为对一些诗歌“读了几遍也得不到一个明确的印象，似懂非懂，半懂不懂，甚至完全不懂”,[①] 就断言这些作品偏离了文艺大众化的方向，有严重的美学错误即政治错误，“是诗歌创作的一股不正之风，也是我们新时期的社会主义文艺发展中的一股逆流”。[②]

对于改革开放后消闲类通俗文艺作品（其主力便是民国时期的商业大众小说和部分民间文艺）的复兴，这些人同样忧心忡忡，希望借用政治手段，将这些作品永远打入冷宫，回复到一元化政治型大众文艺无条件一统天

---

① 章明:《令人气闷的“朦胧”》，载姚家华编:《朦胧诗论争集》，学苑出版社 1989 年版，第 28 页。

② 臧克家:《关于朦胧诗》，载姚家华编:《朦胧诗论争集》，学苑出版社 1989 年版，第 75 页。周良沛、程代熙等人的类似的评论也很有代表性。

必须指出，被章明等人大加鞭笞的如《秋》中“连鸽哨也发出成熟的音调，过去了，那阵雨喧闹的夏季”等诗句，又哪里称得上“简直是梦幻，是永远难以索解的‘谜’”!（《朦胧诗论争集》第 31 页）批评家们的指责，实在是太过专横了。

下时的情形。有人断言说，“还珠楼主的《蜀山剑侠传》、白羽的《十二金钱镖》和冯玉奇大量的言情小说和《亭子间嫂嫂》这一类荒诞不经、诲淫诲盗的毒草”，“早在解放初期被明令取缔禁止流传，是完全必要和应该的，这些东西是十足的糟粕毒素，思想内容反动，写作技巧不值一谈。现在不会有人再记起它们，早已被淘汰掉了”。[①] 又有人说，“通俗不要搞成庸俗”；“如果认为通俗文艺就是鸳鸯蝴蝶派，那就把重点搞错了，变得庸俗了。……现在的通俗文艺是八十年代的通俗文艺，眼光就要放宽一些，推而广之一些。出版社不要只看到旧小说。高晓声、周克芹的小说也是通俗文艺，《乡场上》这样的小说也是通俗文艺。如果通俗文艺排除了这些，路子就窄了。中国八亿农民是要通俗文艺的，搞通俗文艺如果不管农民的需要和爱好，通俗文艺是没前途的。……另外像刘兰芳的评书《岳飞传》是很轰动的，……这个刘兰芳能吸引住男女老少，雅俗共赏，她比邓丽君力量大。这也是一种通俗文艺”。[②] 当然，《蜀山剑侠传》《十二金钱镖》《亭子间嫂嫂》是否与冯玉奇的小说是同一类作品；高晓声、周克芹的小说是否属于农民真正喜欢的通俗文艺一类；刘兰芳是否真的比邓丽君力量大等等问题，议论者未必作过深入的思考。他们只是根据自己的信念作出了这一些论断。

这样僵化保守的观念显然是不能适应形势发展需要的。进入 20 世纪 80 年代以后，中国共产党核心的文艺方针展开了一系列的调整。胡乔木完成于 80 年代初期的《当前思想战线的若干问题》是一个具有指导意义的纲领性文件。他指出：“对毛泽东同志的文艺思想也要采取科学的分析态度。我们不能用‘句句是真理’或者‘够用一辈子’那样的态度来对待《在延安文艺座谈会上的讲话》。”胡乔木认为，“关于把具有社会性的人性完全归结为人的阶级性的提法”，“究竟是不确切的”；而《讲话》中以政治标准统摄艺术标准的做法影响更为消极：

① 王延龄：《试论鸳鸯蝴蝶派》，《读书》1981 年第 8 期。

② 陈允豪：《路子要宽，队伍要广》，《读书》1981 年第 8 期。

> 艺术的门类品种不同……，它们服务于社会主义的方法、方面和性质不可一概而论，我们对它们的要求也不能“一刀切”。为社会主义服务是一个广泛的概念。只要有益于培养社会主义新人的世界观、理想、道德、品格、信念、意志、智慧、勇气、情操和整个精神境界，都是为社会主义服务。……不能把文艺作品的思想内容仅仅归结为政治观点、政治倾向性……，不能孤立地把政治标准作为衡量文艺作品的第一标准。硬要那样做，就必然导致实践上的简单粗暴，妨碍文艺创作、文艺批评的健康发展。

尽管胡乔木在文中再三强调，“这个《讲话》的根本精神，不但在历史上起了重大的作用，……而且是我们在今后任何时候都必须坚持的”。他还强调大众文艺的主导地位不能动摇：“在今天的社会主义社会时代，党中央提出文艺要为人民服务，为社会主义服务，这是毛泽东同志的文艺思想在社会主义条件下的运用和发展。为人民服务，决不可以跟为工农兵服务对立起来。虽然工农兵不能够代替全体人民，但是他们究竟是人民的最大多数。社会主义社会的知识分子，也是劳动人民的一部分。为人民服务和为社会主义服务，这也就是《在延安文艺座谈会上的讲话》所说的‘群众的政治’。”① 但由于在他的定义中，“劳动人民”的内涵已然扩展了，又否定了以阶级分析为纲划分社会人群的思维方式，一元化的政治型大众文艺观事实上便丧失了其政治上的绝对正当性，同时也就丧失了其美学趣味绝对正确性的保证。

当然，20 世纪 80 年代以来，政治型大众文艺观仍不失为一种有影响的文艺观念。许多文艺工作者仍然试图完整地坚持《讲话》的精神；② 许多持启蒙立场的研究者，有时也颇认同政治型大众文艺观中的某些原则立场。③

---

① 文中所引胡乔木的论断，均引自《当前思想战线的若干问题》，《胡乔木文集》第二卷，人民出版社 1993 年版，第 458—500 页。

② 参见李凤臣：《大众文学宣言》，《章回小说》2000 年第 4 期，等文。

③ 参见朱立元：《应当正视的负面效应——略论市场经济下的审美文化建设》，《复旦学报》（社会科学版）1996 年第 3 期，等文。

其创作上的实绩更是有目共睹：众多的献礼片、“五个一工程”作品，这是新时期以来中国文艺创作最大的收获之一。但没有疑问的是，作为曾经唯一“正确”的大众文学观念，相比近年来兴起的启蒙文学观或商业文学观，它已越来越丧失其支配性的地位了。时间越流逝，社会越开放，这一点就可以看得越清楚。

随着政治意识形态对文艺领域控制力的弱化，启蒙的立场成为了80年代许多知识分子基本的价值立场。这种立场甚至得到了党的文艺界最高领导人的支持。1984年12月29日，胡启立“受书记处的委托”，在中国作家代表大会开幕式上的讲话中明确指出：“文学创作是一种精神劳动，这种劳动的成果，具有显著的作家个人特色，必须极大地发挥个人的创造力、洞察力和想象力，必须有对生活的深刻理解和独到见解，必须有独特的技巧。因此创作必须是自由的”；“我们党、政府、文艺团体，以至全社会，都应该坚定地保证作家的这种自由”。①

既然“个人”的元素被突出到了这种地步，与“大众”相关的问题显然就不是作家创作所必须关注的问题了。事实上，对80年代以后大部分作家、文艺理论家来说，其思想工作的重心，已完全转移到了发扬个性，吸收、融会西方思想文化等方面。而对那些仍然关注大众文艺问题的人来说，他们考察问题的视角也与30年代的启蒙知识分子有了根本性的不同。

“文化大革命”后的大部分作家、理论家对创建某种具有强烈启蒙色彩的“化大众”的“大众文学”，已基本丧失了探索的热情（尽管陆续有作家有意无意地从事相关的创作实践，但思想界似乎已失去了对此类问题进行深入研究的精神动力），实际上，他们已经认同，所谓大众文学，就是依靠市场法制流行起来的为大众所喜闻乐见的大众文学（他们也将之称为“流行文学”“通俗文学”）——其中也包含某些已经深入人心了的政治型大众文学作品。他们要依托启蒙的观念对这些与启蒙创作积极争抢读者市场的作品的社会文化价值与艺术价值作出合乎学理的评断（而不是政治性的宣判）。这样

① 胡启立：《在中国作家协会第四次会员代表大会上的祝词》，《文艺研究》1985年第2期。

也就形成了新时期以来的启蒙型大众文学观。根据对商业型大众文学的基本态度（赞成或反对），这类人士大致也可以分作两派。

一派知识分子认为，大众文学的精神与趣味无可救药地注定是低劣的、庸俗的，且夹杂着许多与启蒙价值、现代理性精神根本相悖的观念；更不用说现实中的大众文学直接就充满了色情与暴力的内容。因此，中国如要建设真正意义上的现代精神文明，知识分子有必要以不妥协的态度批判大众所喜爱的种种文艺样式，以刺激精神上随时陷于懈怠状态的他们。李新宇发表于1989年的《大众化与化大众的冲突——一个值得重新思考的问题》堪称是这种思想观念较早的较系统的一份宣言书：

> 观念陈旧的文学容易拥有最广大的读者，而新的思想观念和审美意识却因缺少知音而难以拥有读者；与同时代的普通民众处于同一水平的作品被广泛接受，超出了时代思想水平和审美准则作品则受到冷落；迎合读者作品会万口传颂，力图改变读者的价值观念和审美意识的作品则常因与接受者的观念和心理格格不入而受到排斥。这种现象在我们这个时代尤为突出。

他断言说，如果我们“是以迎合大众、迁就大众、向大众看齐、与大众取得一致为方式”来看待通俗大众流行的问题，来处理精英文学与大众文学的“矛盾”，这就“不仅意味着对五四启蒙精神的否定和对西方文化影响的对抗，而且意味着一直作为现代文化载体的知识分子去适应大众并接受其改造，意味着文化历史的停滞和倒退”。①

---

① 李新宇：《大众化与化大众的冲突——一个值得重新思考的问题》，《文学评论》1989年第2期。

舒芜较早谈到了这方面的问题。不过他的论调又夹杂了许多政治性的颐指气使的内容：“我是明确认为大部分武侠小说是有害的。所谓行侠仗义、除暴安良的故事，麻痹群众的斗志，使被侮辱被损害者寄幻想于他力，而不是依靠自力，其害一也。好勇斗狠，轻视他人的生命，美化封建帮派，其害二也。荒诞离奇的迷信，与文明科学绝不相容，有人硬把它混同随着中国社会越来越趋于市场化，知识分子认识到，原来庸俗大众小说流布的根源，乃是在于商业精神的正当性被过分强调了，它乃至侵蚀了它不配占有的诸多具有神圣性内涵的精神领地。因此，知识分子当下的重要任务，就是坚持并捍卫自己的价值立场，抵抗商业文化对纯粹精神领域（如精英文学）的入侵。贺绍俊认为：

> 说到底，时尚化的深层文化原因，还是人文精神的缺失。一个良性发展的现代社会，应该在消费主义和物质主义兴盛的同时，建构完善的人文精神系统。我们的社会为前者提供了彻底的解放，却始终没有为后者创造必要的条件，因此直到今天我们还找不到自己的精神家园在哪里。……这时候，时尚往往成为一帖兴奋剂，给人造成一种虚假的精神幻觉。因为时尚是一种精神的空壳，看上去在传递精神的信息，实质上只有空瘪的内容……
>
> 大众文化已经具备经济文化的意识形态性，成为一种社会的强势话语，显然，它对文学的影响和渗透是在现代化进程中不可避免的。与大众文化纠结在一起，这本身就构成了当代文学发展的时代条件。影响与反影响，渗透与反渗透，自然就成为当代文学突破的内在动力。因此，即使文学已经到了相当危机的地步，我们仍能发现文学的内在活力，我们仍能保留住纯粹的文学性氛围，而且我们的作家对于真正的文学精神的执著追求越来越浓烈了。①

随着中国商品经济的发展，二十多年来，这一派知识分子对待商业大

于神话，其实全不是一回事，其害三也。以上三害是一切新旧武侠小说所共有的。至于新的武侠小说，为了加一点进步意义，往往把历史上两种政治力量之争同两派武侠之争扭合在一起，大大美化其中一派，甚至把唐朝的玄武门之变写成两条路线的决战，以封建反封建，与民主思想绝不相容，其害四也。凡是读武侠小说的人，极少不受到这些有害影响的……”（舒芜：《武侠小说与“读书真空”》，《瞭望》1985 年第 40 期）

① 贺绍俊：《大众文化影响下的当代文学现象》，《文艺研究》2005 年第 3 期。

众文化的态度，明显存在着一个由积极批判向防御转变的过程。但不论具体的姿态如何变化，他们的基本态度其实从未动摇：对于中国文明的现代性变革来说，商业大众文化至少不是一支积极的力量，知识分子应当坚持启蒙的立场对之加以谛视，予以必要的批判。

另一派人士则认为，无视那么多的人发自肺腑的自然喜好，将商业大众文化当作与知识分子精神追求完全对立的一极是不妥当的；并且，大众文学——即使是完全市场化了的大众文学也并非像批评者说的那样不堪。他们认为，从整体上看，大众文学所阐扬的内容，并不都是诲淫诲盗的；而从艺术创新上看，它们虽然一般流于平庸，但正是这种平庸使得它们具有了精英文艺所无法取代的功能价值。南帆较早明确指出了这一点：

> 对于大众文学……的骤然兴盛，……或许我们应当欣慰于这样的事实，当文学艺术的前锋延伸至多数读者无力顾及之处时，大众文学及时填补了人们阅读范围内所出现的空缺。
>
> ……
>
> 在艺术处理方式上，大众文学的诱人很大程度上依赖于趣味性与适当深度的结合。……吸收作品的意蕴不该耗费人们过多的精力。这显然由于人们在大众文学阅读态度中的一个重要成分——消遣。多数人无意问津纯粹的“文学性”，他们宁可将文学视为一种有益的消遣活动，一种名符其实的寓教于乐。这种阅读往往发生于业余休息之际。假如不想刚刚从令人疲倦的专业工作脱身随即又钻进另一个专业，那么，读者对于“可读性”的重视必将超过“文学性”。这个时候，《神曲》显然过于庄重因而不如险象环生的《射雕英雄传》引人，《浮士德》则过于哲理化因而不如离奇的《七剑下天山》痛快。①

20 世纪 90 年代中期以后，部分知识分子还试图将这样的观念更加推进

---

① 南帆:《先锋文学与大众文学》,《文艺理论研究》1988 年第 3 期。

一步，以赋予商业化大众文学一些更为积极的价值内容。他们或试图揭示，大众文学中同样包含了深刻的启蒙思想内涵；或试图结合西方后现代理论与巴赫金民间文化理论等思想资源，证明不可援引精英艺术的话语逻辑随意贬否大众文艺的价值。像将金庸列为20世纪小说大师（排名第四，位在老舍、郁达夫、王蒙等人之前）等事件，就是这种思潮具体的表现。

与这种思潮相呼应的，便是商业型大众文学观念的正式登场了。

前已提到，至迟在20世纪初，商业化的大众文学创作已相当活跃。但在救亡图强的时代大潮中，在梁启超式“公等若犹是好作妖言以迎合社会，直接坑陷全国青年子弟使堕无间地狱，……天地无私，其必将有报公等，不报诸其身，必报其子弟；不报诸今世，必报诸来世”[①]的诅咒声中，绝少有知识分子敢于张扬其商业化的大众文学观念以对抗政治的或启蒙的大众文学观。但这一点到80年代末期开始出现了一些变化。随着社会各界越来越重视文化产品的市场效应，便有知识分子开始思考：如果说市场经济本来就是社会生活的重要组成部分，那么，作家们关注经济乃至弃文从商则便是文学活动整体形态的一个自然环节，人们不应对商业力量介入到文学领域大惊小怪。[②]如果说，这种最初的辩护尚是羞涩的，90年代中期以后，部分持相对主义、反本质主义论调的人士就趋于极端了。他们质疑启蒙主义者（当然更不用提政治意识形态向度的立场观念了）坚持的精英文学是否天然就具有价值上的优越性。他们认为，所谓“艺术价值”本来就是相对而言的，没有高下对错之别。无论精英艺术还是大众文艺都不过是“语言游戏”的一种形态。旷新年描述了这种观念带来的后果：

> 后现代主义在九十年代的价值重建中无疑起了重大的作用，并且成为大众文化的重要内容。……他们在对知识/权力的解构中不仅使作为历史正义和知识真理的代言人的启蒙主义和知识分子丧失了合法的

① 梁启超：《告小说家》，《饮冰室合集》文集三十二，第68页。

② 参见季元龙：《“弃文从商”小议》，《文学评论》1989年第2期，等文。

> 位置，而且实现了与大众文化的“同流合污”。后现代主义在对知识的权力性、话语的欲望性、语言的暴力性的深刻揭露中，“撕下一切假面具”，建立了“商业的逻辑”和欲望的合法性。①

当然，相对主义的诡辩游戏并没有什么实际上的思想价值，证明了“‘商业的逻辑’和欲望的合法性”也并没有真正回应启蒙与政治立场对商业文艺长期以来的批判。如何从根柢处说明商业大众文艺的价值意义所在呢？有一些研究者试图将大众文化的问题放到现代大众社会兴起的整体时代背景中进行考察：

> 我们今天所说的大众文化是一个特定范畴，它主要是指兴起于当代都市的，与当代大工业密切相关的，以全球化的现代传媒（特别是电子传媒）为介质大批量生产的当代文化形态，是处于消费时代或准消费时代的，由消费意识形态来筹划、引导大众的，采取时尚化运作方式的当代文化。它是现代工业和市场经济充分发展后的产物……90年代开始兴起的中国大众文化首先是一场解神圣化的世俗化运动。它是市场经济条件下社会整体变革的一部分，它表明了市民社会对自身文化利益的普遍肯定，表明了小康时代大众文化生活需求的合理性，以及它处于上升期的内在动力与相应的批判意识。②

大众文学作为大众文化在文学方面的具体表现形式，它的种种与商业消费紧密相关的表征，因此便自然具有了一种历史的合法性和必然性。知识分子当然可以以启蒙的立场来谴责这种历史的合法性，可以激情宣扬人类终极价值追求的正当性不应屈服于这种历史阶段的必然性，但他们终究无法回避这种历史的现实，因此他们就得承认，在传统的艺术观念之外，需要根据

① 旷新年：《作为文化想象的“大众”》，《读书》1997年第2期。

② 金元浦：《重新审视大众文化》，《中国社会科学》2000年第6期。

现代大众社会的诸文化特征来认识商业大众文艺自身的绝对价值意义所在。

还有一些研究者的价值评断更为直截了当一些。他们试图从大众文艺的商业属性中推断它对中国整体文艺的主导性价值意义。孟繁华说道：

> 大众文化的面目始终是“中性”的……它以中性的面目出现，没有自己坚持的固定立场，它只有在市场规律支配下的利益原则。它使日常生活变得亲近可感，无论什么趣味和爱好的人，都可以在今日的文化市场上找到自己的读物或音像制品。……在利益的驱使下，所有的文化资源都有可能被这一文化形态纳入市场，经过新的发掘和包装后，使其变成文化消费品。

正是因为大众文化具有上说的功能特性，只要善加引导，它在汲取西方大众文化的生产经验、研究和继承无产阶级文化遗产、开掘传统资源、宣扬人类基本的价值尺度等方面，必可发挥出巨大的优势。孟氏进而指出，像这样的文化，理当成为“主流文化”，由它主导的“多元文化共存的格局”，“体现了重建中的文化领导权的包容性，它为多种文化共生奠定了合法性依据和公共环境。应该说这是一种巨大的历史进步，是符合改革开放的思想路线和未来发展要求的”。①

研究者们的美好设想，当然还有待我们在现实的文化活动中去深思、实践、检验。但可以肯定的是，孟繁华等人的确是从一个前人从未言及的高度上来肯定商业大众文化 / 商业大众文艺的价值意义。

五

本节主要讨论对大众文学的价值评判问题。

---

① 孟繁华：《大众文化与文化领导权》，《文艺争鸣》2005 年第 3 期。

在前文我们所以要大费周折地讨论政治型、启蒙型、商业型这几种中国大众文学观念的基本类型，主要便是为了辨明在中国的文学价值系统中，对“大众文学”究竟有几种根本性的评价尺度，这几种评价尺度之间，存在着怎样的对立差别，又存在着怎样的兼容性。

政治与启蒙之间的关系问题历来是学术界研究的重点问题，尤其政治型大众文学观念对现当代文学整体性的影响及其后果，学术界已有较为统一的意见，① 我们在文中对这方面问题就不多加讨论了。至于政治与商业的关系问题，我国的思想界是有一个结构性的转折变化的，当前思想界一般已不认为社会主义文化建设与商业价值的追求存在着不可调和的矛盾了。在当前，真正的冲突，突出表现在启蒙立场与商业利益，孰应为大众文学的主导价值的问题上。学界有关大众文学价值的诸多争议，如怎样看待大众文学拥有最广大受众群体这一现实情况；从文学的和思想文化发展的角度上，大众文学究竟有何历史地位等等问题，其核心的纠结，都在这一点上。

首先值得思考的一个问题是：单纯以商业价值为主导的大众文学（大众文艺）能否充分成为一个人类创造性精神活动（包括各种艺术形式创新）的舞台，抑或只能视作一种削平了精神深度与强度的艺术活动？

最初，人们对于商业型大众文学还有这样的疑问：它是我国在人民思想道德与文学欣赏水平相对不高的历史阶段才出现的一种阶段性的现象，还是一种无法抹杀的长期的客观文学存在？随着思想界对人文精神领域问题思考的深化，类似的疑问渐渐不再成为问题：如果人的欣赏趣味总是多元的，如果具有高尚艺术欣赏和创造能力的人占社会总人口的比例总是较少的一部分，那么，以商业价值为主导、以满足大众文学需求为目的的商业型大众文学就应当被承认是一种自然存在的文学现实。

但商业型大众文学自身的独立价值仍然是一个问题。如果我们不能证

---

① 可参见王瑶著《从现代文学的发展看〈在延安文艺座谈会上的讲话〉的历史意义》（《社会科学战线》1982 年第 4 期）、王富仁著《在广泛的世界性联系中开辟民族文学发展的新道路》（《中国现代文学研究丛刊》1985 年第 1 期）等文。

明它能够成为人类创造性精神活动的舞台，那么它充其量就是精英文学的简单粗糙版本而已，在人们的文化生活中并算不得是什么根本性的重要文化现象。

那么，应该如何诠释商业型大众文学自身的独立价值呢？学界有关人士当前较多援引的是游戏说、费斯克的快感文化理论等。它们各自的理论旨趣虽然不尽相同，却有一个几乎完全相同的理论支点。它们的成立都有赖于这样的一个假设：人类社会是一个静态的社会，当前的社会形态已是人类社会的终极形态。只有在这样的一个世界中，由于无须应付各种世界变化、社会变动所带来的困扰，整个世界才变成了真正的“人的世界”，于是，生产就成了单纯意义上的欲望的满足，幻觉可以取代实在（鲍德里亚很有道理地将这样一个世界假定成为实现了“完美的罪行”的世界）。[①] 只有这样，人们才能满足于各种内爆式的符号游戏，或者把文化消费中诸种小小的不和谐当作社会矛盾的总和（这里还不论费斯克关于“大众文化始终……意义是有利于从属者的，并非主流意识形态所喜欢的那种”的判断究竟有几分合理性）。

这样的预设其偏颇简直是一目了然的。

或者，从更积极的角度出发，设想大众文化天然具有调和各种价值向度文化精神的功能。这样，倒是能够证明它对于建设多元文化社会的价值意义。但笔者认为其中仍不乏可商榷的余地。“大众文化的面目始终是‘中性’的”说法并不一定妥当。商业价值从最终形态上说绝不是中性的东西，它与个人主义至上尤其是个人欲望至上的价值原则密不可分。设想一个单纯由商业价值主导的世界，恐怕不会“无论什么趣味和爱好的人，都可以在……文化市场上找到自己的读物或音像制品”。商业价值对个性、个人价值的规划与削平的作用，学界早多有讨论，在此不必多说。至于说商人有时会出版一些根本上非商业性的作品，我们也不可轻易从中推导什么商业“包容性”特质之类的结论。这些现象之所以存在，从根本上说正是由于社会上还有其他

① 参见［法］博德里亚尔：《完美的罪行》，王为民译，商务印书馆 2000 年版。

非商业价值的价值原则在起作用的关系。

简言之，学界当前对商业型大众文学独立价值的辩护是不够充分的。

这样，我们就必须认真思考商业价值与启蒙价值之间的关系问题。

我们前已提到，新时期以来的知识分子对商业型大众文学有着赞成或反对两种截然不同的态度。不过，态度虽然不同，他们的基本价值立场其实并无二致，都是以人的自由、民主制度建设、理性精神的阐扬（他们对反理性、非理性问题的思考乃至崇扬从根本上说也是理性的，是为了让人更好地认识理性）为价值核心来思考问题的。不过有些人认为大众文学的流行有利于这些精神的传布，有些人则认为大众文学所包含的价值立场归根结底是与启蒙价值及由启蒙生发而出的现代人文精神有所悖离的。按照这样的价值原则，商业价值总是要接受启蒙价值的规训与引导的。

但事情是否真的是这样顺理成章的呢?

先来看倾向赞成大众文艺一派的观点。他们力图构建大众文学与高尚启蒙精英意识形态之间良好的互动关系，认为大众文学以较为通俗的形态传布启蒙价值，其间虽有若干庸俗化及其他不尽如人意之处，但总体来说利大于弊。

这种说法挖掘了大众文学的人性内涵，虽有其长处，却也忽略了大众文学中人性表现的弱点。商业化大众文学总是试图竭力展现各种各样的人性欲望，一般来说，它们也总是满足于这样的表现形式。因为任何外力强加的规训与引导，实质都含有抑制这些欲望满足的意味（除非在某些特定条件下，这些抑制本身构成了更强烈的欲望），因此，它们总是本能排斥任何抑制机制的。这就与启蒙精神形成了相当的冲突。人性论是启蒙价值的重要组成部分，但单纯的人性论却未必能够吻合于启蒙理想。

现实的状况很能说明问题。新时期以来，启蒙精神并非没有对大众文学的创作发生过影响。事实上，大陆作家的写作很少不加入启蒙元素。但结果却是，这些在意识形态上居于绝对主流领导地位、占用了绝大部分传播资源的作品，却被各种通过非主流渠道引进的台港地区及日本的大众文学排挤出了大众的视野。这里倒不是说台港大众文学一定是反启蒙的，它们中有不少作品也具有相当浓厚的现代人文元素。但毫无疑问，所有这些都是以服从于欲望满足为前提的，如有必要，其创作者当然以商业利益为优先原则（所以，金庸是绝不惮于让他的主人公一口气娶七个老婆的）。因此，理论家们对大众文学成为传播启蒙价值的通俗形态的设想，未免是过于理想化了。

还有理论家试图援引巴赫金的民间文学理论证明，大众文学、大众文化精神与精英文化构成了一种庞大的关乎内在生命活力的互动性关系。他们说大众文化扎根于大众，从中可获得无尽的形式与内容创造的动力，是人类更高一步的精神创造的重要源泉。这种设想显然将大众文学过于理想化了，也缺乏切实的根据。因为我们现在尚缺乏足够的证据表明，近现代以来有多少人类辉煌精神工作的原动力是来自于大众文化的。再说，民间文学与大众文学尽管有若干交集之处，但肯定不是一个等价的概念，恐怕是不能将民间文学理论照搬到现代商业大众文学的研究中的。

那么，大众文学的精神核心是否必然与启蒙价值存在着冲撞之处呢？

笔者认为，这种冲撞恐怕是客观存在、不容避讳的。从现代大众文化的发端处看，大众价值与启蒙价值就存在着某种疏离，或者说，它正依据这种疏离显示了它与启蒙不同的价值取向。按照学者的分析，市场的兴起，必然要求文化生产方面根据市场原则“调整文化商品的内容，从而从心理上增强各个阶层民众的获取能力”。而“获取能力”的提高又必然是以失去“一些只有经过一定训练才能掌握的因素”为前提，即将“获得文化商品的水平降低至休闲水平”。① 这种低水平人群的蜂拥而至彻底改变了人们精神活动的基本范式。它改变了启蒙时代公共领域的私人性、批判性的特质。哈贝马斯说道：

> 社交讨论让位于无须承担责任的集体活动。……“集体活动”中无法形成公众。……在一起看电影、一起听收音机或者看电视时，公共私人性的特征也不再存在了：文化批判公众之间的交往一直都是以阅读

① ［德］哈贝马斯：《公共领域的结构转型》，曹卫东等译，学林出版社 1999 年版，第 192 页。

> 为基础，人们是在家庭私人领域与外界隔绝的空间进行阅读的。相反，文化消费公众的业余活动在同一个社会环境中展开，无需通过讨论继续下去：随着获取信息的私人形式的消失，关于这些获取物的公共交往也消失了。①

但问题的复杂性在于，我们在今天如何来评价这种价值的疏离情况呢？肯定启蒙以来的价值取向，认为大众文化终究要接受启蒙价值的规训与引导，当然是广大知识分子所乐于坚持的立场。但现实中这种坚持至少要受到两个方面的严厉考察。第一，我们知道所谓的启蒙价值及其生发而出的诸种现代人文意识，从根柢处初始发端于三百余年前的欧洲思想文化界。到今天，社会文化的诸多情势已发生了巨大变化，那么其对于人们今天精神活动的绝对指向性作用是否依然是有效的？第二，所谓大众的身份几百年来已发生了彻底的变化。在数百年前，大众的身份基本是统一的：收入低、社会地位低、文化教养低。但在当今，所谓“大众”却几乎变成了一个滑动的能指，许多时候它只是一个社会群体中的相对身份。比如一个顶尖的自然科学家，其文学艺术趣味，也许仍然停留在只能欣赏琼瑶、郭敬明作品的水平线上，那他对文艺专业人士来说，显然是属于“大众”之列，亟待启蒙。而在这位科学家看来，这些文艺工作者的自然科学的知识水平大多也不会超过一个高中生的水平，同样也是亟待启蒙的“大众”。就是说，在当前社会，许多人其实同时兼具着“精英”与“大众”的身份。随着教育的普及与社会整体知识水平的提高，随着社会多元化的程度的加深，这个群体必然还有一个很大的扩张。如何来应对这种“精英的大众化”实在是一个思想难题。因为按照启蒙的原则，任何个人趣味倾向包括“大众化趋向”都可视为个人自由选择的结果。外界当然要尊重这种个人的选择——只不过按照启蒙理论的推演，这种个人选择似乎最终又会伤害到启蒙价值本身。

那么，是否既肯定大众价值与启蒙价值存在着本质不同，又认为它们

① ［德］哈贝马斯：《公共领域的结构转型》，曹卫东等译，学林出版社1999年版，第190页。

能够构成一种建设性的对话关系就是一种比较妥帖的思想方式呢？哈贝马斯早年将大众文化定性为“不是将广大公众导向一种实质未受损害的文化”。① 时隔三十余年后，他表示需要修改自己的观念：“当时，我过分消极的判断了大众的抵制能力和批判潜能，这一多元大众的文化习惯从其阶级局限中摆脱了出来，内部也发生了严重的分化。”② 不过，大众文化究竟拥有怎样的“抵制能力和批判潜能”并能从“其阶级局限中摆脱了出来”，在他洋洋洒洒的分析中，我们却找不到什么有力的论据。看起来，在西方思想界，如何看待启蒙价值与大众文化之间的关系问题，理论家也不容易找到一个具有客观公信力的立论基础。

在中国，问题就可能更复杂些，无论启蒙文化还是现代商业型大众文化，都不是一种本土自身的文化。它们几乎在同时被横向植入中国，先天上已丧失了其在西方历史文化语境中的逻辑关系。而其各自在发展过程中，又命运多舛，受到了外部多种因素的干扰，虽然经过了一百来年的发展，相应的积累仍然很单薄。因此，按照笔者个人的观点，即使我们从最乐观的角度说，也就是承认启蒙及其生发的文化观念至今仍有着不可移易的价值指向作用，大众文化确实拥有着“抵制能力和批判潜能”并能从“其阶级局限中摆脱了出来”，结合中国的社会现实和文化现实，究竟能够形成怎样的具有中国内涵的启蒙价值与大众价值，现在仍然充满了太多的未知因素。因此，从理论研究的角度说，当前也许尚未到谈论大众价值与启蒙价值能否建立一种建设性的对话关系的时刻。关于大众文学的价值评判问题，恐怕暂时也只能定位于此。

总结起来，在当前中国，人们也许还无法回答“大众文学应该是什么”的问题。如果单从政治或启蒙、商业的某个特定视角看问题，我们难免不及其余；而由于这三者彼此间存在着一定的排他性、矛盾性，我们也很难将这三重价值关系勉强整合在一起。这种矛盾的现象在其他国家虽然多少也存在

---

① ［德］哈贝马斯：《公共领域的结构转型》，曹卫东等译，学林出版社 1999 年版，第 191 页。

② ［德］哈贝马斯：《公共领域的结构转型》，曹卫东等译，学林出版社 1999 年版，第 17 页。

着，却不若当代中国如此尖锐且难以调和。然而这也许正是有中国特色的时代文化内蕴所在。对当前的中国文化界来说，大众文学还是一个生成中的现象，它既不能从以往的经验，也不能从外国的既有模式中寻找一个确定的价值诠释范式。它和中国文化、中国人精神生活深度的纠缠关系，取决于中国思想者的主体性的抉择。思想者固然没有能力向壁虚构，为大众构造一个理想态的大众文学观念。但他们却有权力从人文的视角，对各种大众文学的发展现实作出反应——在当前商业化日趋浓重的氛围中，这种反应显然应当是批判性的，而不是廉价奉承性的。

三、文艺评论

以史笔与诗情浇铸传主的文化人格[①]

——评《大众情人传》兼谈关于传记的有关问题

巴人（王任叔）是现代史上的一位奇人，为他立传——不管作者有没有意识到，有两个难题必须要正视。一、他是文坛上光彩夺目的巨星，同时在社会活动、秘密工作、外交战线、印尼史研究方面成绩斐然：他是中国共产党的早期党员，对党的事业忠心耿耿，但又不乏文人习气，中途脱党：他傲骨铮铮，洁身自好，却又秉性多情，四次婚变……对这位不乏可议之处的历史人物，任何形式的拔高或贬损，都会影响传记作品的品位与价值。二、要了解巴人，需得了解他生活成长的社会环境，他是位跳跃性极强的人物，其活动领域、涉及范围之广，在现代历史人物中鲜有出其右者，要全方位、多角度地考察他在众多事件所处的位置，还要掌握这些事件对他的影响，并从中探得他悲剧性格的发展脉络，这些都是十分棘手的问题。

尽管困难繁多而且艰巨，王欣荣同志还是较成功地解决了这些问题，并以他学者的才识为我们解开了现代史上的一些谜团，如冯雪峰为何曾一度离开战斗岗位而回乡隐居，就让人迷惑不解。通过本书我们才知道，这是因为冯雪峰在上海党的某些问题上与博古意见抵牾，这个空白或许是微不足道

① 本文与吴秀明先生合作完成，曾发表在《山东社会科学》1991 年第 1 期，发表时署名吴秀明、陈择纲。

的，但一经点明，就可展现文艺战线斗争的错综复杂性。类似的例子，书中还可找出许多。

作品的成功与作者严谨踏实的科学态度分不开，作者深入扎实地研究了巴人的有关问题，详尽地占有材料并加以消化理解，真正做到了对传主的深刻了解，虽然作者文笔优美华丽，饱蘸诗情，文思泉涌，但他从不乱逞自己的生花之笔，或依靠才气随心所欲地编排发挥历史。书中所叙巴人奇崛跌宕的行军踪迹，脉络分明，线条清晰，字字倾注着作者的苦心；有关重要人事的描写，道来如数家珍，件件经得起推敲。真实性之强让人感到惊异。细节问题，若有助于传主形象的展示，那作者也是不肯轻易放过，巴人曾向人讥诮柔石，“这柔石也真可以，尊敬鲁迅又何必像孝顺儿子对待父亲那样惶恐无地呢……”作者详细地记下了巴人说这句话的前因后果，一般读者也许一眼掠过而已，但巴人性格狂狷的一面却由此逼真地闪现出来，这便是对传主真切把握后对材料的恰当引证吧！

在这方面最见功力和识度的，还是散见于书中对有关巴人作品的评议。这些评议言简意赅，充分体现了王欣荣同志作为学者严缜深刻的灼见，例如“年来夜夜梦孤霞”一章，由巴人被捕入狱后，深夜对自己身世的反思比照传主一生三次起稿创作《莽秀才造反记》的主人公王锡彤幽禁学宫的心理描写，从作家学的角度富有创见性地指出：“小说莽秀才王锡彤就是王任叔个性的折射，而王任叔也从王锡彤这个深受儒家传统文化熏染的知识分子身上继承了精神遗产，只不过历史上的王锡彤没有经过新文化运动的淘炼，只在忧国——忧民——造反上作了终结：而王任叔在王锡彤所探索的道路上，又勇猛地、艰难地、有时又趔趄地往前跨越了好几个历史时期。”从中看出传主与王锡彤在思想上的承续关系，这种片言即现见识的评点，耀动着作者强烈的主体思想倾向，它不同于一般意义的夹叙夹议，更不是“太史公曰”的简单摹仿。因此，尽管书中有时引史过多，却未陷入烦琐的考证史实、炫耀秘闻之中，这些见地是建立在作者对材料真正的理解之上、符合历史的真实，而决不是凭个人的臆测，这与一些怀有特殊目的、用纯粹的主观意念作欺今诬古的传记者，不可同日而语。

前些时候，曾有一篇关于梁漱溟的传记作品，竟为梁漱溟得出所谓共产党治国必然与人民民主对立的结论，严重违反了传记应严循历史真实这一基本要求。还有那么一些作者，浅尝辄止，不肯下苦功钻研史料内涵，甚至连资料都尚未掌握便匆匆动笔，张冠李戴、臆造历史，这就更不值一哂了。

史料的翔实可靠是立传的前提与基础。作为传记作品（不管怎么说，传记毕竟也是文学大家族中的一员），它更需要作者对材料的艺术转化。一部传记成功与否，从终极意义上讲，还是取决于作者的艺术转化能力——把游离的、片面的、肤浅的感性材料经过理性再认识，浇铸成为一个多元立体的鲜明形象。换言之，就是在大量一般性材料中，作者以自己的审美理想找出可以成为典型原型的东西来，作者的史笔与史感只有升华为诗情性的东西，转化为人物的性格，才能最终以具体的血肉形态把人物凸显出来，刘知几谓，良史需要才、学、识三长合一，这话至今仍有现实的意义。王欣荣同志对此是深知其中三昧的，他在写人叙事时富有意味地采用了精笔与粗说交替使用的方式：一方面，他近焦距地选取人物的生活断面加以放大，浓彩细笔地对细节进行精心刻画（如写蒋介石与周恩来的眼睛）；另一方面，又拉长镜头，对人物所处时代及所处群体以总的观照（如写大革命时期广州的军、学两界），并从民俗学角度，考察民风民俗对人物的潜在影响。

《大众情人传》中充满诗情的诗化语言，是王欣荣同志的一个很宝贵的创造，它不仅给作品平添了艺术的魅力，而且大大深化了人物形象。这方面的例子随处可见，表现得最浓烈、最动人的自然是作者吃透了人事关系的那些地方，比如传主侥幸在大屠杀中离开反动派的监狱而遄返故乡：“……故乡，是让人产生复杂情绪的字眼，对大堰，他爱它，又恨它，它的色彩、声响、气息是塑造他气质禀赋的重要元素，他同故乡有难解之缘。但它的愚昧、冷漠、偏见，又使他产生厌恶感。然而，现在他只有归去一途了。”寥寥数十字，就把巴人与故乡的关系写得含蓄深沉，耐人寻味。凡此种种，有时简直可以当散文诗来读了。五四文学老人许杰在序言中称道这本书说，“作者是对传主做了深知之后，用抒情散文或散文诗的笔调来写他的传记作品的，换句话说，他是以诗人之笔来体现学者的科学研究成果。”确实，史笔与诗情交融，亦史亦诗、史诗合一，是《大众情人传》的一大特色。

二

既然是作传，自然就有个用什么思想观念来谛视、把握传主的问题。

通读《大众情人传》，我们不难发现作为学人作家的王欣荣同志的治史观念是明确而又地道的，这便是秉承太史公的“不虚美，不隐恶”传统，直面历史、直面人生，真正还传主以本来面目，虽然作者对巴人一往情深，称“他是活动的火山，他是奔腾的海，他是动人的伟丈夫”，但他并不因此抹去巴人身上的缺点，不为贤者讳，将传主的那么多的二元对立因素抉发出来，以致人们很难用确当的词语来概括：写他既是一个临危不惧的忠诚的战士，可又不那么光彩地在悔过书上签过名；既有高度的组织性、纪律性、牺牲精神，又有自由主义者的任性、放纵；既热情、率真、善良，又孤傲、狂狷、漠然、自卑……为历史上有贡献的杰出人物作传不应该神化传主，在理论上对此持异议的恐怕是没有了，但在实践中，情况就不那么简单。重要原因，往往就在于作者对传主过分的热爱，结果便有意无意地把传主从具体的历史环境中孤立出来，使之成为一个抽象的人。这种弊病可说是中外史家常患的通病，林肯当年不看传记，称它们是“记载谎言，骗取后人信任”，其道理即在于此，《大众情人传》能不随流俗，颇为难得，它为我们今后的传记写作提供了很好的经验。

并不能说，为了不将传主写成通体透亮的神人，而故意为他添些“杂色”。这种做法是不负责任的、缺乏史德的。王欣荣同志在对巴人进行“不虚美，不隐恶”的描述时，决不做一般性表面现象的罗列，而是联系传主的实际，从人物思想性格深层和复杂的人际关系、历史环境中寻理脉络，不仅注意到传主的“如何做”，而且进而探究其“为什么这样做”，展现出促使人物行动的思想根据和社会根据，以使读者了解巴人是怎样一个巴人和他是如何成其为巴人这样一个人的。

对巴人思想、性格的探视，王欣荣同志是力求从多种角度、不同的学科来进行的，比如阶级分析的观点、社会学的观点、心理分析的观点等等。下面我们将探讨该书所运用的文化学的观点，这倒不是由于现在文坛上“文化成热”，我们也要追时髦，而是因为作者在作品中较成功地运用文化学观念解释了用其他学说很难讲清的一些问题，并蔚然形成他自己对中国传统文化的一套看法。单单写一个作诗“追求一种书卷气”，被人一逗脸便“涨得像一块红布”的小诗翁，三两年间便变成一位气度逼人、锋芒毕露的“雷雨先生”，那是容易的，但也是肤浅的。王欣荣同志当然不满足于此，所以他不惜故作闲笔地写了陈天华、孙中山等人的文章对少年巴人的影响：“使他看到”，他所敬重的介之推“不过是成全自己的人格，而这些人却是为民请命，救民于水火，他想到，《孟子》上‘民为贵，社稷次之，君为轻’的说教，似有所悟”。注意，这里的巴人已经自觉地把新思想、新人物与传统文化中的精华部分在作印证了。在书中，似这类的若有若无的游丝是一贯的，因此，用“自幼受儒学的浸染，那积极的入世精神不期然在这时代的风云中得到新一层意义上的焕发”这样的观点来解释巴人在一系列急遽变化的现代历史进程中，总是“接受着强烈的信息刺激，并站在一代知识分子的最前列作出自己的选择”，便显得自然而合乎情理了。作者用文化学的观点作如是处理，一来可以解释传主积极入世精神的原动力，二来可以避开为人立传总是从家庭、背景、经历出发的俗套而富有新意。更值得一提的是，作者写到巴人在接受共产主义学说前后，注意到了宗教意识对他的潜在影响。作者不仅不回避巴人想“出家为僧”这一事实，而且从“文化人格”的角度，对巴人此举充分理解。作者告诉我们，五四时期的中国正处在旧权威已经打碎，新权威尚在形成的阶段。传主在那“以今世为空，追求来世”的非理性的佛家狂迷中，却又在诗中探问“生之使者呀！我在这儿究竟是什么一回事呀！死之使者呀！我倘到你这里又是怎么回事呀”。这种文化心理似乎是矛盾的，但其实又是不矛盾的。作者认为，这是由于传主于世事太过于热心的认真。作者观照巴人一辈知识分子，是在作一种宗教式的信仰追求，但他同时也看到他是无意间的宗教者，具备着相当独特的中国式的一种自在理性，不受框架束缚的自我真理寻求的宗教精神。所以，巴人在精神苦苦孤寂之后接受共产党领导的感觉，才会如同“久处黑暗一旦见到强烈阳光时的晕眩”。

《大众情人传》对传主文化人格的挖掘，是有开先河之功的，几十年来，大家似乎都有这样的定见：唯物总比唯心好，唯心主义者的思想境界是十分低下的。至于宗教，就越发不用说了。其实这是不小的误解，列宁就曾说过，聪明的唯心者比愚蠢的机械唯物论者高明一百倍。老一辈的中国知识分子，思想本来就比较驳杂，沾上宗教的影子也就不值得大惊小怪了。像许地山搞基督教与佛教调和，老舍的博爱精神，其宗教思想十分显见，研究这些作家及其笔下人物，避开宗教是不现实的。王欣荣同志注意到这一点，这比停留在一般的文化观念上，无疑又大大推进了一步，但也看得出他在这方面的描写比较拘谨，有时笔到中途又匆匆打住。

我们说作者借用文化观点揭示巴人的思想性格取得了成功，并不是说他只采用了文化学一种方法。世界上有许多事物终究不是用单纯的文化可以解释的，文化学也不是万能学。王欣荣同志在对传主文化人格进行透视的同时，着力描写其父母对他的影响：“英年以后的王任叔，行为决绝，义无反顾，凡认准的事就做到底，表现了超出常人的内驱力，我们不是从其父亲的甩烟枪、母亲的劈签筒，看出对他的影响吗？”描写家庭地位、经济条件的影响：“粗通文墨的长辈并不穷酸……如果子弟读书没出息，就恪守孝道，作务农为本的太平良民；如果读书上进就像‘尚书老太公’那样打出连山，去治国平天下……”这样地着笔，都是考虑到传统文化积淀虽对巴人日后思想人格起了诱导作用，但他的阶级出身、经济状况、父母影响等客观条件，却是导致他对传统文化进行什么样的选择的根本原因。这是一个问题的两个方面，如果我们对后者忽视，那就很容易走上“文化宿命论”的歧途，当今文坛上一些“文化”作品对此弊无甚认识，乱贴“文化”标签，这不但把“文化学”俗化了，也把复杂的历史问题简单化了。

必须强调，《大众情人传》对太史公“不虚美，不隐恶”的继承是精神实质上的，而在具体做法上，作者是站在今天的时代高度，用现代意识来观照客观材料。这样，作者在对传统精神继承的同时，就更有超越与发展了。

比如说，思想观念上，太史公是以英雄史观来看历史，于是我们只见英雄推动历史而不见其他。王欣荣同志却以现代作家的细腻笔触写出了时代造就英雄、时代呼唤英雄这一证关系。具体表现上，太史公主要描写人的行为外相，而王欣荣同志却从人的本身属性这个最难说清的问题来剖析巴人。不仅写巴人的外在言行，还写他的思想、情感、精神、意识……这就更能引起读者广泛的心灵对位和同情。这方面最值得一提的是运用性心理学对传主“内宇宙”的揭示。巴人一生曾与许多女性发生过感情的纠葛，书中大部分都涉及了。其中写他与族姐王慕兰及其靓装女弟子、与裘公汶、与夏女士、与小雷等，都有值得研究的价值，我们拟另作文专门探讨。

三

王欣荣同志说：“传记，写的是历史人物的真实，其价值在真实而不在文学，它们是动用了文学的手法，也富有美学价值，但他们都附丽于真实。如果史传或‘传记文学’要求真实附丽于文学，那就成了本末倒置，成了文学创作或稗官野史。”对照一下他的著作，我们认为作者的写作思想和写作实践，是基本吻合的。然而挑剔地说，他有时较好地处理了历史真实与艺术真实的关系，有时却不免失之于拘谨。巴人十分崇仰鲁迅，曾说过：“他对于我是一个伟大的存在，有了他，我知道所以活下去的理由！有了他，我也知道我应该走的路！有了他！我更知道了谁是我的真正友人，谁又是我的真正的敌人。”可就是这位崇拜者，在有关鲁迅葬仪的纪念活动中竟找不到一迹踪影！这到底为什么？经过作者对史料的剪接拼排分析，一个孤傲倔强的巴人形象出现了：“他的孤独感——一种高层次的精神境界的外化表现。”这颇能为我们所深刻体味。作者忠于历史，又让史实在巴人形象上得到了超越生命实质的升华。但当作者面对史实而无法使之形象化时，丰富而庞杂的征引资料（尽管是信息量极强的新鲜资料）可就令人有冗赘之感了。巴人的南洋经历如逞用才子之笔，是可以“大写他蒂加笃罗历险，特写他与土著马达、先达诸原始部落番王或酋长的交往……再加上异国情调、爱情故事，其刺激、其神秘、其迷离，将远远超过类国的西部影片”，此自为学者所不屑。但作者于此是否编一份年表，便能以塞其责了呢？作者在这儿自甘承认无能为力，恐怕是不甚妥当的。相比之下，作者笔下的郁达夫那落拓狂放、既迂且诚的形象，寥寥几笔便写活了。看来对传主南洋时期形象的塑造，失之于叙述过多，缺乏一定目的性的选择。

这样，又碰到一个问题：作者按照自己的理解对史料作整理、选择，会不会犯主观主义错误呢？王欣荣同志似对此颇有疑虑。我们认为这是不必要的。史传本来就是史学家们写的，对于材料的选择，从来就带了主观的判断成分。历史是无法说尽道完的，只要史学家阶级立场、所站角度、时代观念和个人好恶稍有不同，对同一历史事件的判断便不尽相同甚至迥然有别。这样，绝对的“客观性”“真实性”就不可能做到了。传记又是建筑在历史的基础上的，由于不同作家的审美旨趣不同，所带有的成分也就会更多。例如对待项羽，《史记》《汉书》《资治通鉴》就各不一样。较班固、司马光，司马迁比较敬重项羽，因而他着意渲染项羽的勇武、刚强。人们读了《史记》对项羽便颇多好感；然而读《资治通鉴》，人们于项羽恐怕就是怀着一种憎恶的感情了，因为司马光更着意项羽的专横暴虐，嗜血成性。两个项羽都符合历史本来，造成的艺术效果却截然相反。孰是孰非，无法判断。但可以肯定的是：对传主的观照可多角度展开，对传主的评价却有一个定向的标准。以这个标准，有些素材能为我所用，观察当然要仔细些，而对另外一些，就可以忽略甚至不计。纯客观的判断不可能也无法存在。历史本身就存在了定向与不定向间的二律背反。即使对以历史唯物主义和辩证唯物主义为指导的史家来说，只要学风正派，互有不同的观点也是应该的。传记文学家要有以自身来光照历史、同化历史的勇气。要写一部任何人都提不出意见的作品，大概是不可能的。

黑格尔说过，历史文学作品就是要表现“既真实而对现代文化来说又是意义还未过去的内容（意蕴）”。但要形象地再现过去，又要表现其意蕴，这是很困难的。让人棘手的是：形象的东西往往要借助于细节的展示，而细节，历史上的细节，即使起当事人于地下，有些也未必搞得清。于是，历史与真实之间出现了真空，而这缺憾又是史料无法弥补的，因此，只能让艺术的真实来填补这段空白，作一些“让读者、知情人，只能信其有，不可否其无”的历史推理还是有必要的。以《史记》来说，其所记之事件就不全是实录，如写陈胜起义，陈胜与吴广密谋，在晚上装神弄鬼学狐狸叫“大楚兴，陈胜王”，宛如亲见一般。此事本只陈吴二人知，而他们又决不会自己来揭穿那弄虚作假的底子的。然而司马迁这段描写却又决非时兴之所至的插入，而是他根据收集到的传说材料，联系陈胜起义的前因后果，以他对陈胜其人的理解，依照历史发展变化的逻辑，发挥了大胆的艺术假想力，在不违反历史必然性的前提下，用艺术真实填补了因历史真实局限性所产生的空白。由此，后人在某种意义上就可依此为史实，并把它作为史据运用。同时，这样的细节描写又使人物形象丰满，使传记富有艺术的魅力。

《大众情人传——多视角下的巴人》是近年来史传作品或传记文学的重大创获。它除了传记本身的价值之外，还向学界及传记作者们提出许多新鲜的可供进一步讨论的热点问题。它的经验值得总结，我们所提的问题仅是一得之见。在传记或传记文学的概然认识上，我们与王欣荣同志存在着差异，是否言之成理，尚请各位方家及王欣荣同志批评指正。

《大唐歌妓》的历史理性精神①

《大唐歌妓》是王鸿儒同志继《盛唐遗恨》之后，又一部以大唐帝国败落史为艺术考察对象的历史小说创作。不过两部小说在艺术审视的楔入点上是有很大不同的。如果说《盛唐遗恨》是以李隆基、杨贵妃情爱关系为主轴，描述了一个强大帝国盛极而衰的历史悲剧不可避免的发生过程，充满了挽歌式的情调，那么，在《大唐歌妓》一书中，王鸿儒同志就着重把笔墨放在了对大唐帝国败落命运必然性的揭示上。小说通过对中唐时期那次令人惋惜的流产改革——"二王八司马事件"历史悲剧产生的原因、发展过程及结局等内在历史线索的深入挖掘与审视，为我们全景式地再现了中唐时代政治体制结构的面貌，体现出更为强烈的历史理性精神。《大唐歌妓》书写出安史之乱后，经过唐德宗初年一段短暂的中兴时光，虽然帝国仍在盛唐遗风的轨道上惯性运行，使唐王朝表面上繁华如故，但在统治阶级内部，已产生了一些极不安定的因素。对藩镇李希烈的刻画，已不仅仅是对他个人贪婪、残忍、阴险诸多品性的揭示，而是成为藩镇拥兵自重、飞扬跋扈、与中央分庭抗礼的典型代表。小说于此便揭示出这样一个可怕的历史事实：藩镇割据此时已经成为唐王朝统治者的心腹之患。那么，唐王朝对之又作怎样的反应呢？王鸿儒可以说是怀着一种沉痛、焦灼的心情描写了唐王朝最高统治者德

---

① 本文曾发表在《贵州社会科学》1994 年第 4 期，署名陈择纲。

宗令人震惊的短见、麻木、贪图享乐与姑息养奸。上行下效的德宗之下执政的衮衮诸公，除了杜佑、陆贽等极少几个人外，其他都是卑鄙无耻、搜刮民脂民膏的贪官污吏，或顽昧不灵之辈。通过这样的富有历史真实感的描绘，小说极具讽刺意义地揭示出唐王朝统治者本身亦是构成唐王朝走向没落的历史动因，它与藩镇势力几乎是互为促进。小说于此便自然抓住了王叔文改革的立意所在，写出王叔文等作为时代弄潮儿的大智慧、大英勇的精神的本质力量。更由于小说展现了王叔文等人对时代变化征兆的感悟力与认识力，使得作品所描绘的这次改革的意义具有了一种深层的含义，其奋起改革的光芒便可以穿刺整个人类的发展历史，令后人膜拜顶礼。然而与此同时，小说亦不能不揭示出，王叔文要依靠自己小小的改革集团力量，向这样庞大的守旧势力挑战，在力量对比上是多么悬殊。这样，作家也就不能不一方面对他们的远见卓识、信心能力表示极大的崇敬之情，为他们所表现出的古典英雄的崇高气概所倾倒；而另一方面，又不能不写出他们的力量是多么脆弱，当几股腐朽势力一旦意识到改革有损于他们的根本利益时，便立刻勾结在一起，只轻轻一击，王叔文等立刻陷入毫无反抗之力的境地。作家对王叔文改革如此具有史识的把握，使小说最终对王叔文悲惨结局的描写，获得了一种悲剧性力量：他的如炬目光终于“渐渐熄灭”了，这事实上是唐王朝最优秀分子愤怒而无奈的最后感喟，也是大唐精英的毁灭。从此，一个存在着中兴可能的唐王朝便挥手作别了历史。

应当指出，作为一部历史小说，《大唐歌妓》一书不仅反映了王叔文改革与历史发展大趋势之间微妙的承转关系，有着很强的历史思辨的理性穿透力；同时，它也重视形象地刻绘出改革者们与落后、腐朽社会势力战斗的大智慧与大勇气。从艺术的角度，在人类具体的运动状中，展现出小说的改革主题，使得原本十分抽象的改革意识与人类的生命活动、生存状态具体而真实地结合在一起。着意挖掘他们的不同凡响的人格魅力之所在，小说反复写的王叔文对初恋情人眉娘二十余年执着不变的恋情，连美妙绝伦的歌妓蕊娘的诱惑也失败了，便是如此。小说在写出王叔文洞察大唐败亡征兆的犀利目光的同时，也展现王叔文胸中那不能安守现状、执着追求更高、更美的帝国之梦的巨大热情。这事实上也就为改革者们为实现理想所进行的改革，找到了精神力量的源泉，当然，作家也不乏历史深刻性地揭示出王叔文性格侧面的消极影响。王叔文热情，但有时热情得近乎亢烈，这使他不容易团结很多人；他执着，但有时近乎固执，不懂权变，结果树敌太多——毕竟改革是一场政治运动，正是通过对王叔文性格悲剧侧面的揭示，小说把历史的悲剧，内化成了人的悲剧，使读者真切而深刻地看到王叔文等为天下先的艰难步履。这真实也就更使我们感受到了他们的大智大勇。从这个意义上说，《大唐歌妓》已经触及了对人类心灵发展、民族性格塑造具有本质推动意义的那种力量。毫无疑问，这正得益于作者历史思辨的理性精神。

这同样表现在《大唐歌妓》人物形象塑造的成功经验上。此中尤其是歌妓蕊娘的形象，在理性指导下，更是刻画得灵动有生气，凸显了一种与众不同的审美内蕴。由于作家对唐代歌妓生活的深入研究，更由于对大唐社会那开放气象的宏观把握，作家在构建蕊娘形象时，用笔十分泼辣，常常从爱情理性一面，写出蕊娘对王叔文人格魅力的倾慕以至产生了一份在心底里最深沉的爱意；但同时他又写出蕊娘的那一份爱的激情冲动。更揭示出，这份激情包含了少男少女们对性所共有的那一份不可言说的大胆的神秘的渴望，——而就蕊娘说，还有自己全心去爱结果被王叔文婉拒而成幽怨心境的反激。当此之时，适逢韦执谊热情的追求，她则轻易地失身，背叛了自己，也背叛了爱情。然而极富意味的是，就在这个时候，蕊娘还是这样让人感到美丽脱俗，落落大方，绝无“轻荡”之意。这主要便是作家恰到好处地写出了激情与轻荡的界限，怀着美好的心情宽恕了她的这一次青春冲动，并进而写出，只要蕊娘小小地经受一些生活的考验、岁月的磨炼，她到底便可成为自己激情的主人，爱所爱，鄙所鄙，进而毅然决然地回到了王叔文的身边，成为王叔文灵魂的伴侣。至王叔文殁后，她则宁愿伴青灯黄卷，度过那悠悠岁月。因此这一形象就更富有悲剧的内涵，获得了一种超越时空的审美效应。至于韩愈形象的塑造就更具意味，如何巧妙地处理韩愈形象是《大唐歌妓》中的一个创作难题。从人物的重要性来说，韩愈是一代文宗与思想家，像《大唐歌妓》这样一部以探索民族心灵发展转折性层面为主旨的历史小说，当然不能回避对这个人物的直视。而韩愈这个人物，本身便具有十分复杂、丰富的内涵，一方面极诚挚地捍卫孔孟之道，一方面又是每闻功名利禄“未尝不口津津而涎下”，文行大为不一。再加上《大唐歌妓》之小说结构是以全景式展现王叔文改革之历史画卷为目的的，王、韩之间的关系问题，显然便只是小说中所考察诸多矛盾关系的一极——且只是颇具意味而不甚重要的一极。那么对这样的历史人物，该从怎样的角度和高度，作怎样的艺术把握，作家就颇难措手了。不过，王鸿儒同志还是较好地解决了这个艺术难题。作家创造性地使用了“历史理性观念的正位楔入”这一创作手法。就是说，作家根据对当时的历史场景、气氛，尤其是历史大势对一个民族生存沉重的压抑感的把握，使笔下人物一出台登场，举手投足之间便表现出一种历史自觉色彩：即这个人物明知自己所处的历史环境，仍决心以某一种方式改变之或曰顺应之，且对自己所抱方式有着近乎信仰般的执着。这样，只要作家有着足够的学养与艺术力量，他就有把握以较少的笔墨，呈现出一个鲜明的人物形象了。像《大唐歌妓》这样，正面写到韩愈的地方只有“韩愈晋京”“国子监风潮”“枢密使失算”等数章，然而，由于作家把握住了韩愈性格及思想主旨所在，便能很好地揭示出韩愈对历史大势压力的沉重与紧迫，其感受之深，殊不弱于王叔文，但改变这一现状的方式，韩愈则与直道而行的王叔文不同。如果说王叔文勇于变法的大胆思维是受了法家思想影响，人格精神是纯粹的儒家式的刚健进取、宁折不屈，那么韩愈便是口口声声的孔孟之道，其精神实质则是取了儒道之间的“权变”之术了。这样，小说在“韩愈晋京”时，写到德宗年间的二位思想巨子的矛盾关系，才会如此紧张激烈而又扣人心弦。王、韩二人思想的不洽，致使彼此之间奉为信仰的生命哲学发生了强烈碰撞。而也就在与王叔文人格精神的全面碰撞过程中，一张沉峻却又略有油滑之气的韩愈的面孔便跃然纸上了。

必须指出，所谓的“历史理性观念定位楔入”手法与概念化是有本质不同的。首先，这手法常用于历史小说创作中，因为人们对历史总有一种观念的认可，总有一种理性概括的框架。包括对人物的认识亦是如此。像对韩愈这一历史人物，作家从某一个理性化的价值尺度对之进行定位，不但没有唐突之嫌，且容易引起共鸣。其次，也是最重要的一点，作家的艺术翩翩思绪，在往返于人物具体行动与历史理性观念时，必须有一种极强烈的艺术激情，这样，作家才可能感受到历史人物执着于某一信仰时的心灵负担和自然的生命运动方式。离开了这一点，人物就不可避免地出现概念化的倾向。最后，我们还需认识到，从辛格、戈尔丁等一系列大家的创作实绩来看，"历史理性观念定位楔入"的创作手法一般更适用于小说主要人物形象的塑造。因为作家既然把一位历史人物的生命意志、生命哲学与某一特定历史理性观念结合在一起考察，那么，这二者之间的相互激活、融为一体，是需要一个较为充足的艺术片断来进行全面、系统的表现的。否则，人物便会缺少神完气足的韵味。就《大唐歌妓》一书说，以上要求，作品中显然均有体现。但是，较之韩愈，王叔文形象的塑造，则稍有不足。倘能更为全面、大胆、彻底地采用这一手法，其形象必然会更为丰满，也会更具艺术的生命力。

《大唐歌妓》历史理性精神的获得，显然得益于作者本人是一位资深文艺批评家的缘故。他擅长理性思维的特点，在《大唐歌妓》的创作过程中表现得十分明显。我们甚至可以这样说：《大唐歌妓》艺术构架的完成，亦即是作者对那段历史所作理性思索的结果。当然，作者理性思索的定位，是在于考察一个动荡时代下林林总总的不安灵魂，并最富有艺术激情地以形象化的手法将这些灵魂的活力状态表现出来。像小说中充满现代精神地对于王叔文改革之历史的定位，对韩愈形象的塑就等等，无不说明了这个特点。特别是在一些艺术关系转换的重大关口，作者更常常是直接地透露出一种历史理性把握的消息，以之将小说的审美视点固定下来，并进而浓墨重彩地凸显，从而造成感人的艺术魅力。像蕊娘与王叔文关系最后转折的完成，就是这样。小说写道，蕊娘被韦执谊抛弃后，已意识到王叔文的可贵及重要性，但尚未最后下决心回到王叔文身边。直到她遭匪徒劫持，尝到了人间的凄凉悲苦之后，她才突然地从心灵里理解了王叔文。而小说在这个重大转折关系上，就是将藩镇统治的黑暗与腐朽当成历史理性分析的主要对象，细腻地描绘出蕊娘对藩镇统治骄横、残暴的痛恨和藩镇统治下人民悲苦的同情，而正基于此，小说所写到的蕊娘所迸发的爱的激情也便水到渠成了——因为她明白了王叔文不愿多谈私事而甘愿冒巨大风险与藩镇展开斗争的崇高心境。自然，公平地说，小说中历史理性的显现，也不是处处都具有审美内涵，有时也会取代具体生动的形象活动，出现某些说教成分，不过在这里，我们想强调指出的是，尽管《大唐歌妓》表现的历史理性在艺术实践上尚有可改进的余地，但《大唐歌妓》为历史理性在历史小说创作中的回归，开了一个良好的风气。自 1985 年以来，新方法、新思想的流行，使历史小说的创作也逐渐趋向多元化，作家创作的思路大大开阔，这本来是很好的事。但也有这样一些作家与评论家，他们拾取了西方新历史主义学派的一些概念名词，便宣称说：每一种历史观念都是特定角度的历史解释，那么，真正意义上的把握历史就是不可能的。历史小说创作的至高境界就是“虚构”，玩玩历史，而以某一历史理性观念去把握住小说创作流向是徒劳的，有害于历史小说艺术本身等等。这当然十分谬误。我们知道，历史小说创作非但是一个历史认识的过程，更是一个艺术创作的过程。作家由对历史对象的认识，走向艺术创造，这其间必有一种合目的的中介性观念，也就是康德所说的审美判断力在起作用。唯有如此，作家才可能揭示出单一的、作为特定的相当概念化了的历史对象中可能存在的丰富复杂性，在历史对象之间构造出千丝万缕的关系图画。而离开那种特定的历史理性观念，作家又怎谈得上对这历史对象有特定的认识表达方式呢？我们甚至可以极而言之，拥有强大的历史理性观念，是历史小说作者进行合乎理想的艺术创造的必要条件。像《大唐歌妓》这样的小说，就更无法想象离开了作者主体强有力的历史理性的构想，又怎样能把那散沙似的、有着千万种组合关系的历史对象构成有机的、生气勃勃的艺术图画。事实上，一些片面提历史小说新观念的小说作家，他们在理论宣传上尽管颇为喧嚣，但在实际创作中，由于他们没有准备，也不想以一份有力的历史理性思想去审视他们的创作对象，使得他们所谓的“虚构”“想象”毫无根基可言——竟然无力虚构与想象了，只得采用最为陈旧的历史讲史方式，用一个个絮絮叨叨的小故事，串连成不成系统的小说。真正代表当前历史小说创作水平的，还是《少年天子》《曾国藩》这样一些有明确历史理性思想指导的小说创作。不过，敢于在小说创作中，以大写的方式凸显历史理性对历史小说创作的指导意义所在，并取得了一定创作实绩的，则仍推王鸿儒同志的《大唐歌妓》。而这，恐怕也是这部作品对当前历史小说创作最富启迪意义之所在吧。

（本文由蒙吴秀明先生指导，特表谢意）①

① 论文发表时有此致谢。——编者注

叶文玲小说艺术论①

一

在20世纪的八九十年代，叶文玲无疑是浙江文坛的领军人物之一。《无梦谷》的发表，更进一步确定了她的地位。讨论她小说创作的艺术特色，对中国当前的文学创作尤其浙江的文学创作应有一定的现实意义。

从最初步的文本解读特征就可以看出，叶文玲十多年来坚持了一种文体风格的追求，即小说的散文化倾向或曰散文式小说。当代小说家中，笔触华丽，风格优美，长于抒情者自也甚夥，但像她这样，如此纯粹地致力于散文文体与小说叙事文体的统一，自觉把它当成作家的一种审美追求，就有如凤毛麟角了。

什么是“小说的散文化倾向”呢？一般来说，我国的文艺批评界有一种约定俗成的理解，就是指在小说的叙事流程中，较多地插入散文文体自由自在的抒情成分，小说家自觉不自觉地运用抒情手法，造成对既有叙事流程的破坏、停顿、突转，在原本完整、统一却又可能显得有点儿封闭、单调的情节链锁中打入一个开放型的楔子。这使得作家具有充裕的闲适来把握文本

① 本文曾收录在《叶文玲论集》（陈坚、吴秀明主编，杭州大学出版社1999年版）。

叙事发展的节奏。当然，造成这一切效果的前提是作家对抒情成分在叙事过程中显现时机的把握。意未至而情先至，让人感到这抒情的做作；意已过而情方至，则又让人感到这抒情的多余。但对许多人来说，准确而精巧地把握住时机，并非易事，除了勤学苦练之外，作家本人天赋的直觉有时起着更为关键的作用。叶文玲就是一位于此颇具禀赋的作家。初试风啼的《心香》便充分显现了她在叙事中把握散文式抒情的娴熟技巧。小说写到了岩岱与哑女那个美丽的邂逅。本来，在小说中，像这样的“才子＋美女”的故事模型将立刻诱发人们对事件的趋向作出种种猜想：两人将发生什么？将会发生什么？……但叶文玲在这儿却把笔触一顿，先大段地描写了当地乡土风水之淳朴清纯，而后笔墨内敛，又借岩岱之口大大抒发了对于哑女、对于山水融合为一体的不可言传的温馨美的感喟。在以后的叙事流程中，这段抒情虽不对事件的发生与构成产生什么影响，就是说，抒情并不直接影响或产生什么事件，但我们在阅读过程中，却可分明地感受到，这有关山水之美、哑女气质之美的抒写，对以后的叙事效果已产生了影响。由于在岩岱、哑女相遇之初，作者已用抒情的方式，为哑女赋予了一层特别的“美的精灵”式的含义，这就使得那俗套的“有情人难成眷属”故事成为了一个大型的喻体。作家有意为之的抒情描写与之自然产生了意境的相连。因而，“有情人难成眷属”的伤感便与“美的精灵”的毁灭而引发的悲激之情粘连在了一起。“美的毁灭”也就成了小说的表意主题。作家紧接着挖掘这个主题背后的社会内涵——那荒唐的年代乃是一切不幸的祸端。陈旧的故事套式和新鲜活泼的社会现实内容就这样在叙事层面完整地结合在了一起。并不夸张地说，《心香》的出现标志了叶文玲对于小说文体美的自觉追求意识。尽管在她后来的小说如《湍溪夜话》《太阳的骄子》《浪漫的黄昏》等作品中，她散文式抒情笔调的运用显得成熟老练得多，但就抒情描写在小说叙事中的介入，仍大体延续了《心香》中的方式：借助于小说人物（往往是主人公）的视点游动，捕捉到外部世界可感可赞的某一特征，于是驻笔，对这感喟起来——这时，小说叙述者的个人感情倾向往往同时掺和了进来，混合在小说人物的声音之中。这种小说叙述笔法在联系接受者的情感问题上效果独特。它对于读者自然地产生一种情感导向的作用。当作者在此进一步把笔触向内，逼视小说人物对其外界事物的态度并开始描绘其情感的时候，我们实际上可以认为，读者此时在阅读中得到的感觉，常常已是经过作家“转录”“复述”的人物声音，在此种情况下，小说中人物的情感态度其实就是作者的情感态度，它不断地诱导和暗示，使文本接受者的思想观念与小说的情感趋向保持一致（或接近一致）。只是，这种文本表述在表面上看来，作者的态度又显得不那么剑拔弩张、咄咄逼人，它的音阶重合于小说中人物的声音，从而造就了这样的阅读效果：小说的感情调子一方面对于读者产生了一种阅读压力，一方面却不致因为读者识破作者的用心，而产生抗拒“矫情”的逆反心理。叶文玲的许多小说都采用了第一人称叙事——而且这“我”的身份往往十分接近现实中的叶文玲本人。从技巧的运用这一层面来看，这种写法的主要目的就是让叙述主体对于整个情节发展的态度，通过“我”的情感变化，在叙事流程中自然地体现出来，起到敦促“作者”“文本”“读者”的态度自然合一的作用。

当然，叶文玲的“散文小说”之本质个性特征并不仅限于散文式抒情笔法的大量运用。事实上，她的小说之所以可被称为“散文式小说”，本质上讲，是因为她的创作显示了散文与小说两种文体的一种可能融合方式。我们知道，小说以叙事为主要艺术特征，叙事自然地是作家创作的主要义务所在。然而，我们又知道，小说艺术使命的终点与归宿却又绝不可为叙事尤其是陈腐的叙事方式所囿，它理应传达出人类高尚的生活旨趣。这时，对于有艺术使命意识的作家来说，在叙事中怎样保持清晰而冷静的艺术头脑，不陷入情节套式、故事原型所自然构成的叙事圈套，便是重要的艺术探索课题了。举凡有成就的作家，都有个性化地解决这个问题的方法。叶文玲在这方面的贡献，就是在融合散文与小说的文体特征上作出了努力。顺便说明一下，这里讲到的散文文体，用了传统观念中关于散文的“抒情写意”的性质定义，与西方文艺理论中的有关观念不是一回事。叶文玲近期力作《无梦谷》中，有多处篇幅很长、分量极重的日记体与书信体写作的文字。和以往的日记体小说和书信体小说不一样，《无梦谷》中的日记和书信尤其是那些大段日记，承担的主要不是完成情节锁链的任务，它大致可以和情节本身的发展相脱离，主要为楚涧抒发感情而设。只要楚涧对一件事情、一个人物产生某种价值、情感评判意向的时候，就有这样一段文字供其畅诉衷肠。这么多的感情抒发、感情抗辩的文字，孤立地抽出一段来看，似乎于情节的发展并无必然联系，都可删去或可作大量的精简。然而，把这些抒情性文字联系起来却又可十分清晰地看到，正是这些抒情性文字构成了阐发《无梦谷》的中心题旨一条完整的线索：楚涧从少女的清纯之梦到姑娘时代的现实之梦、无奈之梦，再到成熟年代的超越之梦的感情历程。可以认为，这是一条可独立于小说主体之外的又一条完整的叙情线索，正是这条叙情线索为《无梦谷》中楚汉、楚涧兄妹数十年人格精神的发展与丰富，为他们在现实际遇中种种痛苦而又幸福的挣扎、斗争作出了具有诗化哲学意味的注释。换句话说，《无梦谷》的整个“受难”与“求爱”的故事框架，正是有赖于这条叙情线索的强有力的存在，才得到审美境界上的升华。倘有人读《无梦谷》，就仅仅只读这叙情线索的发展，想必也是不太过违背叶文玲的创作宗旨的。亦正由于此，我们可看出叶文玲在融散文文体特征入小说时有两个方面的个性特点。第一，抒情性成分在小说的整体进程中占有重要位置，它往往构成了外化于情节发展线索的情感线索，即叙情线索。这叙情线索并不与情节中的事件连续、事件因果有多大的直接关联，而主要是在整体布局上，与之起到呼应的作用。第二，由于叙情线索的存在，叙事的正常进程常常被打断，散文的抒情节奏有时还主导了小说整体的变化和发展节奏，这在客观上起到掩蔽叙事企图的作用。作家把握好了抒情、叙事的交替节奏，提放之间，有时一些必要的情节突转就不至于那么引人注目或落入俗套。即使是类如《无梦谷》结尾中纵驰北的飞机失事这样过分戏剧化的场面，由于是隐现在楚涧的大量抒情式感想中，那突兀感亦被大大消解了。在当前，有一种世界范围内的新兴小说理念，它力图解构、扬弃 19 世纪以来形成的小说情节布局格式——这种情节布局格式有一种戏剧化的倾向，诱使作家偏离对社会、主体的关切主旨，单单追求情节形式上的效果。叶文玲的“散文式小说”追求或许可以看作是一位有责任感的小说家对新兴小说理念的回应吧。

当然，归根结底，“散文式小说”或“小说的散文化倾向”，其主干文体仍然是小说，是叙事。叶文玲清楚地认识到这个问题，在她的小说中，叙事的目的虽然有时隐藏到了幕后，但从整体而言，叙事的内部张力仍是完成小说整体结构的重心所在。试想一下，如果楚涧没有遇到纵驰北这一如此出色的男人，楚涧与纵驰北的感情未遇到来自社会各方面的压力，楚涧本身又具有抗击外界庸俗压力的勇气这一系列互为因果的事件，楚涧的抒情、感喟不就成了无水之鱼、无根之木了吗？事实上，就以散文文体介入这一角度看，《无梦谷》情节发展过程中的历史背景也为楚涧的情感发生、发展提供了一种“支援意识”，提供了一种具体的存在语境；叙事流程的自然展延为楚涧感情的丰富、深化提供了一个必要的发展空间，同时使得文本对感情问题的展现从平面走向立体，从单一走向多元。这也是叶文玲的小说可被视为“散文式小说”的关键所在。如果缺乏富有情趣的、生动的叙事技巧的支持，即使是一位耐心的读者，读完一本六百多页的散文长卷也是一件苦差事吧。

但叶文玲的“散文式小说”并非无可挑剔。在《无梦谷》中，她的文体实践亦有一些败笔。究其原因，叶文玲的小说散文化创作至少在两个方面还存在着明显的缺憾。第一，是她文体自觉意识与文体实验意识的脱节。从20世纪70年代末期开始，她就有意识地进行了小说散文美的探求，这是她前卫与先锋的一面。但在具体的表达技巧上，她十多年来却基本沿用了传统方法，从抒情的视角说，大体使用了我们前面已论及的由客观而主观、由外部世界而内部世界的方法，她的叙述语言几十年来也是单一不变的，停留在五六十年代那种语体风格上。我们都知道，语言的结构方式与作家的世界观、美学观在内在机制上是紧密相连的。语言的表达是作家艺术世界构设过程中最重要的基础材料。文体的进展如果不建筑在相应语体风格变换的基础上，则此种进展的实际价值意义会受到怀疑。第二，叶文玲小说情感的丰富性和叙事方式的平面化倾向存在不协调性。这个弱点在叶文玲的长篇小说中表现得尤其明显。无论是《太阳的骄子》，还是《无梦谷》，叶文玲都有忙于抒情而忽视情节线索内部折褶丰富性的倾向。《无梦谷》中，叶文玲写到楚涧爱上纵驰北时，马上就只顾为他们超越一切、忘却一切的爱情大发感慨了。而真正让人关心的，楚、纵之间那何以彼此感动而至忘情的点点滴滴的事件的描写，却相当薄弱。像这样的感情居然能一帆风顺地发展下去，两人之间绝无波折和哪怕是一点点的矛盾，故事本身就让人感到不尽可信，让人担心楚涧的爱情是否属于“剃头挑子——一头热”。所以，失却了来自叙事主干的情节的支持，楚涧缘于这些事件所抒发的感情，不免要失却一些揪人心肺的力量了。公允地说，只要上述两点未能在叶文玲的小说创作中得到实际的克服，叶文玲的“散文式小说”就还不能被视为是一种成功的文体典范。

二

出于一种天然的性别意识，叶文玲在从事创作之初，便对笔下的女性形象投入了极大的关注。十多年来，她以颇大的心力，从女性的性别之美、心灵之美、精神境界之美各个方面出发，为我们塑造了一个女性群像系列。女性们一些看似平常的日常生活细节、思想感情态度，经过叶文玲女性主体意识的点化，便包孕了超越现实生存状态的升华意味。我们有理由认为，独到的女性意识，是叶文玲人物形象塑造的一块主要的审美基石。

也许，在讨论问题之初，我们有必要阐明一个基本的问题：什么是审美创造中的女性意识？很明显，它当然与一般传统意义上的“擅长于描写女性”是两个不同的概念。“擅长于描写女性”往往是从男性中心的角度出发，捕捉女性之于男性可爱或不可爱的地方，充其量是忏悔贵族的心态，对女性的艰难生存作一些悲天悯人的感喟，但骨子里并不一定认同在完整的人格基础上男女的平等性。而从“女性意识”出发的审美创造则从根本上改变了上述创作思维中的男女不平等状态。它强调从作家的主体体验出发，在创作思想中放逐男性权力中心话语，以女性为中心来考察问题，把千百年来女性饱受压抑的、却又是不屈不挠追求幸福的一面，赤裸裸地、“放肆”地呈现出来——在男性话语中，这些原来是被遮蔽或戕害了的——并以女性性别特征为基础，考察女性彻底解放其灵魂所需经受的艰难历程。倘若以此考察叶文玲的创作，她的女性意识从形成、发展，到最终形成一个较成熟又极个性化的审美观照尺度，经历了一个不断超越自我的过程。

在最初的《心香》一类的作品中，叶文玲还只能算是一个“擅长于描写女性”的女作家而已。在塑造哑女这一形象时，她只是很空灵地但多少有点缺乏力度地把哑女当成一个“美的精灵”来描写，她没能写出哑女作为一个女孩在那不公正年代中特别艰难的遭遇。如果我们将小说中两个主人公的性别互换一下，哑女变成哑男，再在文句、故事上作一点适当的调整，小说的原旨恐怕是不变的。当然，这属于时代的局限，我们不应多加苛责。到了1981年、1982年，随着《青灯》《秋爽》等作品的发表，女性意识才真正成了叶文玲诠释平凡生活的有力武器。一个个富有现代审美意蕴的女性形象由是诞生。叶文玲女性意识体现在人物形象塑造上，大致可以分为两种表现形态。一种可以以《秋爽》为代表，叶文玲直接面对当代女性所遇到的女性问题展开激烈的心灵拷问。秋爽是一位美丽善良的姑娘，很有个性，在重大问题上她有自己独立的见解，甚至对于自己最心爱的人也不愿意放弃自我。而她的爱人虽不是一个思想不好或守旧的人，和秋爽也有很深的感情，但在与秋爽的交往中，却总感到缺乏一种自在的乐趣（当然还有其他原因），终于提出了分手。在这篇小说里，叶文玲的锋芒直指这样一个严峻的现实问题：由于不同性别需求不同，在现实生活中真正实现“男女平等”如实现神话一般困难。小说最后让秋爽带着种种疑问，撑着细布阳伞消失在无边细雨中。这其实便是一个女性心灵难题的象征：对女性来说，多少事情是想想那么明白容易而做起来却那么难啊！类如《秋爽》，还有《湍溪夜话》等。但比较而言，《青灯》《夜行船》《尖顶楼》这一类小说则更明显地代表了叶文玲的女性意识的表达倾向。和别的女性意识强烈的作家不同，她不太喜欢对男性与女性之间的斗争大观作太多的纠缠，她更愿意后让一步，对于女性本身之美，那绝不可能为男性所同化的美，作色彩斑斓的描绘。在她想来，这或者更应该是女性人格建立的基础吧。因此，她的小说中有许多女性形象，如《青灯》中的墨莲，几十年来只是为着对于一个男子暗恋的“梦”而幸福地活着，看起来似乎很是缺乏独立主体意识，照其他一些作家写来，恐怕该是为男性权力话语所异化的典型女性形象了。但叶文玲却不这样处理。她以其丰富的女性体验，揭示出墨莲的“梦”有其本质的女性意义：如此几十年如一日地保持着对“梦”的纯洁、深沉而隽永的厚爱，早已超越了一般肉欲物质追逐的层面，而标示了墨莲的心灵对于感受人类自由、美好力量之间的亲和力的关系。而体察到了这一点，读者又怎能不为墨莲的这份精神境界而感动呢？叶文玲的不少小说人物，如《夜行船》中的苏采荼、《紫石砚》中的云千曲、《尖顶楼》中的兰风等等，都是在她这种特殊的女性体验意识中，得到了人格境界的升华。

但叶文玲女性意识体现得最为丰富、审美表达最为成功的一个人物形象，仍当推《无梦谷》中的楚涧。叶文玲浓墨重彩地描写了楚涧“长梦难醒”的女性性格：我们看到，从小到大，她做过多少梦啊。尤其在感情追求上，先是廖平亮，继则是季东森，再则是鲁越，最后找到了纵驰北。尽管感情上的打击接踵而来，甚至与纵驰北的相爱亦并非一帆风顺，但楚涧却从未放弃过对真挚爱情的全心全意的追求与向往。因为她认识到（这份认识在早年起于作家的朦胧直觉，到后来就完全是一种心与血的生命体验了），只有在全方位的赤诚相见、生死相恋中，人们才可能获得精神上的真正超越与心灵的丰富和宁静。甚至可以进而言之，在如此严酷的现实生活中，也许只有爱，才能让人完全体验到跨越人类精神境界极限后的充实和愉悦，它是人类灵魂最终可以停泊的港湾。这样，楚涧这异常坚实稳重却又激越非常的心灵世界，就昭示了人类精神发展的一种可能：女性所特有的对爱的感悟之心与追求热情，正是使人类摆脱精神的贫困，接近“诗意地在大地栖居”境界的良好通途。某种意义上说，震惊于此境界，感受于此境界，正是读者阅读小说获得的最大的享受之一。于此，我们亦欣慰地看到，叶文玲的女性意识最终超出了单纯女性问题的界限：它试图肩荷起人类两性共同的沉重的心灵包袱。就是说，小说中楚涧人格精神活动所包孕的力量，其实跨越了为个人幸福而战的局限，而具有一种为全人类幸福作见证的女性基督的崇高意味。当代文学作品中，人品高洁的女性形象不少，但从个体自我精神战斗中凸显出光照人类的意志力量的，楚涧可以说是少有的一位。这个形象的出现，不仅是对当代女性形象的一个重要的丰富和补充，也标示了我国当代作家对女性问题的理解达到了一个新的水平。

当前中国文坛上具有自觉的女性主体意识的作家并不少。像王安忆、残雪、池莉、方方……我们几乎不假思索就可以列举出一大串。她们在各具个性的女性意识和女性经验的影响、点化下，艺术成就斐然。对此，人们在予以充分肯定的同时，却也有些不安地看到，当前中国的不少女作家仿佛形成了一股创作的思潮，即她们对女性主体意识的开掘，一概偏重女性特有的性别体验，强调女性的性别特征与男性的对立和不相容。她们仅仅关心当下女性的生存状态，而不肯越雷池一步，把任何男性的介入都一概斥之为“男权中心”，颇有一点“女性霸权主义”的气概。从文学创作自身规律来看，片面地强调女性经验与女性经验的优势，就必然将导致作家心灵的闭塞与视野的狭小，这和艺术精神活泼、开放的本性肯定也是相抵牾的！对这些作家来说，叶文玲的女性意识便十分具有启发性价值了。看得出来，叶文玲对当前女性的地位和生存现状并不满意，对女性人格境界的建立也有很多想法，她甚至对于自己的女性经验还表现出了一定的自恋情结……但所有这一切都不妨碍她以较为开阔的眼光和平和的心态，看待女性与男性的关系。在她笔下，女性是一极，男性是另一极，两极有对抗，但更应和谐。特别是在《无梦谷》中，她把楚涧的境界提高到全人类共同意义的高度进行把握，这就更为通达地表现出她的女性观的基本立足点：女性作为女性，首先应该是人！当然，这么说并不是要定叶文玲的女性观为一尊。类如残雪等许多女作家的独特的女性体验意识就不是其他作家所能替代的。我们无非想提醒一句，对更多的女作家来说，她们如果同情于叶文玲的女性体验意识，那么对社会大概能有更多的积极作用，尤其是在她们面对这个消极面已够多了的社会现实的时候。

但需要指出的是，叶文玲的女性意识及其人物塑造，特别是在《无梦谷》中，试图将某种女性经验过渡上升为人类所应共同遵循的法则的时候，就显现出她在艺术问题思考上仍有不周全之处。在小说中，她将楚涧的人生追求定为真理，并以此来否定任何与楚涧相对立的思想与情感。小说写到当楚涧与纵驰北产生婚外恋情时，她用了不少冷酷的笔墨描写鲁越以丈夫身份对她的婚外恋的小小干涉。或许这干涉有点不太高明，居然成了攻击他缺乏对爱情感悟能力的口实之一。这未免有些过分了。作为一个作家，她理当充满同情地去看待鲁越的心灵苦痛，而不是嘲讽。这事实表明了，作家在关心、思考人类精神生活的问题时，她没有以更为广阔的胸怀去体验人类普通的情感意识，就是说，小说中所表现的境界在某种程度上并不是从丰富的生活现实中推导而出的人类心灵发展的必然，而仅仅是一小部分文化精英阳春白雪式的超越性需要。假如仅仅因为少数人超越性的需要就否定生活中绝大多数人平庸存在的必然与必要，那么，作家就是忽略了作为艺术家心灵构成的一个前提条件：那份无以言说的对人类之爱。对人类之爱是无条件的，我们之所以要赞成什么、反对什么，就是因为世界上有些东西与人类之爱格格不入；对美的追求却是有条件的，至少不同的人对美的感悟的天分就不同，就像鲁越不能与楚涧、纵驰北相比一样。但能因为这一点就反对他的平凡存在吗？假如无条件地肯定美的绝对地位，这结果将是可怕的，正和我们以往肯定纯粹道德一样，很可能会偏离艺术的主体精神。而叶文玲在《无梦谷》的创作中，对这类问题似乎多少有点儿忽略了。因此，楚涧的精神追求虽然感人动人，但作为一个女性形象而言，却缺乏了一种必要的亲切。

三

叶文玲小说艺术还有一个特色，是她对于地域风情的细致刻画。作为当代文坛浙江籍作家的领头羊之一，她似乎很早就意识到：哺育作家成长的各个自具人文风情的地域文化，理应成为作家取之不尽、用之不竭的艺术创造灵感源泉。尽管从没有人把叶文玲归入“寻根作家”之列，但叶文玲对于家乡特色风情的把握欲望，却不在任何一位“寻根作家”之下。严格说来，从20世纪70年代末期开始，叶文玲就有意识地将自己的艺术世界完整地构筑在“横山县—长塘镇”这一片地域文化风景线上，极少例外。只是在《无梦谷》中，“横山县—长塘镇”变换了一个名称，叫作“海天县—汀桥镇”。

任何一位对叶文玲的创作背景略有了解的人都几乎可以毫不费力地发现："横山县—长塘镇"与叶文玲本人的家乡"玉环县—楚门镇"具有奇妙的对应关系。她所描绘的地域风情，亦和浙东一带的人文风景有着血脉共通的联系。叶文玲认识到，所谓"一方水土养一方人"，绝非虚语。一个人完整的人格的建立，除了时代、阶级、地位、教养等因素的影响，往往也和他所居住的地域有密不可分的联系。在许多具体而微又如此具有鲜明个性特征的地方，地域文化似乎更能举足轻重地影响到人的生存方式。有关浙东一带的民风，鲁迅先生早就有过"台州式的硬气"这样经典性的批语。不过叶文玲的描写笔墨可不是着眼于"硬气"的。在她笔下，长塘镇的山、长塘镇的水仿佛具有一种天然的净化功能。喝这一方清水长大的人们，心灵总是纯朴憨厚的。在这里，她有意构筑起这样的故事间的联系方式：通过山水之美的描写来隐喻生活在此间的人的心灵之美，并通过"山美水美人美"这种叙事结构的确立，使人们自然地感应到"横山县—长塘镇"这块神奇土地的人文风景之美。《小溪九道弯》也许是叶文玲于此着力最多的一篇小说了。小说写道，葛金秋离开了美丽如画、清纯如镜的家乡，来到都市，她的心灵就丧失了原来的清纯，多少有点儿市侩起来，这使得她犯下了一生中最大的错误：她以莫名的怠慢的心态，拒绝了谷雨的爱。然而，待她回到家乡，看到那小溪，看到那流水，再回顾以往，便又蓦然看透了人生追求的真谛，对自己既往的心灵阴翳大大忏悔起来，在灵魂境界上得到了升华。说实在的，如果我们有幸不只在一篇小说中多作勾留，而沿循着她对于"横山县—长塘镇"地域中每一片山水热烈亲吻式的描写，沿循着她对这一地域里各色人物心灵轨迹的把握——上至县委书记，下至摆豆腐摊的、做木工活计的——我们就能比较深刻地理解：这块土地上的人们为什么如此平和与善良，为什么如此可亲可爱，是因为，他们在这块丰腴富足、平和静谧的大地上汲取了足够的情怀。

更有意味的是，对地域文化风情的熟稔与热爱，使叶文玲在无意中接触到了一些时代的命题。早在"做生意"在一些地区还为人所不齿、视为异端的时候，叶文玲笔下的男男女女们，却已有了不少叱咤商海的豪杰好汉。如《浪漫的黄昏》中的尹如蝉，《紫石砚》中的辛寄北，《太阳的骄子》中的倪海期，等等。这些人虽各有个性，但对经商的根本态度却如出一辙：绝不搞坑蒙拐骗，而是靠老老实实的劳动发家致富，并且还有“千金散尽还复来”的豪气，善于经商又不失大气。而由此我们来品味《浪漫的黄昏》中写到的尹如蝉在商海机诈百出的生涯中，尤要坚持自我纯真、感性、善良的性格与气质，其实便可感受到商业时代的一种普遍的心灵困惑：商业、金钱对人的异化和人如何摆脱这困境。尽管小说创作的1986年，中国基本上还谈不上什么商业文化带来的心灵危机，但由于叶文玲在先天的精气血脉中，对当地的商业精神中“重商轻利”的实质有着真切的感悟（当地的商业在全国较早发达），因此她就能比较前卫地预感到商业发达必然带来的对于人类心灵影响的问题。

我们认为，一个民族的性格特征往往就是通过一个富有个性色彩的地域文化表现出来的，换句话说，当一个民族的主体性格特征发生改变的时候，它必然首先表现在各个地域单元的文化性格的改变上。在这一点上，叶文玲的创作显示了作家的直觉。她以地域山水特色及风土人情描绘来表现地域单元的人文特征，是富有启迪意义的。因为人文特色有时只能借助于特殊的风俗现象才显得有“特色”。但这儿需要强调指出的是，有关地域风情描绘的手法显然不止于此，也不应止于此。世界上本来就不存在这么一个恰到好处的地方：它的诸种文化特性恰好可以用来隐喻或象征那民族的文化个性。作家应当大胆地虚构，以其高度的艺术概括力和想象力，在地域原型中注入超越性力量，使地域原型基于原型却更有一种普遍的象征意味，成为在艺术真实世界中的一个特定的地域存在。国内艺术家的创作中，张艺谋的《红高粱》《大红灯笼高高挂》在这方面作出的努力令人称道。当然，像福克纳所谓“密西西州约克纳帕塔法县杰费生镇”世系的构建，就更是艺术史上关于地域文化创作的一座丰碑了。我们谈到这类问题，并不是奢望作家们个个做得可与福克纳、阿斯图里亚斯、马尔克斯等大师相媲美，但我们有理由这样期待。尤其中国正处于这样一个文化转型的关键时期，浙江又是中国经济文化变换发展较迅速的地区，作家们难道不应立足当地当时，表现出他们的现实主义关怀吗？“振兴浙军”不应是一句空洞的口号，对浙江的地域文化特色、风情，作出时代高度上的表现与诠释，不正是浙江作家当前无可推诿的历史使命吗?

将话题回到叶文玲身上。对一位开拓型的作家，我们不应过多地求全责备。毕竟，将地域文化描写与民族文明转型问题联系起来考察，是一个庞大而艰深的思想性问题。但这儿我们要指出的是，就具体的地域文化描写来说，叶文玲也不是毫无可议之处。在《无梦谷》中虽有不少描写海天县、汀桥镇的笔墨，甚至有意引用了《海天县志》中的话来构成一种历史感，但由于她在小说中未能充分地展开笔墨就“海天—汀桥”的地域人文精神跟楚汉、楚涧兄妹的气质禀性展开大胆的联系，最终小说有关“海天—汀桥”的描写便成了一种近乎道具的存在。事实上，在《无梦谷》中，叶文玲本来有着充裕的机会来描写楚汉、楚涧两人在家乡故土怎样汲取人格境界上的营养——这样就可以自然地写到这种人格营养在他们日后生活过程中的巨大作用了。同时，她还可以通过知识分子的地域性特征的描写，把“海天—汀桥”的地域人文精神的力量集中地表现出来，而写到这一地步，楚汉、楚涧的形象自然从极具审美意味的历史文化质感的层面，被赋予了更为深远广阔的典型意义，这样他们在小说中作为“这一个”存在就将会更富主体意志的力感了。

莫使佛祖拈花苦笑[①]

不管讲的什么类型的故事，都在其中搭配上一些亦恍亦惚的先贤轶事，掺上一些似是而非的睿哲高人的格言警句或普世法道，是时下文坛颇流行的一路小说写法。运用这种写法，顶大的好处是在小说中可以信口开河、信马由缰而无所顾忌。对于懂国学的人，可以说这是"新历史主义"观念的呈现；对懂西学的人，则又可言那是"东方主义"的最新诠释方式。这就叫左右逢源。而至于一般的读者，则一开卷便肯定会为那曲曲绕绕的征引典故的手段弄得头昏眼花，震于作者学养之厚，纵有时觑见些许破绽亦不敢妄作声响了。

但，"运用之妙，存乎一心"，这一路一石三鸟的精致的叙事策略虽然培育了不少文坛名人，到了张晓明先生手中，却显得很不灵光了。他的这篇粗糙的中篇小说《拈花佛祖》，存在着大多细节上的硬伤，所用来眩人耳目的佛祖拈花故事、禅宗心法，又实在和故事主体关联不大——作者倒也生造了一些关联，但委实让人喷饭。这一来，《拈花佛祖》自身了无意味不算，还几乎甩脱了张先生同道伙伴们"小说秘法"的家底。

从根本上说，《拈花佛祖》乃属狭邪小说一类。它的主体部分，或者说，让读者一眼就可以瞧出的作者最感兴味的那部分，是"我"的两个风流的生

---

① 本文曾发表在《作品与争鸣》2001 年第 1 期，署名郝京清。

命片段。作者不吝“时杂猥词”，写下了“我”与秦巴山间小媳妇红芳及现代都市一按摩女郎秋韵（后为一大宾馆的“公关销售部经理”）间的欢爱故事（其间又插叙了另几个与“我”有直接间接关系的男女艳情小传奇）。不可否认，作者写出了一些比单纯肉欲体验更加深入、更有意味的一些感觉：些许失落、些许感伤、些许怀旧、些许人世轮回的悲情……以及诸如此类调料性质的东西。这些感觉，每样他都是蜻蜓点水一般一掠而过，恰恰构成了鲁迅所谓狭邪小说“自谓伶人有邪正，狎客亦有雅俗，并陈妍媸”，“似欲以缠绵见长”的主体风格。

但张晓明先生又毕竟是一位20世纪末的小说作家，自家也知道，若单单把小说写成这个样子，未免不像话，且未必找得到一个像样的去处发表。所以，还要给那胚胎加上些包装。于是他就把眼光瞄向了佛祖、禅宗。佛祖示给迦叶那神秘的拈花一笑，千百年来引动了多少文人雅士、高僧智者的沉思。那种神秘感觉的确超出了语辞可以言说的界限。张先生便老实不客气地把这份神秘感抓了过来，作为小说中几个故事意蕴上的联结纽带。由于佛祖拈花这个意象本身蕴藉了巨大的内涵和神秘的象征意味，所以小说中他只需飘忽其辞地闪现这个意象，一层似有似无的宗教性的云霭便飘浮了起来，让人乍一看还真的悚然一震。但张先生的工作显然也就到此为止了。轮回，抑或是虚无，还是色空……他到底想要借佛祖拈花这个意象以及相关宗教内涵的阐发道出什么样独特的人生体验，或者说是哪一种作为存在的蕴致呢？没有，他一点儿这方面的努力也没有。佛祖对他而言，只是一件道具。他在小说中，要念的不过是自己的狭邪之经而已。除了女人，除了肉欲之爱，一切都是虚妄。当然，张先生也还可以为自己辩解：这是薄伽丘式的人文激情呀！的确，倘能早生数百年，张先生的这篇《拈花佛祖》其地位说不定便不在《十日谈》之下。

因此，看到小说中的那些高论，类如“花即禅源，禅源即花。花即女人，女人即花。女人即禅，禅即女人”之类，人们大可不必惊讶或生气。我相信张先生决无渎神之意，他不过是借佛祖举手拈花的机会说自己的女人经罢了。之所以要借佛祖拈花来说，说明他还是欣赏佛祖的，对佛祖还是有感情的。如是而已。

只不过大慈大悲的佛祖拈花微笑时，早料到今日有这一解，那笑是否会多一份苦涩呢？

自然，我们如是批评张先生，并不是要求作家创作时用典要如学者考据一般，谨小慎微。决不是这样。依笔者愚见，作家在用典时决不应有太多的条条框框，作家应有虚构的绝对自由。但话立刻又要说回来，这“绝对自由”其实是指“自觉地把握了创作内在规律后的自由境界”，也就是“随心所欲不逾矩”的意思。对典故、传统文化无十分深入了解者，有时多几分学究气式的考据癖并不是坏事。不花大力了解典故的内蕴，如何可能将它与艺术作品要表达的生命体验有机地联系在一起呢？如果可能表达出有意味的、有深度的感触，如果用典、攀附古人时一开口就错，那小说又怎么让人读得下去？倘使当真以为披一件用典引据的外衣就可以唬倒人，或满足于将历史当作一个小姑娘胡乱打扮，这是艺术的堕落。这，就是我们何以严厉批评张先生及那些运用相同叙事策略的小说作家的理由。

末了，要补充说几句关于《拈花佛祖》中硬伤的问题。在这篇小说中，只要略一涉及历史文化方面的问题，张先生几乎一开口就错，有时错得简直就离了谱。而这，恐怕是把历史看作道具而不是以一种敬畏之心对待之的作家们或多或少都在所难免的。

张先生似乎是颇以文人傍大款、有外室、寻小蜜为然的。这是他个人志向，倒也不便多加评论。可他不幸又要寻求传统、典故的慰藉，为自己的高论张目，这就不免要引起公愤了。他说：“古代下九流的下三烂就是七娼、八儒、九丐。儒不就是文人吗？……把他们排到下三烂的第二烂，算是抬举了。”说来振振有词，似乎文人当乐于位列娼、丐之列了。然而，我们不得不大喝一声。张先生何乃厚诬我们的民族、我们的传统如是之甚！中国什么时候有“七娼、八儒、九丐”之说？只有元初时谢枋得对元人不满时，恨恨地说过“八娼、九儒、十丐”（《谢叠山集·卷二·送方伯载归三山序》，丛书集成本；另，郑思肖在《心史》中有“八民、九儒、十丐”一说，与谢说略不同）。但这仅仅是文人的牢骚罢了，若把它当真，就是最大的笨伯。一个最现成的凑手例子就是：谢枋得先生自家便极受世人尊崇，他正是逝世在元朝强行征召的途中。

张先生是喜欢说佛道禅的，可是连禅宗的初祖迦叶的名字都搞不清楚。他把摩诃迦叶之“摩诃”当成了迦叶的姓，说“至摩呵二十八代弟子中，出了个达摩”。其实“摩诃”是梵语，是大、多或胜的意思。“摩诃迦叶”乃是对迦叶之敬称。顺便说一句，“摩诃”在中国语言中，已经是一个固定词汇，所以《拈花佛祖》中数处把“摩诃”作“摩呵”，也是错的。

张先生还说，“(达摩）把个佛法在中国闹得轰轰烈烈，成了地道的中国化了的佛教，是即禅宗”，好像搞的中国佛法只剩下禅宗一支似的，不知他欲置唯识宗、法相宗、净土宗、华严宗、天台宗等等这些正宗中国佛教派别于何地呢？另外，他的说法给人感觉禅宗在达摩在世时就很不得了，“轰轰烈烈”的样子，这也不对。略知禅宗源流的人们都晓得，禅宗在中国得以大兴的关键人物是其六祖慧能。

掉文的时候，张先生引过刘禹锡的诗。他见刘禹锡那么容易“断肠”，便道是他“刚当上官”，未解风月场中事。这又错了，刘禹锡任苏州刺史是832—833年，这离他唐贞元九年（793年）中进士即做官已经近40年了。

不过，话又说回来，这些所谓的硬伤掺杂在小说的整体中，与“先天下之忧而忧，后天下之乐而乐，只是当了大官的范仲淹之流讲讲的”之类刺目的高论相比，就显得远不是那么惊心动魄了。宽容的读者要略过不计似也可以的。

反对滥欲主义[①]

几乎是怀着一种厌恶之情读完了何小竹先生的《圈》。

首先要承认，何先生是有些才气的，至少有点歪才。《圈》的故事主体，无非记述一个男人对一个女人的性幻想而已——这个女人且是朋友之妻，故那幻想就更有触犯禁忌的刺激与快感了。说实在的，这是一个陈腐到了老掉牙的故事，历史上不知有几多无聊文人曾以之转移自己的利比多。但《圈》在叙事上，还是有些花样翻新的地方，不能一概而论地将之一笔抹杀。何先生的叙事笔法是相当老练的，娓娓道来，耐心而细腻，在叙说诲淫诲盗场面的时候尤其冷静，铺张却不散漫，很有些当年日本私小说的风采。而且，何先生毕竟是20世纪末的小说家，对于种种后现代、解构主义的叙事技巧亦很熟稔。比如屡屡插入的“我想我还是先不忙说房东太太”“现在我可以形容一下我的房东太太了”“再说房东太太”之类，就像在借用某些大人物在回忆录里爱用的口吻。看上去笨拙，不符合小说家的笔法，却意外地令人感觉亲切实在，让人感到作者在与读者面对面地攀谈。另外，有关“圈”这个意象的把握与阐释，文末关于骆驼的一段叙写等，都是相当空灵的，显示出作家某种不一般的艺术感染力。

然而，诸如此类的片段阅读快感与其小说在整体格调上给人们的折磨

---

① 本文曾发表在《作品与争鸣》2001年第3期，署名罗涟浩。

相比，却又不算什么了。

在《圈》中，何小竹先生给人的印象是：他作为作家的兴奋点，有且只有一个，那就是男女“脐下三寸”部位（鲁迅语）。在小说中，作家视界所及，人世间的一切，除了性事之外，再无其他。任何正常不过的人与事，让那“我”夹缠一通儿，便立刻要奔向性的主题。比如那与“我”交情平平的房东，“我”对之的第一次形象勾勒便是：“李师傅在那个世界里就像一匹良种公马，或者像一只骄傲的公鸡。”言止于此，作家似觉意犹未尽，似乎他的生活逻辑还没有放之四海皆准，于是，他要让“我”继续他满脑子龌龊念头的堆积：“他身穿工装的形象，在布满阳光和尘埃的厂区与他的稀有的同类一起，闪耀着新中国男性工人阶级的集体光芒。而我们的房东太太，也和她的为数众多的同类一起，成为衬托那光芒的广泛的淡蓝色的背景。”这儿必须指出的是，有点李师傅的调侃描写，作者大约是出于某种现实的考虑，使用的语言至少在字面上还是干净的。而在小说的其他部分，各种露骨的描写与性隐语简直就是冲口而出了，毫无忌惮。类如“我发誓要饿她个十天半月”之类的滥欲标本，为观瞻起见，这儿就不多作征引了。

对于此种审美情趣——但愿此处并未误用“审美”这个词，这儿我们姑以“滥欲主义”名之（这么称谓或许是过于温和了）。的确，当前如何小竹先生这般唯欲是尚、唯欲是写的作家，在中国文坛是不乏其例的。他们的一个共同特点就是津津有味于人的自然情欲，并有意无意地以人间的情欲关系来概括、替代其他——一切形式的人际关系或社会关系。至于伦理道德、礼义廉耻与必要的文明社会的规范，他们则似乎全未梦见。记得何小竹先生们的前辈在写类如《圈》的题材的作品时——比如《肉蒲团》之类——还不时要扯上几句“色空”“红粉骷髅”的议论来为自己遮羞，而何先生们则全没了这些顾忌。他在《圈》中写到男人做男妓即“鸭子”赚钱一节时，是何等亲切、自然并奉之为天经地义的啊！所以我们可以这么断言，何先生们所关注的“人欲”，早就出了其人性自然构成那一面应有的边际，泛滥成灾了！

什么东西泛滥了都不好，何况是人欲呢？人之为人，社会之为社会，除了情欲这一面而外，有太多值得关注的东西了。否则，人和动物也就丝毫没有了区别。有关这一点，任一个略有脑髓的人都应当是非常清楚的，自不必说聪明如何先生人等的了。再说，中国当前又不是什么“禁欲主义”“道德清教徒主义”的时代，用不着何先生们用这种方式来凸显情欲的重要性吧。一句话，除了责备他们缺乏作为一个公民、一个社会的人所必应有的道德感，除了责备他们以这种手段眩人耳目来博得商业炒作上的好处之外，我们想不出其他还有什么可以为“滥欲主义”辩护的理由。

忽然想起了别尔嘉耶夫。

这位著有《大师与玛格丽特》《白卫军》等作品的杰出作家，前几年在我国很是风行了一阵。不少作家开口闭口都喜欢谈到他。但说老实话，笔者个人感觉，即便是那几位言必称别氏的名人，在精神境界上与之相去都是很远的。别尔嘉耶夫曾说过：“作家应当坚贞不屈、……假如创作是为了使日子过得更好或其他什么目的的话，那么创作就变成是一种可耻的勾当了”，这话就没见他们有多少追随的热情。

并不敢奢望何小竹先生们能够“坚贞不屈”承担起塑造民族灵魂的重任，但榜样在前，最起码的，应当有种社会责任感。不要利用自己的一点才情来挥洒自己内心的不洁净。龌龊就是龌龊，经过打扮装饰，它还是龌龊，决不要以为它因此会成了艺术！

在很多时候，修正自己的不良倾向并不是一件十分困难的事情，只要有勇气承认自己的谬误，只要有勇气向那些光辉的大师们的境界迈出一步，哪怕是一小步。我们热切地期望何小竹先生们不要再醉心于滥欲主义的迷潭，不要辜负了这伟大民族复兴的 21 世纪。

这，才是我们在文中痛烈批评何小竹等先生的理由。

此情可待成追忆[①]

许多年前，一位诗人在他生命的晚期忽然追忆起了青年时代与一位美丽姑娘的一段热恋。在打开尘封多年的记忆仓库的这一角后，他发现那一切仍然清新如故，甚或比当年感觉更为亲切、实在。当年两人间的恩恩怨怨、分分合合，其中种种无可解释的爱恨机缘，便在一霎间似乎完全了然于心了。然而，逝者逝矣，往事不可追，诗人在莫名的悲恸中只能写下："此情可待成追忆，只是当时已惘然。"

从悲观处说，人类的一切爱情大抵无非如此。在拥有爱的时候，人总是迷惘且不经意的。要待时光流逝，浮华散去，那内心底处坚硬逼真又柔软无比的真情终于浮出水面的时候，才悔之无及。然而一切已成定局。——但结局或者还有更糟糕的。那便是人们正待反刍、回味那冉冉浮现的"真情"时，却发现，这段感情原不过是源自虚幻，本身就是虚幻。当它只在感觉上朦胧地予人以甜蜜的幻想时，还颇让人温馨，而一旦人们企图确实地抓住些什么，却不免发现，一切都是虚空，都是捕风。尤其在现代，以此种方式落幕的爱情故事就更多些。张旻在《芳心一片》中所着力的，就是将此类现代爱情故事所包孕的情感流程，进行真实细腻的演绎。

如果不另作更高的要求，比如对现代人的心灵问题进行更本质的考察、

① 本文曾发表在《作品与争鸣》2001 年第 5 期，署名成光林。

反思之类，那么，我们应当承认《芳心一片》作为一部现代爱情感伤剧来说，还是颇为成功的。它借唐音这个现代女性形象的塑造，反映了现代人焦灼、浮躁、善变、无根却又不失执著的情感世界。张旻的文字是纯净、优雅的，即使在描写一些炽情场面的时候也冷静大方，止于传神写意。这在当前盛行肉艳之风的文坛尤为难得。当然，《芳心一片》最值得称道的，是其较为真实有力地呈现了现代人面对迷惘爱情时那种独特的心灵触觉。

都说现代人是功利的人，只求现实利益的人（照有些学究的说法，再过若干年“理想”“真情”等语汇在百科全书中都该查不到了），但张旻写出，即便在现代，追求空灵的情感，追求男女间某种神秘的预定了的情感耦合关系，仍是人们一种强烈的情感需要。“爱情”，即便在滔滔浊世中，仍有坚强的生命力。比如，唐音对于莫老师的感情，很难坐实什么现实的基础、功利的条件（这两人断断续续的几次亲密接触似乎并不足以成为左右唐音感情的决定因素）。毋宁说，唐音是在心灵最隐秘处感应到了自己与莫老师一份注定应有的因缘关系。

但这份感情是说不清、道不明，无从理性解释的。《芳心一片》的最成功之处，就是使这份空灵的感情在唐音的情感流动过程中，在似有似无、若隐若现之间，真实可感地表现了出来。小说写出，这感情并不是狂热，唐音亦是经过时间的磨洗才明确感觉到了它的存在。宗耀明、杂技演员、运动员、“吴晓燕爸爸”等各种各样的男人，一个个在唐音的生命中划过，但唐音却感觉不到他们的生命存在与自己有什么亲和关系。他们的出现倒只是促使唐音去回想、去勇于回想那一段似早已逝去了的少女情事。借助缓缓流淌的时间所拉开的距离，她便像许多人那样，陡然间悟通了自己“当时惘然”的感情。

但她当真悟通了自己的感情吗？小说感伤却又冷峻地写出，当唐音怀着某种改变时光流转的意念坐在她心爱的男人面前时，她一旦抛开“怀着敬爱之心的女生对老师的一味的耐心、宽容和顺从”，那这男人就太可疑了。“不要永远，只求有过”，什么意思？是在暗示什么？她的追求与莫老师的现实品格之间，恐怕错位得太厉害了。说到底，她还是太年轻了，对现实拉开得还是不够远，所以她的爱情才会遭到这么彻底而严厉的打击："她勉强站在路边，如一个迷路的人、惊慌而凄惶，头晕目眩城市迷幻的夜空在她的头顶上旋转。"

以此作为"此情可待成追忆，只是当时已惘然"的一个现代注释的确是十分合适的。在现代，爱情往往是只能在追忆之中生存的，当"是"之时，还是"惘然"一些，或更能遮蔽、庇护人们那脆弱的心灵哪！

唐音正在此犯了一个"大错"。

19 世纪德国的历史研究[①]

19 世纪德国的历史研究在人类精神发展史上占据着重要篇章。它不但规范了历史作为一门科学的许多学术准则，而且对当时的一些新兴学科如语言学、民族学、宗教学、神话学、民俗学、文化人类学等都产生了直接的、深远的影响。另外，20 世纪哲学与文学的许多原创性的基点也未尝不可以说是肇始于它的。同时，它还对德意志民族国家的创立、所谓“德意志民族性格”的形成产生过无可估量的影响作用。在整个人类历史上，都很难再找出另一个能与之媲美的历史研究群体了。

谈到这一时期的历史学，首先提到的一个人不能不是兰克。他是整个 19 世纪在世界范围内最具声望的历史学家。他在宗教史、国别史、政治史、民族史等方面具有极精深的造诣，到今天，他在《教皇史》《宗教改革时期的德意志史》《普鲁士史》《法国史》《英国史》《世界史》（前 7 卷）的许多论断仍为不刊之论，或者，是后继者们前进时所不可或缺的基础。这儿特别值得一提的是《教皇史》。在这本书中，兰克以翔实的材料、令人信服的证据改变了人们自文艺复兴以来对中世纪的一些不够公道的看法，他指出，中世纪的教皇统治对统一欧洲文明是有很大贡献的。他是这方面问题第一个权威解说者。更重要的是，他通过本书的写作确立了论述历史事件必须严格依

① 2001 年底，应某前辈邀请写作此文，原拟投给某读书类期刊，后因故未发表。

据同时代资料的原则。英国著名史学家古奇对此评论说："在他开始写作时，著名的历史学家都相信回忆录和编年史是首要的权威资料。而在他停笔时，每个历史家，无论后来成名的或没有成名的，都已学会了只满意于当事者本人以及同他所述事件有过直接接触的人的文件和通讯。"从这个意义上说，兰克还是 20 世纪最有影响的史学派之一的年鉴学派史学方法上的不祧之祖。兰克及其学派对 20 世纪中国的历史学影响也非常大。傅斯年、陈寅恪等许多史学家都曾师从过他的弟子或再传弟子。傅斯年从德国回来后，创办史语所，提倡"上穷碧落下黄泉，动手动脚找东西"，都与兰克一派的学术风格直接有关。

历史地看，兰克的史学精神对后世的影响或许更是决定性的。他在其成名作《拉丁和条顿民族史》的"序言"中说过一句名言："历史指定给本书的任务是：评判过去，教导现在，以利于未来。可是本书并不敢期望完成这样崇高的任务。它的目的只不过是说明事情的真实情况而已"。这是他一生治学的宗旨。历来都有人对这句话表示强烈的非议，但历来大多数历史学家却又对这句话奉为圭臬，认为它准确地表达了历史学科应有的客观、科学的精神。

作为一代宗师，兰克的学术雅量也极为人称道。他的三大弟子中，聚贝尔、奇泽布雷希特在学术观点与治学方法上和他都有很大的分歧，但他们却终身保持着诚挚的友谊。在他的终身论敌格维纳去世后，他这样说："最好，大家不要从同一途径来攀登历史科学。"

至于罗马史的研究，决定性的贡献主要取决于两个人，尼布尔与蒙森。尼布尔开创了"以诗证史"的方法。他指出，早期罗马的许多情况"是通过歌谣，挽歌以及由祭司长保管的纪年史传递下来的"。歌德对尼布尔的工作评价非常高，他说，尼布尔的彻底性与深入性的作风鼓舞了他，使他以同样的精神来履行自己的责任。不过，尼布尔在政治上是很保守的，1830 年他在对法国七月革命的忧惧中死去，逝世时他的《罗马史》第三卷才写到第一次布匿战争。真正使罗马学成为显学的则是蒙森。这是一位在学术天分与学术贡献上都可以与兰克相提并论的人物。他的五大卷《罗马史》与《从奥古都斯到戴克里先的罗马行省史》天才地为我们重现了一个已经消失了的世界。像他这样能做到对一个古典文明完全的融会贯通并能使之重现于世的，在史学史上还很难再找出第二个来。蒙森的文笔也是极其华美、富于力感的。由于他的作品同时具有的很高的文学价值，1902 年他被授予了诺贝尔文学奖。漓江出版社以《罗马风云》为名出过他巨作的节选本，这是我们国内少见的蒙森作品的译本。

以尼布尔、蒙森为前后中心，德国形成了关于罗马史研究庞大的学术团队，彼得、伊纳等也是一时的名家。甚至可以这么说，蒙森的成就在某种意义上并不能归于他一人之力。因为他的成就在很大程度上要归功于他在东方铭文和纸草卷书方面的深湛功力（在这一点上与他相成对照的是瑞士大史学家布克哈特。布克哈特穷后半生 40 年的精力研究古希腊文明，却一直遭到专家们的尖锐批评，就是因为他相信只要完全掌握文献资料就足以防止严重错误，却未领会到铭文及其他新证据的重要性）。但关于当时新出土的铭文考释是一件极其庞大艰巨的工作，在蒙森 1903 年去世前，他已收集到了超过 16 万张的铭文拓片。有关的研究考释工作显然不是一个人或几个人能完成的，这需要良好的团队合作精神，当然，还要有一种踏踏实实、不急功近利的学术品格。

至于古希腊的研究，在德国史学界可以说是最有学术渊源的了。在 18 世纪，温克尔曼、莱辛、沃尔夫、哈曼等人的工作已经把希腊研究推至一个很高的水平；到 19 世纪，博克、奥特弗里德·缪勒、库奇乌斯等人则使之达到了更高境界，并从中开出了崭新的学术气象。博克是最早运用近东新出土铭文资料进行大范围东西历史比较研究、以考古实据印证古希腊文献材料的学者。虽然，他的考据并不总是无懈可击的。较之他的恩师博克，缪勒更显得才华横溢。1816 年，年方十九的缪勒就以《论埃吉娜岛》获得了柏林大学的博士学位（埃吉娜岛是希腊的一个小岛，据希腊神话，爱吉娜为河塞纳索普的女儿，此岛因而得名——作者按）。随着对希腊文明和埃里克文明研究的逐步深入，缪勒的兴趣集中到了地方神话、种族迁移传说、地方性崇拜的研究。他认为，神话事实上是一个民族的最古老的诗和民众灵魂的创造物及其感想与观察的原始形式——这个概念虽然最早由赫尔德提倡，但到缪勒手中，神话学才开始独立成为一门学科，真正成为了一门科学。沿着他开创的道路，麦克斯·缪勒、弗雷泽运用神话理论对人一些本源性的精神现象作出了意味深长的解释（麦克斯·缪勒虽是德国人，与另一位缪勒可没有丝毫血缘的关系）。而没有这些学者的筚路蓝缕之功，20 世纪的许多门学科就不可能有今天的兴盛：如符号学、原型批评理论、荣格的集体无意识论等等，甚至包括文化人类学。

19 世纪德国的希腊研究还必须提到以下一些杰出的名字：韦尔克尔的希腊艺术、文学、宗教研究，迈埃尔、舍恩对雅典法律制度的梳理，利特尔和布兰迪斯撰写的第一部学术性的希腊哲学史，伊德勒的古代编年学等等。正由于他们的工作，欧洲人对自己文化之母的观察到了一个新的、深入的阶段。

在所有欧洲国家中，德国人也许是对希腊文化最情有独钟的。他们最有原创性的思想家们大多喜欢以希腊为背景展开纯思的追问。如莱辛、康德、歌德、赫尔德、哈曼、席勒、黑格尔、叔本华、尼采、弗洛伊德（奥地利与德国的分离是 1866 年以后的事了，将弗洛伊德归入德意志文化圈内应是没什么问题的）、海德格尔等。如果我们对他们身处的史学背景有较清楚的了解，会感到他们采取这一种切入问题的方式乃是再自然不过了。因为他们可以在史学中汲取可靠的、真正本源性的思想力量。

民族史与民俗史的研究，是这一时期德国史学界的又一件大事。在德意志文学狂飙突进运动的年代，赫尔德提出，自然诗、民族精神与语言是储藏各世纪人类精神贡献的宝库，德国人要“懂得珍视我们的古老财富”。在他的影响下，施勒格尔、约翰内斯·缪勒、毕尔格、蒂克、富凯、阿尼姆、布伦塔诺、德哈根对德意志中世纪民族文化史和民间文化史展开了深入的研究。他们的研究后来被称为“德国的浪漫派史学”。雅各布·格林则是其中最杰出的代表之一。中国人知道“格林”这个名字多半是因为他与其弟弟威廉·格林编纂了德国民间童话故事集《格林童话》的关系，但少有人知道上说的编纂背景，而且恐怕更少有人知道格林还是当时最有学问的历史语言学家。他的《德语语法》是历史比较语言学史上一块光辉的里程碑。在这部杰作中，他比较了有亲缘关系的15种日耳曼语法，分析了这些有亲缘关系的语言的现代和古代的语音、词汇、语法等规律，试图构拟出语族、语系的“原始共同语”（Ursprache）。不仅如此，格林还同时在民间文学、神话学领域中挖掘原始共同因素和所谓原始共同神话（Urmyth）。他认为，一切民间创作大都来源于神话，对日耳曼民族以及印欧语系民族来说，则其创作都肇源于日耳曼共同神话以及雅利安原始共同神话。后来就把格林的这一学说称为“印欧学说”。——看来，童话虽是编给儿童读的，但有时在民族精神底蕴的把握和理解力方面却对编者有很高的要求呢！

雅各布·格林有一句话可以成为所有人文工作者毕生遵循的格言：“所有我的著作都与祖国有关，并从它的土壤中获得了力量”。如果我们在生命的最后时刻能以此自问而无愧，那我们大约就可以自认为没有虚度一生了。

浪漫派史学是20世纪民俗学与民间文学研究的真正前驱。不然，巴赫金的许多工作就是难以想象的。尽管表面上看，巴赫金推崇文艺复兴精神而浪漫派史学家们则大抵崇仰中世纪，但在实际的研究方法上则仍有一脉相承之处。在许多资料考据上，巴赫金也借重了前人的成果。

浪漫派史学——不，准确地说，是整个19世纪的德国史学留给后人最深刻的遗产，是他们在语言学方面的贡献。这一时期德国的历史大家们没有一个不是在古典语言学上有着深湛造诣的，他们在研究欧洲、非洲、近东、中东、南亚、北亚等地区人类文明现象的研究过程中逐步触及了对人类最重要的类的本质现象——语言问题的讨论。这儿，需要指出，当时英国、法国、俄国的有关研究也达到了很高的水平。是在这么一种人类精英共同合力的情况下，在20世纪初，终于孕育诞生了现代语言学：索绪尔结构主义语言学，于是，也就产生了现代人文科学的语言学转向问题。这里要指出的一个绝非偶然的情况是，索绪尔为了探求语言学的真学问，特意从日内瓦大学转学至莱比锡大学攻读博士学位，在那儿写下了他作为历史语言学家的名作《论印欧系语言元音的原始系统》并取得了博士学位。

主要由德国史学家和语言学家开创的历史比较语言学研究在语言学方

面的深刻影响直到今天仍清晰可见。一个凑手的例子就是，今天的语言哲学家们谈起印欧语系的问题，往往很是头头是道，但一旦说到印欧语系与汉藏语系的比较之类的问题——这类问题正是 19 世纪语言学家们的盲区，他们便也卑之无甚高论了。从这个意义上说，尤其对我们而言，补一些历史比较语言学的课是十分必要的。多做一些实证研究，少谈一点主义就更有必要。

20 世纪人文科学所谓的语言学转向的另一个重要主潮是，人们把语言看成“最后的存在之家”。这意思是说，通过其他的主观或客观的手段，人们都难能把握住个人在这个世界上作为一个独立存在的本质和本源。而通过对语言的逼视与感觉，人们还庶几能体触到真正的自由和超越的可能。海德格尔自然是最早透辟阐释这个问题的人。然而，他的这个思想却也不是凭空冥想出来的。事实上，从赫尔德到施勒格尔再到尼采，这关于语言——人的存在之家的思想的发展脉络还是清晰可循的。

最后，本文要提到的是普鲁士学派。它的三巨头德罗伊森、聚贝尔与特赖齐克在德国近现代史（相对于他们当时而言）有着很深的功力，而且都自觉地把研究工作与德意志民族的觉醒和解放事业紧密相连。特赖齐克是这么说的：“只有一个以祖国的悲欢为自己的悲欢的雄壮的心，才能生动活泼地叙述历史。”

他们的工作与德国民族的精神个性如此密切相关，非常典型地表现了文化诠释对客观历史的影响作用。伽达默尔在其《真理与方法》中引他们为同道，证明历史乃是心灵连续相互诠释的历史也就很自然了。当然，伽达默尔的诠释学与德国史学的关系远不止如此，《真理与方法》中就有相当大的篇幅在以 19 世纪的德国史学为据讨论诠释学的历史根据。这儿限于篇幅不再作引证。

美中不足的是，普鲁士学派中最有才华、最有影响力的特赖齐克与军国主义、排犹主义有一些推托不了的干系。这在一定程度上影响了这个学派的声誉。但到今天，我们回望过去，仍然可以肯定地说，普鲁士学派不愧为 19 世纪德国伟大史学传统的光辉殿军。

不能在人民的痛苦面前转开眼睛[①]

开宗明义地说，这儿所指的“人民”是特指的，指那些在改革开放过程中，相对而言得利较少的人。更确切地说，是指这么一些人，他们或者现在还没有富起来，或者在剧烈的转型变化的时代，由于身处天然的不利竞争地位，在社会中的相对地位较之以前反而呈现出下降的趋势。以最乐观的估计，在目前中国的人口构成中，这些人的绝对数量不会少于十亿。如果说国企的工人还有主流意识形态的宣传机器不时给予关注，那么，私企的工人的生存情况就更令人担忧，报纸不引人注意的小块关于恶性生产事故的报道几乎全是发生在私企中的！尽管我们很难了解到更多的情况，但根据那现有的零碎的反映（比如《南方周末》等报刊不时会有的报道），不能不感慨包身工的事情其实就发生在我们的周围。另外，即便在经济最发达地区，城市贫民、流民的数量也在增长，这也是一个不争的事实。

然而，一个令人震惊的现实情况却是：对于中国这样一个严峻的现实情况，对于占据了全世界人口六分之一强的这样一个群体，在最近十几年尤其近几年以来却绝少有中国知识分子予以认真的关注（外国人特别是不怀好意的外国人对此倒是极为关切的，可参见 2001 年 4 月 28 日新华网转贴的兰德公司报告《美军的台海战略》），而作家们在这已经少得可怜的人群中所占比

① 本文曾发表在《作品与争鸣》2002 年第 2 期，署名陈其佳。

例则越发少得可怜，简直可以折扣到零。面对这种情况，我们不能不追问：我们的作家是怎么啦，他们为什么面对如此之多的人民的痛苦麻木不仁，熟视无睹，甚至转开了他们的眼睛，唯一些丑恶的现象津津乐道——卫慧、石康之流的低级趣味本来没有什么值得评说的，任何一个时代都少不了这类货色，现在让人无可容忍的是在当前中国文坛却正是这类货色把据要津俨然主流。我们不能不追问，作家们美丽的如音乐般的喉舌为什么喑哑了，唱不出它的期冀、它的理想、它的眷恋与它的向往了。为什么他们现在只是模糊不清地唱着，有时更是胡乱而不着调地唱着，不确定地唱着——不知道自己要去哪里，哪里是自己的家，哪里是自己的归宿。我们不能不追问，作家们怎能如此忍心放弃自己的天职，面对人民的痛苦转过眼去，而不是深深凝望着这些痛苦而无助的人们，为他们的绝望流泪，为他们的挣扎叹息，为人类千百年来永难改变的生存困境的实质而沉郁，或者为生活中毕竟能感觉生活着的甜美体会温馨，为他们能不失人类的尊严而振奋，为漫无边际的黑夜中偶尔破例来到的一线光明欢呼?!

我们有理由这样责备作家们：他们对艺术创作的根本问题——人的问题理解是极粗陋和轻率的。是因为在根本上出了这样的问题，作家们才会集体无意识地在人民的痛苦面前表现出如此普遍的漠视。

首先的一点就是对艺术创作的人民性问题的遗忘和误解。

艺术创作的人民性本来是一个很严肃的问题，但新中国成立以来却多少谈得太滥和太庸俗化了。有一段时间“人民性”这个词完全成了政治图解的代名词，即凡在文艺创作中，总要表现出“手上有屎”的劳动人民才是真正的创史英雄，而知识分子则应老老实实地接受贫下中农再教育。在这个意义上说，新时期以来文艺界抛弃了这个写作图式是一巨大的进步。但我们的话必须在此立刻打住。对政治说教的抛弃绝不等同于可放弃对人民性问题的关注。事实上，在俄罗斯文学的传统中（当然从世界文学的角度看各国莫不如此，俄罗斯于是表现得最为杰出），“人民性”只能是指：作家应当对底层的劳动人民的生活状况和存在形态予以特别的关注，以反映他们的肉体痛苦与心灵焦灼为己任，并有这样的道德勇气，必要时挺身而出，不惜以一人之力与蒙罩在人民头上的弥天黑暗作坚决的斗争，虽九死其犹未悔。只要是拥有着这样的勇气，他们无论从哪个角度来描写人民，甚至是专门揭示那最阴暗部分的就如陀思妥耶夫斯基，读者依然可轻易在小说中读出那种“爱极了的憎恶”，这创作依然可谓与人民的血肉紧密相连的。从这个角度来说，其实我们一直强调着的服从于政治的“人民性”与真正的人民性是没什么关系的，甚至是南辕北辙的，往往只是多了些以人民的名义来反对人民的东西。比如像杨朔的《香山红叶》（一个作家居然能在三年困难时期讴歌全国形势一片大好、人民生活水平蒸蒸日上）等等，这些名字可以开上几万个也开不完。也正是在这个意义上，我们对前几年颇喧嚣一时的“新现实主义冲击波”并不能表示赞同。他们尽管也作出了关心民生疾苦的姿态，但事实上却对造成人民苦难的体制性问题、对人民痛苦的丰富性与深重性问题等连碰也不敢碰，归根结底仍是企图用光明的尾巴（或干脆将现实的权宜认同为理想）来麻痹人们对当前中国人生存情况作深入的考察。因此，它热闹一阵即归于平寂也很自然的。但令人遗憾的是，这些年我们在否定这类“歌德”派文艺的时候，在否定伪人民性的时候，连文艺创作的最丰富源泉，作家的人民性立场都一并给忘却了。就如列宁说的那样，在泼脏水的时候连孩子都一起倒掉了。事情甚至被弄到这步田地，许多作家以表现出小布尔乔亚的清高为荣，羞于谈论底层的人民问题，以为这是在文艺观上落后的表现，以为关注人民痛苦会妨碍他们“纯美”的立场。

当然，仅仅从认识水平来谈问题是远不够的。我们的作家所以会在人民的痛苦面前转过他们的眼睛，或硬起心肠熟视无睹，或简直就把十多亿人的前途和命运当作一种笑料和蛛丝一般可以轻轻抹去的东西，从更深层次来说，是我们现在的许多作家（在此我们姑且还认为他们能被称为“作家”）已无可救药地染上了市侩的习气，在最根本之处放弃了人格的操守，在精神上放纵自己与商人为伍，因此才可能如此心安理得地视人民之苦难于不见。具体地说，在这个商品经济的时代，他们居然让自己的价值取向服从于庸俗不堪的商品律，浑然忘却作家的天职是要点燃人类的理想之火，作家之为作家的前提条件是其与生俱来的充沛的异于常人的人道主义感情。那种根据所谓的优胜劣汰的社会学原理，认为那些生活在底层的人民因为是“劣败者”，因此就无足可取，就只配在文艺作品中充当所谓成功人士的配角，就无必要反映其灵魂问题了的说法，是顶顶低级趣味的庸俗社会学的观点。且不说底层人民中有多少才华之士仅仅是因为机缘巧合或命运的捉弄才郁郁然不得志，就退一万步说，假定他们当真都是激烈社会竞争中的失败者，作家们就可以蔑然视之了？须知作家的使命并不是为胜利者当吹鼓手，而是反映人类一种有普遍意义的生存状态或灵魂处境。作家的禀赋可以有千万种，反映生活的方式、表现的手法也可以有千万种，但有一个特征古往今来的作家们尤其是大作家们则是完全一致的，那就是他们都特别见不得人民的苦难，都不能容忍人类居然会受苦的现实（如果这苦难是由于人类的愚蠢或不合理的社会制度所造成那就更不可容忍了），都极端痛恨违背人性的丑恶现象。一言以蔽之，他们都是热烈的人道主义者：不分种族，不分地域，不分高低贵贱，不分男女老幼，不讲功利，不问美丑，不谈宗教信仰的可能分歧，只要进入视域的考察对象是人，那么，从心底里涌起的热烈的善意与爱意就是直接的、当下的。对作家来说，这种情绪是绝对命令，是大爱。并不用理性做什么分析与推导，它是先于理性并高于理性的。它是作家进行创作的第一推动力，是本原之本原。因为文艺作品中总是投射着如是强烈的为人类的痛苦而痛苦、为人类的欢乐而欢乐的感情，多少年来它才无可争议地成为了人类精神的守护神，它才使得人们在无可希望中感觉希望，使得人们在最绝望的时刻获得继续存在的勇气，使人们在最孤独的时候可感觉到发自于人类本原的无私的慰藉。对于作家来说，不问人类、同胞的痛苦是不可思议的，是无可自我辩解的。如果他们敢于面对十亿多人的痛苦转过眼去，视而不见或假装没看见，去装疯卖傻地写些风月之事或更恶心的纯粹撒谎的东西，那他们的作家之心就已经堕落了。这是民族良心的堕落。

布尔加科夫说过，作家应当坚贞不屈，如果写作是为了日子过得更好一些或其他的什么目的，那写作就是一种可耻的勾当了。布尔加科夫的这话是针对当时苏联恶劣的政治气氛说的。如果说在无可抵抗的政治压力下，作家不能“坚贞不屈”还情有可原，那么在今天，那些如此自觉地将写作当作买卖，公然将人民的痛苦视若无物的作家，他们则必将被钉上历史的耻辱柱，不可能指望有更好下场了。

这里有黄金[①]

——有关我国民间文艺问题的一点感言

很长一段时间里，我们对待民间文艺的态度其实是双重标准的。在理论上，我们早就认识到了民间文艺问题的重要性。尤其近些年来，“民间文艺乃是人类的文艺活动最重要的活力源泉之一”等观点更在思想学术界达成了共识——当前学界能达成这样普遍共识的观念实在不多。但在另一个方面，在各种具体的实践活动中，我们的思想学术界在看待民间文艺时往往运用的又是另外一套标准。也就是根深蒂固的以精英理论为中心的标准。举一个很实际的例子说，当我们以“民间性格”等评论一部作品时，其中包含真正的价值评判往往就不是什么恭维之词。这种话头真正包含的意思常常是：作品还不够凝练、优雅，在形式上太过粗粝等等，只因为是以民间文艺的标准要求之，故还能够勉强夸赞几句……近年来，有研究者频频提出“如何走出民间文艺研究困境”的问题（北京大学中文系民间文学教研室曾就此问题组织过专门的研讨会，可以参考有关的报道与介绍）。造成这个问题有多方面的原因，但上述的理论与实际脱节的情况则应是其中的一个重要因素。如果在深层意念上把“民间文艺”看成只是低层次的东西，是文人创作可有可无的补充，并且又不对各种民间文艺现象作深入细致的分析，那么，民间文

---

① 本文曾部分发表在《人民日报》2003 年 8 月 12 日，题目为《拯救民间文艺》。

艺研究“陷入困境”似乎就是一个很自然的现象了。

作为一位一直关注民间文艺问题研究的业余人士，笔者对现有的民间文艺研究不景气的状况深感诧异。照理说，情况是不应如此的。只要我们的思想者和研究者以一种比较严肃实证的态度进入到民间文艺的领域，就应当发现，在民间文艺中到处有未开垦的处女地，时时能够拾捡到蕴藉丰富的金块。关于这个问题，笔者有几点感想。

第一，应当注意对已有的民间文艺资料作深入的，甚至是穷尽式的分析研究。

从 1920 年成立“北京大学歌谣研究会”起，我国现代民间文艺研究的一个最重要的工作方向就是收集整理各种民间文艺资料。在新中国成立后，这方面的工作在有关政府部门的组织推动下，更是取得了很高的成就。举一个例子说，到 20 世纪 60 年代初，我国文艺部门收集到的各种地方戏的剧目就达 5 万多个（根据赵寻《让戏曲更好地为人民服务》文中的说法，《人民日报》1962 年 9 月 23 日第 5 版）。如果加上对各种曲艺项目如鼓书、快板、相声、评书等等还有各地民间故事的文字整理，再加上对各少数民族民间曲艺节目的汇集整理，我们现有的民间文艺的资料之丰富、之全面，其反映历史发展轨迹之深广，均可谓惊人。单从绝对的数量说，我们所拥有的民间文艺资料宝库，完全称得上举世无匹。可是，这样的一座宝库，多少年来却一直沉睡着，很少有专门的研究者自觉地以现代观念进行创新性的再诠释。

那么，这是不是意味着民间文艺作品注定是境界低陋，乏善可陈，除了充当某种旁证性的史料之外，再无更进一步的价值？笔者认为，在对我们的资料库中的作品进行全面的分析解读之前，任何类似的前提假设都不是科学的，甚至可以说是不负责任的。诚然，民间文艺作品由于其创作形态的特殊性（创作者文化水准的平均指数偏低，发表时又没有经过筛选），在很多时候它们不可避免的比较粗糙。然而沙里披金，只要耐心寻找，就不难有收获。就像是传统京剧剧目中，除了大量的如《李广催贡》《黑风帕》之类缺乏艺术深度的作品，但毕竟还有《梵王宫》《一匹布》《一两漆》《小上坟》这样一些可称为“精品”的剧目。就笔者个人所见，比较有代表性的还有湖北的楚剧。从湖北省戏剧工作室编印的几本关于楚剧的《湖北地方戏曲丛刊》看，应当承认，以今天的观念评论，楚剧中大部分作品只有民俗学上的研究意义。但是，非常令人惊异的，它却拥有《郭丁香》这样一部杰出的连台本戏。这部剧作在叙事结构上完全颠覆了中国传统戏剧“金童玉女”大团圆的模式，深刻揭示了旧伦理体系中夫妻间不平等关系给男女双方造成的人性上的伤害。全局充满了一种命运意识笼罩下的悲怆感。尽管在许多方面《郭丁香》也还有一些民间文艺作品常见的弱点，但从大端处说，它是具有原创意义的。民间文艺中称得上杰作的作品实际上有很多。早在 20 世纪 60 年代，老舍先生就褒扬王少堂先生的扬州评话《武松》为“通俗史诗”，王朝闻先生也曾撰长文对《武松》的美学价值进行过分析。但几十年过去了，我们的研究却似乎停留在原来的基础上。而对扬州评话的其他一些杰作，比如王少堂的《宋江》、康重华的“三国”，文艺理论界就从未重视过。但事实上，《宋江》一书对于中国传统伦理观念中“友伦”这一维的描写，已达到了很深层次的存在体验的深度；康氏“三国”的人物刻画，比如说对诸葛亮的市民化处理，是别具机趣的。这种对民间文艺杰作缺乏关爱的情况，不能不说是令人遗憾的。

自然，我们强调对既有资料的分析和研究、强调对其中杰作的发挥与阐扬，决不意味着对新材料的挖掘与整理可以有所忽视，也决不意味着对现有的各种研究方法和成就有丝毫的贬抹之意。这是自不待言的。

第二，对民间文艺的研究要注意结合新的理论方法。

民间文艺只是一个总的称谓而已。其内部形态之多，彼此之间性质差异之大，远出于常人的想象。研究一门专门的民间文艺项目，常常需要对其特殊的技法有所会心后才可能入门。但尽管如此，就此而满足于一些特殊技法的描述和现象材料的收集整理仍然是不够的。研究者理当在一个较为开阔的视界内，将专门的民间文艺问题与某种有着较强普适性的理论观念结合起来思考，使得所研究的问题自然具有更深广的内涵。这里可以举傅谨先生的《草根的力量——台州戏班的田野调查与研究》为例对此点加以解说。《草根的力量》是近年来国内理论方法与严谨个案调查结合得比较好的一部关于民间文艺问题的研究专著。虽然，它是以浙江省台州地区的地方戏的演出与组织形式作为研究对象，但由于作者自觉地运用了有关叙事学、文化学的观念对问题加以观照，使得这部书折射出了更为深刻的人文关怀。比如书中通过对台州路头戏中“赋子”与“肉子”性质功能的定量分析，其实在一定程度上对整个民间戏剧的内在叙事构成方式同时作出了揭示。这样说当然并不意味着《草根的力量》的所有观点都是无可争议的，在此我们只是强调指出，在民间文艺问题的研究中理当透射出新的思想观念与方法。这是使民间文艺研究具有活力、具有广阔前景的关键所在。

当然，言说到这里，笔者需要承认，在前面所说的这两点都包含着异常艰巨的问题。在瀚如烟海的民间文艺的资料中，筚路蓝缕，披沙炼金，这需要研究者以怎样的耐心、热情、勇气投入于其中！可以想见，一个人穷毕生的精力也只能触及其中有限的材料。这是需要奉献精神的。在一个凡事讲究功利的社会里，对研究者提出这样的要求，似乎是过于迂阔了。然而，这当真是一个迂阔的问题吗？每当笔者对此类问题有所感想的时候，情不自禁地，总要想起德意志民族意识觉醒的那个时代。18 世纪末 19 世纪初，德意志民族经历了一个伟大的民族意识觉醒的时代。在这个时代里，一大批文化巨人如康德、歌德、席勒、赫尔德、费希特等人，都自觉地投身到了德意志民族性格的塑造中。而这其中，歌德、席勒、赫尔德和一大批浪漫主义思想家，就特别重视在民间文艺中汲取养分。他们的努力取得了明显的成绩。在这种思潮的影响下，他们在资料整理上产生了《格林童话》《尼伯龙人之歌》《魔笛》等传世名作，还产生了如《浮士德》《东西诗集》等创作上的巨制。这种民间文艺的研究，其巨大的意义绝不仅仅在于提升了民族的自豪感与自信心。更重要的是，恰如雅各布·格林在某处已隐约透露过的那样，它使得整个德意志民族洞觉到了其民族遗产中那些与现代文明、自由、道德观念相契的成分。将中国与德国当时的民族处境作简单的类比并不恰当，但对中国而言，如果我们希望我们的民族取得真正意义上的伟大民族复兴，如果我们期望见到这棵曾经苍翠的大树重新抽发出新嫩的枝条，那么，我们就有责任使得它扎根于此的大地重新输送给它以丰厚的养料。这才是我们从德国民族意识觉醒时代中最可学习的精神实质。从这个意义上说，我们的民间文艺注定不是包袱而是财富。它蕴藉如此深厚而又开阔，值得我们各方面的思想工作者以几代人的心志，对它进行长久的开掘。

苦痛的多重变奏[①]

——李松涛诗艺一叶

对于苦痛，李松涛无疑有着强烈的个人体验，以至于他在谈论自己诗歌创作历程的时候，常常会自觉不自觉地强调这种体验的重要性。他坦言："一而再，再而三的剧痛，不能不影响到人的思维方式。我在离手术台和太平间很近的地方，肯定要想一些常规日子里不想的事情。"[②]但李松涛诗艺的一个显著特点也正在这里：苦痛虽然是其诗歌的表现主题之一，但他诗作所表现的苦痛的内涵，几乎全然无关于个体的经验，他的诗情观照，总是投向一些更为宏大的关乎于人类尤其是中国人生存本质的东西。在这其中，个人的痛苦经验感受早已内在转化成为一种诗情抒写的亢奋。

李松涛对于中国人生存苦痛本质的书写，着意高远，表现内容广阔而富有层次的变化，其诗歌内涵之丰富，远非一篇短文所能详尽。在此，我们所要着重谈到的是其苦痛主题三个主要的构成方面，即文化传统造成的人性戕害所带来的苦痛、人性贪婪本质造成自然环境破坏所带来的苦痛、历史中的人的生存苦痛。通过这三个方面，其诗作展现了尖锐的思考、承担的勇气、向权力说出真话的果敢、洞见的前瞻性、追求和平的温情、启蒙大众的

① 本文曾发表在《当代作家评论》2009 年第 3 期。

② 李松涛：《忧患交响曲》，春风文艺出版社 2006 年版，第 293 页。

责任意识、对人类以及中华民族无尽止的爱等等充沛的审美内涵。

李松涛对于中国文化传统的批判显然与20世纪80年代中期的“文化热”思想潮流有很深的关系。当时的思想者试图从文化的角度来思考中国近代落后于西方的根本原因。他们试图指出，中国在近现代落后于西方，并不在简单的物质层面的诸种因素，甚至也不在制度方面的原因，决定性的问题在文化机制方面。他们认为，是一种内在决定人们思考方式、情感体验形式的传统文化机制，产生了一种特有的所谓的中国的“国民性”。传统文化机制对国民性的戕害，使得我们在起跑线上就输给了西方。因此，中国欲求发展，必须要改造国民性。而欲求改造国民性，则必须深入找到中国人人性中一些特有的弱点，并从这些病灶中找到传统文化机制中那些致病的诱因。

基于这样的考量，李松涛在20世纪80年代末期援笔写下了《无倦沧桑》。他试图通过对水泊梁山精神的深度透视，来分析中国人灵魂深处的那些精神病痛。他期望通过这样的分析，有助于人们更好地认识自己，有助于“自己的国家能一步步脚踏实地地前进，而不是徘徊着、更不是倒退着进入似曾相识的历史”①。

为什么选择水泊梁山精神作为深度透视的对象？这和一代中国人特有的精神困惑有关。李松涛写道，在一个特殊的年代，在一种强大的力量驱使下，人们很容易就抛弃了自己内心的真爱，成为这种强力的应声虫：“让我爱谁我就爱谁，/让我恨谁我就恨谁，/连爱了许久的梁山好汉，/也跟着逐个恨了一遍。”②

而当人们从这种盲动的热情中惊醒过来，来寻找灵魂被伤害的记忆，围绕着《水浒传》、水泊梁山精神展开的种种争论就成为了这种伤害记忆特别醒目的记号。

当然，注目于梁山精神，还有着更为深沉的理由。梁山精神，是一种真正的民间精神，“不会斯文、不会客套”，“洋溢着酒气！/洋溢着杀气！/

① 李松涛：《忧患交响曲》，春风文艺出版社2006年版，第80页。

② 李松涛：《忧患交响曲》，春风文艺出版社2006年版，第80页。

洋溢着义气！/洋溢着豪气！”① 但是它纯然、质朴、真诚、刚强，有着参破“真理”② 的别样智慧，亦足以成为“良心”“让人永远挺拔”③。然而，就是这样的一种精神，在传统的历史中，它终究要接受一种更为宏大的文化机制的规训。在一种更为强势的话语面前，它得承认：“无论谁当了皇帝，/老百姓都得交赋税。/（黑旋风抽冷子可以扯碎圣旨，/却无力撕烂这不朽的铁律。）”最终，这民间精神不免如同受苦难的百姓一样：“为了达官显赫赤膊角逐时的温暖，/骨瘦如柴的贫民，/就一次次被填进灶膛……”④

是何种力量如此强大？李松涛回答说，是一种整体性的力量，它无所不包，浸淫于人的每一条毛细血管中，让中国人的生命表现得如此萎靡，让中国人变得如此善妒。这其中，中国式的王权观念、权力观念也许是最具影响力、破坏性的。它可以让任何一个英雄，当然也包括民间英雄，轻易地走向反面：“宋江若真的登基做了皇帝，/能比上一届强多少？/黑脸的他会不会把天下也弄黑？/守着皇宫这个大染缸，难说！”⑤

在这种权力文化的运作系统中，由于强调安逸享乐、强调保卫既得利益阶层，必然会出现这样的现象：“美与丑同时诞生，/后者竟抢先发育成熟——/善正扶着床沿咿呀学语/恶一晃儿已长得膀大腰圆。/阴谋铸剑，一边屠杀忠良，/一边削尖自己的脑袋向上钻营。”⑥ 在这种文化体制中，水泊梁山精神的任何反抗，终究不免归于失败。中国老百姓将遭遇的痛苦，亦就成为一种必然：“死了林冲，/高俅退朝乐颠颠起轿回府，/与儿子对饮，一醉方休；/死了鲁智深，/欺小的凌弱的镇关西横摆肉案；/……死了吴用，梁中书重备生辰纲；/……”⑦ 等等。

---

① 李松涛：《忧患交响曲》，春风文艺出版社 2006 年版，第 21 页。
② 李松涛：《忧患交响曲》，春风文艺出版社 2006 年版，第 31 页。
③ 李松涛：《忧患交响曲》，春风文艺出版社 2006 年版，第 35 页。
④ 李松涛：《忧患交响曲》，春风文艺出版社 2006 年版，第 15 页。
⑤ 李松涛：《忧患交响曲》，春风文艺出版社 2006 年版，第 26 页。
⑥ 李松涛：《忧患交响曲》，春风文艺出版社 2006 年版，第 40 页。
⑦ 李松涛：《忧患交响曲》，春风文艺出版社 2006 年版，第 75 页。

20世纪80年代从文化批判入手分析中国人精神创伤的作品很多，《无倦沧桑》的独创之处则在于，作者实际上将中国传统文化分成了以水泊梁山精神为代表的民间精神和主流官方统治阶级精神两个对立的文化谱系进行考察，以此，他批判历史上占主流地位的那种文化给中国人造成的各种苦痛，并试图援引民间精神对中国社会文化展开根柢上的某种补救。以今天的眼光来看，作者对传统文化性质的把握虽不无可议之处，但他的构想以及与之相关的鲜明意象的表现，仍具有很强的精神冲击力。

李松涛诗作苦痛主题的另一个主要表现方面即是谴责由贪婪的人性所造成的自然环境的破坏，《拒绝末日》《黄之河》等是代表作。

《拒绝末日》一开篇，就向我们展示了一个疮痍遍地的世界："大自然，委实被伤害得太深了——/ 许多温暖的记忆，/ 都已冰凉，稍一触摸，/ 就冷得浑身发抖。/ 飞得好好的禽鸟突然就坠毁了，/ 游得好好的鱼鳖突然就暴尸了，/ 跑得好好的野兽突然就断气了……地球已千疮百孔，/ 天空已恶云密布，/ 曾经的无限风光，/ 结成深秋后蹀躞的背影了！"① 这个世界不是别的，正是我们赖以生存、居住的世界，是我们唯一能够依赖的世界，是曾经如此无私养育了我们的世界！而今它落到了这一田地，怎不叫我们感到心疼？

然而诗人残酷的笔锋一转，他向我们揭示出，造成这一幕惨景的，不是别人，正是作为大自然子孙的我们——人类。是人类的无尽的贪欲、暴戾、愚昧、自私、自高自大铸就了这一切。李松涛以诗人所特有的冷峻考察这人性中的罪恶，剥去人们为了各种功利目的加诸在其上的华丽外衣，将它们一一抉剔而出，指出它们的沉重罪孽。这其中最为值得称道的是，作者虽然身为军人，却是一个坚定的和平主义者。他指出，在现有人类体制中，军队、暴力机器总可以以各种名目存在。所有这些，实际上只说明了一种人性的深刻悲哀："恨，不用倡导，却疯长八方。/ 而只要战争存在，/ 花朵转瞬化为伤疤的事件，/ 就会屡屡发生。"② 只要人们不认真反省、改造自己的暴

① 李松涛：《忧患交响曲》，春风文艺出版社2006年版，第98页。

② 李松涛：《忧患交响曲》，春风文艺出版社2006年版，第166页。

戾本性，世界的悲剧性命运便很难避免。

《拒绝末日》对水意象的创化尤其值得称道。在传统的诗歌中，“水”意象总和生命、美相关。但在《拒绝末日》等诗作中，李松涛却常常将它当作死亡的象征，强调现时代的水多和“腥臭的赤潮”[①]“浊浪翻滚”“臭气熏天”[②]相关。这被污染的水是一种存在本质遭到伤害的水，它意味着人类的生命本源已趋于干涸。诗人以这种水的意象来形容现代文明病症的基本症候。这种意象的翻用虽然迥异于传统，读来令人在感官上大有不快，但它如此尖锐，让人们无法逃避于现实的沉痛。

必须指出的是，我们在谈论《拒绝末日》的时候，切不可忘记它的写作年代。这部作品写成于 1990 年前后。那个时候，许多的人还把环境污染当作社会进步的标志，还把破坏性生产当作开发。作者的呼喊是孤独的。但他并不畏惧这一点，反而更以一种堂吉诃德式的勇气向那社会主流意识的壁垒发起冲击：“为了避免末日，/一般的提醒已经不够了，/唯有动用诗的鼓角，/发出国际通用的呼救信号。”[③]诗人的惊呼实际并未引起什么人的关注。时至今日我们再来回望这一切，不能不为诗人作为预言家的睿智以及现实的残酷性而倍感苦涩之意。

被李松涛认为是自己诗歌生涯压卷之作的《黄之河》，其主题也有着深沉的苦痛内涵。但和《无倦沧桑》《拒绝末日》不同，《黄之河》较为复杂地将历史、自然、文化等多重因素糅合在一起加以深度的透视。诗歌表现的主基调仍然充满苦痛的意味，但这种苦痛已不是《无倦沧桑》所强调的文化本体的虚无[④]，也不是《拒绝末日》中在绝望中寻找希望的无

① 李松涛：《忧患交响曲》，春风文艺出版社 2006 年版，第 114 页。

② 李松涛：《忧患交响曲》，春风文艺出版社 2006 年版，第 122 页。

③ 李松涛：《忧患交响曲》，春风文艺出版社 2006 年版，第 103 页。

④ 较熟悉李松涛诗作的人们，很容易记起《无倦沧桑》结尾的几句吟叹：“开封城里大兴土木，/并将剩余的建筑材料，/用二十年的从容时间，/由北宋运往南宋——/修一座风波亭，备用。”（《忧患交响曲》，第 77 页）这种咏叹无疑在讽刺传统文化机制永远走不出循环论的怪圈。

奈[1]，它更具有一种沉着的欣慰之情。诗人在其庞大的诗体结构中暗示：苦痛诚然是中国人生命的底色，贯穿着中国文化发展的全部历史，但它本身不是生命意义的全部。苦痛的存在，毋宁说是一种新的生命境界的预告。正因为此，《黄之河》在节日文化描写中，以祭奠死亡的旧生命的清明节作为开端，以培植新生命的植树节作为结尾。

究竟是什么原因造成了李松涛诗作主题基调的变化呢？从创作主体内在条件来看，有两个因素是值得重视的。其一，经过多年的思考，李松涛对中国传统文化的认识更为深刻了。他再也不把传统文化看作一种既定的、静止的机制，而把它与历史变化的具体情况结合起来考察。他强调，即使跨过"太厚的岁月"，也要对前人思想的精魂做同情的了解、深入的体会。比如，他并不赞成将孔子学说奉为国粹，却赞成在具体的历史条件中去理解孔子精神："自醒方能醒人，自律才可律人……你的双足绝不只是肉体的下端，它带动了另一条与黄河并行的儒水，浩浩荡荡贴着时光顺流而下。你提示尚未站稳脚跟的华夏：要用自己的血，养自己的心。"[2] 其二，他对于中国文化有了一种较为成熟的整体性的思考。华夏五千年，他独举孔子、屈原、秦始皇、司马迁、张衡、武则天、岳飞、成吉思汗、郑和、李自成、林则徐、毛泽东十二人为标志性代表人物。这其中某些人物，争议性当然很大。但李松涛独举这十二人，则有着自己完全个性化的考量。他试图从其中找到一条多少带有喜剧色彩的中华文化精神发展线索。虽然这种探索目前还远远看不到成功的希望，但迷茫的背后并不注定是绝望。他借着评点毛泽东发出了阵阵疑问。[3]

在《黄之河》中，李松涛努力将历史、文化、现实、自然环境等因素

---

① 《拒绝末日》在痛烈诅咒人类的各种劣根性后，笔锋一转，断言人类定能够"从净化心境到净化环境"（《忧患交响曲》，第 180 页），地球上"最终的最美的吉祥物，/ 只能是人类"（《忧患交响曲》，第 188 页），其中转变的论据似不充分。按照诗中的逻辑，我们似乎无法对人类吸取经验教训的能力评价过高。

② 李松涛：《忧患交响曲》，春风文艺出版社 2006 年版，第 202 页。

③ 参见李松涛：《忧患交响曲》，春风文艺出版社 2006 年版，第 276—278 页。

纠结在一起，试图通过节日文化的渲染、点化，使其苦痛主题的表现，超越一般感性的层面，具有某种终极意义上的象征意味。在一定程度上，他确已实现了这一点：由于他对苦痛主题持续深入的表现，他的作品不经意间已具有了某种类宗教的情怀，常常予人以灵魂层面的感动。

四、书 评

溯本筑基　发国剧之幽妙[①]

——评傅谨著《中国戏剧艺术论》

傅谨博士十余年来，潜心研究国剧（中国传统戏剧）理论，又经常参与当下的各种戏剧实践，掌握了大量罕为人知的第一手鲜活材料。很少有理论家能像他这么出色地把理论研究与当前文艺实践活动结合在一起。《中国戏剧艺术论》（山西教育出版社 2000 年出版）便是他结合理论与实践，厚积而薄发的一部戏剧理论新著。傅谨的这部著作，在突破前人陈说，钩稽中国传统戏剧美学轮廓的扶幽发微方面，极具原创性，胜义迭出。这里我们只能举其一二荦荦大者，略加申说。

该书首先值得推重的，是作者在把握、概括传统戏剧艺术本质特征时，不玩弄玄学的推论游戏，更无向壁虚构之说，他的论断，大抵都有史料的坚实依据。比如他关于讲唱艺术与传统戏剧舞美布景之间源流关系的论述，就是很好的例证。民间讲唱艺术与传统戏剧有着天然的血缘关系，这是作者一个很有学术价值的新发现。他指出，“对于讲唱艺术而言，演出时不用任何表示环境处所的布景，并不全是出于经济的考虑，更是由于表演者的叙述不受任何限制，因此，也就完全没有必要通过具体的实景来指示事件发生的地点。”而明乎此，这种叙述方式与传统戏剧舞台置景之间的联系就显而易见

① 本文曾发表在《中国文化报》2000 年 11 月 25 日第 3 版，署名陈抗。

了。传统戏剧由演员的台词和演唱来交代场景的方法，其所具有的不受时空局限、可将表演场所扩展到任何地方的优势，根柢原来在这里！

叙述方法是一个比较抽象的理念，布景手法则是个具体而实在的领域。将此二者结合在一起，互为生发，相互证明，固然需要深厚的学养，更需见识。该书中体现出的类似观点还包括，曲牌体向板腔体的演进与传统戏剧舞台表演性的关系，戏剧中爱情剧的繁多与文人数千年心灵郁结的联系，角色分类制度的文化底蕴及其人类学依据，“戏感”形成的历史积淀因素与中国格律诗传统等等。它们在很大程度上，为我们廓清了传统戏剧与当下戏曲的关系。

该书的另一个特点，是在开放的艺术观基础上，第一次为人们比较清楚地勾勒了中国传统戏剧自成系统的艺术逻辑。

所谓“开放的艺术观”指的是，作者的戏剧观根植于中国传统戏剧、西洋剧诸现实的戏剧样式又超越于其上，有着更普遍的概括意义。因此，他决无近代以来国人研究传统戏剧时经常容易犯的“失语症”——一谈及戏剧便言必称古希腊、莎士比亚，理论上预先独断地将西洋剧置于中国传统戏剧之上。作者认为，西洋剧固有其佳处，中国传统戏剧也自有无法遮蔽的光芒。这二者恰如双峰对峙，两水分流。有关于此，他书中西方的摹仿式写真论与中国式写性情之真的写真论的辨析，关于中国剧评的三套评论语汇来源的揭示，可谓特别精彩。

正是在这种开放宏阔的戏剧观念基础上，作者得以运用分析比较、辨析的方法，向我们展示了中国传统戏剧理论如何从强大的西方话语霸权下蝉蜕而出，另立起一个理性的合逻辑的艺术理论体系。在书中，作者进行了传统戏剧的抒情性与叙述能力之辨，做功表演与舞蹈之辨，音乐性与戏剧性之辨，文人性与民间性之辨，教化与娱乐之辨，程式规范与抽象艺术之辨，传统戏剧的伤感悲愤与悲剧之辨等一系列关乎中国传统戏剧本质，关乎传统戏剧与西洋剧之差异的辨析。这一系列辨析，为我们释明了一些戏剧理论建设中最重大又最棘手的基础问题。

末了，还有必要特别提及“国剧”这个名称。笔者完全同意傅谨的意见，应将中国式的戏剧统称为“国剧”。确实如此，假如我们可以将中国传统绘画称为“国画”，将中国传统技击术称为“国术”，把中国传统音乐称为“国乐”，那么，有什么理由拒绝将中国式的戏剧艺术既熨帖又庄严自豪地称为“国剧”呢？

成为一个儒者①

黄克剑著《百年新儒林——当代新儒学八大家论略》（中国青年出版社2000年版）是近年来新儒家研究的一个重要收获。书中，黄先生以其特有的睿思与史识，对百年来的所谓第三期儒学运动（即“新儒学”）作了一次总结性的考察。其占有资料之丰赡翔实，考据之严谨不苟，对八大家思想脉络整理勾勒之明快清晰，在近年来的同类作品中都堪称一时之选。然而，上述的种种仍不是本书最令人振奋之处。最显黄先生识见与原创力的，是其每每能在新儒学诸大师们运思最精切、细微入密之处，阐发他们思想之幽妙，“提撕”他们的学说与纠缠中华民族百年之久的、那些令人痛苦又惶惑的心灵问题间的关系。

这儿应对“提撕”这个词略作解释。它来自于黄克剑先生本人对于中国古代哲学名词的化用。它的意思大略是指：挑激贤哲们的思想与人类存在最密切、极本真处的关系，使他们富有生命力的思想脱开文字、时代和历史条件的束缚，豁露出来并显发出某种心灵之光，使得人们庶几可以借之抵抗甚或冲破存在的混沌——这“提撕”一词标示了这过程的困难。非有大能力、大识见者不能主动地意识到那所处状态的混沌，非有大勇气者，则不能以一种对抗性的姿态，勇敢地尽其所能地“撕”开那无边混沌的黑幕，放进

① 本文曾发表在《中国教育报》2001年3月8日第8版，署名蒋芝英。

些许澄明之光。

黄先生在书中对梁漱溟、熊十力、张君劢、冯友兰、方东美、唐君毅、牟宗三与徐复观诸先生思想学说的研究，其基本立场便是基于这种“提撕”的态度。这使得他能如此进退自如地出入于这八家风格不一、气象各殊的思域，同情地体验他们的心灵焦灼，将这一一抉剔出来，使它们对于中国人精神灵魂的价值意义得到呈现。将张君劢引入新儒家之林并进行严肃认真的考察就是此种学术理路成功实践的一个明证。张在政治上是一个基本被否定的人物，其学说也长期被人评为粗浅。但黄先生通过对其学说进行认真全面的考察后指出，其所主张的“修正的民主政治”“国家社会主义之计划经济”等等，尽管在现实实践的计划筹算上不免书生气的迂腐和幼稚，但在学理上，却自有其坚实的根柢。张君劢欲以儒家学说为根推出现代民主政体，要用儒家精神内化“个人独立之精神”“政治上之民主主义”“科学上之实验方法”等，也并非是凿空之论，或仅是一个文化悲剧英雄的苍凉姿态，而是针对中国现代化之路一种“不无价值”的思想设计。应当说，《百年新儒林》之《“志在儒行期于民主”》篇对于张君劢学说真髓的揭发，是切中肯綮而又带有一种超越性的提示、引导的。

可以这么认为，《百年新儒林》所论及的新儒家虽不过八人，却基本勾勒出了新儒学在20世纪运动的一个整体上的基本理路。通过对八大家学说的评述，《百年新儒林》也基本涵括了新儒学的所有重要的原创性命题，评说了它们各自的价值意义所在，指出其所存在的学理上的模糊或自相纠葛之处。而这，也便道出了新儒家学派尚难在全体华人范围中引起广泛的心灵回响的根源所在。

这儿必须提到《百年新儒林》所附录的《在“境界”与“权利”的错落处》《回到“我”自己回到“人”》这两篇文章。因为既然熊十力的“翕辟”说、牟宗三的“圆善”论等等都不能真正地畅通无碍地从儒学本体中推导出中国现代之人文精神，那么，要实现儒学的现代创造性转化，就必须从更本真处言说儒家之道的“圆”“盈”（牟宗三语）。在这两篇文章中，黄先生拈出了“境界”这二字。他事实上已开始了以“境界”圆通“生——义”

"福——德"等儒家终极性命题的努力。

"成为一个儒者"，黄克剑先生如是策勉自己。而我想，对于任何一个期待对自己的民族、自己的时代有所担当的中国知识分子，如是策勉都理应是一种民族责任感的应然，至少，亦应体认到这一份美好而执着的情怀。

廓清戏剧史的迷雾[①]

——评陆林《元代戏剧学研究》

自1986年至1999年，前后跨越14载，陆林先生的《元代戏剧学研究》终于定稿问世了，可谓“十年磨一剑”。《元代戏剧学研究》体现了陆林的不凡功力，它是继叶长海先生《中国戏剧学史稿》之后，在中国戏剧学和元代戏剧研究领域的重大收获。

这本书令人振奋之点，首先在于他所选取的视角很特殊。从上编的《元代戏剧学史论》来看，作者并没有像一般的史论那样，着眼于从时间的流程对元杂剧的起源、发展及其流变进行整体的分析，也没有采取以往研究的老套路：从时代背景、社会因素等方面来铺叙元代戏剧产生、发展、高潮乃至衰落的原因，而是代之以戏剧学家为出发点，将他们置于大文化背景下，结合个人的人生遭遇和思想情感，通过对他们的戏剧思想的剖析来探讨戏剧理念在元代的演化过程。这就宛若串联起一颗颗的珠子，将元代戏剧思想的衍生轨迹清晰地勾勒出来，从而使得我们对元代戏剧思想的演变有了一个更为直观感性的把握。这就是宁宗一先生所说的“历史性的研究与逻辑性的建构相结合的独特视角”（宁宗一《元代戏剧学研究·序》），将宏观问题散化到一个个具体人物身上，通过对个体的分析来展示宏观全景。在这里，作者采用

① 本文曾发表在《中国教育报》2001年3月22日第7版，署名陈碧波。

了理论阐释与实证考据相结合的方法，这也正是此书贯穿始终的一个原则，这样既避免了单纯的理论阐述所带来的空洞枯燥，同时也不会忽视对理论的系统构架。两者相互印证，使得整部作品因此显得血肉丰满，厚实有力。

其次，他具有全面的研究意识。作为一种大众喜闻乐见的戏剧样式，元杂剧当时极受人们欢迎，上自宫廷的达官贵人，下至市井的街头百姓，虽说还没有繁荣到如希腊悲剧那样观戏有戏剧津贴，但不可否认在当时观赏杂剧已成为一种带有风俗化的普遍倾向。人们的踊跃参与再加上剧作家的倾情创作、演员的精心表演使得杂剧在元代风靡一时，对后世产生了深远的影响。应该说，这些都具有极高的研究价值，可以使得元代戏剧学的研究向立体化、纵深化发展，但是在以往的研究中，这些都被忽视了。即使有的著作有所涉及，也只是流于一般性的介绍、铺叙，缺乏系统的理论梳理，而陆林在下编《元代戏剧学专论》中从戏剧史论、功能论、作家论、创作论和表演论五大块，对元代戏剧理论进行了专门的论述，以期从多角度对元杂剧进行深入而精微的解读。在这里，他相对淡化了对创作个体独立性的论述，而主要从宏观入手，从社会学、叙述学、语言学、音韵学、心理学以及阐释学与接受美学等层面对杂剧进行了探讨，一方面再现了元代浓郁的文化氛围与人世百态，另一方面梳理了元代戏剧在各个方面上的成就，不论是杂剧的社会功能、艺术成就，还是其内部的规律技巧、表现形式，抑或是剧作家的创作心路、表演者的演绎手法，陆林都给予了谨慎的定位和恰如其分的评价。这就使得陆林的《元代戏剧学研究》有史论又有专论，有叙有议又有考证，在不忽视既有的重要范畴的同时又有所创新、有所开拓，从而规划了一个元杂剧的完整理论构架。

在今天，中国戏剧独立于西洋剧、梵剧的独特戏剧理念与审美价值已经是世所公认的了。但同样不可否认的是，关于中国戏剧的种种界说，我们仍不免借重于许多西洋剧名词和概念。陆林所做工作的重大意义在更深的层面上说就是追本溯源，廓清了许多历史迷雾，为我们呈现出中国戏剧在成熟之初一个颇为可信的理念形态。读过此书的人都认为陆林所做的理论阐发是坚实的。

阐释源于民间的创造力之根[①]

——读傅谨著《草根的力量》

傅谨先生新著的《草根的力量——台州戏班的田野调查与研究》（广西人民出版社2001年版）是一部见解高远、立论谨严的作品，是一部颇多原创性见解的作品。可以从宗教学、社会学、文化人类学等多个方面来理解、阐发《草根的力量》的有关研究成果，这儿只从民间文艺研究的角度，谈一点阅读感想。

我们都知道，是巴赫金提出了这样一个完整的文学理念：民间的文艺形式是人类文艺永不停歇、永远创新的根本支持力量；同时，民间文艺还是使我们的文艺显得如此斑斓多姿、富有慰藉性力量的真正源泉。经过学界几十年的研究和讨论，同情乃至同意巴赫金这个观点的人士虽已越来越多，但离问题的真正解决却还是有漫长的距离。这其中最繁难之点在于，巴赫金的理论迄今尚缺乏实证层面上的坚实证据。尤其之于中国更如此。因为中西文化的差异，巴赫金理论的许多现象描述在中国很难得到确实印证。中国时下虽有不少酷爱谈论巴赫金的，但似乎采取“六经注我”的态度为多。我们所以说《草根的力量》立意高远，便是它以台州戏班为典型个案，从根柢处，极其扎实地、过细地分析、研究了在现实中国文艺的一种民间/主流话语的互

① 本文曾发表在《中国文化报》2001年7月28日第3版。

动形态。并且，紧紧地立足于此，它展开了属于民间戏剧特有的，长期以来却被人们低估乃至于误读的那份价值意义的探讨。这样，《草根的力量》一书的某些结论性意见容或有再商榷的余地，但就大而论，它整体的价值取向是可为人信服的，其论说在整体的文艺观念上亦给人以启迪作用。

根据傅谨先生的实地考察，路头戏是目前浙江一带民间戏班最重要的演出形式：它并无固定的剧本，只有剧情大纲（还算不上是详纲）和几段约定俗成的最重要的唱段道白，戏之主干则根据演员的临场需要做即兴发挥。即便一些很有名的传统地方剧目的表演也如是。傅谨在《草根的力量》一书中指出，路头戏实际是一种已经相当成熟了的民间即兴表演体式，不但演员对此有着很好的技术上的准备，更重要的是，民间已形成了一整套与之相关的戏剧叙事法。《草根的力量》一个很重要的组成部分就是傅谨根据多年搜集的实证材料，探讨属于路头戏特有的戏剧元素及其组合方法。这其中，他关于“肉子”与“赋子”性质功能的揭示特别精彩：“肉子是某个特定流行剧目里最重要的唱段道白，而赋子则是诸多剧目通用的一些有代表性的对白与唱词。它就像机械行业经常使用的标准件，即使在不同的剧目里，只要遇到相同或相似的场合，都可以任意取来使用。而在越剧的传统剧目里，类似的场景又是经常、反复出现的，这就决定了赋子在路头戏的表演过程中，成为最常用的戏剧元素”。① 寥寥数语，也没有什么玄奥的名词，路头戏一个重要的叙事特征就得到了清晰的阐发。这一研究也解决了萦绕在笔者心头甚久的一个问题。我过去在阅读民间地方戏剧的文本时，常常看到许多不同的剧目中会出现一些完全雷同的唱段，而这些唱段很多时候是与剧情丝毫不搭界的。怎样解释这一现象呢？根据傅谨的研究，疑问不难解决：实际演出过程中，“赋子”难免被潦草运用，也就难免出现唱段 / 剧情不衔接的情况了。明乎于此，回头看傅谨的工作有时也并不算太深奇，但却必须承认，在他竖起那鸡蛋之前，人们是很难猜出那谜底的。

---

① 傅谨：《草根的力量——台州戏班的田野调查与研究》，广西人民出版社 2001 年版，第 261 页。

需要指出，傅谨工作的意义是不能局限在民间戏一隅来看待的。他的研究，使我们对许多古典小说原始状态阶段的层进累积过程拥有了更深刻的感性认识和坚实的旁证根据，而且，关于叙事学研究中文人话语与民间手法的区分也增添了难得的、可靠的实证依据，等等。当然，最重要的，则莫过于《草根的力量》一书还为我们在大文艺观上考察民间文艺的价值与意义增添了一个新的维度。据此，我们不难理解傅谨何以在书中力辩路头戏与剧本戏、民间戏班与国营剧团之优劣长短并力排众议，以为路头戏的艺术价值“必须予以充分肯定”，而认为人们常说的剧本戏艺术价值高乃是基于一种“幻觉”①。虽然这个问题的结论是可能会引起一些争议的，但我想，恰如海德格尔说的那样，人文问题上，发问与如何发问才是关键。而傅谨的这个发问显然已触及了问题的最根本处：他已着手在科学实证的层面上，来证实民间文艺者文艺的创造力之根。

对当前学界来说，《草根的力量》一书解决了不少学术难题，更提出了许多开拓性的、了不起的问题。至少有一点大概无可争议：我们已经不能无视、轻视弥漫于辽阔大地的草根阶层的力量。

① 傅谨：《草根的力量——台州戏班的田野调查与研究》，广西人民出版社2001年版，第279页。

关于民间文学研究的双重对读法[①]

——读陈泳超《尧舜传说研究》

陈泳超博士的《尧舜传说研究》（南京师范大学出版社2000年版）是一部内蕴丰厚的大著。它涉及了多个学科领域，"对政治、哲学、历史、考古、民俗、宗教信仰等学科领域，都有相应的探讨"（郁贤皓教授语）。如书中关于"瞽"为原始传说中官名的考释、关于四方风问题的梳理与辨析（这就为我们对古苏美尔人类似文明现象作比较人类学和比较文化学的研究提供了坚实基础）、对于古史辨派诸多中国上古史不成熟见解的修正与改造等等，都堪称胜义妙见叠出不穷。自然，在一篇小文章中对这些进行全面的讨论是不现实的。这儿，便只能着重谈谈关于《尧舜传说研究》在中国民间文艺研究领域方法论上示范性意义的一点断想。

关于民间文艺的研究，陈泳超自承，"对于口承形态与书面形态的对读，笔者倾注着特别而持久的关怀，并且深信这是应当引起学界关注的课题"。这"双重对读法"在一些人眼中也许在理论上并卑之无甚高论，远不够曲折晦涩的，但在实践中，却也很少人能得其精义。正在这个意义上，我们认为陈泳超的工作具有示范性的价值。

从《尧舜传说研究》中人们不难注意到，陈泳超是从两个方面来进行

① 本文曾发表在《民族艺术》2001年第4期。

其“书面形态”的资料工作的，一是关于尧舜自古以来的民间传说的文献收集与整理，二是对于先秦两汉以及魏晋之间经典中关于尧舜资料作了一次穷尽式的编年考察与推演整理。这第一点为一般民间文艺工作者所熟稔，在此不论，但这第二点却常为人所忽视。这“忽视”的意思是指，人们通常只就现象拿经典文献与所研究的民间文化问题作点到为止的表层的比附，而绝少人深入地分析，经典与研究对象之间的诸多近似或相关联之点，是出于偶合，抑或是某种历史的合逻辑的变异，抑或是受到外来刺激已产生了突变，又抑或是在某些问题上，许多经典作者彼时的思维方法与今天的民间思维并没什么质的不同，等等诸如此类。而《尧舜传说研究》的不同凡响就在于，陈泳超博士以其深厚的考据功力和高屋建瓴的识断力，依据甲骨卜辞、《尚书》《诗经》《左传》《国语》《墨子》《庄子》《孟子》《吕氏春秋》《竹书纪年》等古老文献，科学地、令人信服地为我们勾勒出了尧舜传说的原始形态和情节构成单元，同时为人们厘清了这个关乎中华民族精神本质的传说母题的几个最原始又最具活力的流变趋向。像逃王高士群体及逃王高士向神仙家的过渡的研究、二妃传说研究等等，无不浸润了作者这番宏大开阔又力求足踏实地的苦心。也正因为《尧舜传说研究》在最根本上有这样的坚实功夫，因此它在较高玄的层面上讨论尧舜传说的伦理内核和唐宋之后这个传说母题价值观的变化等问题时，顺理成章，没有斧凿之痕，更无时下某些人论及形上问题必口颂西学玄学名词的窘急之态。

或许有人会辩称说，尧舜传说恰好与我们的传统经典有一种特殊的应和关系，故《尧舜传说研究》的研究模式应视为特例。这其实就涉及了如何看待经典的问题。相对于民间文化研究，所谓的经典当然不能集中在四书五经或几部著名的子书上，而应当把视界扩展至与研究问题相关的所有对后世产生了影响的、具有原发性意义的古典文献。像陈泳超在讨论谶纬与尧舜传说关系时，便主要是借助《古微书》《七纬拾遗》等文献来讨论中国本土的、早期神话谱系和两汉间尧舜传说由史实向神异化逆转的事实。民间文学虽说是研究“下里巴人”的学问，但所谓“下里巴人”也只是说明他们未进入传统研究者的视界，未为人所足够重视罢了，却绝不是说它所包蕴的问题是游离于中国文化大传统之外的，更不得以为它们的出现是一种片段的偶然。正本清源，明镜流变，民间文化工作者理应将研究对象与那些深埋在我们传统根部、曾经发挥过巨大影响现在却有可能不再活跃的文化因子间的关系抉剔出来，如果这样来研究“经典”，那么，法无常式，学无定规，中国是拥有着一个让他人如何艳羡的经典宝库呢！《道藏》、《佛藏》、各地方志、家谱、庙观之密藏等等，虽则这浩如烟海的文献不免让人有皓首穷经之感，但我们的工作者们正应将之视为是自己的职责所在，自己工作的意义所在。陈泳超博士令人赞赏的一点也在于此。他利用《嘉庆重修一统志》来整理尧舜传说在我国的地理分布图就包含了这一学术诉求，虽然限于时间与物力，它只能选择以较为晚近的时间段作考察。我们认为，这种根据自己研究对象的需要，将有关的古典文献泛经典化，并以此揭示“经典”向“民间”过渡的种种方式与内在理路（或者也可以倒过来看，经典怎样受到了来自于民间力量的改造和挑激），打破精英 / 民间二元对立模式，是我们在此所讨论的民间文艺研究双重对读法中“书面形态”这一环节的要义所在。当然，这也是需要研究者以极大的耐性和认真负责态度对待的一项工作。现在人们是颇喜欢拿巴赫金说事儿的。我个人以为，视域宏阔、历史意识丰赡、能在主流意识之外的文献中找到问题的结窟，正是巴赫金文艺研究法的精髓之一，譬如，他谈论欧洲民间文艺中的变形现象，就是“上穷碧落下黄泉”，从欧里庇得斯的《基克罗普》至奥维德的《变形记》、老普林尼的《自然史》、彼特罗尼乌斯的《萨蒂里卡》、阿普列乌斯的《金驴记》等等一些不是太为世人所重的文献中找到了问题的源头的。不过，对时下的人们来说，套用他的理论而不是学习他的方法，像是更容易出成果些吧。

最后，再说说对读中“口承形态”环节的资料判断问题。陈泳超谈到他的双重对读工作所以不能很好全面展开时，频频强调指出，来自各地的“百余则尧舜传说，认真翻检一下，由于搜集态度与方法的各异，其质量参差不齐，可信度颇可质疑”。在这儿他语颇委婉，根据《尧舜传说研究》的研究体例，笔者在此不吝浅陋地揣测，这“可信度颇可质疑”的资料包含了两种情况。第一，是指新中国成立以来民间故事搜集工作存在的一大问题：

羼入了大量的非民间的、意识形态的说教的内容——这种以政治需要来逆民间意识的做法，在教育、宣传上的得失在此姑且不论，但的确给研究造成了很大的麻烦。第二，现存的、来自于不同地域的民间故事常常会产生某些历史的、地域性的变异，哪些是属于所研究传说母题的流变范围，哪些是属于其他神话、传说故事的个案性的黏着，亦需研究者以个人的识见加以判断。自然，若有心于此，对资料的搜集、整理无疑增添了巨大的工作量，简直有自找麻烦之嫌，可这正是研究科学性的根本保证之一。正在这个意义上说，《尧舜传说研究》所引的《舜儿记》《唱舜儿》《乞儿皇帝》是笔者近年来所见很难得"干净"的原始民间材料。本来，这也是卑之无甚高论的东西，应当成为所有研究者常识的，但见了太多不辨鹿马的"民间文艺研究"的高论后，这儿便有特意提一笔的必要。

无神论者的“魔鬼辞典”①

——重读霍尔巴赫《袖珍神学》

1767年，法国百科全书派重要思想家保尔·霍尔巴赫化名“神甫贝尔尼埃”在伦敦出版了《袖珍神学》(中国商务印书馆1996年重印版)。这部通俗的无神论战斗小册子宣扬了理想主义、人道主义、人本主义，对当时在法国社会占有特权地位的僧侣阶层则极尽冷嘲热讽之能事，在社会上反响极大。事实上，他的著作与伏尔泰、卢梭、狄德罗、爱尔维修、拉美特利等人学说一起，奏响了法国大革命的序曲。列宁曾赞誉霍尔巴赫等人的著作时说:“18世纪老无神论者所写的那些锋利的、生动的、有才华的政论，机智地公开地打击了当时盛行的僧侣主义。”②

但在今天我们重提《袖珍神学》这本书，并不仅因为它曾经有过的历史意义，更因为，霍尔巴赫在这部著作中的确提出了许多富有挑战性的思想。他的这些思想火花烛照了基督教神学系统中某些最为难解、最难自圆其说的紧张命题，指出了基督教神学某些根本上的立论困难。这儿限于篇幅，我们只从两个方面来讨论其神学批判的机智与深刻。

首先的一点，霍尔巴赫对于基督教神学中所谓的“神善”“救恩”论中

① 2001年，应某教育类报纸邀请写作此文，后因故未发表。

② 《列宁全集》第33卷，人民出版社1957年版，第201页。

包含的矛盾有很深的洞察。那就是，既然上帝已派他的爱子耶稣用“宝血”赎清了人类的罪孽，那么为什么耶稣之后仍有那么多的人“顽梗”地不听从“道理”，非要下地狱而后快呢？照理说，“全能的”“至善的”上帝即便尊重人的自由意志，但给人以一种善的光明的导引还不是易若反掌？但为什么上帝又竟终究甘心于有那么多人作恶受苦呢？神学家们便只得在事实上又承认宇宙中还有掌管恶的一级的神祇。“这不法的人来，是照撒旦的运动，行各种各样的异能神迹和一切虚假的奇事，并且在那沉沦的人身上行各样出于不义的诡诈”（《圣经·保罗达帖撒罗尼迦人后书》第2章第9、10节），或者说，“你们赦免谁，我也赦免谁。我若有所赦免，是在基督面前为你们赦免的，免得撒旦乘着机会胜过我们，因为我们并非不晓得它的诡计”（《圣经·保罗达哥林多人后书》第2章第10、11节）——这上帝与魔鬼的战斗何等的紧张激烈呵，简直到了间不容发的地步。如此等等，不一而足。《圣经》有关上帝与魔鬼的对抗的经文甚多，这里只顺手引两条。但这样便又引出了另一个神学上的困难：魔鬼与上帝到底是一种什么样的关系？如果说，上帝是为考验人的自由意志，而特地造出了魔鬼，那上帝就实在太无聊了。但如果不是这样，却便只能承认上帝不是全能的。

霍尔巴赫洞觉了基督教的这种神学困窘。他在“魔鬼”这一词条的释义中尖锐而风趣地指出：“魔鬼是天庭的首相，教会借以进行工作的杠杆，上帝一句话就能使它化为乌有。然而他禁忌这样做：上帝非常需要魔鬼，因为他可以把一切只能归咎他自己的蠢事记在魔鬼的账上。因此他不打扰魔鬼，并且耐心地忍受魔鬼对他自己的妻子（教会将自己喻成上帝的妻子——引者注）、对他自己的孩子、甚至他自己本身的一切乖张行为。上帝没有魔鬼是不行的，敬畏上帝常常不外是对魔鬼的恐惧。要是没有魔鬼，许多笃信上帝的人永远既不会把上帝，也不会把他的僧侣放在心上。”

引入“魔鬼（撒旦）”这个概念，的确可以帮助神学家解释许多的问题，客观上令人停止对现实的苦难，和对上帝善良意志的追问，但同时在神学的另一个维度，却又不得不承受霍尔巴赫这样的批评。这真是无可奈何的两难。

霍尔巴赫对于基督教神学非宽容特质的揭露，是其又一独具只眼处。

基督教神学向来存在着这么一个基本的判断：以信与不信划分人之善恶，如果信徒犯了错，那么他（她）通过忏悔还有救赎的可能，而不信的人则在先天上就被注定要被打入地狱的。简言之，一个不信福音的人，事实上决不可能是一个好人。因为，“基督和彼列（彼列是撒旦之别名——引者注）有什么相和呢？信主的和不信主的有什么相干呢”（《圣经·保罗达哥林多人后书》第6章第15节），“人非有信，就不能得到神的喜悦”（《圣经·西伯莱书》第11章第6节）。“在污秽不信的人，什么都不洁净，连心地和天良也都污秽了”（《圣经·保罗达提多书》第1章第15节）。

尽管一般来讲，使徒们传道比摩西讲训诫命要温和得多，但骨子里那以信与不信划分人的标准则是一贯的，是非宽容的。到20世纪60年代，汉斯·昆提出了匿名基督徒的观点，本意无非使基督教显得更温和些，更带有普世的色彩，不料几乎遭到了破门出教的惩罚！

霍尔巴赫对这种以信仰与否划分是非的逻辑，是嗤之以鼻的，更对现实中据此而进行的宗教迫害深恶痛绝。他因此批评一些自称上帝羔羊的货色，“实质比狼凶狠，比公鸡容易生气”。而所谓宗教的正统性，无非是“他们这边有点真理，不信奉异教，有弓箭手和刽子手”。而尤其值得称道的，是他以此为基点对反犹思潮也作了较彻底的清洗批判，在这方面，他比伏尔泰要高明。《袖珍神学》有关犹太人的条目是这样的：“是一个愉快的民族。上帝由于重视其高贵品质，曾经对其发生由衷的爱慕，因而使其说了不少蠢话，做了不少蠢事。后来他的想法改变了：自从犹太人把他的儿子钉死在十字架上以后，他只渴求烧烤过的犹太人；而宗教裁判所经常注意以这种材料做的肴馔来供奉他。”

自然，霍尔巴赫在《袖珍神学》中的观点还远谈不上可以动摇基督教神学的根基，他的见解也并非总是切中肯綮，但就大而论，它其中包蕴的思想智慧是深刻的，对我们今天仍不乏某种现实的意义。

我们中国是从20世纪90年代开始较大规模地引介西方基督教神学思想的，这在学术上本来是一件很有意义的事情，我们可以吸收、利用这一宝贵的思想资源来对中国的传统人文精神作一种相应的整理爬梳：即以西方神学对西方人文传统的诠释理路为参照，对一些关乎民族信念、信仰的重大问题进行富有现代意味的创造性的再诠释。因为，如何将信仰问题尽可能地也做到逻辑上清晰明证，且与现实的人文关怀紧密结合，西方神学有其独到之长。但令人困惑的是，一些学者在译介神学理论时，自觉不自觉地把学术研究与宗教信仰混淆了起来，居然奢谈起什么“十字架上的普世之光”了，这是该引起我们警惕的。基督教决不是什么万灵药，西方本身许多文化问题它亦并不能予以切实地解决，更不用说无根地照搬过来，以解决中国人的心灵问题了。但由于信仰问题的复杂性和中国目前的现实情况，我们要承认这一种刻意将宗教信仰与学术研究搅混在一起的陈说是特别具有诱惑性和迷惑力的，对于一些文化层次高、思想能力强的人来说尤其如此。因之，我们学界一方面，有在学理上正视这类问题，正面迎击其挑战的必要；另一方面，还有向人们推荐历史上思想深邃又明白易读的无神论著作的必要。我个人以为，启蒙思想家的许多著作，如伏尔泰的《哲学辞典》《风俗论》，卢梭的《新爱洛猗丝》、狄德罗的《拉摩的侄儿》、伊拉斯谟的《愚人颂》，当然还有霍尔巴赫的《健全的思想》《袖珍神学》是特别出色的，从整体上看，在这类问题上，后人并未超越他们的高度。在他们的著作中，人们可以如此强烈而鲜明地感受到，这些杰出的心灵是如何急迫地寻求摆脱他们的精神桎梏——基督教神学。

最后，关于《袖珍神学》文体也还有再说几句的必要。这本书没有西方思想著作的多有的复杂与隐晦，而是干脆明快，有很强的可读性。中国禅宗讲“寸铁杀人”，强调思想者的一语破的、直指本心的功夫，《袖珍神学》就有这份意韵。用今天流行的“魔鬼辞典”之类说法比附它，其实不是一个妥帖的譬喻，不过站在社会大众的理解角度说，也算差堪比拟吧。

创新：在现代人文观念与经典学术问题之间①

——评《徽宗词坛研究》

《徽宗词坛研究》（诸葛忆兵著，北京出版社 2001 年版）所面对的课题是复杂而艰难的。书中所涉及的大部分学术问题，都是各自相关学术领域的经典学术问题。人们一般都认为，在这些问题上要再取得突破性的新成果是异常困难的。但《徽宗词坛研究》以其研究实绩打破了人们的这种定见。

一

《徽宗词坛研究》的学术成就，首先与研究者自觉的谱系学观念方法的运用不可分割。

《徽宗词坛研究》对谱系学方法的运用，第一层面表现在对宏大历史叙事这一观念的摒弃，而直接地切入到了历史片断本身。《徽宗词坛研究》强调，要在一个相对微小的历史“时段”中，寻找各种“历史因素”自身“聚合、裂变、演化的过程”或轨迹。在这个观念的指导下，《徽宗词坛研究》

① 本文曾发表在《中国图书评论》2002 年第 10 期。

对徽宗年间的词坛情况作了一个过细的穷尽式的搜寻与描述，真正做到了所谓“无尽的博学”，从而挖掘出了在一般性词史或文学历史研究中可能会被视为细枝末节而舍弃的宝贵材料。比如，在大晟词人们对于宣和盛景真情实意的歌颂中，读者对北宋极盛时期“欢声浮动建章宫”之人物风华就有了不同一般的体认。

《徽宗词坛研究》谱系学研究的第二步，是着手阐明研究图谱中各对象之间的亲疏关系。比如周邦彦与大晟词的关系研究就遵循了这个法则。周邦彦虽是词史上堪与苏轼比肩的一代大家，而《徽宗词坛研究》通过令人信服的考据证明，他在大晟府的任职时间短则不过两三个月，长则也不过半年。因此在研究大晟词人的问题时，也就只能把他当作一位关系疏淡的远亲。

从传统的考据学的要求来看，《徽宗词坛研究》所取得的成绩已经弥足称道，但作者认识到，一部真正的学术研究著作不可能完全真正地“驻足于细枝末节”的层面上，因为任何所谓关系的亲疏远近，都只是相对而言的，只有放在一定的关系法则中才能予以界说。

《徽宗词坛研究》从徽宗与苏轼两个人物入手建立谱系学的主干。《徽宗词坛研究》在一开篇就指出，“最高统治者的喜好对朝野的审美风趣影响极为源远”，“在徽宗的带动和影响下，这一时期的词坛创作很有特色”。正是在透辟地阐释了权力关系对于文艺创作的影响力，《徽宗词坛研究》一书中虽牵涉到了大晟颂词、文人雅词、民间俗曲等极为复杂的文艺现象，但这些现象在“徽宗——权力关系——文艺创作”这棵谱系树的枝干上各有所依，且相互呼应，毫不纷乱。

本来，按照西方一些学者的理解，谱系研究只要揭露了这样一种“权力的纠结状态”，就已经称得上是洞见了事物的关系实质，很可以驻足欣赏自己的工作成果了。但作者在《徽宗词坛研究》中却再起波澜，通过对于“苏学”在徽宗年间传播与影响的一系列事实的考辨，建立起另一支堪称为“纯粹精神关系”的谱系树主干。这一支谱系树的人物、现象间的关系，主要是依托苏轼的个人人格魅力和巨大创作成就的影响展开的。从表面上看来，这一干系的声势、规模远不及徽宗这一支来得那么浩大，有时还在权力关系的压迫之下，但它终究抵抗住了权力关系的压迫，并呈现出遗世独立、非暴力不合作的倔强性格。通过这一系列的对比研究，《徽宗词坛研究》最终呈现了这样的一幅谱系图景：北宋末年的词坛，两系词人（词作）各自依照自己的关系法则而自由发展，两系之间互有斗争，也互有交融。但最终，权力的法则只限于一人一世，徽宗败亡之后，依他而建的这棵谱系树立刻就土崩瓦解了。而原本看似较为弱小的苏轼一枝，在广泛汲取了来自于徽宗关系部分的养料后，得到了更深层的滋养，使它得以将茂盛的枝条伸向历史发展的远方。

二

其次，在有关俗词问题的研究方面，作者较为完整地，也较好地体现了现代文体学理论方面的素养，《徽宗词坛研究》没有多谈空洞的理论问题，但它关于俗文学的文体学研究，倒真正从实质上触及了俗文学根本的价值意义问题。这里限于篇幅只谈三点。

第一，《徽宗词坛研究》通过翔实可靠的分析指明，俗词怎样在文体形式上与修辞手段上，丰富了词作为一种文学体式的表现手段。书中关于欧阳修的分析是特别具有创见的。《徽宗词坛研究》通过一系列有力的证据向人们指出，作为一位大词人，欧阳修“深受民间风格影响，其创作表现出‘趋俗’的倾向。欧阳修受民间词之影响，主要体现在以对话构成作品主体、自由大胆运用口语，采用谐音法获得一语双关的效果、比喻新颖巧妙、联章体等方面”。发展到后来，这些脱胎于民间的技法已俨然成为“雅词”的一个有机组成部分了。

第二，《徽宗词坛研究》关于俗词功能的分析研究，道明了词这种文体在北宋末年的活跃程度。根据《徽宗词坛研究》的整理，俗词大体有如下的功能：表现“对社会现实针砭批判的愤世之情”，“友人间戏谑取乐的朋友之情”，“抒发个人生活感受的复杂感情”，“宣扬宗教的出世之情”。另外，俗词还常常具有保护衣的作用，使词人明言其志而免受恶势力之迫害。由此可以理解词体为什么恰恰在北宋中后叶至南宋前期这一段时间里走向了全面的兴盛。在这段时间里，有大量优秀文人介入了这种文体的创作，将其向极精微、极深沉处发扬光大；而同时，俗词与俗词创作又与社会生活形成了最广泛的密切联系，这为词体的内在更新与变化提供了无尽的生命之源。人们不难由此推想，一旦当文人全面控制了这种文体的发言权，以审美创造的终极仲裁者自居而排斥俚俗的时候，也就是词体开始走向衰亡的时刻。

最后，还应提到《徽宗词坛研究》关于雅俗词文体特征的辨析。《徽宗词坛研究》指出，雅词的文体修辞手段必然变化多端，常常在一首词中大密度地运用多种修辞手段，比如时间结构上的“错综跳跃、顺逆环型穿插”，还有“顿挫、递进、勾勒、点染、对比、虚实、设想、夸张、用典、化用、细节描写”等具体手法。但相对而言，俗词在一个作品单位中所运用的修辞手法总是比较单调的，也比较粗糙。粗粗一看，《徽宗词坛研究》的这些见解并无特别高妙之处，但事实上，在谈论类似问题时，很少有人能够从修辞入手，把问题的关键点说破。

三

从《徽宗词坛研究》延伸而出，似乎还可以谈一些更具有普遍意义的问题。这个问题与当前整个学术格局的变化有关。

人们可以感觉到，今天整个人文科学的学术格局都在发生着巨大的变化。那些以传统为主要研究对象、业已形成了一些经典学术问题的学科，特别地经受了剧烈的震荡。它们需要回应现代人文精神所挑战的一系列问题，并据此，提出新的学术问题，开辟新的研究路径。这些年来人们根据这种学术思路还不无道理地作出了这样前瞻性的要求：傍依传统，可以开出中国人文科学发展的“新的学术生长点”。

事实证明，上述的种种思想意图真正落实到实证层面是非常困难的。

在传统学科方面，创新在技术上的严谨与不苟尤要经得起挑剔。不然，再激动人心的理论也是虚妄或空疏的。以此衡估当前的传统问题研究，我们得承认，真正富有建设意义的学术成果并不多。也正是从这个高度来说，《徽宗词坛研究》中所展现的处理问题的方式，对当前的词学、古典文学研究甚至整个性质相近的传统学界，均具有一定程度的示范意义。比如，在上述关于《徽宗词坛研究》谱系研究的讨论中，人们容易看到，事实上，所谓谱系学研究在许多具体方法上和乾嘉学派的思想与研究方法并没有什么大的不同。两者间方法的真正差异只在于，谱系学对于问题研究手法的设计、切入问题的角度、整个框架结构的把握有明确的目的，思路清晰。而乾嘉学派尽管与谱系研究在具体方法上存在惊人的暗合之处，但因为缺乏明晰思想的指导，就常常容易陷入烦琐考证的泥塘。或者，又不免时时用一些陈腐的历史观念来规约历史材料，减损了研究的客观性。如果明白谱系研究与乾嘉学派的这一层分际，就不难看清《徽宗词坛研究》展现的出入乾嘉学派和现代谱系学研究的思想轨迹，更可以感受到，从传统学术研究之中合乎逻辑地跨出一小步却是本质的一大步的学术张力。

从技术上说，每一门学科，第一个专门领域的研究都有它的自身特殊规定性。方式方法是不可以简单套用的，但其所包含的内在精神的韵致，则应是可广泛引为借鉴的。《徽宗词坛研究》所给予读者的，应该又有一些这样的学术研究之启示。

通往漫画家的阶梯[①]

——略评人美版漫画教材《突破丛书》

20 世纪 90 年代以来，随着中西文化交流的日益深入，人们开始认识到了动画、漫画在当代文化生活中的重要地位。到现在大约很少有人把动漫当作纯粹的儿童的读物了。不仅如此，许多机构还将动漫当成发展我国文化创意产业的主力板块，投入了大量的人力物力。进入 21 世纪以来，我国已有数百所高校新增设了动画或漫画专业。

但动漫业在迅速发展的同时，一个基础性的问题也随之凸显出来：我国现有的动漫艺术教材显然不足以满足动漫业迅速发展的需要。虽然自 2001 年以来，清华大学出版社、中国人民大学出版社、海洋出版社等都各自推出了一些有影响的动漫教材，但相对于庞大的市场来说，这些出版物显然是远远不能满足需要的。更重要的是，如果以较为严格的专业要求看，这些教材不但在系统性、科学性上有所憾漏，在实用性上常常也有不足。这些教材的编写者长于理论的解说，但却很少给出必要的技术分解图或示例图，学生很难从教材上直接习得某种实用性的技术。另外，这些教材一般地都偏于动画技术的介绍，漫画方面在其中所占比例甚少。

人民美术出版社（以下简称“人美社”）此时引入美国旗下公司推出的

① 本文写于 2007 年底左右，收入本文集前未曾公开发表。

专业漫画教材“突破丛书”因此就具有了一种特殊的意义。旗下公司是美国一家著名的专业美术出版公司，“突破丛书”则是其近年来陆续推出的一套漫画基础教材。其宗旨是使那些对漫画艺术感兴趣而又缺乏基本训练的人，通过对本丛书的学习，掌握一些基本的漫画绘制技巧，直至走上专业漫画工作者、漫画家之路。丛书的作者，绝大部分都是有过丰富的漫画教学经验，在漫画界又具有一定地位的人物。旗下公司甚至请到了迪克·佐丹奴（Dick Giordano，漫画界的传奇人物，《蝙蝠侠》系列的作者之一，《超级女孩的新历险》的主要作者）、彼特·大卫（Peter David，著名动画电影导演，代表作有《巴比伦五号》等）等人出任丛书分册的作者。这在很大程度上保证了丛书的艺术品位与质量。人美社这次首先引进了旗下率先推出的五种“突破丛书”：《漫画冲击波》（文森特·伽洛诺著）、《日式漫画秘籍》（里·赫兹娜著）、《漫画怪兽疯狂大行动》、《疯狂漫画》、《超级英雄风暴》（以上三种均为大卫·奥克姆著）。迪克·佐丹奴所撰写的《与佐丹奴一起畅游漫画世界》（*Draw Comicswith Dick Giordano*）以及《奇幻王国》（*Fantastic Realm*，V Shane 著）、《日本漫画画技探秘》（*Discover Manga Drawing*，Mario Galea 著）、《神龙画艺》（*Drogon Art*，Jessica Peffer 著）现已在美国上市，人美社即将引介入国内。

人美社引入（或即将引入）的这几种“突破丛书”与国内现有的各种动漫尤其是漫画教材相比，“突破丛书”在许多方面有着其明显的优势。这里我们撷取其中有代表的几点略加评说。我们认为，正是“突破丛书”这些与众不同的特点，使得它能够帮助一般爱好者突破专业漫画艺术的壁垒，成为他们通往漫画家道路上的阶梯。

“突破丛书”首先值得称道的一个优点是基础性。丛书的每一个分册几乎都在强调，虽然漫画会涉及各种复杂的形体，但这些形体最终都可以分解为最简单的几种几何体：立方体、圆柱体、圆锥体、棱锥体、球体等。漫画的画面效果制作虽然复杂，但最终涉及的仍是光影对比和透视关系的问题。《漫画冲击波》曾示范过一个很好的例子：深海潜水艇虽然表面上看起来是一个挺复杂的机械体，但追溯其基本的构造形体，其实不过是一些简单圆柱体与半球体的组合而已，尤其那令人眼花缭乱的潜水灯不过是一个大圆柱体套着一堆小圆柱而已（参见该书第 17 页）。

“突破丛书”的基础性还表现在，当它在介绍某一个专题时，它会对专题中包含的基本元素作比较透彻的介绍。比如《与佐丹奴一起畅游漫画世界》介绍的是漫画的基本技巧，它就对漫画中最常出现的人物形体、脸部表情、肢体语言、衣饰等问题作了比较系统、详细的介绍。其中关于各种人等的不同面部表情的示例就有百余种。再比如在《漫画怪兽疯狂大行动》中，各种漫画书中常见的怪兽如狮身鹰首兽、龙、独角兽、精灵、食人魔、矮人、星际怪物、深海怪物、天竺鼠、猫兔等等都有基本的图例和绘画示范。我们甚至可以这样说，当读者掌握了“突破丛书”所示例的这些基本漫画元素，他便可以尝试着开始构建一个属于自己的卡通世界了。

“突破丛书”的基础性的另一个重要表现方面，则是它在向人们传授各种的漫画的基本理念时，注意东西并重。作为美国公司出版的漫画教材，它并无地域之隔，充分认识到了日本动漫在当前世界的重大影响。丛书中有多个分册如《疯狂漫画》《日本漫画画技探秘》《日式漫画秘籍》都是介绍有关日式漫画的特殊技法的。但丛书也充分注意到欧美漫画在漫画界的基础性地位，迪克・佐丹奴、彼特・大卫等人所撰写的漫画基础技法的著作都带有强烈的欧美漫画的风格。而学习者从欧美风格入手，对于他们打好造型能力的功底无疑是很有裨益的。

“突破丛书”另一个值得称道的优点是系统性。其系统性体现在两个方面。一是每一个分册所介绍的内容自成系统，使得学习者在一个相对短的时间里就能掌握一个专题比较重要的知识点。比如漫画中时常出现的各种虚构的怪兽，如果一一向学习者介绍，不但不胜枚举，学习者也会感到知识点过于凌乱。《漫画怪兽疯狂大行动》中将各种怪兽按来源、形态分成了“英雄式奇幻”“巨兽”“外星人”“异形”“宠物怪兽”“超自然生物”六大块内容依次展现，这就使得作品知识点的介绍显得富有条理了。丛书系统性还体现在其整体内容构思、策划上的系统性。从已问世的几个分册来看，丛书中有些作品明显是重点介绍漫画的基本技法，如《与佐丹奴一起畅游漫画世界》

《漫画冲击波》（这两书侧重点又有所不同，《与佐丹奴一起畅游漫画世界》主要训练的是学习者的造型能力，《漫画冲击波》的一个重点则是训练学习者叙事与处理分镜头的能力），《日本漫画画技探秘》介绍的是日式漫画一些独特的技法，而《漫画怪兽疯狂大行动》《超级英雄风暴》《奇幻王国》《龙的艺术》几种介绍的则是漫画中最常见的一些类型元素。对这些内容的学习，其实便是对于当前漫画艺术基本构造形态的系统学习。

"突破丛书"还有一个重要的特点便是其艺术理念的前卫性。虽然这是一套面向初学者的入门教材，但丛书所依据的艺术理念却是十分前卫并富有实用性的。丛书紧紧抓住当代漫画艺术的基本走势并努力将之落实到一些基础的艺术能力训练、培养上。

当前的漫画整体上说已不再是以前的插画艺术。受到日本漫画的影响，当前的漫画越来越强调故事性。因此，漫画家在作画的时候不能单纯考虑一幅作品的艺术效果，而是要考量它在故事整体中的作用以及其在多幅连续图画中的关系。丛书各分册都将这方面能力的培养提到了显著的地位。

因为漫画画页的翻阅一定程度上类似于电影画面的移动，当代漫画不仅强调叙事，而且还强调用电影镜头的方式来叙事。这样，就有必要将画页分解成电影分镜头式的形式。但是，一个事件如何用分镜头的形式表现出来，如何将这个事件富有视觉冲击力地表现出来，这些在技术上都存在困难。大部分日本的漫画教材对这一困难也都略过不谈。但"突破丛书"对这一难点有很好的正面回应。像《漫画冲击波》就通过一个汽车追逐的表现案例，简明、生动又直观地向学习者示范了漫画画页的分镜头处理技巧（参见该书第 75 页）。

另外，丛书对漫画艺术与动画艺术的结合问题也有所重视。当代漫画艺术与动画有着特别密切的结合，由漫画改编成动画的作品简直不计其数。对漫画家来说自然就会遇到这样的一个问题：如何使得其漫画的人物造型较容易改变为动画的人物造型？《日本漫画画技探秘》就向人们传授了一些实用的技法，如在铅笔稿上勾出人物的动作线等等（可参见该书第 70、73 页等处）。这种技法的实际作用是有限的，但从一开始就培养学习者融通漫画、动画两大艺术门类的意识却是意义深远的。

一本献给自由精灵的书[①]

——评杨恒达译《人性的，太人性的》

1876年冬，巴塞尔大学年轻的古典文献学教授尼采陷入了人生的低潮期。他心烦意乱甚至长时间的恶心、双目流泪不能视物，直至1880年春他才走出了这种低迷的状态。

我们现在回望尼采这段痛苦的低迷期，可以知道这其中诚然有生理方面的原因。在莱比锡大学求学时代染上的梅毒病菌这时已侵入了他的脑部，恶心、流泪、头痛等正是梅毒第三期发作的前兆。但毫无疑问，他情绪上的沮丧与失落，那种精神上的深度抑郁感，却不仅仅是因为生理方面的原因。认识到青年时代精神导师叔本华与瓦格纳的思想局限所带来的失落感，与他们诀别所造成的困惑感，其实给尼采带来了更为沉重的痛苦。

《人性的，太人性的》便是记录了这时期尼采痛苦的精神思考的一部具有转折性意义的作品。在这部书中，尼采清理了自己与叔本华、瓦格纳思想根本分歧所在。尽管早在19世纪70年代初，他在私人笔记中对叔本华的某些观点已提出了严厉的批评，但在本书中，他明确指出，叔本华的道德意志学说是他告别叔本华思想的起点。至于瓦格纳，一个很长的时期里尼采都把他看成是酒神精神在现代世界的代言人，但在这时，他终于发现，在艺术的

---

① 本文写于2007年左右，收入本文集前未曾公开发表。

根本问题上自己与瓦格纳是南辕北辙的。他把艺术看成这现实世界唯一的拯救希望，“惟有通过艺术，才能使苦难也能变成享乐”；[①] 但在瓦格纳心中，艺术成了见证基督教道德的一种手段：艺术的吟唱不是自为的，而只是从小小的方面诠释着基督教的教义。长时间“在理解理查德·瓦格纳不可救药的浪漫主义问题上也欺骗了我自己”[②] 之后，在书中，尼采通过解剖基督教教义反人性的一面，挥别了瓦格纳，也挥别了德国浪漫派。

不但是道德与宗教方面的问题，在其他许多问题上，尼采在《人性的，太人性的》中都表明了其转折性的态度。比如科学问题，在《悲剧的诞生》中，尼采相关的思想是比较简单的。他将科学视作与艺术相对立的一种精神运动方式而加以鞭挞。但在《人性的、太人性的》中，尼采以更高、更全面的视野考察人的理性活动、知识经验在人的整体活动中的地位。他指出，“科学精神的威力在于局部而不是整体”[③]。从人类精神发展的轨迹看，“科学家是艺术家的继续发展”[④]——当然，这种发展未必是一种更高状态上的发展。尼采后期的主要思想学说，除了超人学说和永恒轮回的观念，如反形而上学、肉体学说、等级制、文化学说等等，在本书中均有表述。和他后期的著述相比，他这时期论说条理比较清晰，思想理论发展的源流、趋向界说分明。如果有读者不甚习惯尼采后期著作夸张、奇崛式的表述风格，仔细研读《人性的，太人性的》，将有助于他们了解尼采那些充满文学色彩表述背后的真实意旨。

当然，对于尼采研究来说，《人性的，太人性的》最具启发意义的一点也许在于：它提供了理解尼采整体思想的一把钥匙。在其思想工作最后的十

① ［德］弗里德里希·尼采：《人性的，太人性的》，杨恒达译，中国人民大学出版社 2005 年版，第 119 页。

② ［德］弗里德里希·尼采：《人性的，太人性的》，杨恒达译，中国人民大学出版社 2005 年版，第 6 页。

③ ［德］弗里德里希·尼采：《人性的，太人性的》，杨恒达译，中国人民大学出版社 2005 年版，第 19 页。

④ ［德］弗里德里希·尼采：《人性的，太人性的》，杨恒达译，中国人民大学出版社 2005 年版，第 154 页。

年，尼采留下了大量的作品与思想笔记。这些分属不同主题的作品明显存在着某种内在的联系，但这内在的联系到底是什么呢？尼采未及明言就精神崩溃了，于是，他最后的工作目的也就成了思想界长久讨论的一个问题（尼采的妹妹伊丽莎白曾以“权力意志”为主题编纂了尼采后期遗稿，但其中颇多篡改，不足采信）。而回到尼采自身思想的转折点上，也许对理解其后期工作的真正重心所在会有很大的启发意义。比如《人性的，太人性的》有关自由问题的提示就非常值得重视。在本书1878年第一卷出版的扉页题记上尼采曾写道：“如果不是1878年5月30日的临近太强烈地激起了及时向最伟大的精神解放者之一表示个人敬意的欲望，那么它现在就不会发表”。这是向伏尔泰表示敬意（伏尔泰逝世于1878年5月30日）。对惯于呵佛骂祖的尼采来说，是什么让他在面对伏尔泰的时候如此沉静甚至有些羞怯呢？在很多年后，尼采重新回答这个话题时解释说，是自由，面对自由意志的向往，在彼时深深激动了他的思想感情：“这是要求自我估价的力量和意志的第一次迸发，这是要求自由意志的意志”①。尼采一生的思想工作，很少直接谈到自由的问题，更少把“精神解放”“重估一切价值”“自由”这几个命题放在一起估衡它们之间的关系问题。他通常是分离地谈论这几个问题，并且立论极端。但《人性的，太人性的》的立论宗旨，却透露了他对自身工作最终目的的期许：他要将自由的命意贯穿在其整个思想的构造中。尼采自言，这是“一本献给自由精灵的书”。这的确是一个颇为公允的自我评价。

虽然《人性的，太人性的》在尼采的各种著述中占有如此重要的地位，尼采在中国也算得上是一位长期以来备受关注的西方思想家，令人诧异的是，这本书长期以来在我国竟没有一个完整的译本。周国平等先生虽也曾零星译介过其中的几个章节，但我们如要据以了解尼采思想转折时期的整体情况，则是远远不够的。从这个角度说，杨恒达教授新近根据标准的阔里一蒙提纳里版《尼采全集》所翻译的《人性的，太人性的》，无疑是填补了我国

① ［德］弗里德里希·尼采：《人性的，太人性的》，杨恒达译，中国人民大学出版社2005年版，第9页。

尼采翻译与尼采研究的一个空白。

尼采的思想博大精深，视野宽广，常夹用一些生僻的典故，他的文笔又以雄奇、凝练、多用比喻象征等文学修辞手法著称。在各国，尼采著作的翻译公认为是难事。杨先生早年曾负笈远游德国多载，著有《尼采美学思想》（中国人民大学出版社 1992 年版），是国内研究尼采的名家，近年来又主持《尼采全集》的翻译。他特别擅长于从整体上把握尼采的思想，故在他的翻译中能够清楚地表现尼采思想的本意。至于译笔晓畅、准确等等，则是杨恒达译述一贯的特点，在此倒无足深论了。

编后记

由于在本科与硕士阶段跟随吴秀明先生与陈坚先生，我对现当代文学研究领域的一些话题也偶有涉猎，现在终于有机会将这方面不成熟的一些议论编辑成册，以就教于各位方家。

在现当代文学领域，我主要研究的问题对象是夏衍、大众文学和中国现当代基督教文学。基督教文学我在2010年已出过专著《被围观的十字架——基督教文化与中国当代大众文学》，在这方面近来别无新的见解，相关的论文就不再编入这个集子。这个集子主要的两个板块就是“夏衍研究”和“大众文学研究”。“夏衍研究”部分主要是2014年底修订《夏衍传》时的副产品；“大众文学研究”部分辑录了二十多年来我在该领域公开发表过的主要论文。

文集中另两个板块是“文艺评论”和“书评”。“文艺评论”辑录了我的一些短论和作家评论。其中《以史笔与诗情浇铸传主的文化人格》写于1990年夏，是我第一篇论文习作，在吴秀明先生的指导下完成。初稿写完，吴老师对其中一些章节还满意，但认为有的章节有些跑偏了，要大改。我想我当时大概改了五六稿以上吧，终于还是吴老师自己动手才完成了这篇文章。那一两年吴老师苦于病痛折磨：心脏病、腰椎间盘骨突出，后来药吃多了还弄出了胃病。腰椎间盘骨突出使得他无法久坐，经常只能斜靠在硬板床上指点我修改文章，温言勉励，虽然痛苦不堪，但有时还会说一些笑话。思忆起来，这一问学场景历历宛在眼前，但不知不觉间已经快过去三十年了。《〈大唐歌妓〉的历史理性精神》写得并不好，不过它算是我在吴老师指导下独立撰写的第一篇论文，有些纪念意义，故也收入集中。回想起来，在吴老师手把手带领下走上学术研究的道路快三十年了。我自己现在也已经是高校教师，经常有意无意地援引老师的腔调指导学生写作论文。那个时候的老师还是杭州大学中文系青年才俊，风华正茂，现在则是文学研究界久负盛名的耆宿了。

攻读博士期间出于兴趣爱好还写了不少书评，现把它们收于“书评”板块。回顾起来，这其中幼稚的意见很多，但也还有些年轻人的锐气，现在倒反而写不出像样的书评了。——而且居然已经失去了写书评的热烈渴望，这真是精神趋于保守的一个明显症候。

收入文集的作品，基本保留原貌，只修改其中的病句、错字和其他明显的讹误，统一、补全注引文信息。只有《被低估的力量》一文作了较大修改，增补了若干重要网络作家的名字。部分论文写作时代较早，当时未能按今日格式详细标注引文信息，编辑本文集时一般均增补了详细信息，个别过于烦琐或不便查询的，只能暂付阙如。其他诸如观念老套、表述不佳（拗口）等，则一仍其旧。我早年发表的论文，大多用了笔名，凡用笔名的，都在各篇文章的题注中作了解释。

文集之所以取名为《边缘的批评》，主要是指我在现当代文学领域的研究对象大体都是边缘性的问题。大众文艺、基督教文学自不待言，在当前，即使在左翼文艺研究领域，夏衍也算是一个边缘人物了。中国文化界时常存在这样的现象：有些看似主流的人物、话题，其实早被边缘化了；而某些看似边缘或自称边缘的，其实是学术界无可争议的主流意识形态。这种边缘与中心、主流倒置的情形，是中国社会近一二十年来一种殊堪玩味的文化现象。

收入本文集的文章大多是第一次结集出版。《论黄易：在追求超越与俗世诱惑之间》《浅谈当前大众文学中的道教文化内涵》《论中国的大众文学观念》是例外。它们是《被围观的十字架》一书的两个章节（单独发表时有很大删节，文集收入的是发表的版本）与附录。但需要承认的是，当时将它们纳入到基督教文学的讨论中，是有些过于枝蔓了，纯属个人兴趣使然，从文章内容说，还是把它们拆解出来编入现在这个文集更合适。写到这儿，不能不怀念刚刚去世的黄易先生。他的著作陪伴我度过了研究生时代。有些问题一直想当面向他请教，也不是全然没有机会，但想到他春秋正盛，便拖延耽搁了下来，殊不料噩耗传来，已成天人永隔。

收入本文集的文章大多曾公开发表在《文艺研究》《江苏行政学院学报》《江苏社会科学》等刊物上。感谢陈剑澜兄、戴阿宝兄、沈利华兄、素未谋面的李静学长的帮助与支持，一路走来，没有取得什么像样的成绩，但这些感激之情仍需表达。感谢周保欣兄。在我个人求学的道路上，还有诸多师友提供过很大帮助，在此无法一一致谢。

感谢陈坚老师为我作序。自研究生时代问学于他的门下，他的指教、帮助、宽容（有时简直是放纵）是我求学道路上的重大精神动力。陈老师在序中对我谬赞甚多，大多是我愧不敢当的。不过有一点很有意思，陈老师在序中特别点出了我对学术自由的追求。在二十多年的师徒交往中，我们谈的闲天不可谓不多，但我都小心地掩藏了这一份小小的学术野心。因为我觉得自己的成就实在有限，侈谈“自由”、体制似乎有点不尴不尬。但老师终究还是一眼看破了学生的这些小心思。因此我没有别的借口，在未来的岁月里必须更加努力学习、研究，以告慰老师的期望。——也是这一次请老师作序，才知道老师近些年视力下降得很快，但他却坚持看完了这个集子的全部文章，还查阅了相关资料才援笔写成这个序言，心中感激、惭愧莫名！

本文集后期的编辑工作主要是陈楚湘协助完成的，统一体例、核查注引文献、检校讹误，她出力甚多，特致谢意。李重蓉、何珏菡、王帅、陈小可、肖悦扬等友人也参与了核校文稿的工作，在此一并表示谢意。

本书的出版，得到中国人民大学“双一流出版经费”的资助，特此说明。

陈奇佳

2017 年 5 月